김미정 판타지 장편 소설

잃어버린 세계
The Lost World

5

잃어버린 세계 5
김미정 판타지 장편 소설

초판 1쇄 찍은 날 § 2002년 6월 15일
초판 1쇄 펴낸 날 § 2002년 6월 25일

지은이 § 김미정
펴낸이 § 서경석

편집장 § 문혜영
편집책임 § 권민정
편집 § 장상수 · 박영주 · 김희정 · 이종민
마케팅 § 정필 · 강양원 · 김규진 · 안진원

펴낸곳 § 도서출판 청어람
등록번호 § 제1081-1-89호
등록일자 § 1999. 5. 31
어람번호 § 제1-0252호

주소 § 경기도 부천시 원미구 심곡1동 350-1 남성B/D 3F (우) 420-011
전화 § 032-656-4452   팩스 § 032-656-4453
http://www.chungeoram.com
e-mail § eoram99@chollian.net

ⓒ 김미정, 2001

값 7,500원

ISBN 89-5505-232-4 (SET)
ISBN 89-5505-392-4 04810

※ 파본은 본사나 구입하신 서점에서 교환하여 드립니다.
※ 저자와 협의하여 인지를 붙이지 않습니다.

김미정 판타지 장편 소설

잃어버린 세계
The Lost World

5 대마법사의 추억

도서출판 청어람

목차

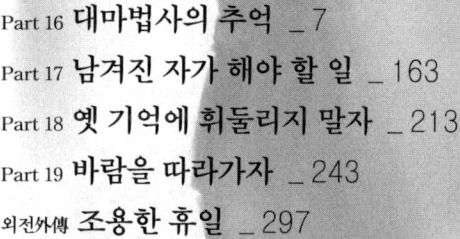

Part 16 **대마법사의 추억** _ 7
Part 17 **남겨진 자가 해야 할 일** _ 163
Part 18 **옛 기억에 휘둘리지 말자** _ 213
Part 19 **바람을 따라가자** _ 243
외전外傳 **조용한 휴일** _ 297

Part 16
대마법사의 추억

대마법사의 추억 1

 현홍은 천천히 머리카락을 쓸어 넘겼다. 시원하게 부는 바람, 그리고 그에 따라 이리저리 허공에서 춤을 추는 나뭇잎들. 여름은… 쉽게 짜증이 나지만 더불어 쉽게 즐거워지는 계절이기도 하다. 창가에 의자 하나를 끌고 와 앉은 현홍은 팔을 창틀 위에 올려두었다. 푸른 하늘로 유유히 흘러가는 구름들이 마음을 여유롭게 만들기에 충분했다. 졸음에 겨운 듯 작게 하품을 한 그는 살며시 웃으며 창틀 위의 팔에 머리를 기대었다. 시원한 바람이 다시 한 번 그의 곁을 훑고 지나갔다.
 너무 평화롭다. 지금 그의 마음속엔 그런 생각밖에 떠오르지 않았다. 행복하고, 또한 즐겁고…… 이대로 있었으면 좋겠다 싶은 생각도 잠시 들었다. 하지만 분명 이곳은 자신이 사는 곳이 아니다. 그것만은 잊을 수 없는 사실이다. 살짝 고개를 틀어 창밖을 보며 현홍은 그리 생각했다. 이곳이 아무리 아름답고 자신을 즐겁게 해도… 원래 자신이 살던 세계가 아무리 더럽고 안 좋은 일들만이 생긴다고 해도…….
 꿈과 현실의 차이일 뿐이다. 이곳에서 영원히 있을 수는 없어. 어쩔 수 없이 깨야 하는 꿈이니까. 문득 그런 생각에 몹시도 서글퍼져 버렸다. 여기에서 만들어야만 했던 인연들, 그리고 소중한 사람들. 절대로 잊을 수 없을 것이다. 현홍은 조용히 눈을 감았다. 아름답지만… 그렇기에 깨어났을 때 가슴이 아리도록 슬픈, 그런… 꿈이라고 생각하자.
 차가운 눈물이 흘러내리는 것만은 막을 수가 없었다.

 진현은 천천히 탁자 위에 놓인 찻주전자를 들어 자신의 앞에 놓인 두 개의 찻잔에 차를 따랐다. 하얗고 고운 결을 가진 손으로 숨이 막히도록 우아하게. 쪼르륵거리는 작은 물소리가 들린 후 진현은 손을 멈추고 하나의 찻잔을 살며시 앞으로 내밀었다.
 "그래, 공주가 순순히 보내주든?"
 대답없이 찻잔을 들어 올려 조용히 차를 음미한 뒤 작게 한숨을 내쉰 우혁은 낮은 목소리로 답했다.
 "형이 벌인 그 일의 뒷수습을 하는 데 시간이 조금 걸렸을 뿐이야. 처음 그녀의 경호원을 해준다고 했을 때의 조건은 내가 나간다고 하면 언제든지 나갈 수 있다는 것이었어."
 "하지만 그녀는 네가 상당히 마음에 든 눈치였는데."
 생긋 웃으며 진현이 말했다. 하지만 우혁은 잠시간 그의 눈을 바라보다가 곧 다시 잔을 들어 올리며 입술을 달싹였다.
 "상관없어."
 차갑게 말하며 그는 다시금 차를 마셨다. 진현은 살짝 어깨를 으쓱거렸다. 저 녀석이 저런 행동을 하는 것이 어디 하루 이틀의 일인가.

여성을 싫어한다기보다는 무관심에 가까웠다. 그 무관심이라는 것이… 조금 도가 지나쳐 여성을 무생물에 가깝게 생각한다는 것이 문제일까. 언제부터 저렇게 되어버렸나. 진현은 곰곰이 생각하기에 이르렀다. 어렸을 때는 조금 무뚝뚝하고 나이에 맞지 않게 아는 것 많은 아이였을 뿐이지만 저 정도는 아니었다. 나이가 들면 들수록 여성을 대하는 태도는 심각하게 변해 버렸던 것이다.

아영과 같은 여성, 사실 둘만 곁에 있어도 머리가 아파질 것 같지만 우혁의 주위에는 무려 네 명 정도였다. 진현은 속으로 손가락을 꼽아보다가 고개를 끄덕였다. 남성우월주의자일까? 우혁은 여성을 자신보다 하등하다고는 생각하지 않지만 결코 남자와 같은 취급을 하지는 않았다. 문제가 심각해서 한번은 정신과에도 데리고 가봤지만 그 의사가 여성이라는 이유로 상담도 하지 않고 나와 버렸던 적도 있다.

바삭.

홍차와 함께 먹을 수 있는 과자를 한 입 베어 문 진현은 우혁을 지그시 쳐다보았다. 그 시선을 느꼈던 것인지 우혁은 살짝 찻잔을 탁자 위에 내려놓으며 고개를 들었다.

"왜 그래?"

"아니, 아무것도."

언젠가 좋아하는 사람이 생기면 달라지겠지라고 중얼거리며 진현은 애써 고개를 돌렸다. 조금은 무리일 것 같은 생각이기는 했지만. 창문은 활짝 열어두어 여관의 앞으로 지나가는 사람들의 웅성거림이 여과 없이 들려왔지만 대화를 나누는 데 지장이 있을 정도는 아니었다. 외려 여름의 시원한 미풍이 방 안으로 몰려 들어왔기에 기분을 상쾌하게 만들어주었다. 살며시 허공에서 요동 치는 머리카락을 쓸어 넘긴 진현이 본론으로 들어가기 위해 입을 열었다.

"궁성에서 혹시… 『잃어버린 세계』에 대한 것을 들은 적 없니?"

약간 갑갑함을 느꼈는지 자신의 스탠드 칼라 옷깃을 살짝 풀어헤치며 우혁은 고개를 저었다.

"형이 들었던 정보 정도야. 그냥 예전의 세계일 뿐이라는. 내가 과거에서 왔다는 사실은 공주와 국왕 폐하, 그리고 길티어 왕자밖에 없었어. 그 사람들은 거의 모르더군."

순간 의외의 이름이 우혁의 입에서 들려오자 진현은 약간 고개를 갸웃거리며 되물었다.

"길티어 왕자도 그 사실을 알았다고? 국왕까지는 이해가 갈 듯한데, 그는 왜?"

"처음 날 발견한 것이 공주와 길티어 왕자였으니까. 그리고 그 사람… 국민들에게 알려진 것만큼 안 좋은 성격을 가지고 있지는 않아. 그저 올곧다고 할 정도로 성격이 똑바르니까 문제이겠지."

"하아?"

정말로 의외라는 듯 턱을 괸 채로 고개를 살짝 비틀어 올리는 진현에게 우혁은 나직한 목소리로 설명했다.

"형이 보았다시피 국왕은 자애롭고 성격도 좋지만 능력은 그리 높지 않아. 그에 비해 길티어 왕자는… 실력 위주라고 할까? 너무 일에 얽매이는 성격을 가져서 국민들이나 다른 귀족들이 보기에 딱딱하게 보일 뿐 외려 국왕의 자리에 어울리는 것은 그 사람일 거야. 공과 사에 연연하지 않고 정도를 볼 줄 알며 앞날 역시 생각하는 면이 그렇지."

"으음, 그래?"

우혁은 사람을 볼 줄 아는 눈이 높았다. 정확하다고 할까? 다른 사람들이 보기에 적당하다 싶은 사람도 그에게는 약간 모자랄 정도로 보인다면 말 다 했지. 겉보기에 흔들리지 않고 정확히 그 속까지 파악할 수 있는 남자였다. 아마도 겉모습에 현혹되어서는 검을 다룰 수가 없으니 그런 것이 아닐까 싶다. 진현은 다시금 그 홀에서 언뜻 보았던 길티어 왕자를 떠올리고는 고개를 갸웃거린 후에 찻잔을 들었다.

주방장이 누구인지 칭찬해 주고 싶을 정도로 맛있고 적당하게 딱딱하며 또 반대로 혀끝에서는 살살 녹는 쿠키를 입 안에 넣은 진현은 고개를 까닥였다. 바람에 날려 어디에서 왔는지 모를 나무 잎사귀들과 꽃잎들이 바닥에 떨어졌다. 그리고 그중 붉은 색조의 꽃잎에 눈이 간 진현은 천천히 자리에서 일어났다. 조심스럽게 허리를 굽혀 그것을 집어 든 진현은 입가에 꽃잎을 가져가며 중얼거렸다.

"장미라……."

"형?"

무슨 일인가 싶어 우혁은 조금 소리를 높여 불렀지만 진현은 고개를 돌리지 않았다. 올드 로즈의, 적당히 썩은 듯 어둑한 붉은빛이 묘하게 마음을 자극하는 장미 꽃잎 한 장을 손에 든 채로 진현은 한동안 말이 없었다. 그의 시선이 머무는 곳은 파란 물감을 물에 섞어놓은 것처럼 보이는 하늘, 그리고 바람에 따라 이리저리 흘러가는 하얀 조각 구름들. 진현은 살짝 미간을 좁혔다. 하얀 조각과도 같은 얼굴이 구겨지는 것을 보며 우혁 역시 조금 얼굴을 굳혀 보였다.

비릿한 피 냄새가 난다. 우혁과 진현은 동시에 그리 생각했다. 무언가 다가오지 말아야 할 것이 다가오는 느낌. 진현은 장미 꽃잎을 손가락으로 살살 문지르며 천천히 입을 열었다.

"…너, 장미에 대한 이름을 아는 게 몇이나 되지?"

무슨 소리인가 싶어 잠시 고개를 갸웃한 우혁은 곧 손에 든 찻잔을 탁자에 내려놓으며 몸을 일으켰다. 조심스러운 동작으로 진현이 서 있는 창가로 걸어가며 우혁은 자신의 턱을 매만졌다.

"글쎄, 장미라는 꽃 자체를 별로 좋아하지 않아서. 로잔나, 다크 레이디, 에스메랄다, 그리고 데스티니 정도일까?"

"데스티니도 장미꽃이었나?"

"그래, 자세히는 모르겠지만 프랑스에서 육성한 장미라는 것 정도는 알고 있어. 그런데 갑자기 그건 왜?"

진현은 자신의 손에 들린 꽃잎을 천천히 구겨 버리며 입술을 깨물었다. 붉은 진물이 마치 피라도 되는 양 그의 손가락을 타고 흘러내렸다. 살짝 떨리는 손가락을 굳게 쥐면서 진현은 고개를 돌렸다. 장미라, 그것이었단 말인가. 그가 진지한 얼굴을 할 때에는 뭔가가 숨겨진 것이 있다는 것을 알고 있는 우혁은 어두운 얼굴을 하며 진현을 살짝 올려다보았다. 미풍에 흩날리는 칠흑의 머리카락이 시선을 사로잡았다.

흘러내리는 안경을 조금 치켜올린 후에 우혁은 다시금 생각났다는 어투로 입을 열었다.

"그리고… 유젠과 유매라는 이름의 장미도 있었지."

진현은 흠칫하며 우혁을 돌아보았다. 그의 눈동자가 미세하게 떨리는 것을 보며 우혁 역시 조금 놀라는 눈치였다.

"그런 것도 있었나?"

누가 듣기에도 놀랐다는 목소리여서 우혁은 조금 고개를 끄덕이며 낮게 말했다.

"아, 두 종류 다 일본에서 육성한… 조금 이름이 특이해서 기억하고 있어. 그런데 무슨 일이야?"

진현은 천천히 한 손으로는 자신의 이마를, 그리고 한 손은 창가를 짚으며 입술을 깨물었다. 유젠이 입에 담았던 데스티니라는 이름도, 그리고 그 두 사람의 이름도 모두 장미꽃의 이름이었군. 죽은 유매의 손목에 새겨져 있던 장미 문신과 유젠의 가슴에 새겨져 있던 장미 문신. 대충은 자신과 에오로를 공격했던 이들의 윤곽이 잡혀갔다. 하지만 왜? 진현은 손으로 얼굴을 덮으며 생각을 정리했다.

장미로 된 이름과 문신을 가지고 있다… 꽤나 로맨틱하지만 공격당하는 사람의 입장에서 보면 전혀 아니올시다였다. 그렇다면 앞으로 만나는 인물들 중에 장미와 관련된 이름을 가지고 있다면 그게 적인가? 하지만 그것 가지고는 너무 단서가 적다. 진현은 입술을 깨물었다. 당하기 전에 되갚아주고 또한 역으로 공격을 할 수가 있다면 차라리 마음이 편할 텐데.

어디가 본거지인지, 어디에서 튀어나올지 알 수가 없으니 다른 사람들조차 함부로 움직이게 하기에 힘들다. 진현은 천천히 등을 돌려 창틀에 걸터앉으며 조용히 말했다.

"어떻게 하면 원래의 세계로 돌아갈 수 있을지 생각해 본 적 있냐?"

우혁은 살며시 팔짱을 끼고는 삐딱한 자세가 되어 대답했다.

"후우, 하루에도 수십 번 생각하는 거야. 난 이곳이 마음에 들지만… 내가 살고 있던 과거를 부정하고 싶지는 않아."

진현은 잠시 우혁의 말을 생각하는 표정이 되었다가 고개를 살짝 들어 올렸다.

"이곳이 마음에 드니?"

"진심을 얘기하라고 한다면… 그래."

"좋은 곳이지?"

"…무슨 얘기가 하고 싶은 거야?"

우혁은 미간을 찌푸리며 안경 아래에 감싸여 조금은 날카로움이 줄어든 그 눈을 가늘게 떴다. 하고 싶은 말이 뭔가? 단도직입적으로 그리 묻는 듯한 얼굴을 하며 험악하게 자신을 바라보는 우혁에게 진현은 피식 웃어주었다. 좋은 곳이다, 이곳은. 하루에도 몇 번씩 돌아가고 싶지 않다는 생각을 하게끔 하는 그런 곳. 파란 하늘과 마치 영화 속의 유럽을 연상케 하는 도시, 그리고 평화로워 보이는 사람들. 기계의 냄새가 없고, 매연이 없고… 무엇보다 살갑게 살아가는 모습이 좋다.

진현은 조용히 눈을 감았다. 그의 모습을 우혁은 말없이 바라보았고 잠시 후 진현의 입에서 흘러져 나온 말은 그를 놀라게 하기에 충분한 것이었다. 흘러가는 바람과 같이… 조용한 어조로 입을 연 진현은 고개를 숙여 버렸다.

"…우리는, 돌아갈 수 없을 거야."

"아이 참, 그만 화 좀 풀라고!"

아영은 배시시 웃으며 자신의 옆에 앉아 있는 에이레이의 팔에 매달렸다. 신전에서 갑자기 사라져 버린 에이레이를 찾다가 결국 혼자서 여관으로 돌아와 버린 아영은 나중에 에이레이에게 호되게 혼이 나고 말았다. 신전의 사방을 돌아다니며 그녀를 찾은 에이레이였기 때문이다. 자정이 가까운 시간에서야 여관에 돌아온 에이레이는 침대에 누워 편하게 잠을 자고 있는 아영을 보며 애써 끓어오르는 살기를 참아야만 했다. 자신은 혹시나 아영이 진현과 에오로를 습격했던 이들에게 무슨 일이라도 당했을까 싶어 난리를 피우며 찾아다녔더니, 여관에서 편하게 잠을 자고 있는 것이다. 아마 그녀가 아니라 다른 이였다고 해도 화가 났으리라.

　뚱한 얼굴이 되어 먼 산만 바라보는 에이레이의 팔에 달라붙으며 아영은 온갖 애교와 아양과 간교를 다 부려야 했다. 사실, 갑자기 나타난 사내와 얘기를 한다고 에이레이에 대해 까맣게 잊었다고 한다면 어떻게 될까(그것도 얼굴에 혹하여)? 별로 상상을 하고 싶지 않은 장면이 머리 속을 스쳐 지나갔다. 어눌하게 웃으며 자신에게 달라붙는 아영은 가까스로 떼어낸 에이레이는 뾰족한 음성으로 말했다.

　"혹시 잘못해서 우리를 습격하는 그 녀석들과 만나면 어쩌려고 그래? 네 힘을 과신하는 것도 정도가 있지."

　"아아, 하지만……."

　"하지만이고뭐고!"

　잔뜩 화가 난 에이레이 앞에서 아영은 풀 죽은 듯 고개를 숙였다. 그 모습을 바라보며 키득거리던 에오로는 천천히 오렌지 주스를 한 모금 마시며 손을 흔들었다.

　"자자, 그만 해요. 무사하면 된 거지, 안 그래요?"

　"후우."

　에이레이는 이마를 한 손으로 짚으며 고개를 저었다. 그녀의 암녹색 머리카락이 허공에 살짝 흔들렸다. 홀을 점거한 채 마치 집단 농성이라도 벌이는 듯 목소리가 높아졌다 낮아졌다 하는 일행들에게 여관 주인 폴린은 아무런 말도 하지 않았다. 원래 여관에서 장기 투숙하는 손님들은 귀한 것이니까. 거기다가 먹는 음식 역시 제법 고급이고 하니 잘 대해주는 것은 서비스 직종에 종사하는 그로서는 당연한 것이 아니겠는가. 여관에서 일하는 하인들과 하녀들을 연신 그런 모습에 키득거리며 웃어댔다. 테이블 위에 잔뜩 놓여진 쿠키와 케이크 등 입이 심심할 때 먹으면 좋을 간식거리들은 보는 이로 하여금 군침이 넘어가게 하기에 충분했다.

포크를 이용해서 달콤한 케이크의 생크림 부분을 덜어서 키엘에게 먹여준 니드가 빙긋 웃었다.

"어쨌거나 진헌께서 찾으시던 인물도 찾아내셨고 좋은 일이지 않습니까? 너무 화내지 마세요, 에이레이."

우혁에 대한 이야기가 나오자 아영은 씨익 웃으며 그에 대한 자랑을 늘어놓았다. 원래 팔은 안으로 굽는다고 하지 않는가. 거기다가 그녀가 인정하는 몇 안 되는 강한 사람 중의 한 명이니까.

"우혁 오빠를 찾아서 정말로 다행이야. 이제는 우리 전력도 많이 올라갈 거고, 그러니까 우리를 공격할 계획을 가진 녀석들도 다시 생각할 수밖에 없을걸?"

전력이라는 부분에서 부지불식간에 웃어버린 니드였지만 별다른 말은 하지 않고 조용히 미소 지으며 물었다.

"그 우혁이라는 분이 그렇게 강하나요?"

"암! 물론이지. 나보다 더 강해!"

에오로는 별로 신빙성이 없는 듯한 눈길로 아영은 지그시 노려보았다. 그는 한 번도 아영이 싸우는 모습을 본 적이 없었고 더욱이 저런 성격에 강하다는 것은······.

"뭐야, 에오로! 그 이상스러운 눈길은!"

"아니, 아무것도."

"우리 아빠 밑에서 배운 우혁 오빠라고! 진헌도 인정하는 강한 사람이고, 뭐라고 할까… 검으로는 마음만 먹으면 진헌도 이길 수 있을걸? 아냐, 아냐! 확실히 이겨!"

그 나이가 되어서도 오빠라고 부르냐는 눈길로 에이레이는 아영은 노려보았지만 그래도 진현을 이길 수 있다는 부분에서는 내심 놀라움을 감출 수가 없었다. 그것은 다른 사람들 역시 마찬가지였다. 에오로는 입가에 생크림과 과자 부스러기를 가득 묻힌 채 입을 쩍 하니 벌렸다. 그럼, 자신이 궁성에서 그의 검을 막아냈던 그것은 무엇인가? 자신을 봐주면서 했다는 말이 된다. 자칫했으면 그대로 목이 날아갔을 것이라는 생각에 그는 마른침을 삼켜야 했다.

탄성을 내지르며 고개를 끄덕인 니드는 자신의 턱을 매만지며 입을 열었다.

"확실히 분위기 자체가 진현과 비슷해 보이더군요. 아니, 더 올곧은 성격을 가지신 분이라는 생각이 듭니다."

"응. 너무 올곧아서 문제지. 나이에 안 맞게 고지식해."

"헤에, 그런데 그런 사람과 아영이 피가 이어져 있다는 것은 도무지 믿지 못하겠는데?"

퍽!

결국 에오로는 솔직하다는 장점이자 단점 덕분에 아영에게 발등을 밟힌 후에 폴짝폴짝 뛰어야만 했다. 포크를 들어 손등을 찍으려다가 많이 봐줬다는 듯한 표정의 아영은 혀를 빼꼼 내민 후에 말을 이었다.

"흥! 그래, 피 안 이어졌다, 어쩔래?"

"에?"

그게 무슨 말인가? 분명히 사촌 오빠라고 해놓고서 피가 안 이어졌다니?

찍힌 발등을 이리저리 쓰다듬던 에오로는 눈을 동그랗게 떴다. 그런데 그 눈동자에 왜 〈그럴 줄 알았다〉는 식의 의미가 깃들여져 있는 것일까? 포크를 빙글빙글 돌리면서 턱을 괸 아영은 제법 목소리를 낮춘 채로 말했다.

"우혁 오빠는 나랑 피가 안 이어져 있어. 으음, 촌수를 설명하기가 힘든데… 하여간에 지금 우혁 오빠의 어머니는 우리 아빠의 여동생, 즉 이모야. 그런데 그분은 우혁 오빠의 친어머니가 아니거든."

당연히 무슨 소리인지 못 알아듣는 키엘을 제외한 모든 이들은 약간의 탄성과 함께 고개를 끄덕였다. 그리고는 입을 다물었다. 복잡한 집안 사정을 함부로 물어서는 안 된다는 것은 당연하니까. 하지만 정작 아영은 별로 거리낄 것이 없다는 투로 해실해실 웃었다.

"왜 그런 얼굴들이야? 우혁 오빠나 나도 그런 것 신경 안 써. 그리고 이모도 우혁 오빠가 철 들기 전부터 길렀으니까 친자식이나 다름없고. 아, 그런데 우혁 오빠는 아주 어렸을 때부터 저 성격이었나?"

에오로는 문득 궁성에서 우혁이 여성 혐오중이라는 말을 생각해 냈고 그런 그의 성격이 있었던 것은 전적으로 아영과 같은 성격의 여성들 때문이라는 것도 생각해 냈다. 하지만 욱씬거리는 발등을 머리 속에 떠올리고는 이번에는 말을 조금 돌려서 하기로 했다.

"그런데 말야."

"응?"

"혹시 너, 사촌 언니들도 있냐?"

머뭇거리며 에오로가 물었기에 아영은 조금 고개를 갸웃거린 후에 대답했다.

"어떻게 알았어? 아, 우혁 오빠나 진현이 말했을 수도 있겠구나. 응, 있어. 3명이 있는데 다들 착하고 미인들이야."

착하다? 그런데 우혁이 여성 혐오중이 되었나? 에오로는 자신의 뒷

머리를 긁적이며 다시 물었다.

"착하고 미인? 성격이 어떤데?"

에오로답지 않게 꼬치꼬치 캐묻듯이 물어와서 아영의 표정은 조금 이상해졌지만 그래도 대답을 하지 못할 것은 아니었기에 어깨를 으쓱거리며 쿠키를 집어 먹으며 말했다.

"관심있니? 우물우물. 내가 보기에는 미인이야. 꿀꺽, 원래 여자가 봤을 때 미인이어야지 확실한 미인이라는 것은 알지? 성격은… 밝고 활기 차고 낯가림도 없는 편이고. 아, 예전에 진현한테 나랑 성격이 같다는 말은 들은 적 있어. 그럼, 좋은 것 아냐?"

"……."

조용히 고개를 돌리는 에오로를 비롯하여 테이블에 둘러앉은 모든 사람들이 각자 다른 방향으로 고개를 돌림으로써 아영을 의아하게 만들었다. 그런 와중에서도 키엘만이 호박색 눈동자를 깜빡이며 아영을 직시했기에 아영은 방긋 웃으며 키엘의 머리를 쓰다듬어 주었다.

"어머, 맞는 말이라고? 오호홋! 키엘, 넌 나중에 부인한테 사랑받겠구나. 여자 보는 눈이 있으니!"

만약 키엘이 말을 할 줄 알았더라면 어떤 말이 튀어나왔을까? 니드는 자신의 무릎 위에 앉아 있는 키엘이 조금 이상한 표정을 하는 것을 알고는 속으로 웃음을 삼켜야만 했다. 말도 안 되는 것 같은 아영의 말에 억지로 웃음을 참고 있던 에이레이는 문득 뭔가 생각났다는 표정으로 주위를 둘러보았다. 그러자 에오로가 그녀에게 물었다.

"왜 그러세요?"

"그러고 보니… 진현과 우혁이라는 남자는 그들의 방에 있고, 현홍은 또 자기 방에 있다는 것은 아는데. 셀로브, 셀로브가 안 보이네?"

아마도 그녀는 아무런 의미 없이, 그저 동료가 사라져서 안 보인다는 식으로 말했음이 분명했다. 그러나 그녀가 말을 마치고 나서 둘러본 사람들의 얼굴은 그것만이 아니라고 생각했나 보다. 에오로와 아영은 씨익 웃으며 괴상망측한 얼굴을 하고 있었고 니드는 고개를 돌린 채 그와 비슷한 웃음을 짓고 있었다. 무슨 희한한 말이 나올 것 같아 에이레이는 그녀 자신도 모르게 의자를 빼면서 자리에서 일어나려 했다. 그러나 불행하게도 그녀의 소맷자락은 이미 아영에게 붙잡혀 있었고 사악한 미소를 한껏 입가에 떠올리던 아영은 입을 열었다.

"갑자기 셀로브는 왜 찾으실까? 아항, 역시나 그 선물의 가치가 드높아서? 그런데 정말 잘 어울린다, 그 목걸이랑 귀고리."

"무, 무슨 말이 하고 싶은 거야?"

사람들의 시선이 모두 다 자신의 목과 귀에 와 있다는 것을 알아차린 에이레이는 발갛게 달아오르는 얼굴을 주체할 수가 없었다. 아영은 그녀의 옆구리는 팔꿈치로 툭 치고는 생긋 웃으며 말했다.

"아이 참~ 모른 척할 거야? 다 알면서 무얼~!"

"윤아영!"

잘 볶은 홍당무처럼 되어버린 에이레이가 소리를 빽 하니 지르자 에오로는 이마를 짚으며 결국 소리 높여 웃고 말았다.

"푸하핫!"

"웃지 마, 에오로!"

"깔깔깔!"

"……."

결국 에이레이는 포기한 채로 의자 등받이에 몸을 기대고 앉을 수밖에 없었다. 점심 시간은 지난 시간이라 홀 안의 사람들은 거의 없었다.

여름의 무더운 공기 때문인지 홀의 창문들은 모두 열어놓았고 그곳으로부터 불어 들어온 바람들이 머리카락을 흩뜨려놓았다. 에이레이는 자신의 머리카락을 한 손으로 쓸어 넘긴 후에 조용히 눈을 감았다.

축제의 기간은 끝이 났지만 대로를 지나다니는 사람들은 여전히 많았다. 짜증 섞인 목소리, 오늘 하루 즐거운 일이 있을 것이라는 기대감이 깃든 목소리, 아이들의 웃음소리 등… 모든 것이 이 도시를 그대로 보여 주는 것 같았다. 소리만으로도.

기분 좋은 얼굴을 한 채로 가만히 앉아 있는 그녀와 마찬가지로 아영과 에오로, 니드와 키엘 역시 지금의 상황이 기분 좋게만 느껴지는 모양이다. 배부른 포만감에 취한 고양이마냥 테이블 위에 엎어져 있던 아영은 문득 자신의 눈에 비친 사람을 보고는 눈을 깜빡였다. 다 열어 놓은 창문처럼 열려진 여관의 문으로 들어선 인물이었다. 이 무더운 여름에 저런 옷을?

마치 억지로 고행을 하는 수도승처럼 두꺼운 후드를 둘러쓴 남자였다. 키가 컸기 때문에 남자라는 것을 알아볼 수가 있었다. 보이는 것이라고는 후드 아래로 보이는 하얀 얼굴 정도? 그나마 눈가는 후드의 그림자에 가려져 잘 보이지도 않았다.

손에는 그 자신의 키보다 더 큰 나무 막대기를 들고 있었다. 두꺼웠고 무거워 보였지만 그 자신은 별 상관이 없는 태도였다. 꽤 오래되어 보이는 망토를 어깨에 둘러서 땅에 끌리도록 늘어뜨려 놓았다. 끝은 많이 헤져 있었고 낡아 보였다. 아영은 잠이 오는지 눈가를 비비며 몸을 일으켰다.

그 사내는 여관 홀을 둘러보다가 곧 아영에게로 시선을 던졌다. 물론 아영은 고개를 갸웃거렸지만 그는 단호한 발걸음으로 아영이 앉아 있는 테이블로 일직선으로 걸어왔다.

그제야 다른 사람들도 그의 존재를 알아차렸는지 눈을 동그랗게 떴다. 그중에서 에이레이는 어깨를 잔뜩 긴장한 채로 자신의 벨트에 꽂힌 대거Dagger의 손잡이를 붙잡았다. 암갈색의 후드를 둘러써서 하나도 보이지 않는 그 사내를 뚫어지게 응시하던 니드는 자리에서 벌떡 일어서고 말았다. 그는 마치 한겨울에 얼음물을 뒤집어쓴 사람처럼 어깨를 부르르 떨었다.

갑자기 일어서서 그의 무릎 위에 앉아 있던 키엘은 화들짝 놀라 옆으로 뛰었지만 니드는 지금 키엘이 눈에 들어오지 않는다는 표정이었다.

"아, 저기… 누구세요?"

머뭇거리며 아영이 물었을 때 사내는 이미 테이블의 바로 옆에 와 있었다. 그는 아무런 말 없이 니드와 에오로는 번갈아 바라보았다. 한창 케이크는 집어 먹으며 행복한 미소를 머금고 있는 에오로는 벌떡 일어선 니드와 후드를 뒤집어쓴 사내를 보고는 눈을 끔뻑거렸다. 사내는 입가를 묘하게 뒤틀고는 자신이 든 막대기를 천천히 들어 올렸다. 그리고 잠시 후 멍하니 자신을 올려다보는 에오로의 머리를 향해 정말 거짓말 하나 안 보태고 있는 힘껏 내려치고 말았다.

따악!

아영은 자신도 모르게 두 눈을 질끈 감았고 키엘은 귀를 쫑긋 세우며 손으로 눈을 가려 버렸다.

"아악! 무슨 짓이야!"

기절을 하지 않는 것은 순전히 맷집이 좋기 때문일까, 아니면 그 머리가 튼튼하기 때문일까. 에이레이는 대거의 손잡이를 놓은 채로 자리에서 일어섰다. 에오로는 천장에 머리를 박지 않을까 걱정이 될 정도로 자리에서 펄쩍 뛰어올랐고 니드는 입을 가리며 한 발자국 뒤로 물러섰다.

에오로는 갑자기 나타난 사람이 자신의 머리를 향해 나무 작대기—절대로 가늘지만은 않은—를 휘두르자 화가 났는지 한 손은 뒷머리로, 한 손은 주먹을 불끈 쥔 채로 소리쳤다.

"다, 당신 대체 뭐야! 왜 남의 머리를 때리고 난리야! 이거 살인 미수라고, 알아?!"

"…고얀 놈 같으니라고."

"뭐, 뭐라고!"

그답지 않게 흥분해서는 처음 보는 사람에게 반말을 막 해대는 에오로를 보면서 아영과 에이레이는 눈만 깜빡거려야만 했다. 하지만 니드는 그런 에오로를 마치 막 죽기 일보 직전의 사람 보는 시선—즉, 불쌍해 죽겠다는—으로 바라보고 있어서 두 여성의 고개를 갸웃거리게 만들었다. 당장이라도 칼을 뽑아 들고 칼춤을 추어댈 것같이 흥분을 한 에오로가 잠시 멈칫했다. 왜 그럴까 싶어서 그의 얼굴을 자세히 보니 어째 영 좋아 보이지가 않는다. 아영은 입술을 벌렸다가 오므렸다가 하면서 에오로의 어깨를 툭툭 쳤다.

하지만 그 자세 그대로 얼었는지 잠시 동안 말도 없이 우두커니 서 있었다. 그리고 사내 역시 말없이 에오로를 내려다보았다. 조금의 시간이 지난 후 에오로는 고개를 숙였다가 다시 올려서 사내의 후드 아래 얼굴을 보았다. 그리고 45도 각도로 고개를 틀어 창가 너머를 바라본 후에 검지손가락을 입가에 대고는 '으음' 하는 신음 소리도 약간 내었다. 니드 역시 그와 비슷한 각도로 고개를 꺾어 사내의 시선을 피했다. 알게 모르게 나타난 남자가 든 나무 막대기가 조금씩 떨리는 것을 보며 아영은 고개를 갸웃거렸다.

그리고 살며시 귓가를 스쳐 지나가는 바람에 귀를 기울였다. 자연은 모든 것을 알고 있다. 대지를 걷지 않는 자는 없으니, 물을 마시지 않는 자는 없으니, 공기를 들이마시지 않는 자는 없으니…….

아영은 놀란 눈으로 입가를 가리며 낮게 소리쳤다.

"다, 당신……!"

남자는 그런 아영을 신기하다는 듯이 내려다보더니 곧 입가에 미소를 띠었다. 테이블에 막대기를 기대어놓은 그는 천천히 두 손을 들어올려 후드를 머리 뒤로 넘겼다.

쨍강!

셀로브는 자리에서 벌떡 일어섰다. 그는 지금 현재 누가 보기에도 평범한—분위기나 얼굴색이 조금 창백하기는 했지만—청년의 모습 그대로였다. 그는 유유자적하게 여관에서 나와 펍Pub에서 술을 마시고 있었다. 하지만 갑작스레 자신의 몸을 엄습하는 오한에 자신도 모르게 의자에서 일어났고 그 바람에 와인이 담긴 유리잔은 바닥으로 곤두박질치고 말았다. 돌로 된 회색의 바닥에 와인은 마치 끈적끈적한 핏줄기라도 되는 것처럼 번져 나갔다.

주인은 유리잔이 깨진 데 화를 내기 이전에 딱딱하게 굳어진 셀로브의 표정에 우선 의아함을 나타냈다. 셀로브가 있던 펍은 작고 아담한 곳이어서 대낮인 지금 시간에 손님은 그 한 사람밖에 없었다. 왜 그러냐고 물을까 하다가 셀로브의 표정이 너무 어두워서 그 말마저 입 안으로 들어가 버렸다. 나무로 된 테이블은 한 손으로 짚고 선 셀로브는 입술을 깨물었다. 그 덕분에 푸른빛이 약간 돌던 창백한 입술은 조금 핏기를 띠기는 했다. 하지만 워낙에 그 기세가 흉흉해서 곧 피가 배어져 나올 것 같았다.

누구냐, 대체 누구냐……. 셀로브는 문득 자신의 몸이 부들부들 떨리고 있다는 것을 알아차렸다. 자신을 먹어 치울 것 같은 맹수 앞에 놓여진 연약한 짐승처럼. 막연하게 떨리고 있는 손을 들어 얼굴을 가리며 셀로브는 고개를 돌렸다. 이 몸을 엄습하는 거대한 힘의 크기에 그는 저절로 무릎이 꿇려질 것 같았다. 거대한 마력魔力, 결코 인간의 것이라고 할 수 없을 정도로 엄청난 크기였고 위압감이었다.

마족이었기에 힘의 차이를 더 잘 알고 이해하는 그였다. 셀로브는 비틀거리며 이를 악물었다.

누구냐! 대체, 어떤 인간이길래 마족조차도 감당하지 못하는 마력을 가지고 있는 거냐! 그는 그렇게 말하고 싶었다.

조용히 찻잔을 들어 올리던 진현은 손을 멈추고 고개를 들었다. 그와 동시에 우혁 역시 찻잔을 탁자 위에 내려놓으며 고개를 삐딱하니 꺾었다. 누가 보아도 닮았다고 할 행동이었다. 우혁은 조금 전에 풀어 헤쳤던 스탠드 칼라 옷깃을 다시 끝까지 채우고는 자리에서 일어났다. 살랑거리는 바람에 우혁의 새까만 머리카락이 흩날렸고 그는 천천히 손을 들어 올렸다. 콧등에서 약간 흘러내린 안경을 검지와 중지로 바로잡은 후 우혁은 입을 열었다.

"…엄청나군."

말과는 달리 뭐가 엄청난 것인지 모를 정도로 감정이 깃들여져 있지 않은 목소리였다. 아마 그는 자신의 목젖에 칼끝을 갖다 놓아도 평상

시처럼 〈서늘하군〉 내지는 〈죽일 건가〉라고 담담히 말하지 않을까?

우혁은 침대의 시트 위에 고이 모셔놓은 자신의 애도愛刀 '파사破邪'를 거머쥐었다. 그러나 진현은 천천히 한 손을 살짝 들어 올렸다.

"적은 아닌 것 같아. 이쪽으로 오는군."

우혁은 살짝 어깨에 긴장을 풀었지만 검에게서 손을 떼지는 않았다. 하얀색 찻잔에 담겨진 붉은 찻물이 조금 흔들렸고 진현은 말없이 그것을 내려다보았다. 그리고 가만히 앉아 있을 뿐이었다. 마치 누군가를 기다리는 사람처럼, 그는 가만히 무릎 위에 두 손을 모은 채로 고개를 숙였다. 강대한 힘 앞에 경의를 표하는 듯 약간 눈을 내리깔며 고개를 숙이자 곧 이어 귓가에 익숙한 목소리가 들려왔다.

"으아아, 사부님, 귀! 귀 좀 놔주세요오~!"

"시끄럽다, 이놈아! 네가 감히 사부를 못 알아봐!"

"누가 그렇게 천 쪼가리 뒤집어쓰고 계시래요!"

"뭐야! 요 녀석이 얼마간 떨어져 지냈다고 간이 배 밖으로 튀어나오다 못해서 방바닥을 굴러다니는구나!"

…하나의 목소리는 처음 듣는 목소리였지만 우혁은 조용히 한 발자국 뒤로 물러났고 문 앞에서 연신 옥신각신 거리는 목소리들은 조금씩 잦아들었다. 조그마한 헛기침 소리가 들린 후에 노크 소리가 들렸다. 진현은 고개를 들어 살그머니 미소를 짓고는 자리에서 일어났다.

"들어오십시오."

삐걱거리는 뼈 긁는 나무 소리가 들렸다. 문 앞에는 많은 사람들이 서 있었다. 아영과 에이레이, 그리고 니드와 키엘. 뻘겋게 된 귀를 어루만지며 눈가에 눈물이 고인 에오로가 가장 인상적이었지만… 그러나 그들 대부분이 몇 발자국 뒤에서 쳐다보고 있었다, '그'를……

진현은 희미한 미소를 머금은 그 얼굴 그대로 고개를 숙였다. 그는 천천히 방으로 들어섰고 그의 뒤로 머뭇거리는 아영이 따라 들어왔다. 그러나 나머지 사람들은 그대로 방 밖에 서 있어야 했다. 아마도 밑에서 무어라고 했겠지. 그렇게 속으로 중얼거린 진현은 다시금 고개를 들었고 문은 살그머니 닫혔다. 닫히는 문틈 사이로 걱정스러운 듯, 아니면 뭔가 대단히 놀란 듯한 얼굴의 사람들이 보였지만 이내 갈색의 나무 문 뒤로 사라졌다.

탕.

그리 크지 않은 소리가 나며 문은 닫혔고 그는 천천히 한 발자국 앞으로 걸어왔다. 비가 오기 직전의 하늘… 그와 같은 암청색의 길다란 앞머리가 우선적으로 눈길을 끌었다. 그리고 그에 가려진 제비꽃을 연상시키는 보라색의 눈동자. 진현은 조용히 그의 눈을 응시했고 그는 피하지 않았다. 약간은 창백한 듯한 입술이 호선을 그리며 웃었다. 고결해 보이는 흰색의 긴 코트를 입고 있었다. 그것은 슈란을 연상케 했다.

하지만 그것과는 다르다. 흰색의 코트는 단아하기보다 화려했고 중간중간 들어간 푸른 자수들이 화려함을 더 높게 만들기에 충분했다. 귓가에 찰랑거리는 귀고리와 목에 걸려진 목걸이, 누가 보아도 높은 신분의 사람이라고 생각하게 만들었다.

팔에는 길게 늘어진 낡은 천이 들려 있었다. 아마도 에오로가 말한 그 천 쪼가리겠지. 갑작스레 모습을 드러낸 그는 고개를 숙이지도 않은 상태에서 입을 열었다.

"처음 뵙겠습니다… 라고 해야 하겠지만 우선은 연장자이니 말을 놔도 상관없겠지, 『잃어버린 세계』에서 오신 손님 분들?"

"…얼마든지, 대마법사 다카 다이너스티."

하얀 코트 자락이 바람에 흔들렸고 그는 웃었다. 입꼬리를 조금 비틀어 올려 누가 보아도 비웃음조였지만 그것이 어색해 보이지가 않았다. 진현은 속으로 자신의 입술을 깨문 것 같았다. 저게 인간인가 하는 생각이 들어서였다. 강대한 힘, 그것을 한 1퍼센트도 헛되이 쓰이는 것을 허용하지 않을 것 같은 육체, 대마법사라는 칭호가 그냥 얻어지는 것은 아니라는 생각을 다시금 하게 되었다. 우혁은 미간을 조금 찌푸림으로 자신을 생각을 표현했다. 아영은 뭐가 그리 어색한지 연신 입술을 오물거렸다. 잠시 후 탕탕거리는 다급한 발소리와 함께 문이 벌컥 열렸다.

"아, 누가 왔……!"

"이제야 다 모였군."

다카는 슬쩍 뒤를 돌아보았다. 노크도 하지 않고 문을 벌컥 연 현홍은 그 상태 그대로 굳어버렸다. 그는 알지 못한 것일까, 이자의 힘을? 아영 역시 정령에게 이자가 누군지 들은 직후부터 힘을 느낄 수가 있었다. 진현과 우혁은 말할 것도 없이. 그런데 현홍은 살짝 고개를 갸웃거렸고 그것은 외려 다카를 놀라게 만들었지만 그는 표현하지 않았다. 마음을 겉으로 잘 표현하지 않는 사람이었으니까.

눈을 내리깔아 현홍을 살펴보는 눈길이 되었지만 이내 웃어버린 다카는 천천히 테이블 쪽으로 걸어갔다. 나무로 된 테이블을 한 손으로 짚으며 그는 조용히 입을 열었다.

"우선 앉도록 하지. 당신들을 만나기 위해서 그 먼 곳에서부터 찾아왔으니까."

"누, 누구?"

아직까지 무슨 일인지 모르겠다는 표정을 한 현홍의 팔을 아영은 살며시 잡아당겼다. 그리고 자그마한 음성으로 현홍의 귓가에 속삭여 주었다.

"다카 다이너스티. 에오로와 그 슈린이라는 남자의 스승이자 이 나라 최고의 대마법사 위저드Wizard 다카 다이너스티라는 사람이야!"

"에에?"

"으이그, 둔해 빠져 가지고는!"

…정령이 말해 주기 전까지 모르고 있었던 사람은 누구인가?

대마법사의 추억 2

"이리도 갑작스럽게 찾아오실지는 몰랐습니다만."

약간은 당황한 어투. 하지만 진현은 짐짓 내색하지 않으려 노력하며 입을 열었다. 아영과 현홍은 조금 머뭇거리며 침대의 한 켠에 자리를 잡고 앉았다. 테이블 주위에는 우혁과 진현, 그리고 다카가 앉아서 조용히 찻잔을 기울였고 문밖에서는 종종 웅성거리는 소란스러움이 들려왔지만 신경을 쓸 정도까지는 아니었다. 그리고 조금 목소리가 높게 될 때는 언제나 다카의 지팡이가 문으로—그것도 방문이 저절로 열려서—곧이어 낮은 비명 소리와 함께 잠잠해졌던 것이다.

다카는 입꼬리를 살짝 들어 올려서 조금은 비웃는 듯한 얼굴로 말했다.

"난 요란한 것은 질색이거든. 트럼펫 울리고 레드 카펫 걸어가는 것도 싫어. 악취미야. 그리고 장미 꽃잎도 싫어. 난 장미 알레르기가 있

32 잃어버린 세계

거든."

 별로 대답할 말도 생각나지 않았기에 진현은 말없이 고개를 끄덕였다. 아영은 정말로 저 사람이 대마법사가 맞는지 어쨌는지 의심스러운 눈으로 그를 노려보았다. 우선은 젊다. 마법인지 아니면 정말로 저렇게 젊은 나이에 그런 능력을 가졌는지 아무리 많게 잡아도 30대 초, 중반. 거기다가 성격은… 정말이지 마법을 쓰는 사람들은 하나같이 저 모양인지 궁금할 정도였다(수도의 길드장인 카이트도 그렇지 않은가).
 뚱한 표정으로 홍차를 한 모금 삼킨 다카가 찻잔으로 테이블 위에 올려두면서 입을 열었다.
 "그건 그렇고, 모두가 다 『잃어버린 세계』에서 왔다는 것이 참 놀랍군."
 "저 역시 그렇습니다. 제대로 된 설명은 들을 수가 없었거든요."
 "설명? 그렇다면 누군가가 당신들을 이곳으로 보냈다는 얘기인가?"
 가늘게 눈을 뜨고 묻는 다카에게 진현은 조심스럽게 고개를 끄덕여 보였다.
 "예, 설명을 해서 될 일도 아니지만… 어쨌든 누군가의 부탁으로 이곳에 온 것은 맞습니다."
 하지만 다카는 도무지 이해하기가 힘든 눈치였다. 그는 잠시 고개를 갸웃거린 후에 말했다.
 "그럼, 부탁이라는 것이 뭔데?"
 "……."
 진현은 살며시 고개를 돌려 다른 이들을 돌아보았다. 우혁은 말없이 고개를 저었고 아영은 눈만 멀뚱멀뚱, 현홍은… 넘어가자. 그러고 보니 들은 기억이 없다. 막연히 가면 알게 될 것이라고 했을 뿐 무엇을 하라, 무엇을 얻어라 같은 말은 한 번도 없었다. 지금까지 『잃어버린 세계』에서 온 사람만 다 모으느라 정신을 팔아서 그 다음에 대한 문제는 생각해 보지 않았던 것이다. 다카는 한심스러운 표정이 되었고 곧이어 어깨를 으쓱거렸다.

"한마디로 이제부터 뭘 할지 모르겠다는 거네?"

"……."

그들은 말이 없었다.

결국 다카는 약간의 비웃음과 함께 현자의 탑에 알아보겠다는 말을 남기고 수도의 마법사 길드로 가버렸고 방에 남겨진 이들은 이제부터라도 정말로 진지하게 이 일에 대해서 논의해 봐야겠다고 생각했다. 한마디로 지금까지는 아무 생각이 없었다는 거다.

다카가 방을 나선 후에 에오로 역시 귀를 잡혀 끌려갔고 에이레이와 니드는 방의 분위기가 흉흉해서 차마 들어오지 못한다는 눈치. 결국 방 안에서는 네 명만이 덩그러니 남게 되었다. 아영은 멍하니 앉아 있는 진현에게 조심스럽게 말을 걸었다.

"진현은 신족에게 아무런 말도 못 들은 거야?"

진현은 한숨을 푹 내쉬면 고개를 저었다.

"침묵의 권능을 받은 샤테이엘이 나에게로 왔지. 하지만 별다른 말은 하지 않았어. 우선은 문장을 받은 이들을 모은다. 그리고……."

"그리고?"

현홍이 궁금하다는 듯 몸을 앞으로 기울이며 되물었다. 하지만 진현은 잠시 입을 다물었고 그로 인해 방 안의 분위기는 점점 어두워져 갔다. 그런 것을 못마땅해한 아영이 뭐라고 말을 할 찰나 진현이 어렵게 입을 열었다.

"뭐라고 해야 할지… 이 문제는 될 수 있으면 너희에게 알려주고 싶지 않아."

"뭐?"

"우리는… 그냥 돌아가는 것만 생각하도록 하자."

아영은 멍한 얼굴로 진현을 바라보았고 우혁은 조용히 고개를 숙였다. 약간은 서글픈, 아니면 조금 어두운 듯한 진현의 얼굴을 보고 있자니 다시 물을 수도 없을 것 같았다. '뭔가 불길한 예감이 들어' 라고 현홍은 속으로 중얼거렸다. 희미하게 웃으며 차를 따라 과자와 함께 준 진현은 잠시 후 방을 나섰고 아영과 현홍은 그런 그의 뒷모습을 말없이 지켜보았다.

이미 식어버린 쿠키를 한입 베어 물며 아영은 입술을 깨물었다.

"뭘 숨기고 있는 거야?"

그녀의 물음을 들은 것은 우혁과 현홍이었다. 하지만 누가 들어도 그 질문이 우혁에게 했다는 것을 알 수 있었을 것이다. 꼭 쥔 침대 시트를 잡아당기며 아영이 고개를 들었다. 그녀의 눈은 알 수 없는 불안감과 함께 걱정스러움이 잔뜩 스며져 있었고 그것을 본 현홍 역시 마음속에 있던 〈걱정〉이라는 단어가 〈불안〉이라는 단어로 무겁게 바뀌어져 감을 느꼈다.

"우혁 오빠! 뭘 숨기고……."

"그런 것 없어."

싸늘하게 내뱉는 우혁의 대답에 아영은 움찔했지만 곧 이를 악물고 자리에서 일어났다.

"대체 뭘 숨기고 있냐고! 우리도 같은 입장에 놓인 동료야, 친구라고! 그런데 왜 안 가르쳐 줘? 응?"

딸칵.
 우혁은 손에 들고 있던 찻잔을 내려놓은 뒤 천천히 의자를 뒤로 끌어낸 후에 다리 한쪽을 꼬아 앉았다. 약간은 삐딱한 자세로 삐딱하니 시선을 둔 채 자신을 바라보는 우혁의 눈빛에 아영은 순간 입을 다물 수밖에 없었다. 우혁은 피식 입꼬리를 비틀어 올리며 말했다.
 "〈같은 입장〉?"
 "으윽!"
 현홍은 분위기가 살벌해지자 조금 옆으로 물러섰다. 만약 도장이었다면 애도愛刀부터 뽑아 들고 보았을 사촌지간이 아닌가. 잘못하면 누가 칼에 목 날아갈지도 모르기에 현홍은 조심, 또 조심하기로 속으로 굳게 결심했다. 아영은 이를 부득부득 갈면서 외쳤다.
 "그럼? 아니라는 거야!?『잃어버린 세계』인지 뭔지 난 몰라! 하지만 아는 사이이고 같이 살던 곳에서 이런 곳으로 날려져 왔으면 같은 입장이잖아!"
 "같은 입장 따위가 있을 거라고 생각하는 거냐, 넌?"
 "무슨 말이야!"
 "넌 현홍이 형과 같은 입장이냐? 아니면 나와 같은 입장이냐?"
 "뭐?"
 우혁은 흘러내리는 안경을 검지손가락으로 바로잡은 후에 한숨을 작게 내쉬었다.
 "같은 입장 따위는 없어. 인간은 모두가 다른데 입장이 같다고 생각하는 것은 너무 큰 오산이 아닐까? 〈비슷하다〉와 〈같다〉의 차이점을 모르지는 않겠지? 진현 형이 가지고 있는 생각과 네 생각이 다르듯이 같은 입장 따위는 없다는 말이다."

아영은 눈을 가늘게 떴다가 다시 크게 떴고 곧 굳게 쥔 주먹을 부르르 떨면서 말했다.

"그럼, 나는… 그리고 현홍은 아무런 생각도 하지 말고 가만히 있으라는 말이야? 우혁이 오빠랑 진현이 무슨 짓을 하든, 무슨 계획을 가지든 아무런 신경도 쓰지 말고 입 다물고 있어라?"

"아, 아영아, 말이……."

현홍은 조금씩 분위기가 험악해져 감을 느끼고는 조용히 아영의 팔을 잡아당겼다. 그렇지만 아영은 그의 손을 뿌리치면서 한 발자국 앞으로 걸어갔다.

"나도 정령족의 부탁을 받고 여기에 왔어! 현홍도 그렇고! 우혁 오빠랑 진현보다 못할 게 뭐가 있냐고! 여자라고 우습게 보는 거야!?"

아영의 목소리에 귀가 아픈 듯 한 손으로 귀를 막으며 우혁은 심드렁하게 답했다.

"그럼, 같다고 생각하냐?"

"뭐야!"

쇠가 긁히는 것처럼 새된 음성으로 빽 하니 소리친 아영의 얼굴은 붉게 물들어 있었다. 고함 소리가 들리자 무슨 일이 났나 싶어서 방문을 열고 들어온 니드와 에이레이는 험악한 분위기에 그만 흠칫 몸을 떨고 말았다. 현홍은 그 두 사람을 보며 입가에 검지손가락을 세워 보였고 곧 고개를 저었다. 이쯤에서 말리지 않으면 정말로 큰 싸움이 날지도 모른다. 그렇게 생각한 그는 아영과 우혁의 앞으로 걸어가며 손을 내저었다.

"두 사람 모두 그만 해. 아영의 말대로 우리는 같은 세계에서 온 사람들인데 싸우면 안 돼. 왜들 이러니? 아영이 너도 조금 참고, 그리고 우혁이도 말이 너무 심했어."

"난 있는 그대로 말한 것뿐이야."

"우혁아아……."

도무지 이 집안 사람들의 성격이라는 것은. 현홍은 속으로 눈물을 흘리며 우혁의 어깨를 토닥였다. 그리고 조용히 무릎을 굽히며 우혁의 귓가에 속삭이듯이 말했다.

"그래도 아영이 성격 어떤지 잘 알면서… 네 성격이면 보통 때에는 그냥 넘어갔을 거면서 오늘따라 왜 그러니?"

"후우."

우혁은 대답없이 한숨을 토해냈다. 씩씩거리는 아영을 토닥인 것은 에이레이였고 니드는 멀찌감치 서서 사태를 관망했다(이럴 때 괜히 잘못 걸리면 죽음이다. 왜 있지 않은가? 고래 싸움에 새우 등 터진다는 명언이!). 우혁은 할 수 없다는 태도로 어깨를 으쓱이고 나서 자리에서 일어나 방을 나가 버렸고 그의 태도가 더 눈에 거슬렸는지 아영은 제자리에서 펄쩍펄쩍 뛰면서 소리를 질렀다.

"대체 왜 저런 태도냐고! 마치 우리는 아무 짝에 쓸모가 없다는 것처럼, 자신들이 다 알아서 하겠다는 저 태도! 정말이지 마음에 안 들어! 그렇게 잘났어? 그렇게 잘 났냐고오오!"

"…하지만 틀린 말도 아닌걸."

아영은 그 자리에서 멈췄고 그것은 니드와 에이레이도 마찬가지였다. 쓰게 웃으며 우혁이 나간 자리를 망연하게 내려다보던 현홍은 두 손으로 꼭 쥐면서 고개를 숙였다.

"분명히… 틀린 말도 아니잖아."

"무, 무슨 소리야! 왜 필요가 없는데, 왜!?"

다시 열이 받은 것처럼 현홍에게 소리친 아영은 문득 현홍의 표정이 참으로 이상하다는 것을 느꼈다. 마치 억지로 울음을 참는 사람처럼 입술을 꼭 깨물고 숨을 몰아쉬는 모습이……. 아영은 의아한 듯이 고개를 갸웃거렸고 니드는 조용히 현홍에게로 다가갔다.

"혀, 현홍아?"

눈을 꼭 감고 고개를 들어 올린 현홍은 입가에 미소를 지우지 않은 채로 입을 열었다.

"그렇… 그렇잖아. 나 같은 건, 정말이지 할 줄 아는 것도 아무것도 없고, 아무것도 모르고… 아영처럼 힘을 제대로 알고 있는 것도 아니고… 우혁이나 진현처럼 원래부터 강한 것도… 아무것도 아닌데. 우혁이 저렇게 말하는 것도… 진현이 신경 쓰지 말라고 하는 것도 다, 다 이해해."

에이레이는 붙잡고 있던 아영의 팔을 놓으며 현홍을 보았고 곧 고개를 저었다. 손가락을 꼼지락거리며 현홍은 계속해서 말을 이었다.

"어차피, 어차피 아무런 도움도 안 되는 것… 괜히 끼어들었다가 일만 벌이는 게 좋은 사람은 없잖아."

"현홍아, 그렇지 않아."

니드는 천천히 현홍의 머리카락을 쓸어주며 생긋 웃었다.

"현홍이 너도 잘하는 것 많은걸 뭐. 야영할 때는 음식 잘하지, 그리고 싸움 역시… 충분히 도움이 될 정도로 잘하는걸? 아무것도 못하는 것은 오히려 나라고."

"니드……"

눈물이 글썽거리는 얼굴로 울먹이는 현홍을 보자 니드는 자신도 모르게 마른침을 삼켰다. 확실히… 보통 여자보다 더 예쁘니까 이렇게 몸이 반응하는 것도 비정상은 아닌 거야. 그리 생각하며 니드는 속으로 알아서 체념해 버렸다. 위험 수위에 도달하지 않게 살며시 뒤로 물러난 니드는 씨익 웃으며 말했다.

"어차피 너도 그랬잖아? 골치 아픈 일들은 다 맡겨 버리자고. 진현도 분명히 스스로 무슨 생각이 있으니까 그렇게 말했겠지. 안 그래? 너랑 아영이가 위험해질 수도 있으니까… 다 걱정해서 하는 말이라고."

"그, 그럴까?"

훌쩍이며 눈가의 눈물을 슥슥 닦아낸 현홍이 다시 되물었고 니드는 활기 차게 고개를 끄덕였다. 그리고 그는 두 팔을 번쩍 들어 올리며 소리쳤다.

"그러니까 내일부터는 다시 쇼핑을 하자! 수도 구석구석 모두 구경한 다음에… 아, 너 처음 수도에 왔을 때 그림 그리고 싶어했잖아. 내일은 도시락 싸 들고 수도 전경이 훤히 보이는 언덕으로 소풍 가자. 종이랑 연필도 모두 사서."

현홍은 잠시 멍하게 니드를 바라보다가 고개를 끄덕이며 활짝 웃었다.

"응, 응!"

단순하다고 생각한 것은 아영만이 아니었지만, 그래도 어째 이상한 방향으로 결말이 나버려서 화를 낼 수조차 없게 되었다. 아영은 머리를 긁적이며 쓰게 웃었다. 그렇지만 정말로 이상해. 왜 진현과 우혁 오빠는 뭔가 알고 있는 것 같으면서도 숨기는 거지? 니드의 말처럼 우리가 위험할 수도 있어서? 턱을 매만지며 고개를 갸웃거린 아영이었지만 그녀로서도 쉽게 결론이 나오지 않았다. 지금 현재 사태가 파악이 안 되는 것은 문밖에 서서 오돌오돌 떨고 있는 키엘뿐이랄까.

"정말로 설명 안 해줄 거야, 형?"

수도의 대로를 걸으며 우혁은 그렇게 물었다. 진현은 바지 주머니에 양손을 꽂아 넣고는 말없이 걸어갔다. 사람들과 부딪치는 것을 조금 혐오스러워할 정도로 싫어하는 우혁을 배려한 것인지 대로를 벗어나 골목길로 접어들어 가면서 진현은 입을 열었다.

"설명한다고 뭐가 달라지겠니. 오히려 걱정만 더 늘리는 샘이 될 거야."

"아영이 성격에 가만히 있을까. 현홍이 형도……."

"어쩔 수 없어."

그래, 어쩔 수가 없다. 말을 해서 일이 줄어들 것이라면 벌써 입을 열었을 것. 그렇지 않고서야 가만히 입을 다물 수밖에 없는 일 아닌가. 만약, 만약에 원래의 세계로 돌아가지 못한다고 말을 한다면 어떠한 반응들이 쏟아져 나올까. 이곳에서의 인연 역시 소중하게 여기지만 원래의 세계는 태어나고 자란 곳, 그런 곳으로 돌아갈 수 없다면……. 진현은 살짝 고개를 저은 후에 말했다.

"지금은 어떠한 확신도 불필요해. 조금 더 생각하고 난 후에 결정하자. 분명히 아영과 현홍도 선택되어져 온 녀석들이니까."

조금은 가라앉은 진현의 말에 우혁은 짧게 고개를 끄덕였다. 우혁은 고개를 살짝 들어 건물들 사이로 푸르게 짙어져 가는 하늘을 올려다보았다. 하늘은 맑지만 대기 중의 습기가 짙어져 가는 것이 한차례 소나기라도 올 듯한 날씨. 오히려 맑아서 더 걱정이 되는 그런 것이었다. 맑아서 더 불길한…….

우혁은 문득 생각이 났다는 듯 고개를 돌려 진현에게 말했다.

"그런데 남은 사람들, 그렇게 놔둬도 괜찮을까?"

"응? 그러고 보니 걱정이군. 셀로브는 어디로 갔는지 사라져 버렸고."

"그래."

눈을 동그랗게 뜨고 고개를 갸웃거린 진현을 내버려 둔 채로 우혁은 살며시 한쪽 무릎을 꿇고 앉았다. 진현은 갑자기 그가 손을 땅에 댄 채로 무어라고 중얼거리자 무엇을 하나 싶어 허리를 숙였다. 우혁은 조용히 포석을 손으로 짚으며 작게 입술을 움직였다.

"숨 쉬는 자들을 희롱하고 억겁을 살아가는 자, 드래곤의 이름으로… 대지의 정령이여, 모습을 갖추고 나의 앞에 그 위位를 드러내라. 그리고 내 명을 받들라."

드드드!

그의 말이 끝나자 마치 작은 지진이 일어나는 것처럼 땅이 흔들리기 시작했다. 하지만 그것은 국소적인 것이었고 그래서 대로에서는 소란이 일어나거나 하지 않았다. 잠시 후 대로의 포석들의 파편이 점점 하나의 덩어리로 뭉치기 시작했고 사람만한 크기로 커다랗게 변한 돌덩어리를 보면서 진현은 입을 살짝 벌렸다. 뭔가 살아 있는 것마냥 꿈틀거리는 그것을 보며 진현은 얼떨떨한 표정으로 물었다.

"이, 이거 뭐냐?"

"대지의 정령. 으음, 이 형태로는 조금 문제가 있겠네."

우혁은 그렇게 답하며 허공에 둥둥 떠 있는 돌덩어리를 살짝 손으로 짚었고 그러자 그것은 조금씩 다른 모양을 갖추기 시작했다. 조금의 시간이 지나 떨어져 나간 돌의 파편들을 발로 툭 한번 차본 진현은 고개를 갸웃거렸다. 그 모습이란 여우 같기도 하면서 늑대 같기도 한 그런 형태였다. 그렇지만 돌로 구성이 되어 있었기 때문에 움직임 같은 것이 조금 뻑뻑하게 느껴졌다. 길게 늘어진 꼬리가 대지의 돌과 이어져 있는 그것은 우혁을 향해 고개를 들었다.

우혁은 조심스럽게 허리를 숙여 그것의 이마를 슥슥 쓰다듬어 주며 입을 열었다.

"부탁이 있구나. 여관 주위에 머물면서 항상 내 동료들을 보살펴 줬으면 한다. 하지만 되도록 모습은 드러내지 말고. 위험이 닥치면 보호해 주고 나에게도 알려다오."

대지의 정령은 살짝 턱을 움직였고 곧 다시 돌덩이로 변해 땅으로 스며 들어갔다. 진현은 팔짱을 낀 채로 흐뭇한 미소를 지으며 고개를 끄덕였다.

"역시 우혁이가 있으면 편… 좋다니까. 하하하."

손에 묻은 먼지를 탁탁 털어낸 우혁은 조금 눈을 가늘게 흘겼고 제 풀에 찔끔한 진현은 살짝 시선을 돌렸다.

"형, 지금 편하다고 말하려 했지."

"…아니, 내가 언제?"

"지금."

"난 모르겠는거얼~"

어깨를 으쓱거리며 자리를 피하는 진현에게 우혁은 마치 잔소리를 하는 시어머니처럼 언성을 조금 높이며 따지기 시작했다.

"내가 전에도 종종 말했지. 그 귀찮아하는 성격 좀 고치라고. 하여간에 형은 그러니까 현홍이 형과 비서님들께도 매일 잔소리를 듣는 거라고. 형이 사라진 지금 회사에서 형이 처리하지 않은 서류들을 처리하고 있을 비서님들께 뭔가 미안한 마음은 안 들어?"

"…우혁아, 점점 잔소리하는 레벨이 비서들과 비슷해지는 느낌이 드는구나."

"형 내 말 제대로 듣고 있는 거야?"

"예, 예, 듣고 있습니다."

"형!"

옥신각신, 티격태격하는 두 명은 그 와중에도 걸음을 옮겨 골목 안쪽으로 모습을 감췄다. 저 멀리로 중얼거리는 목소리를 들으며 데스티니는 자신이 두르고 있던 후드를 뒤로 넘겼다. 그는 조용히 눈을 내리깐 채 그들을 내려다보았지만 기를 잔뜩 죽이고 있던 터라 우혁과 진현은 그를 느끼지 못했던 듯싶다. 온통 검은 옷과 붉은 눈이 인상적인 데스티니에게 붉은색의 치렁치렁한 머리카락을 가진 고혹적인 미녀 에스메랄다가 침중한 목소리로 말했다.

"또 한 명, 강한 인간이 늘었군요. 이러다가는 정말로 의뢰를 성사시키지 못할 수도 있겠어요."

"우리 단團이 처리하지 못하는 의뢰는 없다."

그러나 에스메랄다는 대답하지 않았다. 그녀는 한 손을 들어 붉은 안료가 칠해진 손톱을 자근자근 물어뜯으며 살며시 입을 열었다.

"유매와 유젠까지 그렇게 될 줄이야. 에블린이 얼마나 슬퍼하던지… 울음을 그치게 한다고 애먹었어요."

"우리는 언제 죽을지 모르는 존재다. 슬퍼할 필요는 없어."

"그러나 당신도……."

"그만."

에스메랄다는 표정의 변화가 전혀 없이 입만을 놀리고 있는 데스티니의 옆얼굴을 흘깃 쳐다보았다. 작게 한숨을 내쉰 에스메랄다는 바람

44 잃어버린 세계

에 흩날리는 자신의 머리카락을 살짝 쓸어 넘겼다. 그녀의 붉은 머리카락은 눈이 부시도록 맑은 햇살을 받아 더욱 화려하게 빛났다. 그러나 눈빛만은 조금은 처연한, 서글픈 빛이 감돌았다. 에스메랄다가 조심스럽게 작은 목소리로 말했다.

"혹시 단장께서는 저 진현이라는 남자를 저희 단에 가입하도록 권유할 생각일까요?"

잠시 입을 다물고 생각을 정리한 데스티니는 묵묵하게 고개를 저었다.

"모르겠다. 확실한 것은 아무것도 없어. 하지만 분명한 것은 우리 단은… 단원이 죽임을 당하면 대신으로 그를 죽인 자를 단으로 받아들이기는 하지만 지금까지 그런 적은 한 번도 없었으니까. 단장의 생각은 나도 모르겠다."

"그것이 관례라고는 하지만 다른 단원들이 가만히 있을까요? 아무리 우리들은 언제 죽을지 모른다고 해도 같은 단에 소속되어진 이들입니다. 더욱이 유젠과 유매는 다른 단원들과 단장이 자식 키우듯 키운 아이들이 아닌가요. 저 역시도……."

입술을 깨물며 고개를 숙인 에스메랄다의 눈빛에 갑작스레 살기가 짙어져 갔다. 그녀는 주먹을 꼭 쥔 손을 부르르 떨면서 억눌린 음성을 말했다.

"제 마음 같아서는 지금이라도 저 남자를 죽이고 싶어요. 저자의 목을 잘라서 유매의 무덤가에 바쳐야 속이 시원할 것 같다고요!"

확 풍겨져 나오는 고혹적이면서도 짙은 장미의 향기와 같은 살기에 데스티니 역시 약간은 위압감을 느낄 정도였다. 그러나 그는 조용히 고개를 저으며 그 특유의 냉기 어린 어투로 입을 열었다.

"우리 단의 10계명 중 하나를 잊지 마라. 복수는 쓸모없다. 그리고 우선은 진현이라는 남자는 제거 대상에서 제외다. 그전에 관례대로 입단을 권유한다."

"데스티니!"

"이건 단장의 명령이야."

"윽!"

"그리고 새로이 나타난 저 남자 역시 애초부터 우리의 제거 대상이 아니었어. 될 수 있으면 건드리지 마라. 손해 보는 장사는 안 하니까. 우리가 현재 제거해야 할 대상은 현홍이라는 남자와 초록 머리의 에이레이라는 여자, 대마법사의 제자인 에오로 미츠버, 음유 시인인 니샤드 에아 비 셰라프, 슈린이라는 소년이지만 그는 어디론가 사라져 버렸지. 하지만 다른 단원이 쫓고 있으니까 염려 없을 거다. 이상의 다섯 명뿐이다. 키엘이라는 묘인족의 소년은 인간 말을 못하니까 제거할 필요가 없어."

입술을 오물거리며 뭔가 할 말이 있는 듯 머뭇거린 에스메랄다는 머리카락을 귀 뒤로 쓸어 넘기며 눈을 감고 체념하는 표정이 되었다.

"후우, 알았어요. 지금은 조심하죠. 하지만… 에오로라는 소년과 슈린이라는 소년은 대마법사인 다카 다이너스티의 제자입니다. 그런 그의 제자를 건드렸다가는 큰일이 나고 말 거예요. 아무리 우리라고 해도… 대륙 최고의 마법 실력을 가진 그를 상대할 수는 없어요. 심기라도 건드렸다가는……."

"……."

걱정스러운 그녀의 말에 데스티니 역시 입을 다물고 말았다. 지금 가장 큰 문제는 바로 그것이다. 만약 다카 다이너스티가 이곳에 오지 않았더라면 혹시나 모른다. 자취를 최대한 죽인 채로 몰래 목숨을 거두어갈 수만 있다면 그라고 해도 별수없겠지. 하지만 지금 그는 어쩐 일인지 수도 스란 비 케스트에 모습을 드러냈다. 단둘밖에 없는 제자이지 않은가. 제자의 죽음을 과연 묵과할 성격이 아니었기에 데스티니는 조금은 신경이 쓰였다.

 대마법사―위저드Wizard 다카 다이너스티. 그를 모르는 자는 대륙에 없다. 위명偉名에 맞게 대단한 실력을 가진 자임이 분명한 것이다. 그의 위명은 음유 시인들의 노래 속에서도 구구절절이 흘려져 내려온다.

 그에 대한 것은 자신이 알아서 할 것이라는 말은 남긴 단장은 과연 어떻게 할 것인가. 데스티니는 속으로 내심 걱정을 금치 못했다.

 "어이어이, 준비 잘하고 있는 거야?"

 니드는 한심스러운 목소리로 그렇게 말했다. 방 안에는 분주하게 짐을 꾸리고 있는 현홍이 있었다. 이리저리 날아다니는 옷가지들과 정체를 알 수 없는 것들을 보면서 니드는 자신의 생각을 다시금 고쳐야 했다. 피크닉 가자는 말을… 지금에 와서 철회하면 아마―분명히―맞아 죽을 거다. 그래서 그는 조용히 입 다물고 있을 수밖에 없었다. 커다란 가방에다가 옷가지며 미술 도구를 챙기던 현홍이 고개를 들어 올리며 입을 열었다.

 "아, 그런데 물감이랑 붓 사러 간 아영이는 왜 안 와?"

 "나간 지 꽤 되었으니 조금 있으면 오겠지. 그런데 무슨 짐이 그렇게 많아?"

 현홍은 환한 얼굴로 뺨을 붉히며 두 손으로 얼굴을 감쌌다.

"하루 만에 어떻게 그림을 다 그려. 그래서 간 김에 야영도 하고… 산이 아니고 언덕이니까 별 불편은 없을 거야. 그치?"
"에엑!? 하룻밤 자려고?"
"왜, 싫어?"
"…아, 아니, 아하하. 당연히 그래야지, 암."

니드는 싸늘하게 노려보는 현홍의 시선에 마른침을 삼키며 애써 고개를 끄덕였다. 그의 말 그대로 수도도 가깝고 사람들도 종종 다니는 길목에 위치한 언덕이므로 별 불편은 없을 것이다. 식료품이라도 떨어진다면 말로 달려서 수도에 오면 되니까. 그렇게 생각하며 스스로를 위로한 니드였다. 어제 조금 침울해져 있던 현홍의 기분을 풀어주려 했던 말이었지만 확실히… 지금의 현홍이 더 보기가 좋았다. 밝고 환하게 웃는 얼굴을 보며 니드는 살짝 미소 지었다.

하지만 길다란 머리카락을 위로 올려 묶고 편안한 평상복을 입고 있는 니드는 이내 자신의 팔목에 차인 팔찌들을 내려다보며 입가의 미소를 지웠다.

그래, 이스티도… 저런 성격이었지. 니드는 사랑스러웠던 자신의 아내를 떠올리고야 말았다. 환하게 웃던 그 얼굴과 보고 있노라면 피로까지 씻어줄 정도로 아름다웠던 미소. 니드는 또다시 가슴이 저려오는 아픔에 조용히 눈을 감았다. 현홍을 보면 그녀가 떠올랐다. 단순하게 작은 선물에도 정말로 세상의 모든 것을 다 얻은 사람마냥 웃음을 띠었던 그녀와 현홍이 너무나도 닮았었기에. 새삼스레 떠오르는 기억과 그와 함께 울컥 치밀어 오르는 살기에 스스로도 놀랄 정도였다.

누구였을까, 그자는. 그녀의 무덤을 파헤치고 자신이 남겨주었던 고귀한 물건을 팔아넘긴 인간은.

니드는 자신의 허리춤에 차인 가죽 주머니에 담겨진 작은 조각상을 매만졌다. 잊을 생각은 없다. 반드시 복수할 것이다. 반드시… 반드시. 이를 악물고 주먹을 불끈 쥔 그의 귓가에 나직한 목소리가 들렸다.

"니드? 안색이 안 좋아."

화들짝 놀라 눈을 떠보니 눈앞에는 걱정스러운 얼굴의 현홍이 있었다. 그는 안절부절못하며 입가를 손으로 가렸다.

"어디 아픈 거야? 그래? 오늘 가지 말까? 난 괜찮아. 니드, 안색이 파리한데."

당장이라도 눈물을 쏟을 것처럼 그렁그렁해진 검은 눈동자로 자신을 올려다보는 현홍에게 니드는 쓴 미소를 보여줄 수밖에 없었다. 어쩌면 이리도 착할 수 있을까. 꼭 껴안아주고플 정도로 사랑스러운 느낌이 들었다. 니드는 자신도 모르게 손을 들어 현홍의 어깨를 감싸 안았다. 어안이 벙벙해진 현홍이 한 발자국 뒤로 물러났지만 니드의 손을 뿌리치거나 하지는 않았다.

남자라고 생각되지 않을 정도로 부드러운 현홍의 어깨에 이마를 가져가 얹으며 니드는 조용히 속삭였다.

"…네가 떠나면 슬플 거야."

그 말이 무슨 뜻인지 잘 알고 있었기에 현홍은 아무런 대답도 할 수가 없었다. 그저 말없이 니드의 넓은 등을 토닥여 주었다. 분명히 떠나기 싫을 것이다. 목숨을 걸고 같이 여행을 했던 친구들을 두고… 갈 수가 없을 수도 있다. 하지만, 하지만 분명한 것은 원래의 세계가 아니라면 그 자신도 없었기에. 그곳의 인연 역시 소중하기에… 현홍은 애써 눈물이 날 것 같은 것을 참아내며 억눌린 목소리로 말했다.

"괜찮아. 아직은 아닌걸. 지금 당장… 당장 떠나지는 않을 거야. 하지만, 나도 분명히 슬플 거야. 니드, 네가 소중한 만큼 더 슬퍼. 그래도 널 만나서 다행이야. 이 세계에 와서 가장 처음 만난 사람이 너라는 사실이 기뻐."

만남이 있으면 언젠가는 헤어짐이 있다. 아무리 듣고 들어도 익숙해지지 않는 말. 소중한 만큼 헤어짐에 따르는 슬픔과 고통은 더한 것이다. 그렇지만… 사람은 혼자서는 살 수가 없어. 그러니까… 그러니까 헤어질 것을 알더라도 만날 수밖에 없는 거야. 현홍은 턱을 따라 흘러내리는 한줄기의 눈물을 부디 니드가 눈치 채지 않았으면 했다.

"어쭈? 두 사람 사귀는 거야?"

순간적으로 놀라서 화닥닥 팔을 걷어낸 니드는 발간 얼굴로 짓궂은 목소리가 들린 방향으로 고개를 돌렸다. 이상스러운 입가에 걸친 아영을 보면서 니드는 자신의 표정이 제발 이상하지 않기만을 바랬다. 그러나 아영의 입가에 걸쳐진 사악한 미소가 더 환하게 번지는 것을 보며 자신의 얼굴이 과연 어떨까 하는 생각에 빠져들었다.

"왜 그런 표정이람? 오호홋! 걱정 마, 진현한테는 얘기 안 할게. 하지만 남의 애인 가로채면 천벌받는다, 니드?"

"아, 아영!"

"오호호홋!"

허리에 팔을 걸치고 입가를 다른 한 손으로 가리며 마녀 웃음소리 비슷한 것을 내며 아영은 즐거운 듯 웃었다. 잠시 멍한 표정의 현홍이 아영의 말이 무슨 말인지 곰곰이 생각하는 듯 고개를 갸웃거렸다. 역시 그의 둔함은 하늘이 알고 땅이 통감하는 것이었다. 아영은 그런 현홍의 모습에 진저리를 치며 들고 있던 가죽 주머니를 현홍에게로 던졌다. 멍하게 있다가 화급히 그것을 놓치지 않고 받아 든 현홍은 주머니를 풀더니 곧 환한 얼굴이 되었다.

가죽 주머니 안에는 크고 작은 크기의 튜브들이 들어 있었고 붓들도 보였다. 현홍은 정말로 세상의 기쁨을 자신의 품에 안은 듯 주머니를 품에 안고 행복한 표정을 지었고 아영은 옆에서 그런 그의 어깨를 툭툭 쳐주었다.

"진정해, 진정해. 겨우 그런 것으로 인생의 기쁨과 행복을 다 맛본 사람과 같은 얼굴은 하지 마. 목표가 캡 낮잖아. 그런 표정을 지을 때에는 뭔가 엄청난 돈이나 명예가 굴러 들어왔을 때라고 생각 안 해?"

아영의 정곡을 찌르는 말에 뾰루퉁한 표정이 된 현홍은 볼을 부풀리며 투덜거렸다.

"안 해. 내 목표 낮은 데 보태준 것 있어? 난 이걸로 충분하다고. 이곳에 온 뒤로 제대로 된 그림 한번 못 그려봤어. 너, 알잖아? 내가 얼마나 그림 그리는 것 좋아하는지."

"뭐, 알기야 알지."

"부모님께서 돌아가신 후에 미대를 포기하고 난 동생 먹여 살리기 위해 일해야 했어. 그림 그리는 것은 내 인생의 행복이자 목표야."

조금 침울한 듯하지만 단호한 어조로 그리 말하는 현홍을 보며 아영은 멋쩍은 듯이 머리를 긁적였다. 뭔가 분위기 어둡게 하는 이야기였지만 현홍의 표정은 어둡지만은 않았다. 흥! 하고 콧방귀를 뀐 현홍은 짐 속에 물감과 붓을 챙겨 넣으면서 조용하게 말했다.

"그렇지만 일을 하게 된 것도 그리 나쁘게만은 생각 안 해. 아버지께서 하던 홍차 가게를 물려받아 일을 하면서 정말로 많은 사람들을 만났는걸. 좋은 사람들을… 좋은 인연들을. 그리고 진현이도 가게에서 처음 만났고."

진현과의 첫 만남은 어땠을까? 니드는 조심스럽게 그런 질문을 머릿속에 떠올렸다. 왠지 아주 독특했을 것 같다고 생각했다. 물론 그의 생각일 뿐이지만. 아영은 고개를 끄덕이며 손으로 턱을 매만지며 눈동자를 굴렸다.

"으음, 들은 기억이 난다. 진현과는 고등학생 때 처음 만났지?"

"응, 비가 추적추적 올 때 진현이 가게에 왔었어. 비를 다 맞아서 완전히 비 맞은 생쥐 꼴이 되어서 말야. 벌써 햇수로 6년 전이지만 아직까지 기억이 생생해."

"진현과 6년 동안 알고 지냈던 거야?"

놀란 듯한 니드의 음성에 현홍은 고개를 끄덕였다.

"그때 내 나이가 열여덟이었어. 진현이는 열일곱이었고. 지금처럼 굉장히 강하고, 단단해 보였지만 비에 젖은 그 녀석의 모습은… 어딘지 모르게 처량해 보였지."

입을 쩍 하니 벌린 니드는 열일곱 살의 진현을 상상해 보곤 스스로 질려 버렸다. 대체 몇 살 때부터 그런 이미지였을까. 현홍은 마치 첫사랑을 회상하는 소녀처럼—맞아 죽을 소리지만—고개를 약간 허공으로 향한 채 계속해서 말을 이었다.

"음, 뭔가 보고 잔뜩 질린 사람처럼 그 녀석이 가게로 처음 들어섰을 때가 지금도 기억에 남을 정도야. 마치 곧 울 사람처럼, 그때는 금발이 아니었고 지금처럼 검은 머리카락이었어. 따뜻한 홍차 한 잔을 마시고… 그리고 그냥 가버렸었지. 아무 말도 안 한 채로 말야. 뭔가 물어도 아무 대답도 하지 않은 채 그렇게 가게를 나가 버렸어. 그런데 다음 날 다시 나타났지."

"헤에, 단골이 된 거네?"

두 손으로 머리를 받친 채 옛이야기를 즐겁게 들으며 아영이 질문했고 현홍은 환하게 웃으며 고개를 끄덕였다.

"맞아. 그 후로 쭉 단골이었어. 매일 들렀지. 정말로 하루도 빠짐없이 매일. 내가 20살, 그 녀석이 19살 때 처음 친구가 되었어. 나이 차이 같은 것은 단지 숫자 놀음일 뿐이라고 그 녀석이 그랬어. 그리고 나서 같이 살았고."

"가, 같이 살아!?"

뭐에 그리 놀랐는지 목소리를 높인 니드는 자신의 목소리에 놀라 손으로 입을 막았고 현홍은 고개를 갸웃거리며 입을 열었다.

"으응, 한 집에서 같이 살았어. 그런데 왜?"

"아, 아니…… 으음, 아무것도 아냐."

"……?"

아영은 키들거리며 배를 잡고 웃었다. 무슨 생각을 하는지 뻔했으니까. 그걸 모르는 현홍은 잠시 동안 벌겋게 변한 니드의 얼굴을 말없이 바라보다가 아무래도 무엇 때문에 저러는지 알 수 없어서 그냥 얘기를 계속했다.

"회사 일 때문에 외국에 장기 출장 갈 때나 회사에서 야근할 때가 더 많았어. 정말로 일에 싸여 살던 녀석이지. 나는 처음에… 이곳에 왔을 때 진현이가 푹 쉬길 바랬어. 매일 일에 치여 쉬지도 못하고 하루에 두세 시간 수면하는 그 녀석이 안쓰러워 보였으니까."

"뭐, 그런데 여기서도 일을 만들고 다니지, 그 사람은."

아영은 피식 웃었고 현홍 역시 쓰게 웃을 수밖에 없었다. 가슴의 옷깃을 살짝 부여잡으며 현홍은 고개를 살짝 떨구었다.

그래, 제발 그 녀석이 쉬길 바랬어. 자기 자신만을 위해서, 자기 자신만의 행복을 위해서… 그래서, 그래서…… 이곳에서 떠나길 원치 않아, 난. …진현아.

생각에 푹 빠져 있는 그를 보며 아영은 고개를 갸웃거리다가 현홍의 어깨를 툭 쳤다. 흠칫 놀란 현홍이 고개를 돌리자 아영은 자신의 짐이 든 가방을 어깨에 메며 빙긋 웃었다.

"어서 가자. 해 좋을 때 가야지 그림 그리기도 편하잖아."

"아, 으응."

조금 머뭇거리던 현홍은 곧 다시 마주 웃어주었다. 웃는 얼굴이 가장 자신에게 잘 어울린다는 것을 아니까, 아무리 슬퍼도 웃을 수밖에 없는 사람이었다. 니드는 자신의 짐을 들고는 잠시 아영을 보며 조심스럽게 말했다.

"짐 들어드릴게요. 주세요."

"어머, 괜찮은걸. 나 이렇게 겉으로는 연약하고 유약하게 보여도 힘 세거든. 아아, 내가 얼마나 가련하게 보이면 짐 들어준다는 말까지 할까."

"……."

자신이 한 말에 본전도 못 뽑은 니드는 입맛을 다시면서 발길을 돌렸다. 순간 현홍은 멈칫하며 그 자리에 멈춰 섰다. 눈을 동그랗게 뜨고 조용히 고개를 숙인 채 있는 현홍의 어깨를 왜 그러냐며 툭 쳐준 것은 아영이었다.

방을 나선 세 명은 여관의 홀까지 내려갔고 그곳에 남은 몇 명의 사람들이 보였다. 정오가 안 된 시간이었기 때문에 홀에는 늦은 아침과 이른 점심을 먹는 소수의 사람들밖에 없었다. 한 테이블을 차지하고 앉은 셀로브가 고개를 들어 올리더니 미간을 찌푸렸다. 그는 짐을 둘러멘 세 명을 뚫어지게 쳐다본 후에 간신히 입을 열었다.

"뭐야, 어디 가려는 거냐?"

"응, 피크닉."

쌈박하고도 깔끔하게 대답한 아영을 보며 셀로브는 머리가 아파옴을 느꼈지만 간신히 스스로를 자제하며 주먹을 꽉 쥐었다. 그의 옆에서 키엘에게 애플 파이 조각을 떼어주던 에이레이 역시 조금은 당혹한, 그리고 당황함을 감추지 못한 목소리로 말했다.

"자, 잠깐만. 뭘 간다고?"

"피크닉. 오늘 날씨 좋잖아. 바람도 적당히 불고, 해도 그리 뜨겁지는 않고… 뜨거워도 별 필요는 없겠다, 나무 그늘이 있을 테니까."

"이봐!"

멍해 있는 에이레이가 뭐라 말하기도 전에 셀로브가 자리에서 벌떡 일어서며 소리쳤다. 그는 한숨을 잠깐 내뱉은 후에 고개를 가로저었다.

"진현과 에오로가 정체 모를 녀석들한테 습격받은 지 얼마 지나지도 않았어. 그런데, 뭐? 피크닉? 언제 공격당할지도 모르는데 도시락 싸들고 룰루랄라 소풍을 가겠다고? 미쳤냐, 너희들!"

단도직입적인 그의 독설에 아영은 발끈했지만 니드는 조용히 그녀의 어깨를 붙잡으며 한 발자국 앞으로 나섰다.

"걱정하시는 마음은 압니다만, 멀리 가는 것도 아닙니다. 수도에서 조금 떨어진 언덕으로……."

"진현과 에오로가 어디서 습격받았는데? 이 수도야. 언제 어디서 튀어나올지 모르는 녀석들이란 말이다. 아영이나 현홍은 이해하겠어. 그런데 니드, 너까지 왜 애처럼 구는 거냐?"

"아, 저기……."

셀로브의 말에 결국 아영은 그 다혈질적인 성격을 참지 못하고 빽 하니 소리를 질러 버렸다.

"왜 그리 딱딱하게 구는 거야! 그리고, 뭐? 애들? 네 눈에는 나랑 현홍이가 애처럼 보여!?"

대답을 하지 않았지만 싸늘하게 피식 웃은 셀로브의 모습은 누가 보아도 무시하는 기색이 역력했고 아영이 다시 한마디 쏘아주기 위해 앞으로 한 발자국 나설 때였다. 조용히 있던 현홍은 손을 들어 아영의 팔을 잡았고 그리고 나서 작게 미소 지으며 셀로브에게 말했다.

"못 미더워 보이니?"

"뭐?"

지금 이 시점 당황하는 것은 셀로브만이 아니리라. 에이레이는 오늘 쟤가 약 먹었나 하는 표정이었고 니드와 아영 역시 적잖이 놀라웠다. 순진하고 얌전한 양의 표본 격인 현홍이 저렇게 한마디, 그것도 속내에는 분명 무시하지 말라는 어투가 분명한 저런 말을 하다니. 현홍은 그 입가에 수수한 미소를 띤 그대로 살짝 고개를 숙이며 말을 계속 이었다.

"분명히 못 미더워 보이겠지. 진현도 그렇게 당했던 녀석들… 아주 위험하리라고 나도 생각돼. 하지만 나도 분명히 「힘」을 가지고 있어. 그 녀석들에게 지지 않아."

자존심이 엄청나게 엿보이는 말. 아영은 순간 주눅이 들어버렸다. 그리고 그제야 현홍에 대한 한 가지의 생각이 번득 들었다. 현홍은 만약 마력을 뺀다면… 진현보다 강하다라는 것. 1대 1의 전투에서라면 누구보다 더 강하다. 빠르고. 저 가녀린 몸에는 생각하지 못할 힘을 감추고 있는 것이다. 온갖 격투기에 단련된 사람이라는 것, 왜 지금에 와서야 생각이 난 것일까. 그리고… 아직 자각은 하지 못했지만 현홍이 가진「어둠」의 힘은 분명 진현과 동등할 것이 분명하다.

누구 뭐라고 해도 그 역시 선택받은 몸. 항상 눈물 많고 겁도 많아서 생각할래야 생각할 수가 없었지만. 아영은 씨익 웃은 후에 현홍의 어깨를 팡팡 두드리면서 소리쳤다.

"암! 물론이지. 현홍이도 선택받은 사람인걸! 너도 분명히 아직 자각을 못해서 그렇지, 자각만 하면 그 따위 녀석들은……."

"아영아."

"응?"

조용하게 울리는 현홍의 목소리에 아영은 눈을 동그랗게 떴다. 현홍은 그녀에게 부드럽게 웃어준 다음 몇 발자국 앞으로 걸어나갔다. 창가에서 밝게 내리비치는 햇빛이 조금 따가웠는지 손을 들어 눈가를 가린 그는 잠시 동안 아무런 말도 하지 않았다. 빛에 둘러싸인 그의 모습이 이상스럽게도 아름다워 보여서 홀에 있던 모든 사람들이 입을 다물었다. 소란스러운 그들의 일행에게 눈길이 가지 않는 사람은 거의 없었으니까.

현홍은 여관의 문을 살짝 열었다. 그와 동시에 더욱더 많은 양의 여름의 햇빛이 조금 어둑한 분위기의 홀로 쏟아져 내렸다.

햇빛과 함께 작은 바람 한줄기가 불었을까. 아니, 그것은 분명 아닌 것 같다. 바람이 불 만한 것이 아무것도 없는 여관 사이사이로 바람이 불기 시작했다. 결코 거칠지 않은 마치 부드럽게 어루만지는 연인의 손길처럼. 아영은 놀란 눈으로 주위를 둘러보다가 화들짝 현홍의 등을 보았다. 살짝 비틀어 돌린 현홍의 옆얼굴은 역광에 의해 잘 보이지 않앉지만 분명히 입가의 미소는 볼 수가 있었다.
그의 입매가 조심스럽게 움직였다.
"자각을 못한 게 아냐……."
그는 그렇게 말하며 다시 입을 다물고는 고개를 돌려 정면을 보았다. 살짝 벌려진 문가 사이로 분주하게 지나가는 사람들의 모습이 보였다. 검은 눈동자에 스쳐 간 이채는 과연 무엇이었을까. 현홍은 묘한 미소를 입가에 담은 채로 한 발자국 앞으로 내디디며 문을 활짝 열어젖혔다.
"안 한 것뿐이지."
그렇게 말하며 그는 환한 빛 속으로 당당하게 걸어나갔다. 멍하게 그를 보고 있던 니드와 아영은 서로를 잠시 쳐다본 뒤에 이상스러운 표정을 짓고는 황급히 현홍을 따라나섰다. 키엘은 입가에 묻은 잼을 닦을 생각도 하지 않은 채로 눈을 깜빡거리다가 에이레이를 올려다보았다. 걱정스러운 표정은 그녀 역시 마찬가지였지만 저렇게 강경하게 말을 하니… 어쩌겠는가. 하지만 그녀는 셀로브를 본 순간 그 걱정스러움도 사라지고 말았다. 뭐에 그리 놀랐는지 하얗게 질려 버린 셀로브의 얼굴에 그녀는 의자에서 벌떡 일어났다. 한 손을 들어 입을 가린 채로 셀로브는 그 자리에 굳은 것처럼 서 있었다.
"세, 셀로브?"
다급하게 묻는 에이레이의 말도 귓가에 들리지 않는 듯 셀로브는 한참 동안을 그렇게 말없이 서 있을 수밖에 없었다. 바람이 불 때, 그것과 함께 자신을 스쳐 지나갔던 심장을 멈추게 만들 정도로 차가운 기운에 지금도 흠칫 몸이 떨렸다. 테이블을 손으로 짚은 채 서 있었지만 당장이라도 다리가 풀려 주저앉을 것 같았다. 입술을 질끈 깨문 그는 굳게 쥔 주먹을 부르르 떨었다.

"…방금, 대체 누구였어?"

"뭐?"

풀썩.

결국 셀로브는 힘없이 의자에 주저앉고 말았고 에이레이는 너무 놀라 제대로 물어볼 수조차 없었다. 항상 당당한 모습만 보여주려 애썼던 셀로브가 갑자기 이러니 누가 안 놀라겠는가. 키엘은 안절부절못하며 귀를 한껏 뒤로 젖힌 채로 주위에서 발을 동동 굴렀고, 그것은 에이레이의 정신을 더 사납게 만들었다. 기개 넘치게도 차가운 냉수 한 잔을 들고 온 여관의 주인장 폴린에게 감사의 말을 전할 틈도 없었다. 천천히 컵을 받아 든 셀로브의 손은 한없이 떨리고 있었다. 그는 입가를 물로 축이고는 곧 입술을 피가 날 정도로 깨물었다.

그의 두 눈에는 짙은 공포와 당혹스러움, 걱정과 같은 감정들이 복합되어 이상한 기분을 들게 만들었고 그것 때문에 에이레이는 더 더욱 걱정스러워졌다. 두 손으로 컵을 감싸 쥔 셀로브는 갑자기 고개를 확 숙였고 그래서 컵에 담겼던 나머지 물들은 쏟아져 나와 그의 바지를 적셨다. 수건을 가져다가 물을 닦으며 그의 얼굴을 보게 된 에이레이는 한 발자국 뒤로 물러났다.

그의 얼굴은 공포에 질려 버린 사람, 바로 그것이었다. 셀로브는 떨고 있는 자신이 이상하다는 듯 손을 내려다보며 아무에게도 안 들릴 정도로 작게 무언가를 속삭였다. 에이레이는 자신도 알 수 없는 공포에 질리는 것을 애써 고개를 가로저으며 부정했다. 그녀는 이를 악물고 귀를 기울여 셀로브의 목소리를 듣기 위해 허리를 숙였다.

결국 몇 마디 주워들을 수 있는 셀로브의 말은 에이레이를 공포가 아닌 당황함에 빠뜨렸다. 셀로브는 자신도 모르게 컵을 쥐고 있던 손에 힘을 주었다.

쨍그랑!

피를 본 키엘이 펄쩍 뛰는 것을 뒤로하며 에이레이는 지금 상황에 스스로가 이상해질 지경이 되었다. 갑자기 셀로브가 왜 이러는 것일까? 이 의문을 해결해 줄 사람은 아무도 없었다. 셀로브는 피에 젖은 두 손을 내려다보며 중얼거렸다. 마치 스스로에게 말을 거는 사람마냥 힘없이, 그리고… 모든 것을 체념한 사람처럼.

"…현홍, 현홍이… 사라져 버렸어……."

대마법사의 추억 3

"우와, 진짜 여기 절경이지?"

아영은 환하게 웃으며 하늘로 향해 길게 기지개를 켰다. 바람이 불어 자신의 긴 갈색 머리카락을 흩뜨려 놓는데도 아랑곳하지 않고 그녀는 빙글 돌더니 풀숲 위에 대자로 엎어져 버렸다. 시리도록 파란 하늘 위로 느릿하게 흘러가는 구름들을 보니 절로 잠이 쏟아질 지경이었다. 니드는 그런 그녀를 보며 별수없다는 듯 피식 웃었고 곧 손을 흔들며 외쳤다.

"거기 누우면 머리카락 속에 벌레 들어갈지도 몰라요!"

"엄마야!"

니드의 말에 펄쩍 뛰어오른 아영은 입술을 내밀며 곧장 니드에게로 돌진했다.

"니드으~!"

"아하하하!"

니드와 아영이 한바탕 술래잡기를 하는 동안에도 현홍은 말없이 언덕에 무릎을 모으고 앉아 정면을 주시하고 있었다. 그의 시선이 닿는 곳에는 끝없이 펼쳐진 들판이 있었고 그 위로 우뚝 솟은 인간들의 수도가 그 자태를 뽐내는 중이었다. 현홍은 무릎 위에 자신의 턱을 올려놓으며 생긋 웃었다. 인간들이 사는 도시… 인간들의 편의만을 꾀하는 곳. 무슨 생각을 하는지 생글거리며 웃는 그에게로 한참 아영에게 시달려서 너덜거리는 니드가 다가왔다. 그는 입가에 미소를 머금고 있는 현홍의 어깨를 툭 쳐주며 말을 건넸다.

"뭐야? 뭐가 그리 즐거운 거냐?"

"아무것도 아냐."

"그래? 어쨌거나 아까는 정말로 놀랐다. 셀로브한테 그렇게 말할 줄이야. 하하."

현홍은 빙긋 웃고는 니드를 바라보며 말했다.

"니드는 꿈이 뭐야?"

"뭐?"

갑작스럽게 웬 꿈타령인가 싶어 눈을 동그랗게 뜬 니드의 옆으로 아영이 살금살금 다가와 앉았다. 아영은 두 사람의 대화를 엿듣는 고양이처럼 꼼지락거렸다. 머리에 고양이 귀라도 달아주면 잘 어울릴 것처럼. 니드는 잠시 동안 턱을 긁적이며 생각을 정리하다가 쓴 미소를 지으며 고개를 숙였다.

"지금의… 꿈이라면, 아니, 소원이라면 당연히 범인을 찾는 거야."

현홍의 눈이 살풋 가늘어졌나 했더니 곧 살짝 웃으며 고개를 끄덕였다.

"이스티의 무덤을 파헤친 범인 말이군."
"그래, 반드시 잡고 싶어. 아니, 반드시 잡아서 복수하고 말 거야."
"그렇게 될 거야."
"응?"

현홍은 천천히 자리에서 일어났다. 바지에 묻은 풀 조각들은 손으로 툭툭 털어낸 그는 환하게 웃으며 양팔을 펼쳤다. 마치 그대로 바람은 안아 버릴 사람처럼. 바람에 흩날리는 암적색 머리카락들이 허공을 수놓았고 그의 하얀 얼굴 주위로 초록색의 풀들과 어디에서 날아왔는지 모를 꽃잎들이 스쳐 지나갔다. 뭔가에 홀린 사람마냥 그를 올려다보는 아영과 니드는 아무런 말도 할 수가 없었다.

원래부터 남자라고는 아무도 믿지 않을 정도로 예쁜 사람이었지만 이 정도는 아니었다. 뭔가 분위기가 달라졌다고 할까. 색기色氣가 좔좔 흐르는 것이… 이상하다? 아영은 고개를 갸웃거렸지만 뭐, 종종 저렇게 변할 때도 있으니 넘어가기로 해버렸다. 현홍은 천천히 벌렸던 팔로 자신을 감싸 안으며 조용히 중얼거렸다.

"반드시 그렇게 될 거야. 그자를… 찾을 수 있어."
"어? 아아, 그렇게까지 말해 준다면… 뭐?"

현홍은 생글생글 웃으며 니드 쪽으로 허리를 굽혔다. 흠칫 놀란 니드가 순간적으로 뒤로 몸을 기울였지만 현홍은 아랑곳하지 않고 니드의 얼굴 가까이 자신의 얼굴을 가져갔다. 그는 자신의 입술 앞에 검지손가락을 세워 보이며 조용히 물었다.

"그자를 찾으면 어떻게 할 건데?"
"어… 글쎄, 그것까지는 나도 잘 모르겠어. 처음 이스티의 무덤이 파헤쳐졌다는 것을 들었을 때는 정말이지 죽이고 싶었어. 그런데 조금 시간이 지나고 생각을 하게 되었지. 우선은… 우선은 묻고 싶어, 왜 그랬는지를."

현홍은 살짝 고개를 끄덕였다. 그리고는 환하게 웃으며 허리를 들었고 활짝 기지개를 켰다.

"날씨 정말로 좋다! 그림 그리자, 그림!"

현홍은 그렇게 외치며 자신의 짐과 말들의 고삐를 묶어둔 나무 쪽으로 총총 뛰어갔다. 아영은 그런 그의 뒷모습을 보면서 연신 모르겠다는 어투로 중얼거렸다.

"기분 무지 좋아 보이네?"

"아, 그렇죠? 이상하게 여관을 나올 때부터 기분이 좋아 보이네요. 좋은 일이 있었나 봐요."

아영은 고개를 갸웃거렸다. 평소에도 종종 우울해졌다가 기분이 좋아졌다가를 반복하는 초조울증 환자라고 알고는 있었지만 저렇게 사람의 분위기가 360도 바뀔 수가 있는 걸까? 마치 처음부터 현홍이가 아닌 것 같은 느낌이 들 정도로. 하지만 아영은 별로 개의치 않기로 했다. 어딜 보나 저건 현홍이고 조금 기분이 좋아 보이는 걸로 괜한 생각을 한다는 생각이 들었다.

피식 웃어넘긴 그녀는 천천히 자리에서 일어났다. 바람이 불어 아영의 발치를 지나갔다. 시원스럽게 부는 바람에 기분이 절로 좋아졌다. 그렇구나… 이렇게 기분 좋은걸. 현홍은 화구들을 정리해 이리저리 그림을 그릴 준비를 하고 있었다. 아영은 팔짝팔짝 뛰면서 그의 곁으로 달려갔다. 니드는 그런 그녀의 모습을 보면서 생긋 웃었다. 그리고…….

"아영! 위험해!"

콰광!

현홍은 들고 있던 연필을 집어 던지며 자리에서 일어났다. 커다란 불덩어리가 날아와 아영이 있던 곳에 정확하게 떨어졌다. 순간 확 하고 치솟아오른 불길과 연기 때문에 아영의 모습은 보이지 않았다. 니드는 경악에 질린 그 상태로 자리에 주저앉고 말았다. 초록빛의 풀들이 화염과 함께 사그라져 버렸다. 시큼한 연기에 현홍은 인상을 팍 쓰면서 고개를 돌렸다. 저만치서 여유로워 보일 정도로 천천히 걸어오는 사람들이 보였다. 니드는 부들부들 떨면서 그들을 지켜보았다.

세 명이었다. 그들은 하나같이 검은 천 같은 것으로 얼굴을 가리고 있었지만 다가오면서 하나둘씩 후드를 벗기 시작했다. 처음 드러난 얼굴은 젊은 청년의 모습이었다. 니드 정도의 나이일까, 조금은 창백해 보이는 하얀 피부와 은발이 인상적이었다. 그리고 중간의 조금 작은 듯한 키를 가진 사람은 소녀였다. 화려해 보이는 금발에 커다란 리본, 무릎까지 오는 드레스 차림이 마치 귀족 집안의 소공녀 같다는 느낌이 들 정도. 하지만 지금 그 소녀의 얼굴은 일그러진 표정이었다.

마지막으로 조금 뒤에서 뒤처져 걸어오고 있는 사람은… 점잖게 생긴 중년의 사내였다. 콧등에 걸린 안경에 진갈색의 능직 로브가 학자 타입처럼 보이는 사람이었다.

니드는 두 손으로 땅을 짚은 채로 그들을 보았다. 아영은… 아영은 어떻게 되었을까? 그가 그런 걱정에 몸을 떨고 있을 때 화려한 금발의 소녀 에블린이 다른 이들보다 조금 앞으로 걸어나오며 입술 끝을 틀어 올렸다.

"다른 동료들과는 다른 모양이네. 그깟 마법 하나 피하지 못하다니. 멍청하긴."

"…누가 멍청하다는 거야?"

분명히 맞추었다고 생각한 나머지 이른 결론을 내리던 에블린은 화들짝 놀라 고개를 돌렸다. 흩어지는 연기 사이로 한줄기 물기둥이 솟아올랐다. 마치 화려한 분수대의 물줄기를 연상케 하듯 시원하게 쏟아져 올라간 물기둥은 살아 있는 것처럼 비틀어져 땅으로 향했고 곧 언덕에 피어 오르던 불을 꺼뜨려 놓았다. 회색 빛 연기 틈 사이로 아영이 걸어나왔다. 그녀는 옷에 묻은 물을 털어내면서 한숨을 푹 내쉬었다.

"우와, 정령들이 아니면 죽을 뻔했다. 미리 정령들에게 일러둬서 다행이야."

멀쩡한 모습의 아영을 보며 니드는 십 년은 감수한 사람이 내뱉는 한숨을 내쉬며 고개를 가로저었다. 하지만 안심할 수가 없다. 에블린은 에메랄드 빛의 눈동자를 고양이처럼 크게 만들고는 이를 뿌드득 갈았다.

"운 하나는 더럽게 좋은 년이군. 이번에는 확실하게 죽여주겠어!"

"입이 더러운 꼬마구나. 언니가 예의범절이라는 것부터 가르쳐 줄까?"

서로를 쏘아보며 으르렁거리는 두 여성은 내버려 두기로 하자. 니드는 덜덜 떨리는 다리를 간신히 주체하여 일어설 수 있었다.

"……!"

입을 열었을 때 그의 말은 하나도 들리지 않았다는 것이 문제. 간신히 숨을 고르고 니드는 다시 소리쳤다.

"왜, 왜… 왜들 이러십니까? 대체 저희가 무슨 잘못을 했다고!"

"그럼, 개미들은 잘못이 있어서 사람들의 발에 밟혀 죽나?"

은발의 청년이 입을 열었다. 그는 냉랭한 표정으로 계속 말을 이어나갔다.

"강한 자가 약한 자를 뜯어먹고 사는 것은 당연한 진리. 인간은 자기보다 약한 동물을 잡아먹고 살면서 자신은 해당되지 않기를 바라는 것, 너무 이기적이라고 생각 안 해?"

"이, 인간이니까요! 자기보다 약한 자를 배려하고 동정하는 마음을 가진 인간이니까……!"

"사자도 배가 부르면 사냥하지 않지. 그것도 어찌 보면 배려와 비슷하지 않을까? 하지만 인간은 취미를 위해 동물을 죽이고 가죽을 벗기고 박제를 만든다. 너희들에게 원한이 있는 것은 아냐. 하지만 우리는 의뢰인의 의뢰에 따를 뿐이다. 운명으로 여겨."

이런 경우를 정말 억울해서 말도 안 나온다는 경우일 것이다. 니드는 그런 생각에 답답한 가슴을 주먹으로 탕탕 두드렸다. 자신은 싸움도 못하고 아무런 도움도 되지 못하는 이 상황에서 세 명이나 되는, 그것도 엄청난 적들이 덤벼온다는 것은 정말이지 죽을 맛인 거다. 아니, 정말로 지금은 대위기 상황! 아무런 필요도 없는 자신이 저주스러워졌다.

쿠과광!

옆에서 굉음이 들려 고개를 화급히 돌리니 이미 에블린과 아영의 전투는 시작되어 있었다. 물의 정령을 이용하여 칼을 만든 아영은 정령들의 도움으로 몸 주위에 방어막을 친 채 잘 싸우고 있었다(정말로 의외로). 에블린은 머리에 묶어둔 리본을 마치 살아 있는 것마냥 휘둘렀고 그것은 나무들을 베고 땅을 파헤치며 대단한 위력을 구사했다. 그러나 다행히도 정령들의 방어막에 가로막혀 번번이 튕겨져 나오곤 했다.

니드는 우선 저쪽은 저대로 괜찮겠다 싶었다. 하지만… 문제는 싸울 수 없는 자신 때문에 두 명을 동시에 맡아야 하는 현홍이었다. 그러나 현홍은 무슨 생각을 하는지 아무 말 없이 두 사람을 번갈아 마주 볼 뿐이었다. 그는 조용히 입술을 오물거렸다.
"결론은 우리를 죽이겠다?"
"혀, 현홍아, 너라도 도망가! 어서!"
니드는 힘을 다해 외쳤지만 현홍은 개의치 않은 듯 천천히 앞으로 걸어나왔다. 조금씩, 조금씩 하지만 단호한 동작으로 몇 발자국 떨어지지 않은 자리로 걸어왔을 때 니드는 현홍의 입가에 걸린 미소를 볼 수가 있었다. 묘한 미소. 붉은 입술을 혓바닥으로 살짝 핥은 그는 벨트에 꽂혀진 단검을 뽑아 들었다. 은발의 청년이 쓸쓸한 듯 말했다.
"…반항하지 않으면 편하게 목을 쳐줄 텐데."
현홍은 빙긋 웃었다. 그리고 천천히 단검을 들어 올리며 입을 열었다.
"해볼 테면 해봐. 끝까지 반항해 드리지."

아영은 뒤로 훌쩍 뛰며 자신을 향해 날아오는 길다란 리본을 피했다. 생긴 것은 예쁘장하게 생겨 가지고 성격과 입은 더러운 계집 아이였다. 하지만 어리다고 봐줄 수는 없는 노릇. 투명한 물로 이루어진 검을 휘둘러 리본을 튕겨낸 아영은 입술을 깨물었다. 잔뜩 악에 받친 에블린은 씩씩거리며 아영을 노려보았다. 에블린 역시 강하기는 했지만 아영의 상대는 되지 못했다. 정령을 부리는 자신의 힘만 믿고 까불다가 저번 메피스토펠레스와의 전투에서 크게 당한 아영은 그 후로 정령과의 친화력을 집중적으로 올렸다.
물론 다른 사람들에게는 들키지 않으려 애썼고 말이다. 자존심이 강한 아영에게 자신이 약해서 싸움에 지고 강해지기 위해 수련을 한다는 것은 조금 알리기 싫은 일이었다. 그것보다 지금의 상황, 저 꼬마 계집애… 분명히 조금 차이는 있지만 덩치도 쪼그만 게 빠르기는 엄청 빠르다고 생각하며 아영은 숨을 몰아쉬며 입을 열었다.

"잠깐만! 왜 나는 죽이려고 하는 거야? 나도 죽이라고 의뢰받았어? 여기 온 지 얼마 안 됐는데. 그리고 하늘을 우러러 한 점 부끄러운 짓은 한 적이 없어서 말야."

뻔뻔한 말을 당연스럽게 내뱉는 아영을 보며 에블린은 이를 갈았다.

"흥! 곧 죽을 년이 말은 많군. 너 같은 계집에게 말해 줄 이유 없어!"

"아까부터 생각한 건데, 그 입 좀 어떻게 안 되겠어? 내가 아무리 막 나가도 욕은 안 한다. 쪼끄만 게 어디서 년, 년 거려? 정말 혼나 볼래, 꼬마야?"

"닥쳐!"

다시금 매섭게 날아오는 리본이었지만 그것은 아영의 앞에 갑자기 불어닥친 바람의 정령에 의해 헛되어 퉁겨나 버렸다. 에블린은 손을 절절 흔들며 몇 발자국 뒤로 덤블링해서 자세를 바로잡았다. 보통 사람들에게는 위력적인 그녀라고 해도 사대정령을 부리며 정령 왕으로부터 힘까지 받은 아영에게 이길 수는 없었다. 자신이 의뢰로 받은 사람들 중에서 이렇게 자신을 무력하게 만드는 사람을 만난 적이 없는 에블린에게 지금 이 상황은 벗어나기 힘든 충격이었다.

축 처진 리본을 꼬옥 붙잡으며 그녀는 외쳤다.

"너, 너 뭐야! 인간 맞아!?"

아영은 어깨를 으쓱거리며 한 바퀴 빙글 돌아 보였다.

"물론이지. 내가 어딜 봐서 인간처럼 안 보인다는 거야? 이제 내가 물어볼까. 넌 인간 맞니?"

"뭐라고?"

"왜 인간을 죽이니?"

아영은 진지하게 물었고 에블린은 붉은 입술을 깨물며 미간을 좁혔다. 그리고 나서는 패악스럽게 외쳤다.

"인간이니까 죽이는 거야! 인간이니까!"

잠시 곰곰이 생각하는 표정이 된 아영은 다시 한 번 어깨를 으쓱거렸다.

"인간한테 상처라도 받은 것처럼 들리네?"

에블린은 대답하지 않았고 대신 리본이 뱀처럼 휘어지며 아영에게 달려들었다. 그러나 아영은 살짝 몸을 비틀어 그것을 피했고 돌이라도 잘라 버릴 물의 칼을 이용하여 리본의 끝을 조금 잘라내었다.

"꺄아아악!"

"에엥?"

아영은 갑자기 에블린이 비명을 지르며 바닥에 주저앉자 놀라 펄쩍 뛰었다. 리본 끝만 자른 것 가지고 왜 저러는 것일까? 하지만 곧 의문은 풀 수가 있었다. 분홍색의 리본을 쥐고 있던 손에서 피가 줄줄 흘러내리기 시작한 것이다. 에블린은 왼손으로 피가 흐르는 오른손바닥을 꼭 쥐면서 입술을 깨물었다. 설마 리본처럼 잘리기라도 했을까 싶어서 갸웃갸웃 살펴보기 위해 다가간 아영은 곧 다시 휘몰아치는 리본 자락에 훌쩍 뒤로 뛰었다.

아영은 도저히 못 참겠다는 듯이 허리에 두 손을 올리며 소리쳤다.

"거참, 성질하고는! 치료해 주겠다잖아! 뭐가 문제야, 대체!"

"다치게 한 게 누군데!"

"누가 알았어!? 그런데 너, 왜 다친 거냐?"

"흥! 너 따위 계집애한테 알려줄 이유는 없어!"

마치 토라진 귀족 소녀처럼 고개를 팩 돌리며 콧방귀를 뀌는 에블린을 보며 아영은 주먹을 부들부들 떨었다. 한 대 쥐어박고 싶은 욕구가 너무 강해서 참을 수가 없을 정도로 얄미운 계집애라고 생각하며. 에블린은 샐쭉한 표정으로 자신의 잘린 리본을 내려다보았다. 이 정도까지 할 줄은 몰랐다. 지금까지 이 리본을 자를 수 있었던 사람은 단장 말고 아무도 없었는데…….

단장은 항상 자신있게 싸우라고 했다. 너의 힘은 강하다면서, 누구라도 이길 수 없다라고 말하며. 한데 지금의 이 상황은 대체 뭐란 말인가. 피가 흘러나오는 손바닥을 내려다보며 에블린은 우울한 표정을 지었다. 지금까지 의뢰를 받으면서 자신을 이렇게까지 몰아붙인 상대는… 처음이다. 보통의 인간들은 반항 한번 하지 못하게 만들었고 목을 베어낼 수 있었다.

에블린은 이를 꽉 악물며 도전적인 눈빛으로 아영을 노려보았다. 아영은 말없이 먼발치에서 자신을 바라볼 뿐이었고 별로 싸움을 하고 싶은 기색도 아니었다. 에블린은 얼마 전에 죽었던 유매를 생각했다. 그는 어떤 기분이었을까, 죽임을 당할 때. 마치 싸움에 다 진 사람처럼 축 처져서 고개를 숙이고 있는 에블린에게 아영은 말했다.

"안 싸울 거야?"

"…난 널 못 이겨."

에블린은 의외로 순순히 결과에 단념하는 듯한 말투였고 그래서 아영은 조금 놀라워했다. 처음 기세는 저 정도가 아니었는데? 죽일 듯이 덤비더니 자신이 약하다는 것을 알고 포기한다는 말이야, 뭐야?

"그래서?"

"뭐?"

"못 이긴다고 포기할 생각이야? 웃기잖아. 죽더라도 끝까지 덤벼 봐."

당당하게 말하는 아영을 보며 에블린은 잠시 동안 넋 놓고 있었고 곧 소리를 빽 하니 질렀다.

"제기랄! 그냥 죽이란 말야! 땅바닥을 뒹굴고 흙범벅이 되는 것보다는 나아!"

"너도 그렇게 사람을 굴리면서 죽였잖니."

"윽!"

아영은 천천히 팔짱을 꼈고 마치 잔소리를 하는 선생님마냥 턱까지 조금 치켜올리며 말했다.

"너도 그렇게 괴로워하는 사람들의 얼굴을 보면서 죽였으면서 자신은 깨끗하게 죽길 바라는 것, 너무 치사하다고 생각 안 해? 끝까지 덤벼. 안 그러면 상대해 주지 않을 테니까."

그렇게 말하며 아영은 뒤돌아서 걸어갔고 그 모습을 에블린은 멍하니 바라볼 수밖에 없었다. 사실 그렇게 말할 생각은 아니었다. 졌다고 시인하는데 다시 덤비라고 말한 자신을 이해하지 못하겠다는 듯 고개를 갸웃거린 아영은 곧 한숨을 내쉬며 피식 웃었다. 하지만… 이대로도 분명히 죽여달라고 악을 쓸 것이 뻔하기 때문에 아영은 차라리 이편이 더 나을 것이라고 생각했다. 적당히 싸우다가 기절이라도 시키지 뭐 하고 중얼거린 순간 아영의 뒤에서 살벌한 바람이 몰아쳐 왔다.

그녀는 재빨리 바람의 정령을 이용해 높게 점프했고 간신히 피할 수가 있었다. 하지만 그녀가 서 있던 자리는 폭격을 맞은 것처럼 파헤쳐져 버렸다. 퍽! 하는 마치 살이 터치는 비슷한 소리와 함께. 바람을 통해 들려오는 정령들의 비명 소리가 마치 쇠의 긁힘처럼 귓가를 자극했다. 그 덕분에 아영은 땅에 착지하자마자 비틀거려야 했다. 한 손으로 귀를 막으며 아영은 미간을 찌푸렸다. 그녀의 말에 자극이라도 받은 사람처럼 에블린은 리본을 두 손으로 잡아 들며 맹수처럼 아영에게 달려들었다.

"대지의 정령! 방어해 줘!"

아영은 뒷걸음질치며 소리쳤고 그녀의 말에 응답하듯 대지로부터 끝없이 커다란 바위들이 솟아올랐다. 쿠르릉거리는 소리조차 들리지 않을 정도로 맹렬하고도 빠르게 아영의 주위는 바위들로 가득 찼고 에블린은 당황하여 입술을 악물며 공격을 거둬야 했다.

"인간이면서 정령을 이 정도로 부리는 것은 본 적이 없어! 넌 대체 뭐야!?"

악에 받쳐 소리치는 에블린을 향해 아영은 한 바위 위로 훌쩍 뛰어올라 보였다. 그리고 자신의 긴 머리카락을 쓸어 넘기며 마치 스포트라이트를 받는 스타처럼 포즈를 취했다.

"뭐, 그야… 조금 특이한 케이스라고 할까? 운이 나빴다고 생각해. 세상에는 위가 있는 법 아니겠어?"

사실 예전 같았으면 졌을 수도 있겠지만 열심히 훈련했거든이라는 말이 나와야 정상이었겠지만 말이다. 에블린은 도무지 믿을 수 없다는 눈이 되어 아영을 올려다보았다. 아영은 무릎을 구부리고 바위 위에 앉아 에블린을 내려다보며 고개를 살짝 저었다.

"대체 넌 왜 이런 일을 하니? 다른 인간한테 마치 상처라도 받은 것처럼 행동하네."

대마법사의 추억

햇빛이 비쳤기 때문에 아영의 모습이 눈에 잘 보이지는 않았다. 그러나 에블린은 한껏 얼굴을 찌푸렸다.
"…인간들은 죽어 마땅해."
"다 같은 인간은 없는데? 그리고 너도 인간이야."
"그래! 나도 인간이야. 썩어 빠진 인간이지! 그러니까… 그러니까 나도 죽어야 해."
아영으로서는 무슨 소리인지 알 수가 없었다. 에블린은 리본을 땅바닥에 집어 던지며 소리쳤다.
"네까짓 게 뭘 알아! 가진 거라고는 이것 말고는 아무것도 없는데! 이 힘, 다른 사람들과는 다른 힘밖에 없는데! 그리고 마녀라고 불리는 날, 날 받아준 것도……!"
무슨 딱한 사정이 있는 모양인데. 아영은 턱을 괴며 아래를 내려다보았다. 에블린은 손으로 얼굴을 가린 채 훌쩍거리고 있었다. 외강내유라고 했던가? 겉으로는 강하고 당당해 보이는 사람일수록 더 쉽게 무너질 수 있다. 마음속에 워낙에 쌓아둔 것이 많으니까. 산처럼 큰 둑이 작은 구멍으로도 무너질 수 있는 것처럼 말이다. 아무래도 도저히 싸울 수 없을 것 같다. 문득 아영은 시선을 느껴 고개를 돌렸다. 저 먼발치에서 격렬하게 싸우고 있는 현홍과 은발의 청년이 보였다. 시력 하나는 끝내주니까. 그리고… 자신과 에블린을 쳐다보는 안경을 낀 중년의 남자. 표정까지 보이는 것은 아니어서 아영은 미간을 찌푸렸다.

사내는 다시 고개를 돌려 정면을 보았다. 에블린은… 이제 더 이상 싸울 수가 없다. 밑천까지 다 드러내 놓고 싸우라고 하는 것도 무리가 있을 터. 그는 그렇게 생각하며 한 발자국 뒤로 걸음을 옮겼다. 방금 자신이 있던 자리에 길게 호선이 그어졌다. 겨우 단검 하나로 저 정도까지 싸울 줄은 몰랐다. 사내는 약간 미간을 찌푸리며 목소리를 높였다.

"피스! 제가 뒤에서 백업해 드리겠습니다."

그러나 피스라고 불린 은발의 청년은 몸을 움직이는 와중에도 고개를 세차게 흔들며 부정의 뜻을 표했다.

"아니, 푸루이트. 아직은 아냐!"

"자존심은 여전하시군요."

그저 평범하게 생겼을 뿐이지만 푸루이트의 마법 실력은 단 내에서도 가장 뛰어났다. 만약 자신이 마법을 시전할 시간까지 적의 공격을 막아줄 원조만 있다면 가장 강한 마법으로 상대방을 일시에 무너뜨릴 수 있을 정도로. 하지만 그가 속한 단의 동료들은 하나같이 개인 행동이 심했고 남에게 도움을 받는다는 것을 죽기보다 더 싫어하는 성격들이었으므로 그의 힘은 자주 드러나지 않았다. 푸루이트는 고개를 절절 흔들고 난 후에 먼발치에 주저앉아 있는 니드를 바라보았다. 이름 정도를 아는 것은 우습지도 않은 일이다.

그리고 상세한 정보 또한. 저 니드라는 사내는 아무런 싸움도 할 줄 모른다. 체력 역시 약하며 검도 무엇도 다룰 줄 모르는 아무 힘도 없는 유약한 사람. 지금이라면 쉽게 죽일 수 있겠지만 푸루이트는 다시 한 번 생각했다. 니샤드 에아 비 세라프. 그는 대마법사 다카 다이너스티의 유일하다시피 한 친구였다. 푸루이트는 니드에 대한 건은 단장에게 건의를 해봐야겠다고 생각하며 일단 추후를 살피기로 했다.

그는 마법을 다루는 자, 그렇기에 다카 다이너스티의 힘이 어느 정도인지 잘 알 수 있었다. 그 엄청난 마력의 크기는 상상을 불허할 정도였고 인간임이 의심스러웠으니까. 하지만 그런 것으로 따지자면 자신 역시 마찬가지이지 않을까. 푸루이트는 그리 생각하며 헛웃음을 삼켰다. 딴생각에 잠겨 있던 그는 자신의 뺨에 주르륵 흘러내리는 것을 손가락으로 살짝 닦아내었다.

피였다. 어느새 뺨에 길게 상흔이 남겨져 있었던 것이다. 단검에 의한 파동이 이 정도일 줄이야. 그는 놀라움을 금치 못하여 피스의 공격을 가볍게 피해 단검을 그어 내리는 현홍의 모습을 주시했다. 마치 춤을 추는 것 같다.

바람을 타고 길게 길게 은빛의 선이 환한 허공을 메웠다. 그는 하나의 바람처럼 발을 움직였고 즐거운 듯 웃었다. 니드는 넋 놓고 그 모습을 보았다. 싸우는 것이 아니다. 즐기고 있었다, 현홍은. 지금까지 싸움을 할 때에는 항상 자신의 적이 된 사람들이 다칠까 봐 걱정하고 애태워하던 그런 현홍이 아니었다. 이게 어찌 된 일일까. 그리고 무엇보다… 강해졌다. 그런 느낌이 들었다.

피스는 자신의 공격이 계속 막히자 분통이 터졌다. 그 역시도 푸루이트 못지않게 냉철한 생각을 많이 하는 성격이었지만 한 번도 이런 적은 없었기 때문에 이를 갈 수밖에 없었다. 에블린과 마찬가지로 억울하기도 했고 뭐 이런 인간이 다 있나 하는 생각도 들었다.

"즐겁지 않아?"

허공에서 들리는 목소리. 피스는 흠칫 놀랐지만 애서 당황하지 않고 자신의 들고 있는 쌍검을 꼬나 쥐며 현홍을 주시했다. 현홍은 느긋하게 어깨를 축 처지게 만든 채로 자신을 바라보고 있었다. 왼손에 든 단검을 몇 번 허공에 던졌다 받았다 한 현홍은 생긋 웃었다.

"즐겁지 않냐고. 싸움이잖아, 싸움. 즐기자고."

"넌 즐기기 위해 싸움을 하나?"

"응? 전후가 바뀌었어. 싸움을 하기 때문에 즐거운 거야."

대체 무슨 소리를 하는 건가? 생긴 것은 얌전하게 여자처럼 생겨 가지고 호전적이라는 말인가? 그렇지는 않다. 조사한 바에 의하면 전투를 하더라도 자제하며 싸우는 입장이었고 항상 상대방을 걱정하며 죽이지 않는다고 나와 있었는데. 무언가가 잘못된 것 같다. 현홍의 하얀 얼굴에 미소가 번졌다. 그는 자신의 붉은 입술을 손가락으로 슥슥 문지르며 말을 이었다.

"즐기기 위해 일부러 싸움을 만들지는 않아. 하지만 일단 싸움이 일어나면 즐겨야지. 어차피 인간이 발전해 나가는 것도 싸움이 있어서인데. 그보다 너는 싸움을… 피를 만들어내는 입장이면서 즐기지 않는 거니?"

"마찬가지야. 일이기 때문에 하는 것뿐이다. 인간들이 먹고 살기 위해서 동물들을 잡듯이 나 역시 그런 거야."

피스는 자신의 앞머리가 눈을 찌르자 살며시 그것을 걷어내기 위해 손을 들어 올렸다. 그러나 전투 중에 하나의 행동이라도 방심을 할 수는 없었기에 그의 시선은 여전히 정면, 현홍을 향해 있었다. 분명 그러했다.

"아니?"

하지만 사라져 버렸다. 피스는 순간 자신의 눈을 믿지 못했고 그것은 멀리서 지켜보던 니드와 푸루이트 역시 마찬가지였다. 그러나 분명히 현홍의 모습은 어디에도 없었다. 그러나 모습이 사라짐과 거의 동시에 피스는 자신의 목이 뭔가 부드러운 것으로 감기는 것을 느낄 수가 있었다. 분명 따듯하고 부드러웠지만 소름이 돋는 것은 어쩔 수가 없었다.

피스는 서둘러 몸을 빼내려고 했지만 그보다 그것이 자신의 목을 움켜쥐는 것이 더 빨랐다.

"큭!"

숨을 못 쉬도록 잔뜩 힘을 주지는 않았지만 조금 길게 자란 손톱이 목을 찌르는 느낌은 정말로 느낄 것이 못 되었다. 현홍은 조용히 피스의 귓가에 속삭였다.

"여기서 조금만 힘을 주면… 어떻게 될까?"

사근사근한 목소리였지만 그것에는 마치 마력이라도 담긴 듯 몸을 움직이지 못하게 만들었다. 손에 쥔 검이 땀에 미끌리는 느낌을 받을 정도였다. 현홍은 조금 손에 힘을 빼었으나 피스의 목을 놓지는 않았다. 자신보다 훤칠하게 큰 피스였기 때문에 현홍은 조용히 그의 등에 찰싹 달라붙었고 그와의 대화는 아무에게도 들리지 않을 정도였다. 귓가에 새근거리는 숨 소리와 끈적한 느낌에 피스는 당장이라도 달려나가고 싶은 기분이었다.

"후훗, 홍분되는 거야? 난 남자라고. 만약, 너였다면… 적의 목을 쥐었을 때 곧바로 베어냈겠지. 잡아 뜯어버리던가. 그때 상대방의 기분은 어떨까?"

"…뭘 말하고 싶은 거냐?"

"별것 아냐. 내 부탁을 한 가지만 들어줘. 그럼, 이 손 놓아주지."

"웃기는군. 적에게 자비를 빌라는 것인가? 난 의뢰인이 명한 적을 죽이고 돈을 받아. 이게 내 직업이고. 그리고 적과 싸우다가 죽는다면 나에게도 명예로운 일이다. 추하게 굴지 않을 것이다."

"명예? 킥킥!"

현홍은 고개를 젖혀 깔깔 웃었고 곧 웃음을 지우며 피스의 등을 바라보며 작게 속삭였다.

"웃기지 마라, 인간아. 명예 따위가 죽음 앞에서 감히 그 빛을 발할 줄 아니? 내가 말하는 것은 다시 싸움할 기회를 주겠다는 거다. 조금 더 강한 존재와."

피스는 이해하지 못했다. 하지만 조금씩 궁금해졌기에 조심스럽게 질문했다. 멀리서 푸루이트가 마법을 쓰려는 모습이 보였지만 그는 단호하게 고개를 살짝 저었다. 끼어들지 말라는 말의 표현이었다.

"부탁이 뭐냐?"

현홍은 피식 웃으며 조금 더 손에 힘을 뺀 후에 나직이 말했다.

"현명하군. 내 이름을 불러줘, 그게 내 부탁이다."

"이, 이름? 네 이름은… 현홍이었던가?"

"아니, 그게 아냐."

바람이 불었다. 차갑지만 부드럽고 또한 한없이 포근하지만 강대할 것처럼 느껴지는 바람이. 현홍이 여전히 피스의 목을 손으로 잡은 채 서 있자 니드는 도대체 저들이 무슨 일을 하나 궁금해하는 표정이 되었다. 현홍은 강해졌다. 그러므로 그의 걱정은 조금 무게를 덜 수가 있었다. 하지만 현홍이 왜 적과 대화를 나누고 있는 것일까?

그에 대한 의문은 푸루이트 역시 마찬가지였다. 현홍에 대한 정보는 알고 있으니까, 적이지만 죽이지는 않을 것이라고 생각하지만 대체 피스는 왜? 왜 도움을 바라지 않는 것인가.

이 순간까지 자존심을 내세울 정도로 어리석은 인물은 분명 아니었다. 푸루이트는 의문이 담긴 시선으로 현홍과 피스의 행동을 예의 주시했다.

피스는 멍한 얼굴이 되어 허공을 바라보았다. 방금 전 자신의 귀에 들린 말이 무슨 말인지 도저히 이해하지 못하겠다는 듯. 살며시 한줄기의 바람이 그의 이마에 맺힌 땀방울을 식혀주었지만 다시금 식은땀이 송송히 맺혔다. 현홍의 손이 닿아 있는 목 언저리가 불에 데인 것처럼 화끈거렸다. 조금만 여기서 힘을 주면 자신은 반드시 죽는다. 하지만… 현홍이라는 이자가 왜 그런 말을 하는지 궁금해졌으며 또한 그 역시 삶이라는 것에 조금은 애착이 있었다.

그렇기에 조용히 현홍의 질문을 되까렸다.

"이름을… 불러달라고? 다른 이름이 있다는 건가?"

현홍은 살며시 고개를 숙이며 다시 조용한 목소리로 말했다. 평소 그의 목소리답지 않게 차분하게 가라앉아 있었으면 또한 밝았다. 묘한 느낌을 불러일으키는 목소리. 현홍은 살며시 손가락을 까닥거렸고 그로 인해 피스는 다시 흠칫 몸을 떨었다. 그런 그의 전율에 현홍은 배시시 웃으며 혀로 입술을 할짝였다.

"맞아, 맞아. 이름… 내 이름. 나의 존재 가치……. 살아 있다는 증거, 이곳에 있는 것이 바로 「나」라는 표시!"

"무슨 소리냐?"

"네가 알 것은 없어. 뭐, 네가 내 이름만 불러주면 돼. 그러면 알 수 있어."

피스는 문득 위험하다는 생각이 들었다. 그냥, 아무런 근거도 없는 생각이었지만 몸속에서 위험이라는 경계의 표시가 울려 퍼졌다. 그러나 이름을 부르지 않아도 위험하기는 마찬가지였고 그에게 선택권은 없었다. 하지만… 정말로 무얼까? 만약 그 이름을 불러주면 어찌 될지 모른다는 생각이 드는 것은. 하지만 그는 검을 쥔 손에 힘을 넣으며 입을 열었다.

"네… 이름이 뭐냐?"

현홍은 빙긋 웃었다. 하얀 얼굴에 마치 피를 머금은 듯이 붉은 입술이 더 더욱 눈에 띄어져 갔고 암적색의 머리카락이 조금씩 검은빛을 띠어갔다. 그러나 그것을 눈치 채는 사람은 아무도 없었다. 말 그대로 그의 변화는 언덕 위에 불어오는 산들바람처럼 고요한 것이었기 때문이다. 현홍은 조용히 피스의 귓가에 입술을 가져다 대고는 속삭여 주었다. 아주 달콤하면서도 늘어지는 음성으로…….

"내 이름을 불러줘……."

그래, 내 이름. 나의 존재 가치. 나는 여기에 있어. 내 이름은… 아스타로테.

* * *

쨍그랑!

진현은 바닥에 떨어진 유리컵을 망연히 내려다보았다. 촛불의 불빛을 받아 묘하게 반짝이는 컵의 조각을 바라보며 그는 조용히 눈을 감았다. 우혁은 보고 있던 신문을 반으로 접으며 테이블 위에 올려두었다. 그리고 천천히 한 손을 들어 미간을 꾹꾹 누르며 인상을 썼다.

"묘한데요. 느낌이……."

대지의 정령이 잘 느껴지지 않다니. 그는 그런 말을 붙이려다가 그냥 입 안으로 삼켰다. 진현은 말없이 눈을 감은 채로 고개를 숙이고 있을 뿐이었다. 무언가가 자신을 부른다. 천천히, 천천히 손짓을 하며 조용하게 받아들이려 하고 있었다. 익숙한 느낌이었지만 워낙에 희미해서 잘 느껴지지 않을 정도였다. 진현은 한 손으로 입을 가리며 눈을 떴다. 그래, 이 느낌. 어디선가 많이 느껴보았던 그것. 그러나 다시는 느끼지 못할 것이라고 생각하고 있었다.

무슨 일이 있는 것일까? 무슨 짓을 하고 있는 것인가?

진현은 그런 의문을 가지며 천천히 자리에서 일어났다. 부른다, 자신의 반쪽이. 목숨을 이어가기 이전부터 절대로 베어낼 수 없는 줄로서 얽혀져 있는 그런 존재가… 지금 자신을 부르고 있었다. 두 번 다시 보지 않으리라 생각되었던 존재였다. 그러나 지금 그가 눈을 뜨려 하고 있다.

대마법사의 추억 4

천천히… 그리고 고요하게. 모든 것이 점점 바뀌어져 갔다. 언덕 위의 풀빛들은 묘한 빛을 받아 아름답게 반짝였지만 그것에 아름다움을 느끼는 사람은 아무도 없었다. 아영이 불을 끄기 위해 흩뿌려 두었던 물방울들이 점점 허공을 향해 올라가고 있었다. 비는 보통 위에서 내리지만 지금 이곳의 모습은 비디오를 멈춤 상태 해놓은 것과 같았다. 바람이 불어와 언덕 위에 초록 잎사귀들을 뜯어놓았고 그것들은 물방울들과 마찬가지로 날아가던 도중 공기 중에 멈추어져 있었다. 아영은 눈을 크게 뜨고 자신이 보고 있는 이 장면을 응시했다.

현홍이 서 있었다.

언덕의 중앙, 모든 이들의 시선을 한 몸에 받으며 그는 서 있었다. 그러나 어느새 변해 있는 그의 모습을 보며 모두들 놀라움을 금치 못했다. 레드 와인 빛의 머리카락은 온데간데없이 사라졌고 대신 까만

먹지와 같은 머리카락이 바람에 흩날렸다. 원래가 하얀 피부였지만 그 것에는 묘한 암울함과 함께 창백하게 변해 버렸다. 전체적으로 조금 더 선이 고와졌다. 그런 느낌을 받게 했다. 평상시와 입고 있는 아이보리 색 셔츠에 갈색 바지였지만 옷 자체의 느낌마저 사라지게 만들 정도로 변해 있었던 것이다.

그는 가볍게 고개를 들어 허공을 바라보았다. 검은 눈동자에 빛이 비치자 그는 입가에 웃음을 머금었다. 입술에 피를 칠해놓은 것과 같이 붉어진 입술이 호선을 그렸고 곧 천천히 벌려졌다. 그리고 현홍은 웃었다. 소리 높여, 자신의 존재감을 느끼며 한껏 즐거움에 심취해 깔깔거리며 웃었다.

한 손을 들어 이마를 짚은 그는 조용히 자신의 눈과 뺨과 입술을 차례대로 더듬으며 중얼거렸다.

"그래, 난 여기에 있어. 나는 아스타로테… 나는 여기에 존재해."

니드는 주저앉은 채로 현홍을 보았다. 대체, 무슨… 무슨 일이 벌어지고 있는 것인지 알 수가 없었다. 변화한 현홍을 보며 니드는 손으로 입을 막았다. 비명이라도 질러 버릴 것 같아서였다. 예전 현홍이 부상을 당했을 때 진현의 모습이 변한 것처럼 지금은 현홍이「변화」해 버렸다. 하지만 왜? 전혀 눈치 채지도 못하게 이렇게 갑자기 왜 변해 버린 것일까?

순간 그들의 주위에 멈추어져 있던 시간은 정상적으로 돌아가기 시작했다. 허공에 둥실 떠 있던 물방울들은 땅으로 떨어져 내렸고 잎사귀들은 바람에 날려 모습을 감추었다. 흠뻑 물에 젖어버린 현홍이었지만 그는 개의치 않았다. 외려 기분이 좋은 듯 두 팔로 자신의 몸을 감싸 안으며 고개를 들어 뺨에 떨어지는 차가움을 만끽했다.

"아아, 그래……. 그래, 이거야. 내가 원하던 것! 내가 바라던 것. 존재함을 느낀다는 것."

그는 몸을 부르르 떨었고 곧 천천히 물에 젖어버린 긴 앞머리를 손으로 쓸어 넘겼다. 피스는 현홍에게서 멀리 떨어진 채로 그를 바라보았다. 피스의 뒤에는 푸루이트가 입술을 깨물며 몸을 떨고 있었다. 현홍에게서 느껴지는 강대한 마력 때문에 그는 무릎을 꿇을 것 같았다. 아영도 에블린도 도저히 싸움을 계속할 수 없는 이 상황에서 말조차 나오지 않는다는 표정이었다. 에블린은 현홍의 시선을 끌지 않으려 노력하며 몰래 뛰어와 푸루이트의 로브 자락을 움켜쥐었다. 그녀는 눈에는 눈물이 그렁그렁했다.

"뭐, 뭐야. 저거, 저거 대체 뭐야?"

그러나 푸루이트도 피스도 대답할 겨를이 없었다. 그들은 상황이 안 좋게 돌아간다는 생각을 하며 천천히 뒷걸음질쳤다. 여기서는 의뢰고 뭐고 생각할 것이 없다. 이 상황에서 몸을 뺀 후에 다음의 기회를 노리고 단장에게 알려야 한다. 푸루이트는 자신의 곁에 서서 부들부들 떨고 있는 에블린의 어깨를 다정하게 잡아주며 입을 열었다.

"에블린, 당신만은 도망쳐서 단장에게 알리십시오. 그동안의 시간은 제가 벌겠습니다."

"뭐?"

푸루이트의 목소리에는 진지함밖에 없었다. 원래 모든 행동에 있어서 진지한 그였지만 지금 그는 죽음을 눈앞에 두고도 두려움없이 오히려 거기에 덤비겠다는 말투였다. 에블린은 에메랄드 빛 눈동자를 동그랗게 뜨며 푸루이트를 올려다보았다. 그들이 속한 단團은 항상 죽음을 눈앞에 둔 자들이 모인 곳이다. 그것이 그들의 운명이었으며 또한 언제 죽어도 별로 상관하지 않는 그런 존재들. 하지만 에블린은 하얀 뺨에 눈물을 적시며 푸루이트의 옷자락을 부여잡았다.

"마, 말도 안 돼! 지금 같이 가자, 응? 실패했다고 해도 단장은 별말 하지 않잖아! 다음 기회가 있어! 가자!"

"에블린⋯⋯."

"유매까지 죽고 너마저 죽을 셈이야!"

패악스럽게 외친 그녀는 그 자리에 주저앉아 엉엉 울었다. 그녀의 목소리에 현홍이 살며시 고개를 돌렸다. 피스는 움찔하며 현홍의 두 눈을 응시했다. 전혀 다르다⋯⋯. 차가운 눈동자. 하지만 그 안에 타오르는 것은 살아남고자 하는 생각조차 사라지게 만들 정도로 강대하고도 두려운 힘이었다. 그 눈빛에 묘하게 피비린내가 나는 것을 느끼며 피스는 서늘한 느낌을 받았다. 조금은 이 상황에 대해 유추해 낼 수 있는 것이 있었다. 그는 남들보다 제법 상황을 잘 파악하는 자였다.

어쩌면⋯ 현홍이라는 자의 몸에는 또 다른 인격, 그러니까 저 아스타로테라고 불리는 자가 들어 있었다는 것. 그리고 그것이 「이름」이라는 것을 부름으로써 완벽하게 자각을 하는 결과를 맡게 된 것. 피스는 차라리 현홍의 손에 잡혀 있을 때 자신만이 죽었더라면 이런 결과는 맞지 않았으리라는 생각을 했지만 이미 늦어버린 선택이었다. 피스는 천천히 자신의 검을 들어 올렸다. 그리고 나직한 목소리로 말했다.

"두 사람 모두 가. 내가 막는다."

"피스?"

"말도 안 돼!"

에블린은 꺽꺽거리는 숨을 겨우 쉬며 눈가에 맺힌 눈물을 슥슥 닦아냈다.

"웃기지 마! 다 같이 죽고 다 같이 사는 거야!"

 말도 안 되는 억지를 부리며 떼를 쓰는 에블린을 피스는 말없이 지켜보았다. 그리고 조용히 고개를 저었다.

 퍽!

 둔탁한 소리가 들리면서 에블린은 눈을 동그랗게 떴다. 그리고 곧 억울한 표정이 되어 앞으로 허물어졌다. 피스는 에블린의 복부를 후려친 후에 고개를 들었다. 눈물을 흘리며 기절한 에블린을 내려다보며 그는 푸루이트에게 말했다.

 "데리고 가. 단장에게는… 지금 상황을 잘 설명해 주고."

 푸루이트는 자신의 손에 들린 에블린과 피스를 번갈아 바라보다가 피식 웃음을 머금었다. 피스의 등 뒤로 점점 자신들에게 다가오는 현홍의 모습을 보며 푸루이트는 조용히 말했다.

 "아니오. 혼자 가지는 않을 겁니다."

 "푸루이트?"

 피스는 놀란 얼굴로 푸루이트를 올려다보았다. 그러나 푸루이트는 자신의 콧등에 걸린 안경을 천천히 벗어서 소맷자락 속에 넣으며 입을 열었다.

 "저희 단이 아무리 사람을 죽이는 의뢰를 받아 행한다고 해도… 동료애도 마음도 모두 없는 기계는 아니지 않습니까. 저는 파트너인 당신을 두고 갈 수 없습니다. 에블린은……."

 그는 조용히 고개를 숙이며 공간 이동 주문의 전음술音을 시전했다.

 "시간도 공간도 초월하는 나의 의지여, 내가 원하는 곳으로 나의 소중한 이를 데려가 다오. 편안한 안식이 기다리는 곳으로……."

 곧 이어 피스와 푸루이트의 앞으로는 사람 한 명이 들어갈 정도로 커다랗고 검은 공간이 모습을 드러냈다. 발을 디디면 한없이 검은 어둠 속으로 빠져 들어갈 것 같은 구멍이었지만 그것은 원하는 곳으로 갈 수 있는 문. 에블린을 조심스럽게 구멍 속으로 넣으며 푸루이트는 쓴웃음을 지었다. 항상 제멋대로이고 원하는 것이 있으면 반드시 얻어야 하는 성격의 에블린이지만 단원들 중에서 가장 어리고 활발해서 항상 그들을 활력있게 만들어주는 아이였다.

그렇기에… 죽어서는 안 된다. 푸루이트는 천천히 공간의 문을 닫았다. 피스는 말없이 푸루이트를 바라보았고 푸루이트는 살며시 미소 지으며 피스의 어깨를 토닥여 주었다. 현홍은 조용히 두 사람을 지켜볼 뿐이었고 제지를 하거나 하지는 않았다. 다만, 그 입가의 웃음을 지우지 않은 채로 재미있다는 시선을 보낼 뿐이었다.

피스는 검을 움켜쥔 후 현홍을 노려보며 말했다.

"재미있군. 이름이라는 것은 확실히 대단한 모양이야."

그러자 현홍은 빙긋 웃었고 조용히 두 손을 깍지 껴 모으며 고개를 숙였다.

"맞아. 이름에는 엄청난 힘이 담겨져 있지. 생명을 가진 이가 세상에 모습을 드러내면서 받는 첫 번째 선물이자 존재의 증명이니까. 이름이라는 것은 정말로 대단해."

내 『봉인』도 그 이름에 걸려 있었거든. 현홍, 아니, 아스타로테는 그리 생각하며 다시금 미소를 머금었다. 생글거리는 미소와 함께 그는 천천히 하늘을 바라보았다. 시리도록 푸른 하늘, 여름의 냄새가 물씬 풍겨나는 향기로운 녹음. 아스타로테는 숨을 들이키고는 기분 좋다는 듯 물기에 젖은 머리카락을 살짝 쓸어 넘겼다.

"완벽하게 깨어나자마자 하는 싸움도 즐겁기는 그지없지. 뭐, 상대는 되지 않겠지만 즐겁게 해줘."

그렇게 말한 그는 천천히 머리카락을 귀 뒤로 넘겼다.

아영은 어느새 니드의 곁으로 달려와 있었다. 이게 대체 무슨 일일까? 그녀는 니드의 등을 툭 친 뒤에 말을 걸었다.

"뭐예요? 대체… 현홍이 왜 저래요?"

"모, 모르겠습니다. 하지만 일전에 진현도 한 번… 마치 인격이라도 바뀐 사람처럼 변한 적이 한 번 있지만. 현홍처럼은 아니었습니다. 어, 어쩌면 좋습니까… 어쩌면 좋은지."

그는 울먹이는 목소리로 대답했고 곧 머리를 감싸 쥐며 고개를 저었다. 아영은 할 수 없다는 듯 천천히 자리에서 일어났다. 저대로 둘 수는 없다. 만약 현홍이 저 두 사람을 죽이기라도 한다면… 그리고 난 후에 원래대로 돌아간다면 정말로… 정말로 마음 아파할 테니까. 아영은 그리 마음먹고 천천히 앞으로 걸어나갔다.

피스는 조용히 자세를 잡았고 푸루이트는 몇 발자국 뒤로 물러난 후에 마법 시전 주문을 외웠다.

아영은 주먹을 꽉 쥐며 현홍에게 소리쳤다.

"대, 대체 왜 그래?! 현홍아!"

움찔.

피스의 공격을 받으려던 현홍의 어깨가 순간 움찔거렸다. 그는 천천히 아영을 돌아보았다. 차가운 눈빛. 그래서 아영은 흠칫하며 한 발자국 뒤로 물러설 수밖에 없을 정도였다. 현홍은… 현홍의 모습을 한 아스타로테는 싸늘한 표정으로 입을 열었다.

"…현홍? 누가?"

"누구긴 누구야! 너지!"

아스타로테는 싸늘한 표정 그대로 입꼬리를 끌어올렸다. 그리고 이제 더 이상은 피스와 푸루이트에게 관심이 없다는 태도로 등을 돌려 아영에게 걸어갔다. 아영은 흠칫했고 그것은 니드 역시 마찬가지였다. 니드는 너무 힘이 빠져 제대로 서 있을 수도 없는 다리로 벌떡 일어서 아영의 앞을 가로막았다. 아스타로테는 눈을 조금 가늘게 떴고 그리고 피식 웃으며 말했다.

"「현홍」은 더 이상 없어."

"무슨 소리야?"

"말 그대로야."

"무슨 헛소리야!"

아영은 창백하게 질린 얼굴로 아스타로테에게 소리를 질렀고 그는 웃었다. 니드는 부들부들 떨리는 손을 간수하지 못하고 자신의 옷깃을 부여잡았다. 없다니? 뭐가? 현홍이… 없다고? 저절로 힘이 쭉 빠져 버렸지만 여기서 주저앉을 수는 없었다. 그는 이를 악물며 물었다.

"무, 무슨…… 현홍아?"

아스타로테는 팔짱을 끼며 싸늘하게 웃었다.

"아직도 모르겠어? 나는 현홍이 아냐. 이제 그는 없어. 아마도 다시는 깨지 않을 거야. 내가 그렇게 두지 않을 테니까. 이 몸은 이제 내 거야. 나, 아스타로테의 것이라고."

풀썩.

니드는 결국에 주저앉고 말았다. 아영은 망연히 정면을 바라보았고 곧 울먹이는 목소리로 외쳤다.

"…현홍이가 없다고? 넌, 넌… 아스타로테 라고?"

"맞아. 난 아스타로테. 정확히 말하자면 현홍의 전생의 이름이지.

그러나 이름에는 대단한 힘이 담겨져 있고 난 그 이름에 영혼이 봉인 당해 있었다. 나 스스로가 원한 것이지만 그것은 육체가 생길 때까지였어. 그리고 이제야 잠에서 깨어날 수가 있었지. 이제 이 몸은 내 거야."

아영은 두 손으로 입을 가리며 뒤로 물러났다. 현홍이 사라져 버렸다는 말이야? 그리고 저곳에 있는 자는 현홍이 아니고 현홍의 전생, 아스타로테? 아스타로테는 피식 웃으며 손을 들어 자신의 가슴을 가리켰다.

"너희들은 이 몸의 옛 주인이었던 현홍과 아는 사이인가 보군. 그렇다면 사라져 줘. 현홍의 존재는 이제 세상에 없으니까. 너희들도 필요 없어. 아니, 있으면 귀찮아져."

넋이 나가 버린 니드의 앞으로 걸어나오며 아영은 물의 정령을 이용한 검을 두 손에 거머쥐었다. 그녀는 눈물이 흘러넘쳐서 시야가 흐려지는 것을 느끼며 소리쳤다. 그리고 손등으로 눈물을 훔치며 새된 소리로 말했다.

"웃기지 마! 전생이 뭐가 중요하다는 거야! 중요한 것은 지금 이 순간, 살고 있는 현재라고! 네까짓 게, 네까짓 게 현홍의 자리를 차지한다고?! 어서 그 몸에서 나와 버려! 꺼지란 말야!"

잔뜩 악에 받쳐 소리를 친 아영이었지만 무서웠다. 현홍을 보면서 무섭다는 생각이 든 것은 처음 있는 일. 그녀는 눈물을 삼키며 한 발자국 앞으로 걸어갔다. 사실은 정말로 무서워서 주저앉고 싶었지만 그럴 수 없지 않은가. 니드처럼 속 편하게 주저앉아 버렸으면 했다.

멀리서 아영과 현홍을 번갈아가며 쳐다본 피스는 조용히 푸루이트에게 말했다.

"지금은 아영이라는 저 여자를 도와야 할 것 같지 않아?"
"그렇게 생각하십니까? 하기는… 단장께서 아영이라는 저 여성은 죽이지 말라고 명하셨습니다."
"그렇다면 왜 에블린에게?"
"뭐, 실력의 차이를 알고 계셨겠지요."
푸루이트는 쓰게 웃었고 피스는 할 수 없다는 태도로 무기를 손에 쥐었다.
아스타로테는 가만히 아영을 바라보았다. 그리고 조용히 말했다.
"중요한 것은 현재라고? 과거가 없으면 현재도 없는데, 그래도? 내가 없었으면 현홍이라는 녀석도 없어. 받을 것을 받아갈 뿐이지. 그리고 이 녀석도 충분히 살아오면서 슬픔과 고통을 느꼈지. 더 이상 그런 아픔을 느끼게 하는 것은 가혹하다고 생각 안 해?"
"뭐라고?"
아스타로테는 천천히 자신의 입술 앞에 검지손가락을 펴 들며 입술을 오물거렸다.
"잘 생각해 봐. 괴롭지 않았겠어? 그런데 앞으로도 그런 아픔을 느끼며 살아가야 한다니… 너무 가혹해. 그렇지 않아? 차라리 이대로 이 몸속에서 편안하게 잠을 자는 것이 나는 그 녀석이 바라는 것이라고 생각하는데."
"우, 웃기지 마! 현홍은 분명히 잘 울고 슬퍼하지만 친구들을 좋아하고 이 세상을 좋아했어! 그런 녀석을 뭐? 이상한 소리 하지 말고 덤벼! 널 쫓아보내고 현홍이를 깨울 거야!"
"쯧쯧, 말귀를 못 알아듣는구나. 현홍은 분명히 힘들어했어. 너무나도 슬퍼서 가슴을 움켜쥐고 혼자 몰래몰래 울어야 했던 적이 얼마나 많았는지 아니?"

 헉 하고 숨을 몰아쉰 니드가 그제야 정신을 차린 사람처럼 고개를 번쩍 치켜들었다. 그리고 현홍의 모습으로 현홍이 아니라고 말하는 아스타로테를 보며 눈을 감았다. 감겨진 눈가 사이로 길고 희미한 눈물 한 방울이 흘러 그의 뺨을 적셨다.

 현홍이 만약 그런 마음을 가지고 있지 않았더라면 저 아스타로테 라고 불리는 자에게 몸을 빼앗기지 않았을지도 모른다. 왜 이리도 무심했단 말인가. 니드는 스스로에게 혐오감을 느끼며 눈물을 흘렸다. 그는 주저앉아 현홍… 아니, 아스타로테를 보며 말했다.

 "제발… 현홍아, 「돌아와」."

 "큭!"

 아스타로테는 순간 한 손으로 이마를 감싸 쥐며 뒤로 후닥닥 물러났다.

 "후훗, 웃기지… 마! 빼앗길 것 같아?! 빼앗길 것 같냐고! 겨우 차지했는데……."

 "현홍아, 제발……."

 "입 닥쳐!"

 아스타로테는 노한 음성으로 외쳤고 피스는 더 이상은 기다리지 못하겠다는 듯 그에게로 달려갔다. 아영은 정령들을 불러들였고 푸루이트는 조용히 주문을 외웠다. 그리고… 니드는 자신에게 날아오는 커다란 암흑과 뒤섞인 불길을 바라보며 하염없이 눈물을 흘렸다.

*   *   *

쿠콰광!

여관으로 가 셀로브에게 사정을 들은 진현과 우혁은 말을 몰아 수도의 외곽 언덕으로 향했다. 에리에이의 말을 빌려 타고 가던 우혁은 갑자기 언덕 위에서 불길과 굉음이 치솟자 깜짝 놀란 말을 다독이며 미간을 찌푸렸다. 그리고 그에 앞서 진현의 표정은 가히 가관이었다. 무언가에 놀란 듯 두려워하는 기색조차 엿볼 수가 있었다. 잠시 후 하늘의 구름들 사이로 거대한 구름이 몰려들었고 그것을 보며 진현은 눈을 크게 떴다. 파란 하늘은 마치 깜깜한 밤이라도 된 듯 어두워졌고 잠시 후 거대한 운석들이 쏟아져 내렸다. 말들이 요동을 쳐 진현은 할 수 없이 헤세드에게서 내려 말들을 수도로 돌려보냈다. 풀어주면 알아서 잘 찾아갈 수 있겠지.

수도를 향해 달려가는 말들을 보던 진현은 다시 고개를 돌렸다. 저 정도 위력이면 언덕이 남아나지 않을 것이다. 그의 생각대로 사람만한 크기의 운석들이 쏟아져 내리자 그곳은 초토화되어 버렸다.

쾅! 콰광! 우르릉!

마치 천지가 진동하는 것처럼 대지가 요동을 쳤고 우혁은 자신의 검을 땅에 꽂아 간신히 자세를 바로잡았다. 대지가 울부짖었다. 그렇기에 우혁은 미간을 찌푸리며 멍멍한 귀를 한 손으로 막으며 말했다.

"대체… 무슨?"

진현은 아무런 말도 할 수가 없었다. 검은 구름과 핏빛의 운석……. 마족들이 가장 잘 쓰는 마법 중의 하나라는 것을 기억하는 데 그리 오랜 시간은 걸리지 않았다. 마치 전쟁터가 된 것처럼 붉은 연기와 함께 하늘에서 구름을 뚫고 쏟아져 내린 운석들은 수십 개가 넘었다. 저곳에 사람이 있다면 죽음을 면치 못하리라. 진현은 이를 악물고 언덕 쪽으로 뛰었다. 운의 목소리가 허공에 울렸다.
「방어 결계!」
 곧 이어 진현과 우혁의 주변에는 반투명한 둥근 막이 생겼다. 칭찬을 하고 싶지만 그럴 겨를도 없다. 대체 무슨 일이 저곳에 벌어지고 있는 것일까. 쏟아지는 운석들은 멈추었지만 하늘을 메운 검은 구름들은 여전히 사라지지 않았고 이내 굵은 빗줄기가 쏟아져 내렸다. 비가 내리고 있지만 그것으로는 하늘은 집어삼킬 것처럼 솟아오르는 연기는 없애지 못했다. 음울하게 하늘로 올라가 검은 구름과 합쳐져 더 큰 구름을 형성하는 연기를 올려다보며 진현은 눈을 찌르는 빗방울을 손으로 걷어냈다.
 대지가 엉망이었기에 진현과 우혁은 제대로 뛰지도 못할 지경이었다. 운석에 의해 부서져 솟아오른 암석들과 반대로 끝이 보이지 않을 정도로 파헤쳐진 구덩이들이 마법의 위력을 실감케 했다. 비와 함께 쓸려 내려가는 토사들을 피해 진현과 우혁은 겨우겨우 언덕으로 보이는 자락까지 올라갈 수가 있었다. 이미 온몸은 차갑게 식어 있었지만 그것을 걱정할 틈은 없었다. 헉헉거리는 숨을 몰아쉬며 진현은 턱을 타고 흘러내리는 빗물과 땀을 손등으로 훔쳤다.
 그리고 자신의 눈앞에 펼쳐진 광경에 입을 다물고 말았다. 지옥이라 불려질 만한 곳이 있다면 이곳이라고 해도 믿지 않을 사람은 없으리라. 삐죽이 솟아오른 바위들 위로 사람으로 보이는 무언가가 축 처져 걸쳐져 있었다.
 우혁은 가장 가까운 곳의 바위 끝에 아슬아슬하게 걸쳐져 있는 사람에게로 다가갔다. 몇 번이나 빗물에 미끄러질 뻔했지만 겨우 그에게로 다가간 우혁은 참담한 얼굴로 고개를 저었다.

입가에 피를 토한 채로 피스는 마치 죽은 사람처럼 늘어져 있었다. 어깨는 거의 떨어져 나갈 것처럼 베어져 있었고 콸콸 쏟아져 내리는 피를 우혁은 한 손으로 막아내며 진현에게 소리쳤다.

"아직 살아 있어, 형!"

"제기랄……."

진현은 주위를 둘러보고는 부러진 나무와 나무들 사이에 묻혀진 사람의 팔을 발견할 수 있었다. 황급히 달려간 진현은 운을 뽑아 들었고 이를 악물며 나무들을 후려쳐 내기 시작했다. 조금씩 힘을 주며 나무들을 걷어내자 그곳에는 갈색 머리카락의 평범해 보이는 사내가 있었다. 로브는 거의 걸레라고 할 수 있을 정도로 너덜너덜해져 있었다. 하지만 아직 정신을 잃지는 않았는지 그는 곧 격한 기침과 함께 눈을 떴다. 진현은 그를 부축하여 앉히며 물었다.

"대체, 무슨?"

"컥! 피, 피스는?"

피스가 장미 이름이라는 것을 알고 있는 진현은 정신이 번쩍 드는 기분이 들었다. 그렇다면… 저 은발의 남자와 이 사내는 암살자란 말인가? 그런데 왜 이 모양으로……. 진현은 우선 그런 의문을 접기로 하고 고개를 끄덕이며 대답했다.

"살아 있습니다. 대체 무슨 일이 있었던 겁니까? 그리고 다른 사람들은, 당신들이 공격하려던 사람들은?!"

푸루이트는 쿨럭거리며 고개를 숙였고 곧 그의 입에서는 핏덩어리가 토해져 나왔다. 그는 가슴을 움켜쥐며 고통스러운 듯이 말을 이었다.

"혁, 혀… 현홍이라는 자! 크윽!"

"…현홍이, 현홍이가 왜!"

　진현은 소리쳤지만 푸루이트는 더 이상 대답할 기운을 가지고 있지 않았다. 갈비뼈 몇 개와 다리뼈가 나갔고 그 외의 내상 등으로 완전히 산송장이 되어 있었으니까. 혀를 찬 진현은 피스를 어깨에 지고 내려오는 우혁에게 푸루이트를 맡겼다. 우혁은 조용히 대지의 정령을 불렀고 곧 이어 커다란 늑대의 형상을 한 대지의 정령에게 두 사내를 얹어 주며 말했다.

"우선은 살려야 한다. 어서 여관으로 가서 내 동료들에게 보이도록 해라."

　대지의 정령은 힘겹게 고개를 끄덕이고는 길게 꼬리를 이으며 언덕을 날듯이 달려갔다. 우혁은 비에 젖어 축 처진 머리카락을 뒤로 쓸어 넘기며 좌우로 고개를 돌렸다. 곳곳에서 피어 오르는 연기 덕분에 시야는 엉망이었지만 그래도 앞이 완전히 안 보이는 것은 아니었다. 진현은 아영과 니드, 그리고 현홍을 찾기 위해 사방을 두리번거렸다. 안경에 서리가 껴 도저히 끼고 있을 정도가 아니자 천천히 안경을 벗어 셔츠 주머니 속에 넣은 우혁의 시야에 흐릿한 무언가가 들어왔다.

　그리고 곧 그의 두 눈이 크게 뜨여졌다. 비가 추적추적 내리고 사방에서 토사가 흘러내리는 굉음과 함께 연기가 피어 오르는 이곳에서…… 그 존재를 볼 수 있었다. 이곳을 이런 아비규환으로 만들어 버린 이를. 우혁의 시선을 따라 같이 고개를 돌린 진현은 손을 들어 이마를 짚었다. 자신의 두 눈에 보이는 것이 마치 환상이라도 되는 것처럼 믿기 어렵다는 표정이 되어. 높다랗게… 마치 하나의 산봉우리라도 되는 것처럼 솟아오른 거대한 암석 위에 그가 서 있었다. 한 손에는 아영과 또 다른 손엔 니드의 옷자락을 부여쥔 채 마치 세상의 모든 것을 내려다보는 이마냥.

희게 나부끼는 긴 옷자락을 보면서 진현은 작은 목소리로 읊조렸다.

"현… 홍아……."

투명하게 푸른빛이 도는 비단을 온몸에 두르고 서 있던 그는 살며시 고개를 내렸다. 그리고 먼발치에서 자신을 올려다보는 진현과 우혁을 보았다. 검은 눈동자에는 보라빛이 감돌았고 붉은 입술과 창백한 피부는 도를 넘어서 인간이 아닌 요괴妖怪의 그것과 같을 정도였다. 그는 빙긋 웃더니 곧 한 손에 들린 아영을 밑으로 집어 던졌다.

"아영!"

황급히 튀어나간 우혁이 받아내지 않았더라면 아영은 지금쯤 죽은 목숨이었을 것이다. 다행히도 아영은 기절한 상태였다. 그러나 온몸에 타박상과 내상을 입었는지 우혁이 어깨를 붙잡자마자 곧 굵은 핏줄기를 입에서 토해냈다. 얼굴을 잔뜩 찌푸린 우혁은 도무지 믿지 못하겠다는 눈으로 현홍을 노려보았다. 그러나 현홍이 아닌 아스타로테는 여전히 만면에 미소를 띤 그대로 조용히 아래를 향해 말했다.

"…현홍은 없어."

진현은 눈을 감았고 고개를 저었다. 이렇게 될 줄이야…… 혹시나 했지만 정말로 이렇게! 진현은 주먹을 불끈 쥐고는 고개를 들어 아스타로테의 눈을 응시했다. 여전히 깊고 맑은 눈… 그렇지만 그것은 현홍의 것이 아닌 현홍의 전생, 아스타로테의 것. 입술을 잘끈 깨물며 진현은 천천히 앞으로 걸어갔다. 그리고 자신의 가슴을 한 손으로 가리키며 조용한 어조로 말했다.

"현홍아… 돌아와라. 넌 아직… 아직 잠들 때가 아니잖니?"

"……."

아스타로테는 한 손을 들어 천천히 자신의 귀에 걸린 화려한 장식의 귀고리를 만지작거렸다. 흰색의 옷깃이 피에 젖어 있는 것을 보며 진현은 가슴이 저려왔다. 니드의 피, 아영의 피… 그리고 다른 이들의 피. 현홍이라면 도저히 할 수 없을 짓을… 아스타로테는 한 치의 죄책감도 없이 행할 수가 있었다. 그러나 모습은 분명 현홍이었다. 그렇기에 더 가슴이 아팠다.

쏴아아아—

장마라도 된 것처럼 끝없이 쏟아지는 빗줄기였지만 아스타로테는 개의치 않고 기분 좋은 듯 천천히 바위에 걸터앉았다. 축 늘어진 니드는 움직일 줄 몰랐다. 벌려진 옷깃 사이로 가느다란 다리가 여유롭게 흔들렸다. 그리고 발찌에 달린 방울들이 찰랑거렸다. 빗속에서 들리는 방울 소리가 묘한 느낌을 들게 했다.

아스타로테는 조용히 자신의 머리카락을 매만지며 아래를 향해 빙긋이 웃어주었다.

"현홍? 아냐, 나는 아스타로테. 여기에 존재하는 것은 현홍이 아닌 아스타로테, 바로 나야!"

"현홍이 형?"

우혁은 그답지 않게 놀란 얼굴로 진현과 현홍의 모습을 한 아스타로테를 번갈아 바라보았다. 그러나 진현은 그저 막연하게 아스타로테를 올려다보며 입을 열었다.

"넌 여기 있어선 안 돼. 그 몸을 돌려줘."

"웃기지 마! 내가 어떻게 되찾았는데. 이건 내 거야! 너도 알잖아… 응? 셰이드……."

우혁은 아영을 품에 안은 채로 말없이 땅에 앉아 있었고 진현은 차가운 비를 맞으며 멍하게 서 있었다. 그는 고개를 저으며 외쳤다. 진현의 검은 머리카락에서 떨구어져 나간 물방울들이 허공을 메웠다.
"아니! 난 셰이드가 아냐! 난 진현이다! 그리고 너도……! 네가 가진 그 몸의 주인도 아스타로테가 아닌 현홍이야!"
"시끄러워!"
아스타로테는 자리에서 벌떡 일어섰다. 그는 분노에 겨운 눈으로 진현을 쏘아보았다. 부들부들 떨리고 있는 손으로 진현을 가리키며 아스타로테는 소리쳤다.
"어떻게… 어떻게 네가 그렇게 말햇! 내가 누구 때문에, 누구 때문에 이렇게 되었는데! 내가 누구 때문에 죽었고 누구 때문에 영혼을 동결했는데! 누구 때문에 수천 년이 넘는 시간을 잠들어 있었는데!"
무슨 말인가? 우혁은 마치 감기에 걸려 머리가 빙빙 도는 것처럼 어지러움을 느꼈다. 그러나 진현은 입술을 깨물며 고개를 숙였고 곧 고개를 저었다. 아스타로테는 두 손으로 머리카락을 쥐어뜯으며 눈물을 흘렸다. 그리고 악에 받친 목소리로 비명 같은 외침을 내질렀다.
"이제야 겨우… 겨우 몸을 되찾았는데! 왜 다시 잠들라고 하는 거야?! 기다린다고 했잖아! 난, 분명히 기다리고… 너를 위해서, 셰이드!"
"…셰이드는 죽었어."
"너, 너!"
"네가 사랑한 셰이드는 죽었다. 난 김진현… 인간 김진현이야."
"닥쳐!"
아스타로테는 도저히 참지 못하겠다는 듯 니드를 한 손으로 들어 진현을 향해 내던졌다. 진현은 몸을 던져 니드를 받아냈고 바닥에 뺨이 끌리는 느낌을 받으며 이를 악물었다. 입 안에 들어간 빗물은 뱉어내며 진현은 니드의 얼굴을 내려다보았다. 니드 역시 아영 못지 않게 상처가 심했다. 아무런 힘이 없는 인간이었기에 더 더욱 아스타로테의 힘을 받아내기 힘들었을 것이다. 그리고 진현 역시도. 활활 타오르는 불길처럼 아스타로테의 몸 주변에서 검은 기운이 뿜어져 나왔다. 아스타로테는 눈물을 거두고 차가운 눈길로 진현을 노려보았다. 그는 천천히 손을 들었고 곧 아스타로테의 주변으로 사람 크기의 검은 화염 구들이 하나둘씩 생겨났다. 우혁은 아영을 품에 안은 채로 검을 뽑아 들었다.

그리고 진현 역시 눈을 감은 채로 굳은 표정을 하고 있었다. 손에 쥔 운의 손잡이를 더 힘주어 쥐면서 진현은 나직이 말했다.

"네가 지금 행하는 것은 현홍이 바라는 것이 아냐. 이런 장소… 친구의 피를 손에 묻히는 것, 모두 다. 현홍을… 돌려줘."

"…없어."

진현은 고개를 들었다. 아스타로테는 차가운 얼굴 그대로 천천히 입가에 웃음을 피웠다. 붉은 입술이 호선을 그렸고 정점에서 그는 입술을 움직였다.

"현홍은 죽었어. 내가 아스타로테로서 완벽한 자각을 한 그 순간… 내 이름이 불려진 그 순간, 그는 이미 죽었어."

"아스타로테!"

진현의 비명과 같은 외침이 들렸지만 아스타로테는 개의치 않았다. 그는 천천히 미소를 지우며 희미해져 가는 시선으로 진현을 보았다. 영혼의 향기가 같은데… 그의 몸에서 뿜어져 나오는 회색의 향기가 분명 그와 동일한데, 같은 영혼을 가지고 같은 외모를 한 자신이 사랑했던 이가 맞는데.

왜 아니라고 해?

왜 내가 사라지길 바래?

왜 기다리고 있었다라고 대답해 주지 않는 거야?

왜 예전처럼 다정하게 이름을 불러주지 않는 거냐고!

"왜, 왜… 예전처럼 사랑한다고 말해 주지 않아. 소중하다고… 말해 줘."

그 말을 듣기 위해 지금껏 기다렸어, 셰이드.

*   *   *

"어, 밖이 소란스럽지 않아요?"

바삭바삭하게 구운 쿠키를 입에 물며 에오로가 창 쪽으로 걸어갔다. 수도 스란 비 케스트의 마법사 길드 2층. 수도의 길드장인 카이트와의 대화를 마치고 점심 식사 이후에 조용한 티타임을 즐기려고 한 다카는 고개를 갸웃거리다가 순간 미간을 찌푸렸다. 에오로는 입에 문 쿠키를 손으로 옮기며 창밖을 바라보다가 눈가에 손을 가져다 댄 채 놀란 음성을 말했다.

"언덕 쪽에 불이 난 모양이에요. 연기가 보이는데요? 국경 수비대가 파악하러 나설 모양이에요."

"안 돼!"

"예?"

에오로는 갑자기 다카가 소리를 지르며 의자에서 벌떡 일어서자 눈을 동그랗게 뜨며 다카의 표정을 살폈다. 다카는 미간을 찌푸린 채로 손을 들어 이마를 짚었다. 조용히 눈을 감고 무어라고 읊조린 그는 입술을 깨물며 벽에 세워둔 자신의 지팡이를 집어 들며 외쳤다.

"에오로! 넌 사람들에게 언덕 쪽으로 오지 말라고 말해라! 내가 간다고, 누구라도 와서는 안 돼!"

도무지 갑자기 왜 저러는가 싶어 고개를 갸웃거린 에오로는 자신의 머리를 긁적거리며 대답했다.

"갑자기 왜 그러세요? 점심 식사가 마음에 들지 않았나 보죠?"

딱!

시답잖은 농담을 한 대가로 다카의 단단한 반려자와 같은 지팡이가 에오로의 머리를 후려쳤다. 다행히 기절을 하지 않은 에오로는 혹이 난 이마를 붙잡은 채 바닥에 주저앉아 끙끙거렸다. 다카는 바보 같은 제자의 안위를 생각지도 않은 상태에서 곧 지팡이를 허공에 띄우고 그곳에 자신의 몸을 안착시켰다. 커다란 창문을 향해 밖으로 빠져 나온 다카는 평소의 그라면 생각하지 못할 정도로 굳은 얼굴이 되어 있었다. 높다란 허공을 날아가는 자신을 보며 소리치는 시민들의 목소리에도 아랑곳하지 않고 그는 곧장 성벽을 넘어 언덕 쪽으로 향했다.

웬만한 새보다도 빠르게 지팡이는 날아갔고 곧 언덕에 도착할 수가 있었다. 매캐한 연기 때문에 다카는 곧장 손으로 입과 코를 막으며 인상을 썼다. 하늘을 올려다보니 검은 구름이 껴서 시야가 흐릿할 정도였다. 그것도 수도에는 전혀 이상이 없이 바로 이곳에만. 검은 구름에서는 가늘게 비가 내리고 있었다. 차가운 물방울이 얼굴에 닿으면서 다카의 불안을 더 더욱 가중시켰다. 강대한 마력이 느껴졌다. 보통의 인간으로는 상상하지 못할 강대한······.

중, 상위급의 마족이 뿜어낼 만한 마력을 느끼며 다카는 오랜만에 호승심이 끓어오르는 것 같았다. 인간 같지 않은 마력을 지니고 있는

대마법사의 추억 103

자신이 위협을 받을 정도로 대단한 마력을 지닌 자라… 아마도 마족 아니면 드래곤일 것이다. 그렇다면 더욱 거리낄 것이 없겠지. 그리고 그는 지팡이를 들어 올렸다.

"세상을 비추는 광휘여, 지금 이곳에서 나의 힘을 받들어 이곳의 어둠을 너의 그 힘으로 밝혀내라."

그의 말이 끝나기가 무섭게 허공에는 작은 원이 생겨났고 곧 이어 엄청난 양의 빛이 사방으로 뿜어져 나왔다. 검은 구름은 그 기세에 잠깐 짓눌려 흩어지는 듯했으나 사라질 기미는 보이지 않았다. 그러나 분명 빗줄기도 어둠도 약해진 기색이 보였다. 다카는 미간을 찌푸리며 주위를 둘러보았다. 분명히 전투의 흔적이 남아 있는데 그것이 누구와 누구인지 알 수가 없었다. 거대한 압력에 찌그러진 바위와 마치 용암이라도 흐른 것처럼 녹아 있는 나무들의 잔재를 보며 다카는 혀를 찼다.

에오로에게 사람들을 이곳에 오지 말라고 말하라 했으니 더 이상의 희생은 나지 않겠지. 그가 조심스럽게 불타오르는 화염과 연기를 피해 몇 발자국 걸어갔을 때였다.

툭.

무언가 발끝에 걸어차이는 것을 느끼며 그는 황급히 고개를 숙였다.

"우혁?"

그는 사람의 얼굴을 남보다 특출나게 잘 기억하는 것도 아니었지만 잃어버린 세계에서 온 이들이었고 무엇보다 몇 시간 전에 만난 사람이다. 잊어버리면 아마도 에오로에게 노망났다고 핀잔을 들어도 잔뜩 들었을 테지. 다카는 조심스럽게 발끝에 차인 사람을 부축해 올리며 얼굴을 살펴보았다. 잔뜩 얼터진 사람의 표본 그대로 우혁의 단정한 얼굴에는 곳곳에 생채기가 나 있었다. 옷깃은 타 들어가 있었고 묘하게 뒤틀린 왼팔은 아마도 부러진 모양이다.

마치 시체 살피는 장의사처럼 꼼꼼하게 그를 살핀 다카는 조용히 한마디 했다.

"죽지는 않겠군."

그리고 나서 다시 뚜벅거리며 걸어갔다. 심플하게 그렇게 말하기만 하고 치료는커녕 다시 내버린 채 걸어가는 다카가 괘씸하기라도 했던 모양인지 정신을 잃었던 우혁이 콜록거리는 숨을 내쉬며 눈을 떴다. 다카는 고개를 돌려 우혁을 보았고 다시 무심히 한마디 했다.

"역시 죽지 않았군."

"흡, 쿨럭! 아영… 진현은?"

부러진 왼팔을 붙잡으며 우혁은 천천히 일어났다. 다카는 속으로 정말이지 정신력이 죽이는 청년이라고 생각하며 고개를 저었다. 우혁은 피곤한 얼굴로 주위를 둘러보았다. 헉헉거리는 숨을 몰아쉬는 게 지금도 손가락으로 건드리면 팩 하니 쓰러져 골로 갈 것 같아 보이는데 용케 일어서다니.

우혁은 절뚝절뚝 걸으며 주위를 살피기 시작했다. 마치 무언가 잃어버린 듯 애타게. 그러나 처음 보았을 때처럼 단정한 얼굴은 변하지 않았다. 천성이 그러할 테니까.

그러던 중 다카는 저 멀리서 바위에 널브러진 개구리처럼 대자로 엎어진 아영을 발견했다. 아영 역시 상태로 봐서는 만만치 않게 엉망이었다. 다카는 굳은 얼굴이 되었다. 그의 눈에 마지막으로 들어온 이 때문이었다.

구석에 쓰러진 니드를 부축해서 걸어온 우혁 역시 다카와 같은 표정이 되어 망연히 정면만을 바라보았다. 바닥에 주저앉아 있는 것은 진현이었다. 마치 넋이 나간 사람처럼 멍청하게 고개를 숙인 채로 땅을 짚고 주저앉아 있었다. 그리고 그의 등 뒤로 또 다른 이가 모습을 드러냈다. 희뿌연 연기 속에서 모습을 담담한 표정의 현홍이었다. 아니, 아스타로테였다.

아스타로테는 힐끔 진현을 바라본 후에 새로이 나타난 다카에게로 고개를 돌렸다. 다카는 미간을 찌푸리며 아스타로테에게 질문했다.

"여긴 네 작품인가 보군."

아스타로테는 대답하지 않았고 씨익 웃어 보일 뿐이었다. 그리곤 천천히 진현에게로 허리를 숙였다. 천천히… 입가에 미소를 띤 채로 아스타로테는 마치 아이를 다그치는 어른처럼 조용하게 말했다.

"봐. 난 여기에 이렇게 존재해. 널 아프게 한 것도… 너에게 상처를 입힌 것도 나야. 그러니까, 이름을 불러줘. 응? 셰이드."

진현은 서글픈 눈으로 아스타로테를 올려다보았다. 한참을 내린 비 때문에 이미 몸은 차갑게 식어 있었고 그로 인해 머리가 어지러울 지경이었다. 한기 어린 숨을 내쉬며 진현은 눈을 감았다.

"…말, 했잖아. 난… 진현이고 네가 차지하고 있는 그 몸의 주인은 현홍……."

퍼억!

말을 다 끝내기도 전에 진현은 아스타로테의 발길질에 복부를 걷어차이고는 뒹굴어야 했다. 다카는 미동도 하지 않았지만 우혁은 움찔하며 버릇대로 검을 뽑으려 했다. 그러나 그의 검은 조금 전 현홍의 모습을 한 아스타로테에 의해 어딘가에 떨궈져 있는 상태였다. 진현은 피를 토하며 아스타로테의 발 아래에서 주저앉았다. 아스타로테는 싸늘한 표정으로 진현을 내려다보았다. 그는 자신의 하얀 옷자락에 번진 핏자국을 내려다보며 입을 열었다.

"왜, 왜 인정해 주지 않는 거야. 난… 오직 너한테 인정받기 위해서 지금까지 기다렸는데. 쓸쓸하고 외롭지만 기다렸는데! 셰이드… 어째서, 왜?!"

아스타로테는 손으로 얼굴을 가린 채로 고개를 숙였다. 다카는 무슨 일인가 싶어 우혁을 돌아보았지만 그 역시 살짝 고개를 저으며 모르겠다는 뜻을 표했다.

가느다랗고 하얀 손가락 사이에서 방울져 떨어져 내리는 것을 바라보며 진현은 천천히 고개를 들었다. 숨이 막혀 제대로 말조차 할 수 없었지만 겨우 숨을 고르며 그는 말할 수 있었다.

"현홍아…… 깨어, 깨어나……."

"현홍이 아냐!"

아스타로테는 악에 받쳐 소리쳤고 곧 무릎을 굽혀 진현의 목을 움켜쥐며 다시금 외쳤다.

"아스타로테야! 아스타로테! 난 현홍이 아니고 아스타로테란 말야! 영원히 기다릴 거라고 말했잖아! 그런데 왜… 왜, 기다려 주지 않고 다른 사람을 사랑한 거야?"

저게 무슨 소리인가. 다카는 오싹하게 소름이 돋는 팔을 슥슥 문지르며 인상을 썼다. 마치 애정 싸움을 보는 것 같지 않은가? 사실 그의 생각도 별로 틀릴 것은 없었지만. 진현은 아무 말 없이 고개를 저었고 결국 아스타로테는 이를 악물며 그를 내쳐 버렸다. 진현의 하얀 목에는 다섯 개의 핏빛 호선이 그어졌다. 이를 부드득 간 아스타로테는 진현을 분노한 시선으로 바라보았다.

"결국 수천 년 기다림의 끝은 이거야?"

"아스타로테…… 넌 뭔가 잘못 알고 있어. 분명히, 셰이드는 너를 사랑했고 너 역시 셰이드를 사랑했겠지. 하지만, 하지만 전생은 전생이고… 난 인간 김진현이야. 내가 비록 전생을 기억하고 있다지만… 셰이드와는 달라."

진현은 진지하게 말했고 아스타로테는 대답하지 않았다. 아니, 그저 담담한 표정으로 진현을 내려다볼 뿐. 그는 조용히 읊조리는 음성으로 말했다.

"그래, 넌 셰이드가 아닌 것 같아. 영혼의 향기도 모습도 그와 같지만……. 아냐, 그가 아냐. 그였다면 이렇게 차갑게 말하지 않았을 거야. …넌 인간이구나."

"맞아……."

"그럼, 죽어버려."

아스타로테의 몸 주위에 생긴 불꽃들은 살아 있는 것처럼 꿈틀거리다가 곧 진현에게로 쏟아졌다. 하지만 그에 앞서 다카의 마법이 시전되었고 진현의 주위에는 투명한 방어막이 생겨 아스타로테의 불꽃을 막았다.

콰광!

아스타로테는 훌쩍 뛰어올라 바위 위로 올라갔고 곧 사나운 표정으로 다카를 노려보았다. 그렇지만 다카는 여유로운 표정으로 지팡이로 어깨를 툭툭 두드리며 말했다.

"이것 봐, 날 잊지 말라고. 실연당한 여자처럼 성깔 부리지 말고."

"닥쳐라, 인간아! 인간 주제에 감히 끼어들겠다는 말이냐?"

다카는 쓰게 웃으며 지팡이를 쥔 손에 힘을 주었다. 그러나 곧 언덕

너머에서 들려오는 사람들의 웅성거림에 인상을 쓰며 고개를 돌렸다.

"이 멍청한 제자 녀석 같으니! 사람들 오지 말라고 말하라고 했더니만!"

아스타로테는 먼 곳에서 몰려오는 사람들의 그림자를 보며 입술을 깨물었다. 당황하는 표정은 아니었다. 다만 조금은 귀찮아졌다라는 표정이랄까. 고통스러운 표정으로 숨을 몰아쉬는 진현을 내려다보며 아스타로테의 눈에 이채가 스쳐 지나갔다. 그는 살며시 미소 지으며 손으로 자신을 가리켰고 곧 이어 나직한 목소리로 말했다.

"네가 현재 사랑하고 있는 존재가 바로 현홍이겠지?"

흠칫.

진현은 눈을 크게 뜨며 힘겹게 고개를 들었다.

"아, 아스타로테… 너, 설마?"

"쿡쿡, 그래. 그 설마다. 이 몸은 절대 돌려주지 않겠어. 셰이드가 사라진 이곳에… 내가 존재할 이유는 없지만 너한테도 그 고통을 나눠주도록 하지. 사랑하는 사람을 잃은 고통, 기억하고 있겠지? 폐부가 찢어지고 숨이 콱 막히는 그 고통을. 다시 한 번 느껴. 그리고 고통스러워해. 내가 너한테 주는 마지막 선물이겠군. 셰이드… 아니, 진현이라는 이름의 인간아."

재미있다는 듯 말하는 아스타로테였지만 그의 검은 눈동자에는 물기가 묻어났다. 곧 눈물이라도 흘릴 것같이 말이다. 진현은 도무지 믿어지지 않는다는 사람처럼 두 눈을 크게 뜨고 황망한 표정이 되어버렸다. 부들거리는 손을 들어 진현은 천천히 자신의 가슴을 움켜쥐며 소리쳤다.

"아스타로테! 제발, 제발… 그러지 마!"

그러나 아스타로테는 고개를 젖혀 깔깔 웃으며 외쳤다.
"고통스러워해! 내가 받은 것만큼! 말했지? 너의 소중한 현홍이라는 녀석은 죽었어. 내가… 죽여 버렸어."
털썩.
진현은 기어코 바닥에 완전히 엎어져 버렸다. 더 이상은 버틸 힘이 남아 있지 않아서였다. 그리고 그것보다는 더… 아스타로테의 말에 충격을 받은 상태였다. 부들부들 떨리는 손에 힘이 들어가지 않았고 점점 멀어져 가는 의식 속에서 그가 마지막으로 본 것은 미소를 짓고 있는 현홍의 얼굴이었다. 그러나 그것은 분명… 껍데기였고 인격은 아스타로테. 그 예전… 현홍의 전생이었던 자.
웃고 있는 그 미소의 끝에 반짝이는 저것은 과연… 무엇일까?

대마법사의 추억 5

 "…진현은?"
 우혁은 고개를 조금 저어 보였다. 한숨을 푹 내쉰 셀로브는 골치가 아픈 듯이 이마를 손으로 짚으며 짧게 중얼거렸다.
 "어떻게… 이런 일이 있을 수가 있지?"
 "저도 잘 모르겠습니다. 우선은… 진현이 저렇게 되었으니 물어볼 수도 없군요."
 여관의 복도 벽에 붙어서는 펑펑 울고 있는 키엘의 등을 쓸어 내려 준 에이레이는 그녀 자신도 울기 일보 직전의 표정이었다. 그녀는 빨갛게 되어버린 자신의 눈을 애써 보이기 싫어 고개를 떨구며 간신히 입을 열었다.
 "왜, 왜… 현홍이?"
 정확한 것은 알 수가 없지만 우혁은 그 당시의 상황을 머리 속에 떠

대마법사의 추억 111

올리며 설명했다.

"저도 자세히는 모르겠습니다만 상황을 봐서는… 아마도 현홍이 형의 몸 안에는 두 개의 영혼이 들어 있었던 듯합니다. 하나가 바로 현홍이 형 자신과 형의 전생… 전생의 영혼인 아스타로테입니다."

"아스타로테?"

셀로브는 많이 들어본 이름이 나오자 눈을 깜박이며 다시 곰곰이 생각에 잠겼다. 궁금하다는 표정으로 에이레이가 자신을 바라보자 셀로브는 쓰게 입맛을 다신 뒤에 말했다.

"그래, 충분히 가능한 일이겠군. 아스타로테는 예전 신족과 마족과의 전쟁에서 육체를 잃었지. 즉, 죽임을 당했지만 고위 마족에게 있어서 죽음은 별것이 아냐. 육체만 바꾸면 되니까. 이른바 환생이라는 건데… 고위 마족의 마법 중에 영혼의 동결이라는 게 있어. 그리고 육체가 환생을 하면 그 육체에 영혼만이 들어가면 되는. 대충 이해가 되는군."

키엘은 훌쩍이며 에이레이의 품으로 파고들었다. 서글픈 표정으로 키엘을 내려다본 에이레이 역시 눈가에는 작게 눈물이 맺혔다. 왜 이런 일이 일어나 버린 걸까. 현홍은 사라져 버렸다. 그 육체를 가지고 아스타로테는 어디론가 가버렸고 진현은… 진현은…….

결국 에이레이는 작은 눈물 한 방울을 흘리며 무릎을 구부려 주저앉으며 키엘을 품에 안았다. 키엘은 그 금빛 눈에 슬픔과 고통이 가득 찬 채로 에이레이를 꼬옥 껴안았다. 셀로브는 도저히 그 모습을 보지 못하겠다는 표정이 되었다. 지금까지 현홍의 육체에 잠들어 있던 아스타로테의 영혼이 어느 순간에 눈을 뜨고 현홍의 몸을 잠식해 들어갔다. 그리고… 아스타로테의 이름을 부른 순간 자각은 확실해졌고 이번에는 현홍이 잠들어 버린 것이다.

그리고 무엇보다 지금 현재 가장 큰 문제는… 진현이었다.

전생에 사랑했던 인물, 그리고 지금 현재 사랑하고 자신의 목숨보다 소중한 이를 한꺼번에 잃은 기분… 셀로브는 알 수 없었다. 그러나 분명히 아프고 힘들겠지. 이를 악물며 셀로브는 고개를 저었다. 하지만 저 꼴은 대체 뭐란 말인가! 주먹을 쥔 손으로 벽을 쾅 하고 두들긴 그는 숨을 몰아쉬었다. 아무리 힘들어도… 저 꼴은 대체!

셀로브는 그리 생각하며 진현이 머물고 있는 방문을 노려보았다.

"현홍? 아냐, 나는 아스타로테. 여기에 존재하는 것은 현홍이 아닌 아스타로테, 바로 나야!"

"어떻게… 어떻게 네가 그렇게 말핫! 내가 누구 때문에, 누구 때문에 이렇게 되었는데……. 내가 누구 때문에 죽었고 누구 때문에 영혼을 동결했는데! 누구 때문에 수천 년이 넘는 시간을 잠들어 있었는데!"

"…결국 수천 년 기다림의 끝은 이거야?"

"고통스러워해! 내가 받은 것만큼! 말했지? 너의 소중한 현홍이라는 녀석은 죽었어. 내가… 죽여 버렸어."

공허한 두 눈, 진현은 그렇게 허공만을 바라보고 있을 따름이었다. 또다시 지켜주지 못했다. 목숨보다 소중하고 사랑하는 이를… 두 번에 걸쳐 죽여 버렸다.

진현의 눈가에서 한줄기 눈물이 흘러내리는 것을 보며 다카는 아무런 말도 할 수가 없었다. 무슨 심정인지… 무슨 마음인지 완전히 이해는 못하지만 사람이라면 이해는 할 수 있으니까. 그러나 아무리 불러도 대답없이 막연하게 앉아 있을 뿐인 진현을 대체 어쩌면 좋단 말인가.

　마음을 닫아버린 상태로 진현은 상처투성이의 몸 그대로 침대에 기대어앉아 있었다. 붕대에 감긴 몸을 가끔씩 내려다보는 듯 고개를 숙였다가 들어 올리고 했지만 그것은 어디까지나 행동일 뿐 검은 두 눈동자에는 생기가 없었다. 깨어 있고 움직이지만… 마치 영혼이 없는 꼭두각시 인형처럼 그저 껍데기뿐인 몸이었다. 한숨을 푹 하고 내쉬다가는 귀찮은 듯한 표정이 되었다.

　완벽하게 마음을 닫아버렸다.

　아무리 불러도 대답하지 않을 것이고 아무리 붙잡고 흔들어도 반응하지 않을 것이다.

　그 정도로… 가슴 아플 테니까. 모든 것을 잃어버린 것보다 더 큰 상처일 테니……. 순간 방문이 조심스럽게 열리며 에오로가 들어왔다. 다카에게 살짝 목례를 한 후에 에오로는 진현 쪽으로 고개를 돌렸다. 그리고는 인상을 쓰며 입술을 깨물었다. 에오로에게도 큰 충격이었다. 현홍은 다른 사람으로 변해 버렸다고 하고 진현은 이 모양이니까. 소중한 사람을… 눈앞에서 잃었다. 비록 현홍이 죽은 것은 아니라고는 하지만 어떻게 원래대로 되돌린단 말인가. 어디서 찾아낸단 말인가.

　에오로는 작은 목소리로 입을 열었다.

　"진현……."

　대답을 들려오지 않았다. 예전처럼 웃으면서 정중하게 대답해 주지 않았다. 그저 무기력하게 커다란 베개에 등을 기댄 채로 허공만을 바라볼 뿐.

　"진현!"

에오로는 후닥닥 진현 곁으로 다가가 진현의 어깨를 잡아챘다. 그러나 진현은 무심히 에오로의 손길에 따라 흔들릴 뿐, 아무런 반응도 눈빛도 보내지 않았다. 이를 악 물고 바닥에 주저앉는 에오로에게 다카는 담담한 목소리로 말했다.

"이대로라면 깨어나지 않을 거다."

"깨어나지 않다니요? 그럼, 진현은! 진현은 어떻게 되는 건가요, 스승님!"

다카는 조용히 진현의 얼굴을 바라보았다. 하얗게 질린 창백한 얼굴, 공허한 검은 눈동자. 다카는 조용히 에오로의 어깨를 짚어주며 고개를 저었다.

"더 이상의 상처를 받아들일 수 없기에 마음을 닫고, 이대로… 이대로 영원히 공허하게 살아가겠지. 듣지도, 말하지도, 누구에게 관여하지도 않은 채로 혼자만의 세계에 빠져서."

에오로는 다카와 진현의 얼굴을 번갈아본 후에 주먹으로 애꿎은 바닥을 후려쳤다.

삐걱.

뼈를 긁는 듯한 작은 소리가 나며 문이 작게 열렸다. 빨갛게 변해 버린 눈으로 에이레이가 조용히 고개를 내밀었다. 그녀는 힐끔 눈을 돌려 침대에 앉아 있는 진현을 보더니 곧 손으로 입을 틀어막았다. 항상 강한 척, 냉정한 척하지만… 이미 오랜 시간 동안 함께 동료로 여행을 해왔던 에이레이였다. 그리고 그녀의 천성 역시 강한 것이 아니었기에 이런 슬픔을 참기는 힘들었다. 그녀는 입술을 깨물며 터져 나오는 눈물을 가까스로 누르며 입을 열었다.

"아, 아영과… 니드가 깨어났어. 그리고 다른 두 사람도……."

가늘고 희미한 목소리로 그렇게 말한 에이레이는 결국 흡 하는 숨을 몰아쉬는 소리와 함께 문을 닫았고 다카는 한숨을 푹 내쉬었다. 그냥 『잃어버린 세계』의 사람을 보러—어쩌면 단순히 관광 목적일지도—온 것이었는데 복잡한 문제에 끼어들어 버렸다. 분명… 어느 정도 예상한 것이지만. 이채가 섞인 눈으로 진현을 힐끔 바라본 후에 다카는 바닥에 주저앉아 있는 에오로를 다그쳐 방을 나섰다.

끼이이익— 탕.

작은 문소리가 난 후에 방은 고요 속으로 빠져들었다. 대낮이기는 하지만 불빛도 무엇도 없이 커튼에 가려진 창문으로만 작은 빛이 스며들어오는 방이었기에 고즈넉한 분위기가 자연스럽게 흘렀다. 작은 숨을 내쉬는 소리와 심장이 두근거리는 소리 말고는 아무것도 들리지 않았다. 작게 열려진 창문으로 햇빛과 함께 불어 들어오는 바람이 커튼과 침대 시트 자락을 움직였다. 마치 환자복처럼 하얀색의 옷과 붕대를 감은 채로 진현은 가만히 고개를 들었다.

보이는 것이 있나? 아니, 아무것도 보이지 않고 아무것도 들리지 않아. 난 더 이상 상처받기 싫어. 너무 힘들어…….

진현은 눈을 감고 고개를 떨구었다. 영원히 잠이 들었으면 해서, 현실이 너무 잔혹하고 무서워서 꿈을 꾸면 나아질 것이라는 착각에. 그렇게 천천히 진현은 잠에 빠져들었다.

깨어나지 않을 거야. 잔혹한 현실보다… 차라리 꿈을 꿀래. 꿈속에서는… 항상 현홍이 웃어주니까. 아프면 다독여 주고, 노래를 불러주고, 맛있는 요리를 해주니까. 슬픈 말 따위는 하지 않고 언제나 밝게 웃고 걱정 따위는… 없게 할 테니까.

그렇지? 현홍아… 현홍아… 노래를 불러줘. 언제나 내가 피곤할 때마다 옆에서 불러주던 노래를.

"…일이 이렇게까지 꼬일 줄이야."

푸른 공단에 흰색의 매화가 아름답게 자수가 된 옷을 입고 있는 주월은 펄럭펄럭 부채를 부치면서 천천히 고개를 숙여 침대에 눈을 감고 누워 있는 진현을 내려다보았다. 후우 하고 한숨을 쉰 그는 조용히 침대 한 켠에 걸터앉았고 곧 이어 입을 열었다.

"이 일을 어쩌지?"

당황한 듯한 그의 목소리에 카리안 역시 아무 말도 할 수가 없었다. 마황자魔皇子, 카리안 드 라헬 헬레스폰트. 진현이 마족으로서 살았던 당시 배다른 동생인 그였다. 카리안은 하얀 벨벳 장갑이 끼어진 손을 들어 자신의 턱을 매만졌다. 살며시 창 틈 사이로 바람이 불어와 그의 백발 머리카락을 쓸어 넘겨주었다. 카리안 역시도 이런 상황까지는 생각하지 못했기 때문에 조금은 당황하고 있었다.

"아스타로테… 아스타로트라고 해야 하나? 어쨌거나 그가 깨어날 줄이야… 꿈에도 생각하지 못했어. 그의 영혼이 현홍이라는 자의 몸에 있었단 말이로군. 그 당시의 일은 나도 어려서 잘 모르겠지만, 아스타로트의 세력은 아직도 마계에서 건재하다. 그의 의형인 사타나키아는 마계 제1군단의 사령관이고 그의 밑으로 쟁쟁한 마족들이 충성으로 떠받치고 있어. 서열로 따지면 열 손가락 안에 들어갈 자이니까. 아스타로트가 그의 힘을 빌리고자 한다면 기꺼이 도와줄걸?"

"마계에는 진현의 세력도 남아 있어."

"알아. 그렇기에 더 문제야. 아스타로트는 어디로 튈지 모르는 공이란 말이야. 그가 마음만 먹으면 마계에서 형의 세력과 전쟁을 일으킬 수도 있어. 그렇게 되면 마계는 대공황 상태에 빠져들 거고 그 틈을 신족 녀석들이 손가락 빨면서 바라보지는 않을 테지."
 "지금은 임시 휴전이야. 그렇게까지는 안 갈 거라고 봐. 여차하면 내가 중재할 테니 그건 걱정 마."
 그러나 그 문제보다는 조금 더 저차원적이지만 복잡한 문제가 여기서 생겼다. 우선은 진현의 상태 문제와 현홍의 몸에 들어 있는 아스타로테의 영혼을 어떻게 잠재우느냐는 것. 거기서 있을 사타나키아의 반응. 새로이 육체를 가지고 나타난 동생을 다시 잠들게 둘 것인가. 주월은 골치가 아프다는 듯 끄으응 하고 신음 소리를 내뱉은 후에 부채로 자신의 머리를 툭툭 두드렸다.
 "우선은… 현홍, 아니지, 아스타로트부터 잡고 봐야겠어. 미안하지만 나는 아스타로트 따위에게는 관심없어. 현홍은 내 친구야. 그 녀석이 사라지는 것은 용서 못해."
 카리안은 말없이 주월을 바라보다가 곧 피식 웃으며 어깨를 으쓱거렸다.
 "나도 아스타로트와는 별로 친분 관계가 없어. 내 휘하의 녀석들에게는 아스타로트를 도와주지 말라고 말해 놓을게. 하지만 난 철저한 중립이야. 내가 잘못 끼어들었다가는 더 큰 싸움이 되니까. 그리고 형은……."
 잠이 든 진현을 힐끔 쳐다본 카리안은 씁쓸한 얼굴로 등을 돌렸다.
 "내가 알 바 아니지. 알아서 하도록 해. 저렇게 놔두어서 죽으면 아버지는 아주 좋아할 테니까."
 그런 말을 내뱉은 카리안은 천천히 방의 구석진 곳으로 걸어가 어둠 속에 몸을 묻었다. 주월은 멍한 표정으로 그의 등을 바라보다가 씨익 웃으며 고개를 절절 흔들었다.

"녀석, 마음에도 없는 소리를. 그건 그렇고……."

침대에 누워 정말로 죽은 사람처럼 잠이 든 진현을 보며 주월은 쓴 것을 먹은 사람처럼 미간을 찌푸렸다. 이곳에서 또 그런 아픔을 맛보다니. 정말로 운도 지지리 없는 녀석이다라고 생각하며. 주월은 조용히 진현의 침대 시트를 끌어 올려서 덮어준 후에 천천히 일어났다.

아스타로테는 어디로 갔을까? 이 세계에 대해 아무것도 모르는… 말 그대로 구세대적 마족인 아스타로테. 주월은 문득 불길한 느낌이 들었다. 무슨 느낌인 것인지 그는 괜한 생각을 한다고 중얼거리며 조용히 공간의 틈새에 만들어진 자신의 성으로 돌아갔다. 마지막의 마지막까지 진현을 걱정스러운 눈으로 바라보며.

"음, 대강의 전말은 알 것 같군."

피스는 붕대에 감긴 자신의 팔을 내려다보았다. 방에는 총 네 개의 침대가 있었고 각각 니드, 아영, 피스, 푸루이트가 붕대에 돌돌 감겨 시체 흉내를 내는 중이었다. 물론 정말로 시체가 되기 일보 직전의 상처들이었지만.

적에게 은혜를 입어서일까, 푸루이트는 순순히 당시에 있었던 상황을 모두 설명해 주었고 사람들의 고개를 끄덕이게 만들었다. 만약 다카의 마법 치료가 아니었다면 피스나 푸루이트 역시 모두 죽은 목숨이었을 테니 저 정도의 호응은 당연하지. 에오로는 입술을 불쑥 내밀고 벽에 등을 기대었다.

듣고 보니 괘씸하지 않은가. 현홍이 아스타로테가 된 것은 피스가 그의 이름을 불렀기 때문이고 처음부터 적이니 곱게 보일 리가 없었다. 키엘은 울다가 지쳐 아영의 침대에 엎어져 잠이 들었다. 지금까지 그렇게 아팠던 적이 없었다고 생각하며 아영은 띵한 머리를 손으로 짚으며 말했다.

"이건 누구의 잘못도 아냐. 현홍 역시 전생을 알고 있었을 리 없으니까. 우선은 진현부터 정신을 차리게 만들고 난 후에 현홍을 되찾아야 해."

그녀답지 않게 논리적으로 말하자 니드는 눈을 깜빡이며 아영을 뚫어지게 쳐다보았고 그 대가로 솜털 베개로 얼굴을 후려 맞아야 했다. 무슨 생각으로 빤히 쳐다본다는 것 정도야 알고 있으니까.

지친 듯 의자에 늘어져 앉아 있던 에이레이가 입을 열었다.

"그럼, 현홍은 어디로 갔을까?"

조금 쉰 듯한 음성. 많이 피곤하고 지쳐 있어 보이는 그녀였기에 셀로브는 안타까운 시선으로 에이레이를 보았다. 다카는 고개를 갸웃거리다가 곧 주먹으로 손바닥을 치며 말했다.

"마법사 길드에 물어보면 대충은 알 수 있을 거다. 그 정도의 마력 수치는 흔하지 않지. 그는 현홍의 육체를 돌려주지 않겠다고 말했으니 진현에게서 되도록 멀어지려고 하겠지. 먼 곳부터 찾아보는 게 좋을 것 같군."

그는 그렇게 말한 후에 될 수 있으면 여관을 나서지 말라는 말을 남기고 마법사 길드로 향했다. 물론 바늘 가는 데 실 따라간다고 스승이 가는데 제자가 안 따라갈 수야 없으므로 다카는 에오로의 귀를 잡고 질질 끌고 갔다.

낭랑하게 울려 퍼지는 에오로의 비명 소리를 들으며 니드는 자신의 이마에 감긴 붕대를 긁적거렸다. 그것은 현홍이 아니다……. 만약 현홍이 원래대로 돌아오게 된다면 절대로 말하지 않을 것이다라고 그는 다짐했다. 아파할 테니까, 슬퍼할 테니까.
 현홍, 아니, 아스타로테에게서 입은 상처가 묘하게 쓰려왔다. 마치 마음이 아픈 것처럼 상처가 욱씬거려서 견딜 수가 없었다. 손을 모아 꼭 쥐며 니드는 쓰게 웃었다. 이 일은 절대적으로 현홍의 잘못이 아니다. 그의 아픔과 슬픔을 알아차리지 못한 자신의 잘못도 크다. 항상 웃으면서 다른 사람들의 아픔을 감싸줘서 모르고 있었다. 다른 사람이 아플 때 그는 더 아팠으리라는 것을.
 아영은 상처가 난 팔이 간지러워 살짝 긁적거리며 피스와 푸루이트를 돌아보았다.
 "당신들은 어쩔 거지? 더 이상 잡아두지는 않을게. 그때 당신들 두 사람이 아니었으면 니드와 난 확실히 죽은 목숨이었으니까. 상처에 대한 치료는 그것에 대한 보상이라고 해두고."
 푸루이트는 빙긋 웃으며 고맙다는 듯이 고개를 살짝 숙이며 말했다.
 "감사하군요. 어쨌거나 은혜를 입었습니다."
 솔직하게 감사의 뜻을 표하는 그를 보자 아영은 고개를 갸웃거렸다.
 "헤에, 생각 외로 솔직하네요. 그런데 왜 우리를 죽이려고 하는 거예요? 의뢰?"
 "예, 의뢰니까요. 다음번에는 확실하게 수행할 겁니다."
 헤실헤실 웃으며 죽인다는 말을 하니까 뭔가 묘하다. 셀로브는 미간을 찌푸리며 푸루이트를 노려보았지만 아영은 아하하 하고 소리 높여 웃었다.
 "그거 무서운데요? 다음번에 만날 때는 선물이라도 사 들고 오세요."
 푸루이트는 대답하지 않고 고개를 끄덕였고 그의 동료인 피스마저 그를 이상스러운 사람처럼 바라보았다. 그리고 침대 시트를 걷으며 바닥에 발을 디뎠다. 아스타로테에게 공격당한 어깨는 거의 떨어져 나갈 정도로 깊은 상처였지만 마법사 길드의 치료 덕분에 살아남을 수가 있었다. 그것은 부정하지 못할 사실이었고 그는 별수없이 순순히 인정해야만 했다. 절뚝거리며 일어나는 그를 향해 아영은 넌지시 말을 걸었다.

"그렇게 빨리 움직일 필요는 없는데? 여관비는 안 받을게."

"…고맙군."

피스는 한심한 표정으로 그렇게 답했고 아영은 깔깔거리며 웃었다. 그녀에게 진지한 상황을 요구하는 것은 너무 무리한 것이 아닐까. 에이레이는 아영을 보면서 너무 심각하게 생각하는 자신이 외려 잘못된 것이 아닐까 하는 생각마저 들 정도였다. 피스의 의해 부축을 당한 푸루이트가 조용히 공간 이동 주문을 시전했다.

잠시 후 그의 앞에는 사람이 들어갈 정도의 커다란 검은 공간이 모습을 드러냈고 피스가 한마디 인사도 없이 들어가려고 하자 푸루이트가 그를 잡아 말렸다. 그리고 조용히 뒤를 돌아보며 방 안에 있는 사람들을 둘러보았다.

"상처를 치료해 주셔서 정말로 감사합니다. 이번 일에 대해서는 단장께 제가 말을 해보도록 하죠. 그럼, 다음에 뵐 때는 서로 봐주기 없기로 합시다."

"깔깔, 알았어. 어서 나아요! 다음에 또 봐요!"

자신의 목숨을 노리고 온다는 것을 알고서도 저런 말을! 에이레이는 이제 조금 더 경악에 담긴 눈으로 아영을 보았지만 아영은 개의치 않고 붕대가 감긴 손으로 푸루이트에게 인사를 건넸다. 정말이지 성격을 알 수 없는 그녀였다. 셀로브 역시 고개를 절절 흔들었고 니드는 쓰게 웃으며 푸루이트에게 고개를 숙여 인사했다. 그들이 아니었다면 정말로 아무런 힘도 없는 자신은 단번에 죽었을 테니까.

피스와 푸루이트가 공간 이동으로 사라진 후에 셀로브는 한심스럽다는 어투로 아영에게 말했다.

"적에게 또 오라는 말을 해? 너도 참……."

"참, 뭐? 흥! 오라면 오라지. 난 안 질 자신있어!"

어깨를 으쓱거리며 당당히 외친 아영은 키득키득 웃으며 고개를 숙였다. 셀로브는 쟤가 드디어 미쳤나 하는 표정으로 그녀를 보았고 살며시 허리를 틀어 날아오는 베개를 피했다. 니드처럼 쉽게는 안 된다는 듯이 손가락을 좌우로 까닥인 셀로브는 조용히 한마디 했다.

"너무 즐거운 듯한 표정 하지 마. 지금 상황이 정말로 최악이라는 것 정도는 알잖아."

다시금 에이레이는 슬픈 표정이 되었고 아영은 눈을 깜빡거리며 셀로브를 쳐다보았다. 그리곤 손을 저으며 방긋 웃었다. 놀란 눈으로 자신을 쳐다보는 주위 사람에게 아영은 당당한 목소리로 말했다.

"어려운 일이라는 것 정도는 알아. 하지만 말야… 만약 현홍이 이 자리에 있었다면 뭐라고 했을까? 응?"

걱정하지 마, 다 잘 될 거야.

웃으면서 그렇게 말할 현홍을 떠올리고는 니드는 쓰게 웃을 수밖에 없었다. 에이레이도, 셀로브도 한 방 먹었다는 표정이 되어 웃었.

그래, 실망할 것도 힘 빠질 것도 없어. 현홍이라면 웃으면서 힘내자라고 외칠 게 뻔하니까. 그리고 그 현홍을 되찾기 위해서 더 힘내야 하니까.

펄럭.

바람에 의해 자신의 옷깃이 흩날리자 아스타로테는 가만히 옷깃을 여미며 다시 허공으로 시선을 돌렸다. 푸른빛이 도는 조금은 투명한 흰옷이 햇빛을 받아 아름답게 반짝였다. 그는 말없이 높다란 나무의 꼭대기에 올라가 아슬아슬한 자세로 걸터앉았다. 어떻게 저러고도 안 떨어질 수 있을까 하는 의문조차 튀어나오지 않을 정도로 자연스럽게. 검은 머리카락과 보라색이 조금 섞인 듯한 검은 눈동자. 창백한 빛이 돌 정도로 하얀 얼굴에는 붉은 핏빛의 입술이 장식되어져 있었다.

차랑거리는 발목의 방울들을 슬쩍 내려다본 그는 무표정한 얼굴로 하늘을 바라보았다. 시원스럽게 뻗은 파란 하늘 위로 흰 구름들이 넘실거리며 흘러갔다. 끝을 바라볼 수도 없을 만큼 높은 나무 위라서 바람은 조금 차가운 정도였다. 화려한 무늬가 새겨진 복식服飾의 옷이 바람에 흔들렸고 그는 손을 들어 머리카락을 쓸어 넘겼다.

마치 여흥이라도 즐기는 사람처럼 한가로운 표정이었다. 드넓게 펼쳐진 초록색 들판이 눈을 따갑게 만들 정도로 반짝였다. 그리고 지평선을 향해 흘러가는 강과 그 끝에 위치한 회색 빛 성. 이곳에서 보면 작은 인형의 성처럼 보일 정도지만 분명히 장대한 위용과 아름다움을 가지고 있는 인간들의 도시. 그것을 바라보며 아스타로트네는 작게 입술을 움직였다.

"부숴 버리고 싶을 정도로 아름답네."

차랑.

방울들의 낭랑한 소리를 들으며 그는 그리 말했다. 진지하지는 않지만 분명한 진심을 담아. 손을 들어 턱을 괸 그는 눈을 가늘게 떴다. 진현이라는 인간에게서 들었던 말들이 귓가에 울려 퍼졌다. 자신을 인정하지 않는다고, 현홍이라는 이 몸의 원래 주인을 돌려놓으라고 외치는 그 모습과 함께. 분명히 모습은 셰이드인데, 다정하게 안아주고 너만 있으면 된다고 말하던 셰이드의 모습인데 사랑한다고 말하던 그 입으로 현홍의 이름을 불렀다. 자신을 바라봐 주는 그 깊은 눈으로 깨어나라고 말하며 눈물을 흘렸다.

아스타로테는 입술을 질끈 깨물며 주먹을 쥐었다. 셰이드… 셰이드는 이제 없어. 그는 조용히 눈을 감으며 고개를 떨구었다. 고운 턱 선을 따라 흘러내리는 눈물을 손등을 슥 닦아낸 그는 조용히 입을 벌렸다.

"넌 사랑받고 있었구나, 현홍아. 난, 나는… 잊혀졌는데. 넌 수많은 사람들에게 둘러싸여 행복했구나. 난 단 한 사람만을 위해 수많은 사람들을 버렸는데… 그랬는데."

욱하여 숨을 몰아쉰 그는 옷깃으로 눈물을 슥슥 닦아냈다. 마치 아이와도 같이 억지로 울지 않겠다는 표정을 만들어낸 그는 조용히 자리에서 일어났다. 마계로 돌아가 버릴까? 그는 그렇게 중얼거리며 발갛게 변한 눈으로 하늘을 보았다.

"돌아가는 방법은 아십니까?"

누군가의 목소리가 들렸기 때문에 아스타로테는 고개를 갸웃거리며 목소리가 들린 곳으로 얼굴을 돌렸다. 이곳에서 자신을 아는 사람이 어디 있었나 하는 생각도 떠올렸다. 그러나 결코 놀랐다거나 두려워하는 기색은 없었다. 고개를 돌리자 자신에게서 조금 떨어진 곳 나무 위에 한 사내가 있었다. 회은색의 머리카락과 콧등에 걸려진 고글이 인상적이었다. 목이 긴 회색의 코트를 입은 그는 조용히 입꼬리를 올리며 고개를 살짝 숙였다. 아스타로테는 고개를 갸웃거리며 말했다.

"넌 누구니?"

눈을 동그랗게 뜨고 귀여운 얼굴로 그렇게 물었지만 그의 몸에서는 후끈 검은 기운이 피어 올랐다. 회색 셔츠에 갈색의 고글을 낀 사내… 칼 레드는 빙긋 웃으며 손을 내저었다.

"처음 뵙겠습니다. 마계 서열 6위였던 아스타로테… 아니, 아스타로트 공. 칼 레드라고 합니다."

"날 아니?"

"정확히 말하자면 당신의 전생 때 알고 있었던 것이지요. 물론 직접 뵌 것은 지금이 처음이지만 말입니다."

아스타로테는 입술을 샐쭉거리다가 곧 검은 기운을 거두어들인 후에 팔짱을 끼며 칼 레드를 뚫어지게 쳐다보았다.

"마계 서열 6위였던? 지금은 아니란 말이니?"

뭔가 심통이 난 듯한 그의 목소리에 칼 레드는 옷깃 사이로 미소를 지은 후에 곧 고개를 살짝 끄덕이며 대답했다.

"이미 오랜 시간이 지났습니다. 아직 당신의 세력은 건재하지만 공백이 너무 크지 않으셨습니까? 그 시간 동안 마계에서는 많은 인사 이동이 있었지요. 당신의 서열 역시 더 내려갔습니다."

아스타로테는 눈을 가늘게 뜨며 칼 레드라고 자신을 밝힌 자를 노려보았다. 어떻게 마계의 상황을 아는 거지? 그런 의문이 담긴 눈으로 그가 자신을 바라보자 칼 레드는 조용히 고개를 숙이며 말했다.

"아아, 걱정 마십시오. 저는 당신을 도와주고자 온 것입니다. 당신이 영혼을 동결한 이후에 사타나키아님께서는 상심이 크셨답니다."

흠칫.

아스타로테는 귀가 번쩍 뜨이는 기분이 들었다. 그도 그럴 것이 자신의 전생 때 그를 친동생처럼 아껴주고 도와주었던 의형제 사타나키아의 이름이 나와서였다. 환한 표정이 된 아스타로테에게 칼 레드는 친절한 목소리로 설명해 주었다.

"그분께서는 현재 마계 서열 10위 안에 들 정도로 강대한 세력을 가지고 계십니다. 마계 제1군단의 군단장이 되셨고 총대장이시기도 하지요. 당신이 어서 환생하시기를 손꼽아 바라셨습니다."

아스타로테는 순간 예전의 그가 생각이 났다. 그토록, 그토록 잘해주었는데 자신은 셰이드를 선택했다. 이제와서 무슨 낯으로 그를 대한단 말인가. 자신을 따르던 많은 부하들……. 그런 그의 생각을 알아챘는지 칼 레드는 조심스럽게 말했다.

"걱정 마십시오. 당신에 대한 그의 총애는 아직도 식지 않았습니다. 무엇보다 당신을 따르던 부하들 역시 마찬가지이고 말입니다. 당신을 기다리고 있습니다."

아스타로테는 눈을 깜빡였다. 자신을 기다리고 있는 이가 아직도 있다는 사실이 무엇보다 그를 감동시킬 정도로 큰 자극을 주었다. 그에 앞서 그런 사실들을 다 알고 있는 저자의 정체도 의심스러웠지만. 강대한 마력은 있다, 그러나 마족 같아 보이지는 않았다. 아스타로테는 자신의 입술을 손가락으로 슥슥 문지르며 물었다.

"그런데 넌 누구니?"

칼 레드는 빙긋 웃으며 정중히 허리를 숙여 인사했다. 그리고 난 뒤 천천히 손을 뻗어 자신의 고글을 벗으며 조용히 중얼거리듯이 말했다.

"이런, 제 소개가 너무 늦었군요. 다시 한 번 인사드립니다."

쏴아아아—

차갑지만 부드러운 바람이 그 둘의 사이를 스쳐 지나갔다. 바람에 뜯겨 날아가는 풀잎과 나뭇잎들이 하늘을 아름답게 장식했다. 아스타로테는 흩날리는 자신의 검은 머리카락을 쓸어 넘기며 칼 레드를 보았고 잠시 후 그의 검은 눈동자가 크게 뜨여졌다. 그리고 조용하지만 깊은 어조로 칼 레드의 목소리가 들려왔다.

"마룡족魔龍族, 데저티드 드래곤deserted Dragon들의 수장인 칼 레드라고 합니다, 아스타로트 공."

바람 소리가 들린다. 부드럽지만, 그만큼 강대한 바람의 울음소리가.

엇갈린 이 둘의 운명의 선상에서 삐걱거리는 운명의 수레바퀴가 돌기 시작했다. 슬픈 결말을 향해서…… 삐걱삐걱, 낡은 울음소리를 퍼뜨리며.

다카는 한숨을 내쉬면서 자신의 앞에 놓인 종이들을 들춰 보았다. 마법사 길드의 메이지Mage들을 총동원해 보아도 아스타로테를 만났을 때 느꼈던 정도의 마력 수치는 찾을 수 없다는 것이다. 그리고 자신이 느껴보아도 분명히 없었다. 아무리 좁은 범위에서 찾을 수밖에 없다고는 하지만 정말로 이렇게 사라질 줄이야. 혹시 마계로 간 것이 아닐까 하는 생각을 하며 다카는 빙빙 도는 것 같은 머리를 서류 뭉치로 툭툭 두드렸다. 미숙하기는 하지만 대마법사의 제자였기에 동원이 되어야만 했던 비운의 주인공인 에오로는 거의 마력을 탕진한 채로 뻗어 있었다.

소파에 누워 드르렁거리며 코를 골고 자는 에오로를 보며 다카는 피식 웃었다. 그리고 천천히 의자에서 일어나 모포 하나를 들어다가 에오로에게 덮어주었다. 아무리 미운 짓만 해도, 항상 티격태격 거려도 자식처럼 길러온 제자였으니까. 그는 조용히 미소를 지으며 에오로의 이마를 쓰다듬어 준 뒤 천천히 창가로 걸어갔다. 은은한 달빛이 투명한 유리에 반사된 아름다움을 더했다. 이곳에 온 지 며칠도 지나지 않았지만 많은 이들을 만났다. 그리고 싶진 않았지만… 항상 자신이 있는 곳에는 사람들이 있었다.

쓰게 웃으며 그는 천천히 창문을 열었다. 확 하고 불어닥친 바람에 의해 그의 새벽녘의 하늘과 같은 암청색의 머리카락이 화려하게 흩날렸다. 긴 앞머리를 쓸어 넘기는 그의 보라빛 눈동자에 이채가 스쳐 지나갔다. 이제 이런 달빛을 구경할 시간도 얼마 없구나라고 중얼거린 다카는 무슨 주책이냐고 생각하며 고개를 저었다. 자신도 이제 늙었나 보다, 이런 생각에 처연해지다니 말이다.

다카는 조용히 창문을 닫으며 다시 종이들이 쌓인 책상 쪽으로 걸어갔다. 그리고 그때.

쿠콰콰콰광!

"큭!"

다카는 황급히 책상을 부여잡으며 주저앉지 않을 수 있었다. 무슨 일인가? 그런 생각에 다카는 정신이 오락가락하는 것을 느꼈다. 요즘 자신에게 마가 끼었는지 일이 겹치는 것 같다는 느낌을 지울 수가 없었다. 책장이 흔들렸고 곧 이어 엄청난 진동과 함께 두 번째 굉음이 들려왔다.

콰콰광! 쾅! 우르르릉—

천둥이라도 치는 걸까? 아니, 그것은 아닐 것이다. 천둥이 치는데 이렇게 흔들릴 까닭이 없지 않은가. 피곤에 지쳐 곤한 단잠을 자고 있던 에오로는 팔과 다리를 휘저으며 벌떡 일어났다.

"으아악, 뭐, 뭐야!"

"이 바보 같은 제자 놈아! 어서 일어나! 책장이 소파 쪽으로……!"

그 말을 끝낼 겨를 같은 것도 없었다. 생명의 위협을 느낀 에오로가 재각 몸을 날려 바닥으로 다이빙을 했으니까.

쾅!

별이 보이는 것이 밤은 확실한 것 같았다. 에오로는 바닥에 부딪친 턱을 문지르며 고개를 들었다. 벽에 세워두었던 책장이 자신이 누워 있던 소파 쪽으로 쏟아진 것이다. 까딱 잘못했으면 골로 갈 뻔했다. 그는 헉헉 숨을 몰아쉬며 몸을 일으켰다. 더 이상의 굉음도 울림도 없었다. 바닥이 꺼질 것처럼 흔들리던 것도 점점 멎어갔다.

아닌 밤중에 웬 지진인가 싶어 에오로는 휘둘리는 머리를 간신히 진정시켰다. 그러나 다카는 그게 아니었다. 책상의 모서리를 붙잡고 간신히 주저앉지 않고 있는 그를 보며 에오로가 말했다.

"에이, 스승님도 참. 지진 끝났어요. 아니면 어떤 골빈 마스터가 또 지붕을 날렸나?"

에헤헤 웃으며 손을 내저은 그는 그러고도 한참을 고개를 숙인 채로 있는 다카에게 다가갔다. 고개를 갸웃거리며 다카의 얼굴을 쳐다본 에오로는 화들짝 놀라 소리쳤다.

"스승님? 왜 그러세요?!"

다카의 얼굴은 새하얗게 질려 있었다. 촛불이 넘어뜨려져 불이라고는 은색으로 반짝이는 달빛밖에 없는 방 안에서 다카의 창백한 얼굴은 에오로를 놀라게 하기 충분했다. 다카는 에오로의 부축을 뿌리치며 황급히 창가로 걸어갔다. 그리고 다시 입을 쩍 벌렸다.

하늘에는 그 누구라도 기절하지 않고 베길 수 없는 장관이 수놓아져 있었다. 그러나 그것은 분명 아름다움 때문이 아닌 다른 감정 때문이리라.

공포! 바로 그것이었다. 대륙 최강의 마법사 다카 다이너스티조차도 마른침을 삼키게 만들 정도로 거대한 공포와 암흑, 그리고 무력감. 수십 마리, 그 이상은 되어 보이는 드래곤들이었다. 색색깔의 드래곤들이 수도의 하늘을 장식하고 있는 것이다. 비록 한밤중이었지만 방금 전의 그 지진과 굉음으로 잠을 깬 사람들은 그 모습에 비명을 질러댔다. 뜻을 알 수 없는 저주와 신을 부르는 소리에 다카는 귀가 아파왔다. 만약 한 마리가 하나의 브레스만을 날려도 수도는 곧장 괴멸이리라. 아니, 최소한 결계는 깨질지도 모른다.

검은 하늘 위로 흐르는 회색의 구름들 사이사이로 그 거대한 몸체가 유영했다. 날갯짓 소리마저 잘 들리지 않을 정도로 높은 고도에 떠 있었지만 그렇다고 그 위용이 줄어들거나 하지는 않았다. 넓이를 가늠할 수 없을 정도로 커다란 날개가 달빛을 가리며 어둠이 닥쳐왔고 그것은 이 도시의 운명처럼 깜깜했다.

창틀을 쥔 손에 힘을 주며 다카는 고개를 떨구었다. 이렇게 빨리… 이렇게 빨리 오게 될 줄이야. 아직 시간은 남아 있다고 생각했었는데 그것이 아니었단 말인가. 그는 알 수 없는 말을 중얼거리며 창가에서 몇 발자국 물러났다. 에오로는 무엇인가 싶어 다카의 뒤를 따라 창문으로 걸어가려다가 다카에 걸려 바닥을 뒹굴었다. 또다시 턱을 부딪친 에오로는 이가 모두 흔들리는 것 같았다.

"뭐, 뭐예요! 아우, 아파라아!"

"…라."

대마법사의 추억 131

"예?"

무슨 소리인가 싶어 귀를 기울인 에오로에게 다카가 천천히 걸어왔다. 그리고 조용히 그의 어깨를 붙잡아 끌어올리며 소리쳤다.

"절대로 이 방에서 나오지 마라! 알겠지? 이건 스승으로서 명령이다!"

"스승님? 가, 갑자기 왜 그러세요?"

창밖에 귀신이라도 나타났나 싶어 고개를 갸웃거려 창문을 보려는 에오로의 머리를 쥐어박은 다카는 자신의 지팡이를 거머쥐었다. 이크, 또 때리나 보다 하고 두 팔을 머리 위로 올리며 눈을 질끈 감은 에오로는 조금 시간이 지나도 지팡이가 날아오지 않자 의아함에 눈을 떴다. 그리고 그는 볼 수가 있었다. 두 번 다시 못 볼 정도로 진지한 얼굴의 다카 다이너스티를. 항상 구박하고 괴롭히며 못할 일만 시키던 스승이어서 대마법사가 맞나 의심을 품어왔던 자신을 책망하고 싶은 에오로였다. 그 정도로 지금의 다카 다이너스티는 대마법사라는 칭호가 잘 어울리게 대단해 보였다.

그러나 에오로는 스승이 지금 왜 저러는지 알 수가 없었다. 소파에 털썩 주저앉은 에오로는 멍한 얼굴로 다카를 보았다. 그러나 다카는 두 손으로 지팡이를 거머쥔 채 한참을 말없이 서 있었다. 새하얀 로브 자락에 와 닿아 부서지는 달빛이 너무나도 아름다워 보였다. 다카는 조용히 눈을 감았다.

이리도 빨리 그 시간이 올 줄은 몰랐다. 알고 있었지만, 알고 있었고 항상 괜찮다고 말했었지만… 막상 닥치니 웃음밖에 나오지 않았다. 너무나도 허무해서……. 삐걱거리며 흔들리는 창문 사이로 바람이 불어왔다. 책상 위에 올려진 종이들이 펄럭이며 주위에 날렸지만 다카는 아무런 행동도 취하지 않았다. 그는 천천히 자신의 지팡이를 에오로에게 내밀었다.

"받아."

"예?"

"그건 너에게 주는 선물이다, 받아."

에오로는 멍한 표정으로 다카에게서 그것을 받아 들었다. 생일이라고 해도 선물은커녕 면박만 주던 스승이 아니었던가? 그러니 충격은 더 클 수밖에 없었다. 입을 쩍 하니 벌리며 자신을 올려다보는 에오로에게 피식 웃어준 다카는 계속해서 말했다.

"그리고 세트레세인에 있는 내 방, 아무렇게나 처분하지 말고 방에 있는 무기들은 슈린에게 주도록 해. 쳇, 그 녀석을 못 보고 가는 것은 쬐끔 아쉽구만."

에오로는 궁금해서 도저히 참지 못할 지경이 되어서야 외칠 수 있었다.

"뭐예요?! 어디 가세요? 그게 대체 무슨 말들이시냐고요오!"

횡설수설하는 스승의 정신 상태를 의심하는 눈으로 에오로는 다카를 대놓고 노려보았다. 그리고는 곧 다카의 주먹에 쥐어박힌 자신의 이마에 대해 걱정해야만 했다. 다카는 손을 휘저으며 말했다.

"에이, 괘씸한 제자 녀석 같으니라고. 지금까지는 세상에 도움이 되지 못했으니 이제부터라도 조금 도움이 되도록 노력해 봐야 한다. 내 이름에 먹칠하면 가만 안 둔다. 알겠지? 그리고 나중에라도 슈린을 만나게 되면 잘 말해 줘라. 아니, 됐다. 그건 내가 알아서 할 테니까 설명은 필요없겠군. 쩝, 저번 달에 빌려준 돈도 못 받았는데. 세트레세인에 가게 되면 대장장이 모리스에게 저번 달에 빌려준 돈은 그냥 넘어가라고 해. 하하핫! 원래 그 녀석한테 술을 많이 받아먹었으니 샘샘이지."

"뭐, 무슨 말씀이세요?"

에오로는 조금씩 불길한 느낌을 받았다. 어디론가… 멀리 가버리는 사람처럼 말하고 있지 않은가. 다카는 빙긋이 웃으며 허리에 올려둔 손을 들어 에오로의 머리를 쓰다듬어 주었다. 항상 쥐어박기만 하고 이렇게 쓰다듬어 준 적은 거의 없었지만… 이제 이것도 마지막이니까. 그는 희미한 웃음을 지은 채로 에오로의 머리 위에 자신의 턱을 올리면서 조용한 어조로 말했다.

"그래, 좋은 기억이라고는 뒤져 봐도 없지만 네 녀석은 참 아들같이 키웠다. 슈린도 마찬가지지. 특히 슈린 녀석은 많이 아쉬워할 테지만… 그 녀석은 그 녀석 나름대로 이해할 거다. 에오로, 세상은 그리 만만하지 않아. 사람보다 더 대단한 존재들도 많으며… 넓고 광활하지. 꼭 한 번은 대륙을 주유周遊해 봐라. 많은 것을 배우게 될 거야. 알았지?"

다카가 말을 할 때마다 그의 턱을 따라 에오로의 머리도 흔들렸다. 어깨를 안고 있는 다카의 손이 너무 따듯해서… 그리고 그의 말 한마디 한마디가 너무나도 포근하게 들려서 스르륵 잠이 올 정도였다.

"시간이 더 남아 있다면 너에게 해주고 싶은 것도, 가르쳐 주고 싶은 것도, 말해 주고 싶은 것도 많지만 더 이상은 시간이 없구나. 이렇게 급박하게… 후훗, 그렇게나 날 데리고 가고 싶었나."

"스승님?"

에오로는 순간 자신의 눈에 눈물이 고여 있다는 것을 느꼈다. 왜? 무엇 때문에? 이유는 알 수가 없었지만 정말로 가슴이 쓰리도록 슬프다는 것을 에오로는 맛볼 수가 있었다. 다카는 조용히 에오로의 어깨를 두드리더니 곧 등을 돌리며 문가로 걸어갔다.
 "정말로 오랜 시간이었구나. 이 도시가 처음 세워질 때부터 보아왔으니."
 "예?"
 에오로는 고개를 갸웃거리며 천천히 자리에서 일어났다. 아니, 일어서려 했다. 하지만 다리에 힘이 쭉 빠지면서 에오로는 소파에 엎어질 수밖에 없었다.
 풀썩.
 작은 소리와 함께 소파에 엎드린 에오로는 손에 힘을 주려고 했지만 그럴 수가 없었다. 오히려 점점 힘이 빠지면서 눈이 감겨왔다.
 "스, 스승님……."
 거친 숨을 몰아쉬며 에오로는 살며시 눈을 감았다. 억지로 눈을 뜨려 발악을 해보았지만 헛되어 몸만 뒤척이질 뿐이었다. 그런 그의 눈에 암청색 머리카락과 함께 희미한 미소가 떠오진 다카의 얼굴이 보였다. 참, 편해 보이는 그런 얼굴이었다. 하지만 그것은 어딘지 모를 기쁨과 슬픔이 동시에 깃들어 있었기 때문에 묘한 느낌을 주었다. 에오로는 결국 스르륵 고개를 떨구며 잠에 빠져들었고 다카는 조심스럽게 그에게 모포를 덮어주며 중얼거렸다.
 "해준 것도 없이 가는구나. 하지만 슈린도 너도 앞으로 나보다 더 많은 것을 이룩할 수 있을 것이라고 믿는다. 내가 없어도 말야. 그렇게 되도록… 해줬으니까."
 다카는 피식 웃으며 자리에서 일어났다. 살랑거리는 바람과 함께 시리도록 눈부신 달빛이 그의 시선을 끌었다. 그는 천천히 문가로 걸어갔고 뭔가 두고 나온 사람처럼 다시 한 번 방과 에오로의 모습을 훑어

보았다. 마치 미련이라도 남은 사람마냥 천천히… 그리고 세밀하게. 그는 문고리를 잡아당기며 낮은 목소리로 말했다.
"…깨어나고 나면 많은 것이 달라져 있을 거다. 그래도 울지 마라. 발목 잡지 말아라. 하하핫."
탕.
그가 간 방 안에는 긴 여운만이 남았다. 그러나 에오로는 조용히 눈물 흘리며 자신의 어깨에 흘러내리는 모포 자락을 부여잡았다. 마치, 다카의 말이 무슨 뜻인지 알기라도 하는 것처럼… 꿈속에서 그를 보는 것처럼. 뺨을 따라 흐르는 눈물을 도저히 막을 수가 없었다.

대마법사의 추억 6

　우혁은 천천히 자신의 애도를 거머쥐며 창가에서 물러났다. 방금 전의 굉음은 아마도 드래곤들 중 하나가 브레스Breath라도 뿜어낸 것이리라. 하지만 저 드래곤들은 무언가 이상했다. 우혁 자신이 바로 드래곤 족의 선택을 받아 이곳에 온 자가 아닌가. 아마도 저 드래곤들은……. 그는 인상을 조금 찌푸리며 천천히 진현을 돌아보았다. 침대에 누운 채로 다시는 깨어나지 않을 것 같은 잠에 빠진 그를 보며 우혁은 입술을 깨물었다. 아영은 부상으로 싸우지 못한다. 진현은 저 모양이며. 다른 일행들에게는 무엇도 바랄 수가 없었다. 그나마 도움이 되는 것은 셀로브일까.
　벌컥!
　황급하게 문을 젖히며 나타난 것은 셀로브였다. 그는 일어나자마자 이곳으로 달려온 모양인지 잘 때 입을 것처럼 편해 보이는 셔츠와 바지 차림이었다. 산발이 된 머리카락을 쓸어 넘기며 셀로브는 당황한 목소리로 외쳤다.

"우혁! 바, 밖에 봤어?"

우혁은 대답없이 고개를 끄덕였다. 셀로브의 뒤로 절뚝거리며 간신히 넘어지지 않는 니드와 아영이 나타났다. 아영은 어깨에 걸친 숄이 바닥에 떨어지는 것도 개의치 않은 채로 말했다.

"도대체 무슨 일이야? 웅?! 저거, 저거 드래곤들이잖아!"

"아냐, 평범한 드래곤들이 아냐."

담담한 그의 대답에 아영은 고개를 갸웃거렸다. 고개를 완전히 젖혀도 제대로 못 볼 것처럼 먼 공중에 떠다니고 있다지만 분명히 드래곤들이었다. 물론 그녀가 예전에 드래곤을 본 것도 아니지만 척 보면 삼천리 아닌가. 날개를 가진 네 발 달린 커다란 도마뱀 하면 드래곤인 것을. 그런데 저게 무슨 말인가? 드래곤이 아니라니? 니드는 거친 숨을 내쉬며 벽을 붙잡고 섰다. 아무래도 치료를 받기는 했지만 내상까지는 어쩔 수가 없던 터라 충분한 휴식을 해야 하는 몸이었다. 한데 왜 이렇게 요즘 들어 일이 꼬인단 말인가.

그는 그런 생각밖에 할 수 없었다. 현홍의 일로도 머리가 터져 나가기 일보 직전인데 수도의 상공에 나타난 저 드래곤들은 대체 무엇인지. 당장이라도 폭 쓰러질 것처럼 창백해진 얼굴을 쓰다듬으며 니드가 입을 열었다.

"어쩌면 좋지요? 저들은 왜……."

"지금으로써는 별 도리가 없습니다. 그리고 무엇보다… 공격하려는 것은 아닌 것 같습니다."

"예?"

"만약 저들이 이 도시를 끝내기 위해 왔다면 벌써 끝장을 냈겠지요. 하지만 그렇지 않습니다. 마치 정찰이라도 온 것처럼… 누군가를 부르기라고 하는 것처럼 모습만을 드러냈습니다."

니드는 우혁의 설명이 도무지 이해가 가지 않는 듯이 고개를 갸웃거렸지만 우혁은 더 이상의 설명을 할 수 없었다. 자신도 잘 모르겠으니까. 하지만 단 한 가지 단언할 수 있는 것은 저들이 평범한 드래곤은 아니라는 것. 아마도… 그의 생각이 틀리지 않았다면 저들은 드래곤 족에서 추방당한 존재들, 버려진 이들이리라. 저렇듯 함부로 모습을 드러낸다면 그들밖에 없을 테니까.

데저티드 드래곤. 함부로 맞붙지 말라고 블랙 드래곤 족의 수장에게 들어서 익히 알고 있었다. 하지만 보는 것은 처음이라 그 역시 내심 당황하는 중이었다. 무슨 목적으로 저리도 당당하게 모습을 드러낸 것일까. 혹여 전면전이라도 감수하겠다는 걸까. 우혁은 하는 수 없이 상황의 추후를 살피기로 했다. 괜히 나섰다가는 정말로 죽을 수도 있으니까. 싸우다가 죽는 것이 두렵다는 것은 아니다. 다만 죽은 후의 상황이 두려울 뿐이다.

그는 그리 생각하며 묵묵히 창가로 다가가 둥근 달이 화려하게 장식된 하늘을 올려다보았다. 회색 빛 구름… 찬란하게 빛나는 별빛, 그리고 아스라하게 구름들에 둘러싸인 보름달. 완연하게 아름답다고 느낄 수 있는 여름의 밤하늘이었지만 아름다움 따위는 이미 사라진 지 오래였다. 서늘한 바람이 몸을 훑고 사라졌다.

「진현… 진현, 일어나.」

어두운 곳이었다. 끝도 없이 어둡고 빛이라고는 한 줌 찾아볼 수도 없는 그런 곳. 진현은 천천히 눈을 뜨고 자리에서 일어났다. 하지만 아무것도 볼 수가 없었다. 이곳이 어디일까? 그런 생각을 하며 그는 주위를 둘러보았다.

차랑차랑.

방울 소리가 들렸다. 아니면 무언가 쇠로 된 것들이 부딪치는 소리. 그는 소리가 들린 곳으로 고개를 돌렸다. 그리고 조용히 미소 지었다.

"주작朱雀이구나."

희미하게 웃으며 힘없이 말하는 진현을 보며 주작은 입술을 깨물었다. 황금색과 붉은색으로 화려하게 보이는 옷을 입고 있는 그녀는 살짝 흩날리는 자신의 붉은 머리카락을 조용히 매만지더니 곧 진현의 품으로 안겨들었다. 짧게 숨을 내쉰 진현이었지만 주작을 밀쳐 내거나 하지는 않았다. 그렇다면 이곳은… 아마도 정신의 가장 최하단 심연 속이리라. 꿈속이든 정신의 세계이든 차원을 넘나드는 재주를 가진 사신四神들 중 하나인 주작이 이곳에 오지 못할 리가 없다. 눈가에는 붉은 안료가 발라져 있었고 온통 화려한 무늬의 자수와 보석들을 치장해 놓은 머리카락이 눈부시게 만들 정도였다.

흐흑 하고 작게 울음소리를 낸 그녀는 걱정스러운 눈으로 진현을 바라보았다. 얼마나 걱정을 했던가, 조금이라도 도움을 주고 싶었지만 주인인 진현이 자신을 부르지 않았기에 그녀로서는 어쩔 수 없는 노릇이었다. 하물며 다른 차원의 세계인데……. 주작은 눈물을 흘리며 천천히 진현의 이마에 자신의 이마를 가져가 대면서 중얼거리듯이 말했다.

「네가… 상처받지 않기를 바랬어.」

"주작……."

「미안해, 아무런 도움도 되지 못해서…….」

또다시 흑 하고 진현의 어깨에 얼굴을 묻는 주작이었다. 진현은 짧게 한숨을 쉰 후에 미소를 지으며 그녀의 등을 토닥여 주었다.

"괜찮아. 미안해… 걱정시켜서."

진현은 진심으로 그렇게 말했다. 미안하다고 생각하고 있어, 주인이랍시고 제대로 해준 것도 없는데. 그는 그렇게 생각하며 주작의 붉은 머리카락을 살며시 쓸어내려 주었다. 검은 어둠뿐인데… 순간 한쪽이 확 하고 환하게 밝아졌다. 그리고는 뭔가 투다닥 하고 달려오는 소리와 함께 진현은 등에 굉장한 압력을 느끼며 앞으로 고개를 숙였다.

「우와앙! 진현! 죽으면 안 돼에!」

"…안 죽어. 그것보다 네가 비키지 않으면 지금 죽을 거야, 백호白虎."

화들짝 놀란 듯 꼬리를 바짝 세우며 후닥닥 물러난 '그것'은 진현의 앞으로 다가왔다. 하얀 백발에 황금색 눈동자, 키엘 정도의 나이로밖에 생각되지 않는 작은 사내 아이였다. 이마에는 기괴한 무늬의 띠가 둘러져 있고 흰색의 중국풍 옷을 입고 있는 소년은 그 커다란 두 눈에 눈물이 그렁그렁 맺혀져 보는 이로 하여금 찔끔하게 만들 정도였다. 엉덩이 쪽에 살랑거리는 것은 분명히 꼬리였다. 흰색에 검은 줄무늬. 머리 위에는 쫑긋한 귀가 있었고 그것을 파닥거리며 백호가 외쳤다.

「왜 그렇게 위험한 짓만 하는 거야! 무슨 일이 있으면 불러야 될 것 아냐! 진현, 바보야아!」

앙앙거리며 울고 있는 존재가 둘로 늘어나니 양쪽 귀가 모두 울리는 것 같다. 진현은 머리가 아픈 듯 잠시 고개를 가로젓고는 천천히 백호의 머리를 쓰다듬어 주었다. 문득 키엘이 생각이 날 정도로 아름다운 금빛 눈을 내려다보며 진현이 말했다.

"미안해, 괜찮으니까 너무 걱정 마."

「괜찮은 사람이 여기서 이러고 있어? 다치고, 아프고, 난… 난 진현이 그런 것 싫어!」

훌쩍거리며 울고 있는 모습을 보고 있자니 영락없는 작은 고양이 같다. 진현은 쓰게 웃으며 고개를 끄덕였다. 꿈이나 꾸려고 했는데… 그것조차 마음대로 하게 놔주지 않는구나. 그는 그렇게 생각했지만 품에 안긴 주작과 백호를 보니 그런 말도 차마 나오지 않을 정도였다. 이렇듯 걱정해 주는 이들이 있으니 함부로 슬프다고 아프다고 하지도 못하겠어라고 중얼거릴 수밖에. 그리고… 아마도 '밖'에서도 자신을 걱정하는 이들이 많으리라.

차박.

작은 발자국 소리가 들렸다. 누구인지는 보지 않아도 잘 알 수가 있다. 슈린에게 붙여준 청룡靑龍을 제외한 사신들 중 남은 하나. 사신들의 수장이자 북쪽을 관장하는 신 현무玄武. 진현은 조용히 품에 안긴 둘을 다독이며 고개를 들었다.

암청색 빛이 도는 검은 공단貢緞을 몸에 휘감고 땅에 닿을 정도로 긴 검은 머리카락을 조금 들어 올려 비녀를 꽂아놓았다. 사라락, 몸에 스치는 옷감의 소리가 꽤나 고풍스럽게 들려왔다. 무표정한 얼굴에 조금 차가운 기색도 감돌았지만 진현은 잘 알고 있었다. 저렇게 딱딱한 얼굴 아래로 누구보다도 깊은 생각과 자애로운 마음을 가지고 있다는 것을. 뱀의 비늘처럼, 거북의 등껍질처럼 무표정한 얼굴은 자신을 감추는 그런 용도밖에 되지 않는다는 것을 말이다.

그는 천천히 진현에게로 다가와 발걸음을 멈추었다. 그리고는 곧 그의 뒤로 어둠이 슬며시 끌어당겨져 사라졌다. 그의 이름처럼 어둠을 담당하는 그였다. 어둠을 퍼뜨릴 권능도, 어둠을 거두어들일 권능도 가지고 있는 사신들의 수장이기에 가능한 일. 조용히 두 손을 모으고 들어 올려 고개를 숙인 현무가 입을 열었다.

「다시는 이곳에서 당신을 뵙지 않기를 바랬습니다, 주군이시여.」

그의 말이 무엇을 뜻하는지 잘 알기 때문에 진현은 쓴 미소를 지을 수밖에 없었다.

"미안, 나도 이렇게 될 줄은 몰랐어."

현무는 살짝 고개를 저은 후에 다시 말했다.

「주군께서는 지금 이곳에 계셔서는 안 됩니다. 어서 돌아가시길 바랍니다.」

담담한 그의 말에 주작이 발끈하여 외쳤다.

「그게 주인에게 할 말이니? 지금 진현은 아프고 힘들단 말이야! 이곳에서 상처를 치료하게 도움을 주지는 못할망정 빨리 나가라니! 네가 그러고도 사신들의 수장이라고 불리는 인간, 아니, 신이냐!」

「맞아, 맞아! 현무는 정말로 무신경해!」

꽥꽥 소리를 질러대는 주작과 백호를 상큼하게 무시한 채로 현무는 가만히 진현을 보았다. 그러나 진현은 말없이 쓴 미소만을 머금고 있었다. 그는 조용히 백호의 머리를 쓰다듬은 다음 살짝 들어서 옆에 세웠다. 천천히 일어난 진현이 슬쩍 내려오는 앞머리를 쓸어 넘기며 말했다.

"아니, 현무의 말이 맞아. 지금도… 이미 늦은 것일 수도 있어."

「진현…….」

진현은 걱정스러운 얼굴을 하고 자신을 바라보는 주작의 뺨에 살짝 입을 맞추어 주며 입을 열었다.

"미안해, 항상 걱정만 시켜서……. 나는 아직 그렇게 강하지 못한가 봐."

「제발 부탁이야. 다음에라도 불러줘. 만약… 다음번에도 우리들을 부르지 않고 이렇게 되어버린다면 가만두지 않을 거야. 억지로라도 나가 버릴 거라고!」

"알았어, 고마워."

살며시 웃으며 고개를 끄덕인 진현은 무릎을 툭툭 털어내면서 허리를 쭉 폈다. 언제까지나 이곳에 있고 싶다는 생각을 했다. 두 번 다시 그런 아픔을 맛보지 않기 위해, 슬퍼지지 않기 위해서. 하지만 그것은 어디까지나 도망일 뿐이다. 영원히 등을 돌린 채로 걸어가는 것. 자신을 걱정하는 모든 이들을 더욱더 아프게 만드는 일이었기에… 진현은 조용히 고개를 저었다.

현홍을 되찾아야 한다. 무슨 일이 있더라도…….

무슨 짓을 해서라도 반드시. 그렇기 위해서 자신은 예전처럼 강해져야 하는 것이다. 이곳에 와서 나약한 모습을 너무나도 많이 보여왔다. 그것은 아마도 자신의 마음을 열게 만드는 이들이 너무 많이 만나서이리라. 약한 모습을 만들게 하는 기억들이 수면 위로 떠오르면서 그것에 견디지 못하게 된 것. 진현은 자신의 나약한 모습에 혀를 두르며 중얼거렸다.

"소중한 것을 지키기 위해… 강해져야 한다고 하지 않았던가."

그런 그의 말을 들었는지 백호의 귀가 쫑긋거렸다. 하지만 진현은 더 이상 말을 하지 않고 하얀 명주실과 같은 백호의 머리카락을 슥슥 쓰다듬어 주었다.

「지금도 늦은 것이라 생각됩니다.」

"무슨 말이지, 현무?"

의미심장한 그의 말에 진현이 되물었지만 현무는 한동안 입을 다물고 있었다. 성질 급한 주작이 안절부절못하며 뭐냐고 말하기 전에야 현무는 비로소 말했다.

「예전 일각수─角獸들의 수장이 했던 말을 기억하십니까?」

"그야……"

기억력이 나쁜 편은 아니다. 그러므로 당연히 기억하고 있을 터였다. 진현은 눈을 깜빡이다가 곧 그 말을 떠올렸다. 선물이라면서 예언이라는 것을 하나 해주었었다. 그것이 또 굉장히 생각을 하게 만드는 그것이었지. 누군가가 죽는다고 했었다. 많은 사람들이 슬퍼할… 그렇다면!

"그 예언이 지금……!"

놀란 목소리로 되묻는 진현에게 현무는 어두운 얼굴로 고개를 끄덕였다. 현무가 저렇게 동요하는 모습은 거의 볼 수가 없는데. 대체 무슨 일이 밖에서 일어나고 있는 것인가. 진현은 손톱을 꺼득 물어뜯은 후에 등을 돌렸다.

덥석.

그런 그의 옷자락을 백호가 잡아당겼다. 진현은 눈을 동그랗게 뜨며 백호를 내려보았다. 하얀 머리카락에 황금색 눈동자가 묘하게 잘 어울렸다. 고양이의 눈처럼 특이하게 생긴 눈동자가 살짝 흔들리고 있었다. 무언가 더듬거리다가 백호가 가까스로 말했다.

「아프지… 않을 거지?」

"응?"

「슬프지… 않을 거지?」

진현은 입이 꽉 막혀 버렸다. 왜 자신은 항상 자신의 문제로, 자신의 나약함으로 다른 이들을 괴롭히고 있나 하는 생각에. 이렇듯 걱정해 주고 자신의 아픔 때문에 더 아픈 이들이 있는데. 그런 생각에 얼굴을 굳힌 진현은 한숨을 작게 내쉬었다.

"괜찮아. 이제 절대로 아프지 않을게."

「약속해?」

"물론. 약속해!"

진현은 환하게 웃으며 허리를 숙였다. 그리고 살짝 새끼손가락을 세우면서 고개를 끄덕였다. 진현의 옷자락을 잡은 손을 놓을까 말까 머뭇거린 백호 역시 환하게 웃어 보였다. 그리고 옷을 놓으며 진현의 새끼손가락에 자신의 손가락을 걸었다.

「진현은 항상 약속을 지켰어! 이번에도 지킬 거지?」

"그래, 약속 지킬게."

그런 후에 진현은 허리를 들어 올리며 주작을 돌아보았다. 걱정과 슬픔이 깃든 그녀의 얼굴은 더 더욱 아름다움을 돋보이게 만들 정도였다. 요염하고 강하게 보이지만… 마음속은 역시나 여린 그녀였다. 그런 그녀의 곁으로 다가간 진현은 조용히 어깨를 끌어안으며 속삭였다.

"미안해… 그리고 고마워. 난 너희들이 항상 내 곁에 있다는 게 너무 고마워."

살짝 눈을 감은 주작의 하얀 턱을 따라 눈물 한 방울이 떨궈졌다. 진현은 손가락으로 조용히 그녀의 눈물을 훔쳐 주었고 주작은 진현의 손을 잡으며 눈을 떴다.

「진현, 난… 네가 행복하길 바래. 살아서, 살아서 행복하길 바래. …

널, 사랑하니까.」

"…알아. 너무 잘 알아."

미소를 머금고 주작의 이마에 다시 입을 맞춰주며 진현은 조용히 고개를 돌렸다. 그리고 말없이 자신을 바라보는 현무를 보았다. 그에게는… 아무런 말도 필요없으리라. 아무 말 하지 않아도 자신을 너무 잘 아니까, 또 하나의 자신이니까. 현무의 입가에 조금 미소가 피어 오르는 것을 보며 진현은 다시금 웃을 수밖에 없었다. 역시나라고 생각하며. 그리고 그는 천천히 뒷걸음질쳤다. 분명, 지금도 늦은 것임이 분명하지만… 이 셋이 아니었다면 자신은 마음속의 심연에 가라앉아 영원을 보냈을지도 모른다.

소중한 이들… 이들과의 약속을 지키기 위해 진현은 눈을 감았다. 현실로, 또다른 소중한 이들을 만나기 위해.

* * *

카이트는 현재 패닉 상태였다. 그 이상의 말로도 그 이하의 말로도 그를 표현할 길이 없던 것이다. 평화롭게 흘러가던 구름들 사이를 비집고 나타난 데저티드 드래곤들 앞에서 공포와 절망 말고는 무엇을 상상하겠는가. 한밤중 종말을 얘기하는 듯이 갑작스럽게 벌어진 일에 수도 마법사 길드의 장인 그는 머리카락을 쥐어뜯으며 고개를 숙였다. 도시의 시민들은 고양이에게 쫓겨 막다른 골목에 몰린 쥐처럼 차마 도망갈 생각도 하지 못했다. 그저 방 안의 구석에서 가족들끼리 서로를 부여안은 채로 신을 부르짖을 뿐.

자신의 방에 앉아 생각을 정리하던 카이트는 무언가 결심한 듯 이를 악물고 자리에서 일어났다. 지금은 평범한 인간들은 도움이 되지 않는다. 고개를 들어 쳐다보기도 곤란할 정도로 먼 하늘 위에 떠 있는 그들에게 활을 쏠 것인가, 창을 던질 것인가. 수도의 방위군들조차 넋을 잃은 지 오래. 무엇을 위해, 무슨 이유로 데저티드 드래곤들이 이곳에 왔는지 카이트는 그것이 궁금했다. 인간의 호기심이라는 것은 죽기 바로 전에도 발동하는 것이 아니겠는가. 그는 천천히 자신의 로드Rod를 붙잡으며 방문을 열어젖혔다.

그의 방 앞에서는 수많은 길드의 마스터들이 창백한 얼굴로 서로를 바라보며 서 있었다. 공허한 침묵만이 흐르던 와중 벌컥 문이 열리자 모두 화들짝 놀라는 표정을 지었다. 턱에 흰 수염을 길러 그것이 가슴 팍까지 내려오는 한 늙은이가 카이트에게 말했다.

"…결심하셨습니까?"

걸걸한 그의 목소리에 다른 이들 역시 마른침을 꿀꺽 삼켰다. 만약 그들이 도망을 간다면 갈 수 있을 것이다. 공간 이동, 텔레포트Teleport 주문 하나면 최소한 이 도시로부터는 나갈 수 있으니까. 그러나 그들이 아무리 돌아버렸고 세상의 일에는 관심이 없다고는 하지만 그것이 어디 쉬운 일이겠는가. 지금까지 알고 지내던 사람들을 모두 버리고 자기 혼자만 살겠다고 도망쳐 버리는 짓은 우선은 마법사 특유의 자존심이 상하는 일이었다. 사실 목숨 아까운 줄 모르고 매일 해괴한 주문에다가 실험을 하는 이들이니… 이미 목숨 아까운 줄은 잊고 산 지 오래였다.

카이트는 잠시 동안 그 노인을 바라보다가 살짝 미소를 지으며 고개를 끄덕였다. 그리고 그와 동시에 수십 명에 달하는 마스터들도 희미하게 웃으며 자신의 수염을 쓰다듬었다. 그중 한 명이 입을 열었다.

"허허, 내 팔십 평생 드래곤과 대적하게 되다니. 그것도 데저티드 드래곤이 아닌가. 자서전에 적어놓지 않은 것이 조금 한스럽구만 그래."

"껄껄! 난 내 제자 놈한테 이미 일러두었지. 이거, 멋진 일이 아닌가! 다른 어떤 나라의 마스터 놈들이라도 다 두 손 두 발 다 들게 만들겠어. 허허허!"

다른 이들 역시 환하게 웃으며 소리 높여 웃었다. 카이트는 쓰게 웃으며 고개를 저었다. 누가 이들은 세상사에 관심없는 마법사들이라고 부르겠는가. 누구라도 마법사들이 괴팍하여 자기 일 아니면 관심조차 갖지 않는 이들이라고 이제부터는 말하지 못할 것이다. 이곳은 그들의 고향. 가족과 제자와 연을 맺고 지내온 수많은 자들과 함께 살아온 도시. 카이트는 커다란 수정이 박힌 자신의 로드를 천천히 들어 올리며 낮게 외쳤다.

"데저티드 드래곤들이 우리 도시에 무엇 때문에 왔는지 우리들은 알아야 한다. 마지막 한 사람이 남더라 하더라도 피해를 최소화하도록 노력하자. 동의하겠는가! 우리들은 자유의 의지를 가지고 있다. 이번 일에 개입하고 싶지 않은 자가 있더라도 말리지는 않는다."

하지만 고명하신 마스터들은 씨익 웃을 뿐 누구도 빠지겠다고 하지는 않았다. 그런 그들의 모습에 카이트는 희미하게 웃었지만 한편으로는 가슴이 쓰려왔다. 이길 확률은 전혀 없다. 한두 마리라면 모른다. 그러나… 백여 마리는 될 것 같은 드래곤들에게 무슨 수를 쓰겠는가. 그저 이 도시의 피해가 적도록 노력할 뿐. 그는 그렇게 생각하며 마지막으로 자신의 방을 둘러보았다. 두 번 다시는 못 볼 것 같은 생각에 절로 침울해져 버렸다. 하지만 이미 결심한 일. 카이트는 천천히 발걸음을 옮겼다. 그를 따라 다른 마스터들도 조용히 뒤를 따랐다. 표정은 애써 밝히려고 애를 쓰는 것 같지만 그들의 사이사이로 긴장감이 흐르는 것은 어쩔 수가 없는 듯했다.

죽으러 가는 긴 장례 행렬이 될지 모른다. 그러나 미련은 없었다. 길드의 건물을 나선 카이트는 조용히 한숨을 내쉰 뒤에 대로를 따라 걸었다. 머리 꼭대기가 쭈뼛거렸다. 드래곤들이 내뿜는 거대한 마나의 느낌에 온몸에 소름이 돋는 것 같은 기분이 들 정도였다. 그리고 실제로 먼 상공에 떠 있는 데저티드 드래곤들은 쥐 죽은 것처럼 고요한 인간의 도시에서 한 무리의 인간들이 모습을 드러내자 그들을 뚫어지게 쳐다보고 있었다.

한줄기의 바람이 불어와 대로에 굴러다니는 작은 종이 조각들을 하늘로 날려보냈다. 그것이 왜 그리도 음침하게 느껴지는 것인가. 이미 결심하지 않았는가. 카이트는 스스로에게 혐오감을 내비치며 자신을 다그쳤다. 미련은 남겨두지 않았다. 무엇보다 자신은 자기 무덤을 찾을 줄 안다고 자부했다. 죽을 때를 안다는 말이다. 만약 죽는다면 몇 마리라도 데리고 가리라. 그는 그리 생각하며 로드를 부여쥔 손에 힘을 주었다.

수도의 중앙, 커다란 분수대가 밤중에도 시원스럽게 물을 내뿜고 있는 그곳까지 걸어간 길드의 마법사들은 천천히 자신의 나무 지팡이를 거머쥐었다. 전투 태세 완벽 준비라고 할까. 그러나 데저티드 드래곤들은 조금도 내려올 생각을 하지 않았고 그저 허공에 둥둥 뜬 채로 고개를 아래로 내릴 뿐이었다. 카이트는 천천히 고개를 들어 올리며 중얼거렸다.

"우선은 방어부터 하도록 한다. 이곳 주위의 주민들은 피난시켰는가?"

"예, 길드의 나머지 메이지들이 왕궁의 방공호로 데려갔습니다. 반경 5루실트 안에는 사람이라고는 아무도 없습니다. 그리고 다른 곳의 시민들도 조용히 옮기기로 했습니다."

맨 처음 그에게 말을 건네었던 마스터 나벨이 고개를 끄덕이며 카이트에게 대답했다. 후우, 하고 한숨을 내쉰 카이트는 지팡이를 들어 올리며 소리 높여 외쳤다.

"나 스란 비 케스트의 길드장 카이트가 그대들 데저티드 드래곤들에게 묻겠다!"

그와 동시에 마스터들은 지팡이를 부여 쥔 채 고개를 들어 올렸다.

"왜 고요한 안식의 이 밤에 그대들의 모습을 드러낸 것인가! 용건이 무엇인지 알고 싶다!"

인간이 신이 되지 않는 종족에게 외치는 것치고는 대단한 용기를 낸 말이리라. 대마법사 다카 다이너스티가 아니고서야 이런 말을 꺼내기로 전에 잡아 먹혔거나 그 자리에 주저앉았을 테니까. 조용했다. 아무런 소리도… 하물며 날갯짓하는 소리조차 들리지 않았다.

색색깔을 가진 데저티드 드래곤들은 말없이 고개를 쭉 내린 채로 아래를 바라보았다. 보통 드래곤들보다 조금 더 큰 정도의 데저티드 드래곤들은 잠시 서로에게 고개를 돌리더니 한차례 날개를 휘둘렀다. 후웅, 하고 거대한 바람 소리가 들리더니 그들은 본래의 높이보다 조금 더 위로 날아올라갔다. 카이트를 비롯하여 모든 이들이 멍하니 그 모습을 지켜보는 가운데 한 마리의 드래곤만이 조금씩 아래로 내려오기 시작했다.

카이트는 순간 한 발자국 뒤로 물러나고 싶어졌다. 그 역시 마나에 몸을 맡기고 살아온 지 오래되었지만 이런 공포는 또 처음이었다. 데저티드 드래곤들보다 더 큰 몸체… 두 배 정도는 더 클 것 같은 그 몸이 마치 백로라도 된 것처럼 부드럽게 바람을 타고 내려오고 있었다. 언뜻 보면 실버 드래곤Silver Dragon과도 비슷한 은회색을 가지고 있었지만 그것보다는 조금 더 짙었다. 마치 비 오기 전 잔뜩 흐려진 짙은 회색, 그것이었다. 활짝 펼쳐진 길이가 사거리를 모두 어둡게 하고도 남을 정도였다. 수도에 위치한 왕궁보다 더 큰 크기의 드래곤이 자신들에게 다가오고 있는 것이다.

그 자체로도 신의 재앙처럼 느껴질 정도였다. 날개는 총 여섯 장. 세 쌍의 날개를 부드럽게 저으며 내려오던 드래곤이 순간 그 자리에 멈추어 섰다. 드래곤의 거체巨體에 가려져 컴컴하게 변해 버린 대로에 멀거니 서 있던 카이트가 숨을 몰아 쉬며 다시 입을 열었다.

"마, 말하라! 왜 당신들은 이곳에 온 것인가!"

드래곤은 길고 거대한 목을 휘휘 젓더니 사방을 살펴보는 표정이 되었다. 그리고는 살짝 고개를 갸웃하기도 했다. 무언가 찾는 것일까? 카이트는 그런 생각을 잠시간 할 수밖에 없었다. 조용히 드래곤의 대답을 기다리는 카이트의 귓가에 웅장한 목소리가 울렸다. 그것은 마치… 거대한 종이 울리는 것처럼 가슴을 후려치고 귀를 자극하는 목소리였다.

"그대들의 수장은 어디 있는가?"

"뭐?"

수장이라니? 무슨 말을 하는 것일까. 드래곤은 잠시 동안 고개를 갸웃하더니 다시 천천히 아래로 내려왔다. 어두운 하늘이었지만 은빛으로 빛나는 그의 몸은 잘 볼 수가 있었다. 머리부터 꼬리까지 보려면 아마도 이 수도를 벗어나야 할 것 같았다. 그 정도로 드래곤의 몸은 엄청난 크기를 자랑했다. 멍하게 드래곤이 자신들에게 내려오는 모습을 바라보고 있던 길드 마법사들의 앞에서 갑자기 드래곤의 모습은 팍 하니 사라져 버렸다. 그리고 순간적으로 결계가 생성된 막 부근에 스파크가 커다랗게 튀었다.

하지만 그것은 오래가지 않았다. 마치 한 순간 촛불이 꺼져 버린 것처럼, 마법구의 불이 사라져 버린 것처럼 사라져 버린 드래곤의 모습은 어디에도 없었다. 어리둥절해 있는 마스터들을 뒤로하고 카이트는 담담한 목소리로 앞을 바라보며 입을 열었다.

"당신은… 누군가?"

번득 정신을 차린 마스터들은 다시 지팡이를 거머쥐며 앞으로 고개를 돌렸다. 그리고 살짝 고개를 갸웃거렸다. 분수대의 가장 자리, 한 사내가 그곳에 걸터앉아 있었다. 차가운 물줄기를 무심하게 바라보는 시선으로. 조용히 손을 뻗어 분수의 물을 살짝 만지며 그는 고개를 돌렸다. 칼라가 긴 회색의 코트와 은회색의 머리카락, 그리고 얼굴의 절반은 가리는 이상한 모양새의 안경. 짙은 갈색으로 눈매를 엿보는 것도 어려울 정도였다. 카이트를 비롯하여 다른 이들 모두가 알 수 있었다. 방금 전의 그 데저티드 드래곤이 바로 이자라는 사실을.

비록 그 모습이 인간이라고는 하나 인간으로서는 도저히 가지지 못할 거대한 마나와 드래곤 자체가 뿜어내는 엄청난 위압감을 그대로 가지고 있으니까. 그는 조용히 자리에서 일어나며 한 발자국 앞으로 걸어왔다. 그와 동시에 마스터들과 카이트는 뒤로 한 발자국 물러나야 했다. 그냥 그렇게 할 수밖에 없었다. 맹수 앞에서 벌벌 떠는 작은 동물처럼만 보이지 않았으면 좋겠다. 카이트는 속으로 그리 생각했다. 땀이 줄줄 흘러서 지팡이가 미끄러져 내려가는 것을 느꼈다. 후후 하고 숨을 내뱉은 카이트는 겨우 앞으로 다시 걸어갈 수 있었다. 먼 상공에서 드래곤들이 자신을 바라보는 것을 느낄 수 있었다.

그는 간신히 말했다.

"다, 당신이… 말하는 것이 무엇인지 알 수가 없다. 용건이 무엇인가? 왜 이곳에 모습을 드러냈는가?"

작은 떨림이 깃든 그의 목소리를 들으며 데저티드 드래곤들의 수장 칼 레드는 씨익 웃었다. 그리고 바람에 흩날리는 자신의 머리카락을 조용히 쓸어 넘기며 대답했다.

"걱정 마라, 인간이여. 이 도시의 인간들에게는 관심이 없다. 용건 역시 그대들과는 상관이 없지. 내 용건은 그대들의 수장에게 있다."

역시나 이해를 할 수가 없었지만 카이트는 다시금 질문했다.

"수장이라니? 국왕 폐하를 말하는 건가?"

그러나 들리는 것은 대답이 아닌 높은 웃음소리였다. 하하 하고 목소리를 높여 웃어댄 칼 레드는 약간의 비웃음을 머금었다. 곳곳에 세워진 마법의 광원으로 인해 그 모습은 잘 볼 수가 있었고 그것 때문에 카이트는 약간 발끈해 버렸다. 그러나 함부로 공격을 할 수는 없었다. 힘의 차이가 너무 대단했으니까. 우선적으로 이 도시의 인간들에게는 관심이 없다고 하니 다행한 일이 아닌가. 그런데… 데저티드 드래곤으로부터의 용건을 가질 정도의 인간이 이곳에 있단 말인가? 그는 궁금함을 애써 참으며 대답을 기다렸다.

곧 싸아한 바람과 함께 데저티드 드래곤의 목소리가 들렸다.

"마나에 그 몸을 맡기고 사는 인간아, 너는 이 나라의 국왕을 모시는가? 인간이면서 인간이 아닌 자에 가까운 그대들이… 한낱 인간의 왕에게 그 몸을 의탁하느냐는 말이다."

카이트의 미간이 꿈틀거렸다. 사실이었으니까. 비록 이 수도에 건물에서 모여 마법을 연구하고 있다고는 하지만 마법사라는 직업 자체를 가진 이들은 세상사에 초탈한 사람들이 많았다. 자기 자신이 제일 우선이며 관심을 끄는 일이 아니면 간섭조차 하지 않는다. 그렇다면… 설마?

"우, 우리들의 수장이라는 것은… 설마?"

"그래, 그 설마다."

쏴아아아아—

거친 바람에 의해 자신의 로브 자락이 날아날 것처럼 펄럭여도 카이트는 입을 열지 않았다. 아니, 그렇게 하지 못했다. 그것은 다른 마스터들도 마찬가지였다. 그들이 지금까지 기절하지 않은 것은 마법사 특유의 자존심 때문이리라. 아마 보통 사람 같았다면 이미 기절해도 몇백 번은 했을 것이다. 지금은 여름의 밤이다. 낮 동안의 고된 노동에 힘겨운 사람들이 고요한 어둠의 안식을 받는 그런… 일 년 중에 특이할 것 없는 그런 밤. 그런데 그 밤의 중간에 데저티드 드래곤들이 모습을 드러냈고 고요함을 깬 것을 물론이고 스스로 죽게 만들 정도로 강한 공포를 느끼게 하고 있었다.

마지막으로 그 드래곤들 중 하나는 말로서 그들을 패닉 상태에 빠져들게 했다. 멍청히 서 있는 카이트에게 칼 레드가 말했다.

"나는 데저티드 드래곤들의 수장 칼 레드하고 하지. 그대들이 신보다 더 굳게 믿는 자는 지금 어디에 있는가?"

카이트는 정신이 번쩍 들었다. 보통의 데저티드 드래곤도 아닌 그들의 수장이라고? 뒤에서 술렁이는 소리가 들렸다. 카이트는 두 손으로 로드를 붙잡고 입술을 혀로 핥았다. 입속에 바짝 마르는 것 같았다. 물

대마법사의 추억 155

한 모금이라도 마셨으면… 하는 바램이 생겨날 정도로. 그러나 카이트는 입을 다물었다. 자신들이 신보다 더 굳게 믿는 대륙 최고이자 최강의 마법사 위저드 다카 다이너스티의 행방을 말해 줄 수는 없다. 무슨 용건인지 그 따위는 알 필요도, 알고 싶지도 않다. 좋은 용건은 분명 아닐 것이다.

"무슨 용건인가?"

"그것은 인간인 네가 알 필요는 없다. 그를 데려와라. 그렇지 않으면 이 도시의 안전은 보장하지 못한다."

흠칫, 카이트는 몸을 떨며 고개를 위로 들어 올렸다. 칼 레드의 말처럼 구름의 저편에서 희미하게 광구들이 뭉치는 것이 보였다. 데저키드 드래곤들이 하나둘씩 입속에 브레스를 준비하는 것이었다. 마른침을 삼킨 카이트는 조용히 로드를 들어 올릴 준비를 했다. 브레스는 결계를 뚫지 못한다. 그러나 저 데저티드 드래곤의 수장이 마음만 먹으면 이곳을 순간에 날릴 수 있으리라. 입술을 깨물며 카이트는 방어 결계를 준비했다.

그러나 그것을 시동시키는 전음을 채 마치기도 전에 조용히 그의 앞에 빛무리가 움직이기 시작했다. 칼 레드의 눈매가 살짝 꿈틀거리는 것이 보였다. 카이트는 한 발자국 물러났고 허공에 떠 있던 데저티드 드래곤들은 서둘러 브레스를 거두어들였다. 화악 하고 밝아지는 것이 아니다. 살며시, 여름의 문턱에서 볼 수 있는 반딧불처럼 하나씩 밝아져 갔다. 수백 개가 넘는 작은 빛무리들이 조용히 하나로 뭉쳐들었다. 그것은 한동안 커다란 빛의 공을 만들더니 점차 사람의 형상을 띠기 시작했다.

그것이 무엇인지 잘 알고 있는 마스터들과 카이트는 입을 쩍 하니 벌린 후에 몇 발자국 후다닥 뒤로 물러났다. 조용하지만 분명한 위압감을 뿜어내며 그것은 한 사람으로 변했다. 암청색의 머리카락, 등만을 보아야만 했지만 분명히 당당하고 아름다운 보랏빛 눈동자가 자수정처럼 박혀 있는 얼굴이 있을 것이다.

카이트는 머뭇거렸지만 조용히 입을 열었다.

"다카님……."

그러나 그는 곧 흠칫하며 눈살을 찌푸렸다. 언뜻 보이는 다카의 옆모습이 너무나도 처연해 보여서였다. 한 번도 저런 얼굴을 보인 적은 없었다. 언제나 거만할 정도로 당당하고 자신감이 넘치는 다카 다이너스티가 아니었단 말인가. 카이트는 문득 불안함을 느꼈다. 처음부터 데저티드 드래곤들이… 그것도 그들의 수장을 동반한 채로 나타난 것도 이상했다. 카이트가 말을 잇지 못하고 있을 때 다카는 아무 일도 없는 사람처럼 앞으로 걸어나갔다.

뒷짐을 진 채 걸어가는 폼이 한가롭게 산책이라도 가는 사람같이 보였다. 사람들과 칼 레드의 중간 정도의 곳까지 걸어간 그는 발걸음을 멈춤과 동시에 입을 열었다.

"이렇게 급할 것이 있을까?"

담담한 그의 말에 칼 레드는 피식 웃고 말았다. 이미 알고 있으리라고는 생각했지만 이 정도까지 무덤덤할 줄은 몰랐으니까. 정말이지 대단한 사람이다라고 칼 레드는 생각했다. 그리고 생긋 웃으며 말했다.

"이미 늦었다고 나는 생각하는데… 너는 달리 생각했나 보군."

"그런가?"

"…이미 알고 있었던 건가?"

칼 레드의 질문에 다카는 담담히 고개를 끄덕였다. 드래곤들의 몸에 가려져 환한 별빛은 보이지 않았다. 그러나 사이사이로 반짝이는 별들을 올려다보며 다카는 조용히 중얼거렸다.

"태어났을 때부터 이런 일이 있을 것이라는 것은 알고 있었지, 그 정도는……."

"……."

다카의 중얼거림에 칼 레드의 얼굴이 조금 더 굳어졌다. 하지만 그는 내색을 하지 않으려 애쓰며 조용히 손을 내뻗었다. 그의 손길에서 불꽃이 일었을 때 다카를 제외한 모든 이들이 화들짝 놀라며 지팡이를 들어 올렸다. 카이트가 방어 주문을 웅얼거렸지만 다카가 조용히 손을 들어 올려 그를 제지했다. 카이트는 고개를 갸웃거리며 다카의 등만을 바라보았다. 대체 무슨 일이기에 데저티드 드래곤의 수장이 그를 찾아왔고, 다카는 그에게 말을 건네는 것일까?

점점 길어진 불꽃의 기둥 속에서 하나의 검이 모습을 드러냈다. 검은 검신과 화려한 문양이 새겨진 손잡이가 인상적인 검이었다. 칼 레드는 그것을 붙잡아 몇 번 허공에 휘둘러보았다. 검은 후광과 함께 불꽃의 입자들이 아름답게 반짝였다. 그러나 그것은… 분명 아름다움뿐만이 아닐 것이다. 다카는 그 모습을 조금은 처연한 눈길로 바라보았다.

칼 레드가 검을 들어 올려 그 끝으로 다카를 겨냥하자 마스터들은 하나같이 이를 악물고 한 발자국 앞으로 나섰다. 그러나 곧장 다카의 단호한 목소리가 그들을 가로막았다.

"지금부터 이 일에 끼어들지 마라. 이것은 내 개인의 일이니까."

"다카님!"

"명령이다. 끼어들지 마."

카이트는 다시 터져 나오려는 말을 삼키며 욱 하고 신음 소리를 뱉어냈다. 아무리 대마법사 다카 다이너스티라고 해도 신에 필적하는 힘을 가진 데저티드 드래곤의 수장에게 이길 수 있을 리 없다. 아니, 이길 수 있더라도 다른 드래곤들과 싸울 힘은 남아 있지 않을 터. 그는 도무지 알 수 없다는 표정이 되었지만 차마 거역할 명분이 없었기에 입을 꾹 다물고 뒤로 물러섰다.

다카는 다시 주위가 조용해지자 고개를 돌려 칼 레드를 보았다. 말 없이 서 있는 그의 표정은… 고글과 옷깃에 가려져 잘 보이지 않았지만 다카는 확실할 수 있었다. 그리 밝지만은 않다는 것을. 조금 찌푸려진 눈매가 다카의 눈동자에 비쳤을 때 다카는 입을 열었다.

"항상 생각하는 거지만, 너는 너무 솔직하지 못했어."

칼 레드는 대답하지 않았다. 대답을 기다리지 않았는지 다카는 피식 웃으며 자신의 머리카락을 쓸어 넘기며 고개를 들어 올렸다. 시원한 바람이 그의 곁을 훑고 지나갔다.

"이 말은 꼭 해주고 싶었다. 소중한 것이 있다면… 넌 소중하다고 말하지 않았지. 항상 빙빙 돌려서 표현했어. 그래서 그녀도 알지 못했을 거야. 이제는 고칠 때도 되었지?"

"그래, 이제는 솔직해질 거야."

"다행이다."

그 특유의 자신감이 깃든 미소로 고개를 끄덕이며 다카는 천천히 손을 뻗어 다시금 머리카락을 쓸어 내렸다. 은은하게 땅을 밝히는 달빛과 주위에 밝혀진 광원이 그의 모습을 환하게 밝혀주었다. 새하얀 코트 자락이 아름답게 펄럭였다. 그리고 그는 오른손을 앞으로 내밀었다. 조용히 하나의 빛줄기가 그의 손에 맺혔다. 또다시 하나둘… 마치

레이저가 쏟아져 나가는 듯 그의 손 위에 점점 커다란 크기의 둥근 무언가가 생겨났다.

처음 그가 이곳에 나타났을 때처럼 반딧불과 같은 빛덩어리가 허공에 떠오르기 시작했다. 그것이 무엇을 뜻하는지 잘 아는 카이트가 외마디 비명처럼 외쳤다.

"다, 다카님!"

절대 주문이라 불리며 마나를 다루는 메이지들에게 최강이자 최후의 주문이라 여겨지는 그것. 절대로 쓰면 안 되지만 마지막의 마지막… 자신의 목숨을 내받치고 싶을 그때에만 쓰도록 허락이 된 그것.

지금 다카는 그것의 주문을 영창하고 있었던 것이다. 눈을 감고, 지금 바라는 것 한 가지를 위해서 그렇게 목소리를 높였다. 그의 주위에 둥둥 떠다니던 불빛들이 점점 붉은색으로 변해갔다. 마치 위험하다는 신호처럼 선명한 붉은색으로 변해 가는 것을 보며 카이트는 할 말을 잃었다.

다카의 목소리가 들려왔다. 선명하지는 않지만 분명히 알 수 있는 목소리로… 조용히 시를 읊듯이 말했다.

"생명을 희롱하는 시간의 모래시계를 거꾸로 들어놓아라. 그리하여 내 생명과 영혼이 내가 있기 이전으로 돌아가게 되었을 때 내가 바라고자 하는 것을 들어다오. 죽음을 관장하는 천사 아즈라엘Azrael의 이름으로……."

"다카님!"

그리고 다카는 조용히 눈을 떴다. 뒤에서 외치는 카이트의 목소리도 들리지 않는 듯, 그의 두 눈은 멍하니 허공을 바라보고만 있었다. 저 멀리서 검을 들어 올리며 자신에게로 뛰어오는 칼 레드의 모습이 언뜻 보였다. 희미하게 미소를 지으며 다카는 손을 들어 올렸다.
 "미련 따위는 없지."
 그는 조용히 중얼거렸다. 그리고 씨익 웃으며 눈을 감았다. 그의 손 위에 올려진 붉은 원이 태양처럼 환한 빛을 터뜨리며 순식간에 주위를 물들였다. 눈을 멀어버리게 만들 정도로 커다란 빛과 함께 엄청난 굉음을 울리며 그것은 하나의 기둥이 되어 하늘 위로 쏘아 올라져 갔다.
 클레인 왕국의 수도 스란 비 케스트에서 어느 여름날 밤에 하늘을 떠받칠 것처럼 나타난 빛의 기둥은 대륙 곳곳에서 볼 수가 있었다.
 그것은 대마법사 다카 다이너스티의 모든 것이 담겨진 것이었기에… 어쩌면 그의 소망이었는지 모른다. 빛의 기둥은 한참 동안 주위를 밝혔고 조금의 시간이 지난 후 미세하게 반짝이는 별처럼 작은 입자를 흩날리며 사그라져 갔다. 모닥불처럼 튀어오르는 불씨처럼 아주 작은……..

Part 17
남겨진 자가 해야 할 일

남겨진 자가 해야 할 일 1

"으음……."

진현은 천천히 눈을 떴다. 커튼에 가려져 있지만 대낮처럼 환한 빛이 방으로 스며 들어오고 있었다. 무엇일까? 휘둘리는 머리를 애써 진정시키며 진현은 시트를 걷고 자리에서 일어났다. 잠도 제대로 못 잔데다가―자려고 들어갔다가 괜히 더 피곤해졌다―영양분의 섭취도 없었기 때문에 몸의 피로는 장난이 아니었다. 한차례 비틀거린 진현은 자신에게 입혀진 잠옷 비슷한 옷을 내려다보았다. 연한 회색의 병원 환자복 같다. 하지만 지금은 옷을 갈아입을 시간도 넉넉하지 않았다.

저 빛은 대체 뭘까? 그런 생각에 억지로 옮겨지지 않는 발걸음으로 창가로 다가간 그의 등 뒤로 찰칵 하고 문이 열리는 소리가 들려왔다.

"형?"

우혁의 목소리. 진현은 살며시 고개를 돌렸다. 분명 전에 아스타로테의 싸움에서 다 떨어져 버린 것으로 기억하는 차이니즈 룩이었다. 분명 그것과는 다르지만 어디서 구했는지 스탠드 칼라에 제법 차이니즈 룩 비슷한 옷을 걸치고 있었다. 한여름이지만 여전히 긴 소매를 가지고 있는. 그는 미간을 살짝 찌푸리더니 진현에게로 다가왔다. 그로서는 진현이 일어나자 의외라는 눈치였다.

"어떻게 지금?"

진현은 쓰게 웃으며 다시 고개를 돌려 창밖을 보았다. 하지만 아무것도 보이지가 않았다. 너무나도 밝은 빛 때문에 절로 눈가가 찌푸려졌다. 그러나 그것도 잠시, 어느 곳에서 길게 쏘아 올려지던 빛의 기둥은 서서히 흩어져 갔다. 커튼을 부여잡으며 진현이 중얼거리듯이 대답했다.

"현무가 얘기해 줘서. 그것보다, 저건?"

현무가 무엇을 지칭하는지, 진현을 수호하는 신이 무엇인지 알고 있었던 우혁은 아아 하고 동의하는 듯한 작은 목소리를 내며 고개를 끄덕였다. 그리고 진현의 질문에 침을 한 번 꿀꺽 삼킨 후 말했다.

"나도 잘 모르겠어. 하지만 지금… 데저티드 드래곤들이 나타났어."

"뭐?"

진현은 화들짝 놀라며 우혁을 돌아보았다. 그답지 않게 조금 걱정하는 기색이 깃들여져 있었기에 진현은 그렇지 않아도 초췌한 안색을 더욱 창백하게 만들었다. 무슨 일이 생겨 버렸을까? 데저티드 드래곤들이 왜 이 도시에 모습을 드러냈을까? 진현은 수많은 생각들에 머리 속에 잠식되어 감을 느꼈다. 그리고는 다급하게 우혁을 돌아보며 외쳤다.

"저 빛은 대체 어디서 쏘아 올려진 거지?"

"수도의 중앙 분수대가 있는 곳. 지금 그곳에 길드의 마스터들이 갔다고 들었어."

진현은 입술을 깨물고는 황급하게 우혁의 팔을 끌어당기며 말했다.
"가자! 지금 그곳에서 무슨 일이 일어나고 있는지 내 눈으로 봐야 해!"
"형, 아직 몸도……."
"지금 그런 것 따위를 걱정할 때가 아니야!"
만약 평소라면 저런 말에 우혁은 '그런 말을 할 때가 아니야. 자고로 사람은 몸이 밑천이고…' 어쩌고 하는 잔소리를 늘어놓았을지 모른다. 하지만 지금 진현은 혼자서 제대로 걸을 수도, 더욱이 저곳까지 뛰어갈 수도 없었다. 그래서 자신에게 도움을 요청하고 있는 것이다. 우혁은 하는 수 없다는 표정을 지으며 애도를 거머쥔 채 조용히 진현의 팔을 자신의 어깨에 걸쳐 멨다. 정말로 저곳에서는 과연 무슨 일이 있는 것일까? 그 역시 그런 의문을 버릴 수 없었다.

* * *

후우우웅—
마치 이 세상을 모두 비추고도 남을 것처럼 솟아오르던 빛의 기둥이 미세한 모래처럼 사그라져 버린 후에 카이트는 간신히 두 눈을 뜰 수가 있었다. 다카를 말리려고 뛰어나갔었다. 하지만 그의 뒤에 서 있던 마스터들이 그를 잡았고 또 순식간에 방어 결계를 형성시켜서 마법의 범위 안으로 말려드는 것을 제지했다. 단 몇 분도 되지 않는 순간에 너무 많은 일이 한꺼번에 있었던 듯하다. 머리가 빙빙 도는 것이 어지러웠다. 눈을 찌르는 빛의 소용돌이의 중간으로 다카의 모습과 데저티드 드래곤들의 수장인 그 칼 레드라는 자의 모습이 스며들었다.

이곳저곳에 쓰러져 있는 마스터들의 모습이 보였다. 비록 다카의 힘에 의해 수도 전체로 퍼지는 피해는 없었다고 하지만 중앙 분수대에서는 콸콸 물이 건물 높이만큼 치솟아오르고 있었다. 완전히 통째로 날아가 버린 것이다. 주위의 건물들은 금이 쩍쩍 가 있어서 조금이라도 더 큰 충격을 준다면 무너져 내릴 것처럼 보였다. 국지적으로 마법을 시행시켰는데도 이 정도 피해라니. 역시 다카의 마력은 인간이 도달할 수준이 되지 못할 정도라고 생각했다.

잘못해서 마법의 범위 안에 빨려 들어갔다면 뼈 조각조차 남지 않고 그대로 소멸해 버렸을 것이다. 물이 넘쳐 바다을 흘렀고 주위에는 흙먼지로 시야를 파악하기 힘들었다. 그는 손을 휘저어 다카의 모습을 찾으려 애썼다. 어디로 사라져 버린 것일까? 고개를 들어 수도의 상공을 보니 데저티드 드래곤들은 이제 손바닥 크기로 보일 정도로 높게 올라가 있었다. 그들 역시 마법의 범위 안에 들지 않으려 힘들게 피한 기색이 역력했다. 혹시나 모르지, 바보같이 몇 녀석 휘말려 버렸는지도. 카이트는 속으로 제발 좀 그랬으면 하고 바랬다.

혹시나 다친 이들이 있는지 보려고 그는 주위를 둘러보았다. 하지만 조금씩 꿈틀거리며 일어나는 모양새가 크게 다친 곳은 없는 것 같았다. 카이트는 안도의 한숨을 쉬며 다시 정면으로 고개를 돌렸다. 이 정도 마법이라면 아무리 데저티드 드래곤이라고 해도 버틸 수 없을지도…….

털썩.

그러나 그는 정면으로 시선을 돌린 순간 주저앉을 수밖에 없었다. 그리고 그를 선두로 그의 등 뒤에 서 있던 다른 마스터들도 하나같이 지팡이를 떨구며 바닥에 주저앉았다. 희미하게 보이는 무언가, 그것이 그들의 다리에 힘을 빠지게 만들었다. 카이트는 한 손으로 땅을 짚은 채로 겨우 입을 열었다.

"…다, 다카님……!"

설마 그 마법을 이겨냈단 말인가? 목숨과 자신의 영혼까지 바쳐야 쓸 수 있는 그 마법을! 하지만 눈앞에서 벌어지는 일은 지금 그의 머리를 쾅쾅 두드려 댔다. 갑자기 시선이 부옇게 흐려졌다. 무엇일까. 그는 손을 들어 슥슥 눈가를 문질렀다. 왜… 왜 이런 일이?

"다카님!"

"아아악! 다카니임!"

악에 받쳐 지르는 기괴한 비명 소리가 들렸지만 카이트는 신경을 쓸 수조차 없었다. 아아 하고 작은 신음 소리를 흘리며 그는 고개를 떨구었다. 처음부터… 어쩌면 처음부터 알고 있었는지도 모른다. 절대로 세트레세인의 밖으로는 나오는 일이 없는 다카가 이곳 수도에 왔을 때부터 무언가 틀어졌다는 것을. 마치 그곳을 떠나서는 안 되는 사람처럼 무슨 일이 있어도, 하물며 국왕의 명을 받아도 세트레세인을 뜨는 일이 없던 그가 이곳에 왔을 때에…….

흙먼지가 곳곳에서 피어 오르고 물줄기 때문에 시야는 흐렸다. 하지만 확연하게 볼 수가 있었다. 칼 레드와 그의 검과… 그의 검에 꿰어져 있는 다카를. 다카는 조용히 허공을 바라보고 있었다. 작은 모래 입자처럼 눈부시게 반짝이는 빛들이 허공에서 맴돌았다. 마치 그곳에만 햇빛이 내리비추는 것처럼 아름답고… 눈이 아프게 서글퍼 보였다.

그는 조용히 칼 레드의 어깨를 감싸며 중얼거렸다.

"…나, 좋은 형이 되지 못했어."

다카는 희미하게 웃었다. 검을 타고 흘러내리는 끈적한 피의 온기에 칼 레드는 자신도 모르게 진저리를 쳤다. 다카의 마법 때문에 날아가 버린 고글 아래에는 보석을 박아 넣은 것보다 더 아름다운, 어찌 보면 그와는 조금 이질적으로 느껴질 정도로 아름다운 아이스 블루의 눈동자가 박혀 있었다. 그리고 그 눈동자에는 지금 누구도 의미를 알 수 없을 것 같은 묘한 감정들이 복합되어져 흘렀다.

스윽 하고 검을 뽑아 든 칼 레드는 조심스럽게 주저앉는 다카의 몸을 한 팔로 받쳐 들었다. 때 묻은 곳 없이 새하얀 코트 자락에 번지는 붉은 핏방울들이 기묘한 기분을 느끼게 했다. 화려하게 수놓아진 금실의 자수들이 이제는 묘한 붉은색으로 물들어 버렸다. 칼 레드는 가만히 다카를 내려다보고 있을 뿐이었다. 어떠한 말도 행동도 하지 않았다. 다카는 후훗 하고 웃더니 조용히 자신의 손을 들어 올린 후에 손바닥을 보며 말했다.

"처음… 내가 내 길을 걷기로 했을 때 넌 많이도 반대했었지. 나에게 아버지는 아버지가 아니었어. 그 사람이… 선대 데저티드 드래곤의 수장이라는 것을 알았을 때도… 별로 감흥은 없었어."

그는 생긋 웃었다. 칼 레드는 살며시 그의 머리를 받쳐 땅에 눕혀놓았다. 자신의 검을 옆에 꽂아놓은 그는 한쪽 무릎을 꿇고 앉아 다카의 한마디 한마디를 귀에 새겨들었다. 칼 레드의 표정은 아무런 감정도 느낄 수 없을 정도로 담담했지만 눈빛은 그렇지 못했다. 마치 울기 직전의 사람처럼 눈동자는 천천히 흔들렸고 살짝 이를 악물기도 했다.

다카는 조용히 허공을 바라보았다. 자신에게로 떨어져 내리는 빛의 입자들을 보며 그는 천천히 시야가 흐려지는 것을 느꼈다. 황홀하다. 누군가가 금가루들을 허공에서 뿌리는 것같이 보일 정도였다. 그러나 그것은 땅에 떨어지기 직전 화악 하고 사라졌다. 처음부터 아무것도 없었던 것처럼.

"…인간이지만 드래곤의 마력을 가지고 살아가는 이는 나밖에 없었을 테지. 그래도 난… 처음부터 인간이었다. 그리고 지금도……. 내가 데저티드 드래곤의 피를 이어받아 한 일이 딱 한 가지 있다면 바로 이것이겠지. 내가… 죽을 때를 안다는 것."

"…다카."

"녀석…… 끝까지 형이라는 말 한마디 해주지 않는구나. 하긴, 나는 좋은 형이 되어주지 못했으니까."

그는 그렇게 말하며 처연한 얼굴로 까만 밤하늘을 올려다보았다. 아니, 이제는 막 동쪽의 하늘이 밝아져 오고 있던 터였다. 여름이니까… 확실히 해가 빨리 뜨는 것이겠지. 그는 그리 생각하며 속으로 다시 미소 지었다. 마지막 일출은 볼 수 있겠구나 싶어서. 서늘한 바람을 맞으며 그는 온몸의 감촉을 느끼려고 애썼다. 그러나 그의 생각과는 반대로 온몸은 딱딱하게 굳어갔고 손끝의 저릿한 감각도 느낄 수가 없었다.

검에 찔린 통증도 이제는 무감각할 정도였으니까. 흐릿한 시선으로 그는 조용히 입꼬리를 끌어올렸다. 눈앞을 아른거리는 은발을 가진 얼굴을 두고두고 기억하려는 듯이 다카는 꼼꼼하게 칼 레드의 모습을 살폈다. 겨우… 열 손가락 안에 들 정도로 만났던 동생. 배다른 동생이었고 서로의 길도 달랐다. 하지만 마지막의 마지막에 볼 수가 있어서 다행이다.

비록 그것이 동생이 형의 목숨을 거두어가는 결과라고 할지라도. 이것으로 만족이었다. 천천히 동쪽의 해가 고개를 들이밀 즈음 다카는 후우 하고 작게 숨을 몰아쉬며 천천히 손을 내렸다. 그리고 묘하게도 그의 손가락 끝은 서서히 옅어지기 시작했다. 물안개가 햇빛에 의해 사라지는 것처럼, 자신의 마법이 흩뿌렸던 빛의 입자들처럼. 그런 그의 모습을 보며 칼 레드의 미간이 확 하니 찌푸려졌다.

"후훗, 놀라지 마라. 내가 썼던 마지막 마법이었어……. 가는 길에 무엇이든 남겨두고 가고 싶지 않았거든. 내 시체 끌어안고 누가 울어 젖히는 꼴, 나는 보기 싫다."

끝까지 자기 멋대로 말하는 사람이다. 칼 레드는 입술을 깨물며 그리 생각했다. 처음이자 마지막의 약속이었을까? 자기 목숨을 거두어가라는 말도 안 되는 소리를 했을 때부터 지금까지 다카는 언제나 자신이 하고 싶은 대로 했다. 언제나 자기 멋대로… 자기가 편할 대로. 그것이 못내 보기가 싫었다. 아버지가 한때의 호기심으로 인간과 관계를 가지고 낳은 자식. 이른바 천출이었다. 그러나 그의 호쾌함과 자유와 자기애로 그는 데저티드 드래곤이 아닌 인간의 삶을 택했다. 그때 역시 자기 멋대로였다.

언제나 그랬다. 서서히 희미해져 가던 그의 몸에서 하나씩 하얀 깃털들이 생겨났다. 투명한 수정으로 만들어진 것처럼 보이는 깃털들은 바람을 따라 조용히 허공을 향해 날아갔다. 아아 하고 칼 레드는 자신도 모르게 작은 탄성을 내질렀다. 정말로 다카와 비슷하다는 생각에. 예전에 제일 처음 그와 만났을 때도 그는 저렇게 하늘을 향해 떠났었다. 자신을 속박하는 구속이 아닌… 자유를 향해.

수천 개, 수만 개는 넘을 것과 같은 깃털들이 하늘로 바람을 따라 날리면서 장관을 이루었다. 다카는 그 모습을 바라보았다. 점점 희미해져 가는 몸은 보는 이로 하여금 오싹할 정도로 두려웠지만 정작 본인은 그렇지 않나 보다. 빙긋 웃으며 그는 살며시 눈을 감았다. 그리고… 자신의 생애에서 가장 빛나 보이는 미소를 지으며 말했다.

"그래… 이제 돌아갈 때가 된 것 같아. 원래 조용하게 살고 싶었지만 한 번도 그러질 못했어. 이제는… 쉴 때가 되었지. 그래, 그래… 네 녀석에게… '형'이라는 소리를 듣고 가… 고 싶었……."

화아아악—

칼 레드는 이제는 완전히 깃털 더미로 변해 버린 다카를 내려다보았다. 더 이상 그의 형체는 무엇도 남아 있지 않았지만 손을 뻗어 깃털들을 잡아 올렸다. 푹신하고 부드러운 감촉에 칼 레드는 조용히 입술을 벌렸다. 애써 떨어지지 않는 입을 가까스로 뗀 것처럼 그는 나직하게 말했다.

"…형……."

이제는 들을 수 없지만. 하지만 마치 들었다고 하는 것마냥 바람을 타고 둥실 떠오른 깃털들은 칼 레드의 뺨을 스쳐 허공으로 날아갔다. 싸아한 바람과 함께 하늘을 가득 메운 새하얀 깃털들을 올려다보며 카이트는 결국 고개를 땅에 박은 채 욱욱거리며 울고 말았다. 다른 마스터들 역시 애써 고개를 돌렸지만 눈물이 흐르는 것은 어쩔 수가 없었다. 그러나 그들은 마음 속으로 잘 알고 있었던 듯하다. 멀리서 타박거리는 발걸음 소리가 들려 칼 레드는 멍한 눈초리로 고개를 들었다. 환자복과 같은 조금 헐렁한 옷을 입고 나타난 사내는 익히 보아 잘 아는 얼굴이었다. 분명 저자는 자신을 알지 못하겠지만.

진현은 눈을 크게 뜨고 사방을 둘러보았다. 눈이라도 내리는 것처럼 새하얀 깃털들로 가득 찬 허공을 바라보며 그는 입술을 깨물고 고개를 저었다. 늦었다는 생각이 역력한 얼굴이었다. 우혁은 말없이 그 광경을 볼 따름이었다. 평소의 그와 다름없이 무표정했다. 조금은 처연한 눈매였지만 손을 들어 깃털 하나를 잡아 올린 그는 고개를 살짝 숙였다.

칼 레드는 천천히 자리에서 일어났다. 그리고 그와 진현의 눈이 마주쳤다. 가슴을 후벼 파는 것처럼 아리도록 아름다운 광경 속에서 두 사내는 한동안 그렇게 말없이 서로를 보았다. 서로의 엇갈린 운명 속에서 가장 커다란 축이 되는 두 사람은 그렇게 만나게 되었다. 아니, 어쩌면 아주 오래전에 이미 마주쳤을지도 모르는 일이지만. 사방으로 날리는 깃털 때문에 진현은 칼 레드의 얼굴을 자세히 보지는 못했다. 다만 자신을 노려보고 있는 아이스 블루의 눈동자만은 선명하게 기억할 정도로 인상적인 것이었다.

자신의 검을 땅에서 뽑아 든 칼 레드는 조금 더 진현을 지켜본 뒤에서야 등을 돌렸다. 새하얗게 날리는 깃털 때문에 그의 뒷모습도 보일 듯 말 듯했지만. 천천히 걸어가던 그가 조용히 멈추어 섰다. 그리고 다시 한 번 고개를 틀어 진현을 보았다. 마치 아주 오랜만에 만난 친구라도 되는 것처럼 입가에 희미한 미소를 띤 채로. 분명 들리지는 않을 테지만 그는 작게 입술을 움직였다.

"…또 만나도록 하지. 다음번에 만날 때에는……."

아무리 귀가 밝아도 그 말을 알아들을 수는 없었다. 진현은 고개를 갸웃거리며 한 발자국 앞으로 걸어갔다. 그러나 그보다 먼저 칼 레드의 모습은 이미 깃털들 사이로 사라지고 없었다. 후웅 하는 거대한 바람 소리가 나서 고개를 들어 올리자 천천히 날갯짓을 하며 멀어져 가는 데저티드 드래곤들의 모습이 보였다. 그중 맨 후미, 세 쌍의 날개를 가진 은빛의 거대한 드래곤의 모습은 한참 동안 진현의 시선을 잡아두었다.

며칠 동안 수도 스란 비 케스트를 비롯하여 클레인 왕국 전체가 새하얀색으로 물들여졌다. 대륙에 사는 어떤 사람이라도 한 번쯤은 이름을 들어 보았을 정도로 대마법사 다카 다이너스티의 위명은 대단했으니까. 다카 다이너스티가 데저티드 드래곤의 수장과 싸우다 그 명을 달리했다는 소문은 삽시간에 대륙 곳곳으로 퍼져 나갔다. 그리고 카르틴 제국의 여황이 직접 서신을 보내 그 일에 대한 심심한 위로의 말을 전하기도 했다. 그만큼 다카 다이너스티는 뛰어난 자였다.

도시 곳곳에는 새하얀 색의 휘장이 내걸렸다. 국왕이 승하할 때만 도시 곳곳에 걸린다는 흰색의 조기弔旗가 달린 것이다. 사람들은 모이기만 하면 그날의 이야기로 떠들썩했다. 물론 그것은 어디까지나 눈물 젖은 이야기들이 대부분이었고 도시는 몇 날 며칠 동안 침울함에 빠져들어야 했다. 파괴되어 버린 중앙 분수대에는 종종 사람들이 찾아와 흰색의 이름 모를 꽃들을 두고 갔으며 국왕은 부서진 분수대 대신에 다카의 영전을 그곳에 만들기로 선포한 후였다.

남겨진 자들은 할 일이 많았다. 눈물에 젖은 모습을 그가 바라지 않을 것이라는 말을 남기고 카이트는 항상 분주하게 뒤처리에 매달렸다. 여름의 뜨거움이 후끈 대로를 달아오르게 만들었고 싱그러움만이 감도는 초록의 나무들이 햇빛을 받아 반짝였지만 즐거움이라는 감정은 어디에서도 찾아보기가 힘들었다.

진현은 여관의 창틀에 팔을 기댄 채로 대로를 내려다보고 있었다. 사람들의 옷은 대부분이 흰색 아니면 검은색 일색이었다. 그나마 햇빛 때문에 검은색을 입는 사람이 드물어서 다행이랄까. 만약 색마저도 그렇게 통일된다면 정말로 칙칙해 보일 테니까. 그러나 그는 지금 검은색 옷을 입고 있었다. 반소매라고는 하지만 위아래로 검은색 옷을 차려입은 그의 모습은 꽤나 인상적이었다. 비록 알고 지낸 지 얼마 되지도 않은 다카 다이너스티이지만…….

"…조금은 그렇군."

이런 분위기는 확실히 싫다. 우울하고 칙칙하고 죽은 사람이 원하지는 분명히 않겠지만 우는 사람들을 본다는 것 자체가, 그리고 무엇보다 자신에게 산재된 문제들이 많을 때는 더 더욱. 현홍의 문제만으로도 머리가 터져 나갈 것처럼 복잡한데 이런 일까지 생겨 버리다니. 그는 투덜거리며 탁자에 놓아둔 찻잔을 들어 올렸다. 향긋한 야생화의 향기가 코끝을 간지럽게 했다. 호륵 하고 한 모금 삼킨 그는 다시 조용히 고개를 돌려 하늘을 보았다.

이전에 무슨 일이 있었는지 신경도 쓰지 않을 정도로 표표하게 흰 구름들이 시리도록 푸른 하늘 위로 흘러갔다.

다카는 과연 왜 죽었을까? 그리고 어째서 데저티드 드래곤의 수장이라는 자에게? 의문점이 한두 가지가 아니었다. 인간의 대마법사가 데저티드 드래곤 족과 연관이 있었던 것일까? 고개를 갸웃갸웃했지만 제대로 결론이 나는 문제는 한 가지도 없었다. 으음 하고 작게 신음 소리를 내뱉은 진현은 다시 찻잔을 들어 올렸다.

똑똑.

경쾌한 나무 두드리는 소리가 귓가에 울렸다. 진현은 짧게 들어오십시오라고 말해 준 다음 수도에서 발행되는 신문을 잡아 들었다. 하지만 어디를 보나 다카의 죽음과 그동안 그가 이룩했던 업적들이 전부였다. 이거야 원. 잠시 후 빼꼼이 문이 열리면서 고개를 들이민 것은 하얀 옷을 차려 입고 있는 아영이었다.

"시간있어?"

목소리를 낮게 낮추며 묻는 그녀에게 진현은 고개를 끄덕여 주었다. 현홍이 아스타로테에게 몸을 빼앗긴 후에 아영은 행동이 조금 다소곳

해져 있었다. 아니, 정확히 말하자면 진현에게만. 긴 갈색 머리카락이 더웠는지 위로 틀어서 핀을 몇 개 꽂아 넣은 모양새가 제법 잘 어울렸다. 흰색의 셔츠와 어디서 구했는지 무릎까지 오는 플레어 스커트가 여성스러워 보인다. 뭐, 분명히 치마 속에 짧은 반바지는 잊지 않고 챙겨 입었겠지만.

신문을 접어서 탁자 위에 올려두며 진현은 빙긋 웃었다.

"그래, 무슨 일인데 여기까지 행차하셨나, 공주님?"

"우웃, 치마가 안 어울리면 안 어울린다고 말로 해, 말로!"

그럴 리가 있나 하고 능청스럽게 대답한 진현은 조용히 의자 하나를 옆으로 밀어두었다. 머뭇거리며 걸어온 아영이 조심스럽게 의자에 앉고서 한숨을 뱉어냈다. 탁자 위에 있는 비어 있는 잔에다가 조용히 홍차를 따르던 진현이 물었다.

"천하의 윤아영이 한숨을 쉴 때도 다 있었나?"

조금은 빈정대는 어조였기에 아영은 입술을 샐쭉 내밀며 투덜거리듯이 말했다.

"잠에서 깨어나더니 더 이상해졌어! 지금의 상황을 봐! 한숨을 안 쉬게 되었는지."

"상황이 어떤지 잘 모르겠지만… 그냥 여름이잖아."

"아악, 그렇게 능청스럽게 말하지 말라고! 제발 원래대로 돌아와 줘, 김진현!"

머리를 감싸 쥐고는 비명을 울리는 아영을 보며 진현은 어깨를 으쓱거렸다. 뭐가 원래대로인지는 모르겠지만, 그러고 보니 아영은 이렇게 유들유들한 타입을 싫어했던 걸로 기억한다. 하지만 진현은 턱을 괴고는 생긋 웃을 뿐이었다.

"원래대로 돌아온 거야. '회장 김진현'이 가장 나한테 맞아."
"난 그 버전 싫었어. 너무 능청스럽고 구렁이 담 넘어가듯 해서."
"버전이 뭐냐, 버전이. 내가 무슨 변신 소녀물의 히어로인 줄 아냐?"
혀를 빼 내민 아영은 손사래를 치며 고개를 틀었다. 창가의 바로 옆에 탁자가 놓여져 있었기 때문에 창밖의 풍경도 감상하면서 차도 마실 수 있는 아주 좋은 자리였다. 그녀는 뭐가 또 생각이 난 것인지 입술을 살짝 깨물며 입을 열었다.
"…니드가 많이 힘들어해."
그녀의 말이 무슨 뜻인지 잘 아는 진현은 아아 하고 동의하는 듯 고개를 끄덕였다. 현홍의 일로도 충분히 심란한 니드였다. 그런데 가장 친한 친구가 이리 되어버렸으니 그 마음이 오죽하겠는가. 그 마음을 완전히 다 알지는 못한다. 서로가 다른 사람이고 다른 아픔이니까. 하지만 조금이나마 이해는 할 수 있기에 진현은 고개를 끄덕일 수밖에 없었던 것이다. 다카가 죽은 후에 니드는 이틀을 방에 처박혀 울기만 했다. 거의 현홍 버금가는 울보라는 것을 확인한 순간이었다. 그리고 지금도…….
죽은 사람은 남아 있는 사람이 울기를 바라지 않는다. 특히 다카와 같은 자는 더 더욱 그럴 것이다. 시체조차 남기지 않고 간 사람이 아닌가. 진현은 조용히 고개를 돌려 아영과 함께 파란 하늘을 바라보았다. 해가 뜨던 그 순간에 도시의 하늘을 가득 메운 새하얀 깃털들이 다시금 뇌리에 떠올랐다. 그토록 아름답고 슬픈 장면은 잊혀지기 힘든 것이니까.
"…에오로 군은?"
진현은 조용히 말했고 아영은 잠깐 고개를 돌렸다가 다시 하늘을 보며 대답했다.

"그 녀석은……."

콰당!

순간 문이 벌컥 열리는 큰 소리가 나면서 누군가가 안으로 뛰어 들어왔다. 아영은 화들짝 놀라 의자에서 일어났지만 진현은 말없이 고개만을 돌렸다. 방으로 뛰어 들어온 것은 다름 아닌 에오로였다. 어디를 싸돌아다녔는지 이마에 송골송골 맺힌 땀방울을 손등으로 훔치며 에오로가 고개를 들었다. 그리고 자신을 물끄러미 바라보는 두 사람을 번갈아 보다가 에헤헤 하고 웃었다.

"아, 미안. 노크하는 것을 깜빡했네."

아영은 멍한 표정으로 바닥에 주저앉아 있는 그를 보았다. 그러나 진현은 생긋 웃으며 천천히 의자에서 일어나 에오로에게 손을 내밀어 주었다.

"어디를 그리 급하게 가시는 겁니까? 그러고 보니 복구 작업에 투입이 되셨다고요?"

"네. 스승님이 쓰신 마법이 워낙에 강해서 그 큰 중앙 분수대가 날아가 버렸잖아요. 그래서 고칠 게 엄청 많아요."

무릎을 툭툭 털며 일어난 그는 기지개를 쭉 켜며 허리를 손으로 두드렸다.

"아침부터 이리저리 뛰어다녔더니 정신이 하나도 없네요. 아침밥도 못 먹고 이러고 있었어요. 아, 점심 식사 하셨나요?"

"아뇨, 아직. 내려가서 같이 드시도록 할까요?"

"예! 먼저 주문해 놓을게요. 든든히 먹어야 일을 할 수 있으니까요."

아하하 웃으며 그렇게 말한 에오로는 먼저 방을 나섰고 그 모습을

남겨진 자가 해야 할 일

아영은 미간을 찌푸리며 바라보고 있었다. 진현은 빙긋이 웃으며 어깨를 으쓱거려 보였다.

"뭐, 변하신 것은 없군."

그러나 아영의 표정은 영 찜찜하기 그지없다는 얼굴이었다.

"…일부러 저러는 것 같잖아. 차라리 울라고 그래!"

그렇다. 오히려 밝은 척 웃으며 말하는 것이 더 보기가 싫은 아영이었다. 하지만 진현은 에오로의 속 마음을 잘 알고 있었다. 밝은 척하는 것이 아니다. 그의 천성 자체가 밝은 탓도 있고 스승의 유지를 잘 받드는 착한 제자이기 때문이다. 태어나서 지금까지 오랜 시간을 같이 보고 자라온 에오로가 아니겠는가. 죽은 사람이 남겨준 것을… 정말로 잘 이해하는 이라고 생각하며 진현은 고개를 끄덕였다. 다카도 정말로 제자 하나는 잘 키웠다라는 중얼거림을 남기며 그는 발걸음을 옮겼다.

대체 알 수 없다는 표정을 지은 아영 역시 그의 뒤를 따라 쪼르르 따라나왔다. 여관의 복도를 따라 계단을 내려가니 홀의 중앙에 위치한 테이블에 앉아 있는 에오로의 모습이 보였다. 덧붙여서 그의 주위에서 부산을 떨고 있는 시민들도. 다카 다이너스티의 제자라는 말 한마디가 이리도 큰 위력을 가지고 있는지 이제야 알았을 것이다. 손수건으로 눈물을 훔치는 아낙네들의 모습도, 집채만한 덩치의 사내가 어깨를 바들바들 떨면서 눈물을 참는 모습도… 가히 보기 좋은 광경은 아님이 분명하다.

진현은 후우 하고 작게 숨을 내쉰 뒤에 사람들에게 연신 양해를 구해가며 에오로를 불렀다. 눈물을 흘리던 여성들은 갑자기 나타난 흑발의 꽃미남을 보며 순간 손수건을 들고 있는 손을 멈추었다. 역시나 슬픔보다는 본능인가 보다. 에오로는 사람들에게 미안하다, 감사하다 등의 인사를 건넨 후에 다시 2층으로 도망치듯 올라올 수밖에 없었다. 한동안 홀에서 밥 먹기는 글렀다고 생각하며.

"으음, 굉장한 인기입니다, 에오로 군?"

별로 악의없이 내뱉은 말이었기에 에오로는 쓴웃음을 내비치며 고개를 끄덕였다. 아버지가 대단한 사람이기에 그 후광을 입는 아들처럼 별로 능력도 없는 자신이 이런 입장에 놓였다는 것이 그리 마음에 들지는 않았지만, 〈천사의 날개〉라는 기기묘묘한 이름의 여관 주인장 폴린의 배려로 음식들은 차곡차곡 2층의 방으로 올라왔다. 탁자 하나가 모자랄 정도로 많은 양이어서―대부분은 에오로가 시킨 것―다른 방에서 탁자 하나를 또 들고 와야 하는 번거로움을 감수해야 했다.

스푼을 들어 향기가 좋은 양송이 수프를 떠먹으려던 아영이 문득 생각이 났다는 표정으로 말했다.

"그런데 다른 사람들은?"

팔뚝만한 크기의 빵을 행복한 듯이 바라보다가 반으로 뜯어낸 에오로가 먼저 대답했다.

"으음, 니드는 여전히 방에 있고 셀로브는 언제나처럼 펍에 술 마시러 갔어. 완전히 단골이 다 되었다고 하던데? 그리고 에이레이와 키엘은……."

고개를 갸웃거리는 그를 대신해 진현이 말을 받았다.

"에이레이 양과 키엘은 쇼핑. 우혁 역시 따로 쇼핑을 나갔어. 에이레이 양이랑 같이 나가라니까 말도 안 들어, 그 녀석은."

그는 그렇게 말하며 한숨을 내쉬었다. 아무리 여자를 싫어해도 그렇지, 그런 부탁까지 안 들어줄 정도일 줄이야. 아무래도 병이 더 심해졌나 봐라는 말을 덧붙인 진현에게 에오로가 배시시 웃으며 말했다.

남겨진 자가 해야 할 일 181

"우혁이 형은 정말로 여자를 싫어하나 봐요."

"…언제 형, 동생 하는 사이가 된 거야?"

"에에, 뭐 어때. 우혁이 형도 상관없다고 말했다고."

에오로는 빙긋 웃으며 빵을 덥석 물었다. 아버지처럼 따르던 스승 다카 다이너스티가 그렇게 죽은 지 겨우 나흘밖에 지나지 않았는데 저렇게 웃을 수가 있을까? 나라면 저렇게 웃지 못할 거야라고 중얼거리는 아영의 어깨를 친 에오로는 더부룩한 배를 툭툭 두드리며 헤헤 웃었다.

"아, 나 궁금한 게 하나 있는데… 그럼 왜 우혁이 형은 아영이 너한테는 잘해주지? 너, 혹시 남자냐?"

빠악!

이럴 때는 고민을 하는 자신이 바보가 되기 마련이다. 팔 힘으로라면 웬만한 남자한테도 지지 않는 근력을 가진 아영은 있는 힘껏, 젖 먹던 힘을 다해, 거금 2만원이 걸렸던 릴레이 달리기를 뛸 때만큼! 혼신을 다해 주먹으로 에오로의 머리를 후려쳤다. 아파아—! 하고 비명을 지르는 에오로를 깔끔하고도 상큼하게 무시한 채로 아영은 식사를 시작했고 멍하니 자신을 바라보는 진현에게 왜 그래? 하고 쏘아준 후 그녀는 도도한 공주님처럼 식사를 마쳤다. 아영은 길게 하품을 한 후 내 사촌이지만 저 손버릇은 대체가라고 허무한 듯이 중얼거리는 진현에게 말했다.

"그런데 이제 어쩔 거야? 현홍을 어디서 찾지?"

여자면 여자답게 굴어! 라고 소리치다가 조금 높은 아영의 굽에 엉덩이를 채이고 구석에서 오들오들 떨던 에오로가 슬그머니 탁자 근처로 걸어왔다. 꽤 아팠는지 눈가에 고인 눈물을 슥슥 닦아낸 그가 아영과 멀찌감치 떨어지면서 조용히 입을 열었다.

"홀쩍, 내 생각에는 역시나 마법사 길드 쪽의 연락을 기다리는 게 좋을 거라고 생각해. 아니면 현홍… 아니, 아스타로테가 직접 찾아오길 기다리던가."

"너무 시간이 무한정이야. 하아, 정말로 제 발로 찾아오면 좋을 텐데."

"그것은 또 그거대로 문제지."

한숨을 짧게 내쉰 진현이 찻잔을 들어 올렸다.

"지금 당장 찾아온다고 해도 원래의 현홍으로 되돌릴 방법이 없으니까. 방법을 찾고 난 후에 아스타로테를 찾는 것이 순서일 거야."

세 명은 곧장 침울한 얼굴이 되어 고개를 숙였다. 아무리 머리를 굴리고 돌려도 뾰족한 방법은 없었다. 그러던 와중 아영은 현홍이 아스타로테가 되었을 당시에 니드가 「현홍」이라는 이름을 부르자 아스타로테가 조금 괴로워했다는 것을 떠올렸다. 그녀는 곰곰이 생각하는 표정이 되어 손으로 입을 가리고 나직하게 말했다.

"그때… 분명히 그랬어."

"응? 뭐가?"

확실한 것은 아니지만 아영은 진현을 향해 고개를 돌리며 조금은 미심쩍다는 표정이 되었다.

"전에 아스타로테가 막 자각을 했을 때 니드가 그에게 「현홍」이라는 이름을 불렀어. 그런데 이상하게 괴로워했단 말이야. 그리고는 당황해서는 막 공격을 했어. 왜 그랬을까?"

"그야……."

그야 당연히 잠들어 있는 현홍을 깨우는 것이 이름이기 때문…….

진현은 미간을 확 줍혔다. 그걸 왜 생각을 못했을까. 아스타로테는 이름에 봉인이 있었기에 그 이름을 부름으로써 완전히 자각을 마쳤다. 그렇다면 반대로 현홍의 이름을 부른다면… 현홍은 깨어날 수 있지 않을까? 근거도 없고 확신도 없지만 전혀 엉망인 가설은 아니었기에 진현은 고개를 끄덕여 보였다.

"그래, 확실히「이름」에 봉인이 걸려 있었던 아스타로테였다. 그러니… 현홍도 그럴 수 있겠어."

"와우! 실마리 하나를 찾아낸 거네요!"

에오로가 환한 얼굴로 그렇게 말하자 진현은 조금은 껄끄러운 표정으로 고개를 끄덕였다. 확실한 것은 아니지만 가능성이 아주 없는 것도 아니니까. 몇 가지 방법을 더 찾아보기는 해야 할 것 같지만 우선은 주월이나 카리안에게 자문을 구해봐야 되겠다고 생각하며 진현은 조용히 찻잔의 홍차를 한 모금 삼켰다. 홍차 특유의 알싸한 맛이 혀끝을 타고 맴돌았다. 묘하게도… 짙게.

　　　　　　＊　　　＊　　　＊

"큭……!"

단조로워 보이는 자수가 놓인 침대 하얀 시트 위에 아스타로테는 쓰러지고 말았다. 커다란 방에는 탁자와 몇 사람이 누워도 남을 것 같은 크기의 초대형 침대만이 있었다. 길게 늘어진 시트를 잡아뜯듯이 부여쥐며 아스타로테는 거친 숨을 몰아쉬었다. 몸이, 몸이 뜨거워서 견딜수가 없었다. 마치 가슴속에서 커다란 불덩어리가 굴러다니는 것 같은 느낌. 그의 가녀린 몸을 휘감고 있는 하얀 공단이 스륵거리는 소리를 내며 주인의 아픔을 대신 말해 주었다.

　귀에 걸린 귀고리를 손으로 빼내어 집어 던진 아스타로테는 천장을 바라보며 침대에 누웠다.

　찰강!

　작은 쇳소리가 나며 귀고리의 일부였던 수정과 자수정들이 사방에 떨어졌다. 발찌의 방울들이 요란한 소리를 내며 울렸고 그것은 그의 머리를 더욱더 아프게 만들었다.

　"으윽!"

　다시 한 번 새된 신음 소리를 흘리며 그는 몸을 돌려 침대에 엎드렸다. 뜨겁고… 숨을 쉬기가 힘들었다. 돌덩어리가 가슴 위에 올려진 것 같았다. 왜? 무엇 때문에……? 너무나도 큰 고통이었기에 그는 정신이 흐릿해지는 것을 느낄 정도였다.

　침대를 가리고 있는 투명한 흰 커튼을 걷으며 누군가가 기척도 없이 나타났다. 평소와 다름없이 조금 미소를 띤 그의 얼굴에는 항상 쓰고 있던 고글이 없었다. 칼 레드는 살짝 커튼을 걷으며 침대에 엎드려 있는 아스타로테를 내려다보았다.

　부옇게 변해 버린 시야를 가까스로 추스르며 아스타로테가 눈을 커다랗게 떴다. 창백하게 변해 버린 얼굴 위에 검은 흑단 같은 머리카락이 흘러내렸다.

　"너, 너… 대체 내 몸에 무슨……!"

　"이런 많이 고통스러우신가 보군요."

　뭐가 대수냐는 듯한 말투였다. 아스타로테는 순간 주먹을 쥐며 몸을 일으키려 했지만 이미 그의 몸은 고통으로 인해 주인의 제어를 떠난 지 오래였다. 칼 레드는 슬쩍 은회색 머리카락을 쓸어 넘긴 후에 팔짱

남겨진 자가 해야 할 일 185

을 끼며 고개를 조금 숙였다.

"너무 걱정 마십시오. 곧 고통은 사라질 것입니다. 원래 몸에 좋은 약이 입에 쓴 법 아니겠습니까?"

아스타로테는 이를 부드득 갈았다. 그리고 자신이 쳐서 바닥에 떨어뜨린 와인 병을 흘깃 쳐다보았다. 붉은 와인이 회색 빛 대리석 바닥에 끈적하게 묻어져 있었다. 투명한 유리 파편이 사방에 널려져 있었고 그것은 보는 이로 하여금 섬뜩하게 만들 정도로 예리했다. 지금이라도 저것들 중 하나를 들어 칼 레드의 목에 처넣고 싶은 심정이었다.

주먹을 굳게 쥐자 길게 손톱이 길어져 있었기 때문에 이내 손바닥은 피투성이가 되었다. 그는 그 손으로 다시 시트를 부여쥐었다. 그로데스크하게 번지는 핏자국을 보며 칼 레드는 살짝 혀를 찼다.

"너무 그리 화내지 마십시오. 다 당신을 위한 일이니까 말입니다."

그리 말하며 그는 생긋 웃었다. 아스타로테는 붉은 입술을 더 붉어질 정도로 세게 깨물며 소리쳤다. 반은 비명에 가까웠지만.

"너, 나한테… 무슨 약을, 약을 먹인 거냐! 큭, 아윽……."

당장에 기절을 해도 무방할 정도로 몸이 저려왔다. 헉 하는 짧은 신음 소리를 흘리며 아스타로테는 가슴의 옷깃을 부여잡았다. 찍 하고 옷이 약간 찢어질 정도로 휘어잡았지만 고통은 줄어들 생각을 하지 않았다. 타 들어가는 것 같다. 입속은 바짝바짝 마르고 머리는 누구 휘어치듯이 아파왔다. 심장은 불규칙하게 뛰기 시작했다. 쿵쿵거리는 자신의 심장 소리를 들으며 아스타로테는 몸을 숙였다. 이제는 완전히 탈진 상태가 되어버린 그를 칼 레드는 말없이 내려다보다가 조용히 침대의 한편에 앉았다.

아스타로테는 눈을 부릅뜨며 칼 레드에게 손을 뻗쳤다. 그러나 힘이 들어가 있지 않은 그의 손목을 칼 레드는 가볍게 잡아챌 수가 있었다. 그리고 천천히 손바닥에 입을 맞추며 중얼거리듯 말했다.

"당신은 내게 있어서 아주 중요한 카드입니다. 내 싸움에 가장 큰 변수가 될 사람이니까."

"너……!"

"당신의 힘이 필요할 때까지 조금 주무시고 계십시오. 내가 당신에게 준 약은 당신의 그 힘을 더욱더 키워줄 테니까. 그리고… 당신의 그 소중한 이와 싸울 때 아주 요긴하게 쓰일 것입니다."

잔잔한 미소는 마치 유수가 흘러가는 듯했다. 아무 일도 아니라는 듯, 별것 아니라는 듯……. 아스타로테는 점점 고통이 줄어들어 가는 것을 느꼈다. 그리고 그와 동시에 졸음이 쏟아져 왔다. 천천히 눈을 감으며 손을 떨구는 그를 칼 레드는 한참 동안 바라보았다. 하얗게 질린 얼굴 위에 맺힌 식은땀을 슬쩍 손으로 훔쳐내어 준 칼 레드는 천천히 자리에서 일어났다.

온통 회색의 방을 둘러보며 칼 레드는 다시 무심한 표정으로 돌아갔다. 아니, 입가에 걸쳐진 미소만은 변하지 않았지만 그것은 의식적인 무언가처럼 보일 정도로 싸늘했다. 새하얀 침대 위에 고요하게 잠이 든 아스타로테를 마지막으로 돌아보며 그는 소중한 것을 감추듯 하얗고 조금은 투명한 커튼을 쳐 내렸다.

탕탕.

조그마한 발자국 소리가 방을 가득 메우고 사라졌다. 깊은 잠에 빠진 아스타로테의 쌕쌕거리는 작은 숨소리만이 방 안을 떠돌았다.

남겨진 자가 해야 할 일 2

클레인 왕국에 있는 도시 곳곳에 걸렸던 흰색의 조기는 모두 내려졌다. 다카가 죽은 지 일주일이라는 시간이 지났으니 충분한 것이라고 생각되었다. 사람들 역시 일상으로 돌아갔다. 죽은 사람은 죽은 사람이다. 아무리 소중한 사람이 죽어도 다음날 밥 한 숟가락 뜨는 것은 어쩔 수 없듯이 제아무리 대단한 인물이 죽어도 세계는 돌아간다. 죽은 사람은 조금 비참할지 몰라도 그게 순리이니까. 다시 여름날의 그저 평화로운 하루가 시작되려 하고 있었다. 사람들은 자신의 일터로, 하루의 시작을 하기 위해 분주히 움직였다.

슬픔은 많이 가라앉았고 대신 원래 그 자리를 차지하던 활기가 사람들 사이에 퍼졌다. 그러나 그 활기의 틈 속에서도 잔뜩 인상을 찌푸린 채로 거리를 내려다보고 있는 사람이 한 명 있었다. 누가 보면 재수없게 왜 새벽부터 저런 표정을 짓느냐고 닦달할지도 모를 정도로 그의 인상은 말 그대로 뚱한 표정이었다.

일주일이다, 일주일. 그동안에 아스타로테의 행방에 대한 성과는 아무것도 없었다. 창틀을 톡톡 건드리는 그의 손가락에 점점 힘이 들어갔다. 주월이고 카리안이고 코빼기도 안 내비치고… 이것들을 만나기만 하면 요절을 내버린다고 속으로 다짐하는 진현이었다.

"…주름 생기겠어. 그 나이에 주름 생기면 골치 아프다, 진현."

새벽잠이 없는 아영이 옆에서 콕콕 쑤셔도 반응조차 하지 않았다. 이상하게 불안이 깃들었다. 현홍의… 현홍의 몸을 가지고 가버린 아스타로테의 신변에 뭔가 위험이라도 있는 것일까? 종종 온몸을 엄습하는 오한에 진현은 살짝 몸을 떨 정도였다.

무슨 일 있는 건가 하고 중얼거린 진현은 불안한 시선으로 다시 대로로 고개를 돌렸다. 새벽은 언제나 쓸쓸한 마음이 든다. 고즈넉한 분위기에 그 묘한 푸른색이 사람의 마음을 가라앉히는 것 같다. 이른 아침을 먹은 아영은 식사를 마친 지 한 시간도 채 되지 않아 간식으로 배를 불리고 있었다. 잘 구워진 쿠키를 한 입 베어 물며 불투명한 어조로 그녀가 말했다.

"나, 오늘 에이레이랑 키엘이랑 같이 목욕탕 갈 거야. 가도 되지?"

중얼중얼. 뭐라고 혼자서 중얼거리는지 진현의 귀에 그녀의 말이 들릴 턱이 없다. 정말이지 한 대 후려쳐 줄까 하다가 아무리 생각해도 현홍의 문제로 고민이 많은 사람을 그리 대하는 것은 조금 심한 것 같았다. 그런 생각하며 하며 아영은 씨익 웃으며 물컵에 담긴 물을 자신의 손가락에 조금 부었다. 멍하니 턱을 괸 채로 '어쩌지? 어쩌지? 어쩔까?' 등등의 말을 하는 진현의 얼굴에 탁 하고 손가락을 튀기자 그제야 화들짝 놀라며 고개를 돌렸다.

폴짝 뛰어 의자에서 일어난 아영은 방문을 향해 고양이처럼 살랑살랑 걸음을 옮겼다. 얼굴에 묻은 물방울들을 슥슥 닦아내며 진현이 미간을 찌푸렸다.

"윤아영, 너어……."

"정신 좀 차려. 차라리 그럴 시간에 좀 돌아다니는 게 어때? 너무 지나친 생각은 오히려 좋은 결과를 방해한다고."

혀를 살짝 내민 그녀는 손을 저어주곤 방을 나섰다. 멍하니 그녀의 뒷모습을 바라보던 진현은 피식 웃으며 의자 등받이에 몸을 기댔다. 그리고 작게 한숨을 내쉬었다. 청아한 하늘이 그를 위로해 주는 듯 반짝였다. 방에서 홀랑 빠져 나온 아영은 휘파람을 불며 복도를 걸어갔다. 그리고 천천히 걸음을 멈추었다. 미소를 짓던 입술도 조용히 굳게 다물어졌다. 홀에서의 북적거리는 소리에 아영은 눈을 깜빡였다.

자신은 웃어야 한다. 나까지, 나까지 울면 안 돼라고 중얼거렸지만 어느새 그녀의 갈색 눈동자에는 물기가 가득했다. 손등으로 슥슥 눈물을 훔친 그녀는 후우 하고 숨을 몰아쉬었다. 진현도 우혁이 오빠도 니드도… 다 심각하게 진지하니까 자신이라도 여유있게 보여야 한다고 생각한 것이다. 사실은 에오로가 웃어주었을 때 얼마나 기뻤는지 모른다. 그런 생각을 하는 것이 자신만이 아니라는 사실에. 그렇지만 다카가 죽은 그날…….

장례식이 끝난 후에 남몰래 방의 한구석에서 울고 있는 에오로를 발견했었다. 애써 꾹꾹 눌러서 울음소리를 최대한 죽이며 그는 울고 있었다. 현홍이 아스타로테에게 몸을 뺏겼을 때의 자신처럼. 그때의 생각이 다시 나버려서 아영은 조금 눈물이 맺히는 것을 느꼈다. 홍 하고 고개를 좌우로 도리질 친 아영은 후후 숨을 내쉬었다. 눈물을 흘린 자국을 감추려고 애쓰며 그녀는 다시 입가에 미소를 머금었다.

그리고 팔짝거리며 계단을 따라 내려갔다. 아영 역시 모르고 있는 것이 있었다. 에오오가 우는 모습을 훔쳐 보았을 때의 자신처럼 조용히 눈물 흘리는 자신의 모습을 남몰래 지켜본 사람이 있었다는 것을. 자신의 방에서 문을 열고 나오려다 그대로 멈춰 선 채로 우혁은 작게 한숨을 쉬며 고개를 저었다. 그런 그를 알 리가 없는 아영은 천천히 계단을 내려온 후 탁자에 앉아서 작은 가죽 가방에 무언가를 챙겨 넣고 있는 에이레이를 보며 손을 흔들었다.

"에이레이, 준비 다 했어?!"

환하게 웃으며 자신에게 다가오는 아영을 향해서 에이레이는 고개를 끄덕였다. 그녀의 작은 가방에는 목욕 용품들이 담겨 있었다. 목욕 용품이라고 해봤자 수건 몇 개와 비누, 그리고 욕탕에서 쓴다고 하는 오일과 향료 등이었다. 사실 여관의 지하에도 목욕탕은 있었지만 이 세계의 목욕 문화를 알고 싶다는 아영의 강력한 항의에 의해 애꿎은 에이레이가 끌려가게 된 것이었다. 그리고 더불어 키엘도.

키엘은 분명 남자애였지만 열 살 정도밖에 안 되었으니 상관없을 것 같았다. 무엇보다 인간이 아니니까. 하지만 키엘은 영 못마땅해하는 눈치였다. 의자에 앉아서 뚱한 표정으로 있는 것을 보니.

"왜 이리 뚱한 표정이야? 이 누나들이랑 가기 싫은 거냐?"

도리도리.

키엘은 고개를 살짝 저었다. 착하다는 듯이 손으로 키엘의 머리를 쓱쓱 쓰다듬어 준 아영은 기지개를 쭉 켜며 외쳤다.

"자, 가자! 좋은 하루를 위해서는 심신의 피로를 푸는 게 중요한 것 아니겠어?"

"네가 피곤할 일이 어디 있니?"

"어머, 에이레이도 참! 저번에 아스타로테에게 두들겨 맞은 상처가 아직도 쑤시다고. 뜨거운 물에 푹 담근 후에 지지고 싶다."

늙은이처럼 말하는 그녀를 보며 에이레이는 피식 웃었다. 대충 물건들을 챙겨 밖으로 나오니 이미 해는 상당히 높다란 곳에 걸려 있었다. 아아, 기분 좋은 아침이야라고 중얼거린 아영을 선두로 세 명은 시내 중심가 근처에 있는 공중 목욕탕으로 발길을 옮겼다. 에이레이의 손을 잡고 가는 키엘에게 사람들의 시선이 따갑게 쏟아졌다. 아마도 키엘이 목욕탕에 가기 싫어하는 이유가 이것인 모양이다.

까만색 귀를 쫑긋거리는 그를 향해 사람들은 수군거렸다.

"어머, 저것 좀 봐. 묘족猫族인가?"

"신기하네. 소문으로는 많이 들었지만 처음 봐. 예쁘게 생겼네. 얼마쯤 할까?"

아영은 그 소리를 듣고는 욱하며 한소리 하기 위해 주먹을 쥐었지만 그것을 말린 것은 다름 아닌 키엘이었다. 이제 익숙해요라고 말하는 표정. 그런 표정이 더 측은해 보여서 아영은 미안한 마음에 무릎을 구부려 앉아 키엘을 꼭 안아주었다.

"너도 인간의 말을 하면 편할 것 같은데… 그치?"

그렇게 되면 저런 말 따위를 하는 인간들한테 톡 쏘아줄 수도 있을 텐데. 즐겁게 얘기를 나눌 수도 있을 텐데. 말은 알아들으면서 인간의 말은 왜 못하는 걸까? 사람들의 시선을 받으면서 아영과 에이레이와 키엘은 목욕탕에 도착할 수가 있었다. 그리고 그 규모에 입을 쩍하니 벌렸다. 값을 치르고 여탕으로 들어가 보니 장난이 아니었다. 호화롭다고 할까? 대리석으로 만들어진 탕들이 열 개가 넘었고 각각 구조도 모양도 달랐다. 키엘은 얼굴이 벌겋게 된 채로 이리저리 도망다니다가 아영에게 붙잡혀 결국 옷을 벗어야 했다.

꼬마 녀석 주제에 뭐가 부끄럽다는 거야! 라고 소리치면서 아영은 당당하게 키엘의 옷을 벗겼다. 그래도 부끄러운 것은 어쩔 수 없는지라 수건 하나로 하반신을 가린 키엘을 발가락을 꼼지락거리면서 구석에 서 있었다. 어머니를 따라온 사내아이도 많이 보였다. 열쇠가 마련된 개인용 사물함에 물건을 넣고 아영은 몸을 부르르 떨었다. 큰 수건으로 몸을 가린 후에 아영과 에이레이는 키엘을 두 손에 번쩍 들고 탕으로 향했다.

"꺅꺅, 장미탕인가 봐! 장미 향기 죽인다!"

"술탕? 목욕물에 술을 넣었나 봐."

역시 여자인가 보다. 아영은 말할 것도 없이 에이레이조차도 연신 어머, 어머를 외치며 주위를 돌아다녔다. 한 국가의 수도에 있는 공중목욕탕 같다는 소리를 할 법했다. 그렇지만 확실히 목욕탕에 들어올 때 한 명당 값이 비싸서 그런지 생각보다 사람은 많지 않았다. 마치 큰 온천 같다는 생각이 들 정도였다. 이런 물을 다 어디서 퍼 오는 것인지 생각하다가 아영은 곧 수도 옆으로 흐르는 피니스 비 라임을 떠올렸.

그런 커다란 강이 있으니 이 정도쯤이야. 수천 개의 장미 잎이 떠다니는 장미탕에 몸을 담그며 아영은 하아 하고 기분 좋은 한숨을 쉬었다. 그렇지만 키엘은 인상을 쓰면 탕에 들어올 생각을 하지 않았다.

"이 녀석! 네가 고양이냐, 물을 싫어하게! 어서 들어오지 못해!"

"…묘족이니까 고양이가 맞겠지."

물을 첨벙첨벙 튀기면서 탕에 들어가기 싫어 발악을 하는 키엘을 향해 아영은 '안 들어오면 수건 벗겨 버린다' 등의 협박을 해서 겨우 탕 안으로 들어오게 할 수가 있었다. 그럼에도 불구하고 키엘은 귀를 한껏 뒤로 젖힌 채 바들바들 떨며 당장이라도 탕 밖으로 뛰쳐나갈 분위기를 연출해 냈다. 그러나 아영의 키엘의 수건 끝자락을 잡으면서 나가면 벗겨진다라는 표정을 지어 보였다. 수건을 차곡차곡 접어서 머리 위에 얹은 에이레이는 숨을 내쉬면서 눈을 감았다.

"아아, 정말로 좋다."
"그치? 오길 잘했지?"
"응, 정말로 좋다."

장미 잎을 띄워놓아서 탕 안 가득히 수증기와 함께 퍼져 나오는 장미 향기가 코를 자극했다. 멋진데라고 중얼거리며 에이레이는 다른 탕으로 들어가기 위해 몸을 일으켰다. 그와 동시에 아영도 키엘을 허리에 끼고 일어났다. 몸은 여리여리해도 팔 힘이 장난이 아니었으니까 키엘 정도의 소년을 드는 것은 장난도 아니라는 투였다.

탕은 모두 십여 개가 넘었다. 대리석을 깎아서 만든 크고 작은 탕은 정말로 멋졌고 그녀들을 반하게 하기에 충분했다. 물에 와인을 넣은 술탕, 장미를 띄운 장미탕, 증기탕, 물을 폭포처럼 위에서 떨어지게 만들어 안마 효과도 노릴 수가 있는 폭포탕 등. 한 번씩 다 들어가 본 그녀들과 키엘은 결국 지쳐서 탕 밖에 마련된 휴식의 홀로 나오게 되었다. 축 퍼져서 바닥에 대자로 엎어지는 키엘을 옆에 두고 아영과 에이레이는 여자들 특유의 수다를 떨기 시작했다.

수다란 바로 여자들의 생명! 스트레스 해소의 가장 큰 견인차 역할을 하는 그것! 바로 그 사실을 증명이라도 하듯 두 사람은 탕 안에 파는 시원한 음료와 먹거리를 옆에 두고 떠들었다. 쉬는 사람을 위해서 목욕탕에서는 가운까지 대여해 주고 있었다.

"정말이지 진작에 이런 곳이 있다는 걸 알았더라면 좋았을 것을.

그치?"

"맞아, 앞으로는 자주 좀 애용해야겠어."

보통 사내들이 20분에서 30분이면 다 끝내는 목욕을 여자들은 본전을 뽑는지 어쩌는지 두 시간이 넘게 걸리는 것이 현실이다. 그런 그녀들에게 끌려 다녔으니 아무리 묘족인 키엘이라고 해도 체력이 달리는 것은 어쩔 수 없는 일. 수분을 몽땅 빼앗겼다는 것처럼 키엘은 조용히 음료만을 축냈다. 결국 그녀들이 목욕탕을 나선 것은 목욕탕에 발을 들이민 지 세 시간이 훌쩍 넘어서였다. 뽀송뽀송해진 얼굴을 쓰다듬으며 아영은 흐뭇한 미소를 머금었다.

이미 시간은 정오를 향해 달려가고 있는 중이었다. 물기 가득한 머리를 위로 틀어 올려 비녀처럼 생긴 핀을 몇 개 꽂은 에이레이가 뒤를 돌아보며 말했다.

"이제 어쩌지? 여관으로 돌아갈까?"

아영은 곰곰이 생각하는 듯 턱을 괴며 중얼거렸다.

"글쎄, 너무 심심해. 매일 하는 일도 없고⋯ 에오로나 셀로브처럼 일하는데 돕는 것도 아니고. 그러고 보니 셀로브는 에오로를 도와서 복구 작업 한다면서? 별일이다, 야."

"뭐, 능력이 좋으니까. 셀로브가 마족이라는 것은 카이트밖에 모르지만 생각 외로 사람들이랑도 잘 어울리던데."

"맞다, 맞다! 꽤 잘 어울리던걸. 으음⋯ 여기에 익숙해지나 봐."

"하지만 어차피 마계로, 어머니에게로 돌아가야 하는 몸일 텐데."

작게 소곤거리는 목소리로 말하는 에이레이를 보며 아영은 으음, 하고 고개를 갸웃거렸다. 이건 또 무슨 패턴이신가? 혹시나 에이레이도 진현 대신에 셀로브를 좋아하기로 마음먹은 것인가? 그러면 재미없는데 하고 셀로브가 들으면 눈을 치켜뜰 생각을 하며 아영은 어깨를 으쓱거렸다. 두 사람이 천천히 걸어가자 키엘 역시 비틀거리며 그녀들을 따랐다.

그렇게 한참을 걸어갔을까, 웅성거리는 사람들의 소리가 들려 그들은 발을 멈추어 섰다. 사람들이 잔뜩 모여 있었고 틈틈이 무언가가 보였다. 아영은 사람들을 비집고 안으로 들어가기에 이르렀다. 에이레이가 조금 말렸지만 아영의 호기심을 누가 당하겠는가. 여성이든 남성이든 수십 명의 사람들이 몰려 있었기 때문에 비집고 들어가는 게 말처럼 쉽지는 않았다.

한참 끙끙거리면서 안으로 들어간 아영은 눈을 동그랗게 떴다가 다시 미간을 꽉 찌푸렸다. 어느 틈엔가 에이레이와 키엘도 자신의 옆에 와 서 있었다. 무슨 일이야라고 작게 물어보는 에이레이에게 아영이 손가락으로 한 사내를 가리켰다.

그 언젠가 유니콘의 숲으로 향하던 중에 보았던 사내였다. 출렁이는 뱃살을 보면서 아영은 밥맛이 떨어진다는 표정을 지었다. 검게 탄 얼굴에다가 덩치는 일반인의 두 배는 되어 보였다. 코에 길러진 콧수염을 슬쩍 매만지며 사내는 느글거리는 미소를 지었다(아영은 웩 하면서 고개를 돌렸다). 그의 옆으로는 건장한 사내들이 대여섯 명 도열해 있었고 하나같이 등과 허리에 칼을 차고 있었다. 그때 마차 안에서 보았던 여자들은 보이지 않았다.

대략 사십 대에서 오십 대로 보이는 그 사내는 느끼한 얼굴로 자신의 통실—을 넘어서서 돼지가 형님 할 정도의 크기였다—한 배를 쓰다듬으며 입을 열었다.

"이제 좀 주인을 알아모시겠지?"

목소리도 느끼해. 외모에서부터 용서가 안 되는데 하물며 목소리까지 나빠서야! 미인을 좋아하는 것은 모든 사람들의 공통된 본능! 아영은 고개를 절레절레 흔들며 혀를 찼다. 뒤에 서 있는 사람들 때문에 약간 구부정하게 허리를 숙이고 있던 그녀의 눈에 문득 무언가가 비쳤다. 돼지들의 보스 정도는 될 것 같은 사내의 발치에 뒹구는 흰색의 무언가.

꿈틀거리는 것을 보니 살아 있는 생명체로구만. 아영은 눈을 비비며 다시 한 번 보았다. 흙먼지가 가득 묻었지만 아름다운 금발, 말 그대로 허니 블론드라고 부르는 그것을 어깨까지 늘어뜨리고 있는 남자였다. 진현이나 현홍 같은 사람들이 주위에 원체 많아서 잘생겼다라는 평가를 내리는 데 조금 짠 아영도 쌍수를 들고 환영할 만한 미남이었다.

하지만 입술이 터져서 피가 흐르고 있었고 뺨은 발갛게 부어오르는 중이었다. 아마도 뺨을 맞았나 보다. 저 사내의 솥뚜껑만한 손에 맞았다면 정말로 아팠을 거다. 하지만 눈빛만은 살아 있었다. 다크 블루, 조금은 어둡지만 아름다운 파란색의 눈빛이 차갑게 반짝였다. 그는 사나운 눈길로 사내를 노려보았다. 무슨 일일까? 아영은 궁금함을 참지 못하고 근처에 있는 한 아주머니에게 슬그머니 다가가 말을 건넸다.

"저기, 죄송한데… 대체 무슨 일이죠?"

아주머니는 살짝 아영을 곁눈질로 쳐다보더니 여자 특유의 본능인 수다가 살아나서인지 순순히 대답해 주었다. 입을 손으로 가리고 소곤소곤하는 목소리였지만.

"저기 서 있는 검은 피부의 덩치가 커다란 남자가 이 근방에서 유명한 상인이죠. 여러 가지 많은 것을 다루는 모양인데 특히 노예 상인으로서의 주가가 높데요 글쎄. 이름이 뭐더라? 이잔이라던가?"

"노예요?"

"아이고, 아가씨. 목소리 좀 낮춰요. 저자한테 잘못 걸리면 어중간

한 귀족도 뼈를 못 추린다우. 예쁘다 하는 것은 몽땅 잡아다가 팔아요. 땅에 주저앉아 있는 엘프Elf 사내도 노예인데 이번에 도망을 쳤다가 잡혔어요. 그래서 저 꼴이죠."

"아, 예……."

엘프라… 그래서 저렇게 예뻤구나. 대충 이해가 간다는 듯이 고개를 끄덕인 아영이었다. 노예 상인이라니, 정말로 싫다. 생김새도 마음에 안 드는데 직업마저 저 모양이라니. 잘생긴 노예 상인은 세상에 없는 거야라고 뜻 모를 소리를 중얼거린 아영은 별로 신경치 않기로 마음먹었다. 어차피 저 사람은 저 사람 인생이 있는 거고… 저 노예라는 엘프도 조금 안됐기는 하지만 다 자기 팔자 아니겠는가. 조금 볼을 불쑥거린 후에 아영은 에이레이의 팔을 끌어당겼다.

금발 사이로 삐죽이 솟은 귀가 눈길을 끌었다. 하지만 아영은 조금 혀를 차준 뒤에 몇 발자국 뒤로 물러났다. 그때 엘프 사내가 입을 열어 외쳤다.

"왜 숲에서 평화롭게 사는 우리들을 잡아다가 괴롭히는가, 인간! 너희 놈들은… 대체!"

"아직 매가 덜 했나?"

이잔이라는 이름의 노예 상인은 깃털이 달린 부채로 입을 가리며 슬쩍 곁눈질을 했다. 그러자 그의 옆에 서 있던 사내들 중 하나가 나와 손에 들고 있던 말채찍 비슷한 것을 휘둘렀다.

촤악! 촤악!

가죽으로 만들어진 채찍이 엘프 사내의 하얀 살결을 유린했다. 으윽 하고 작은 신음 소리를 흘리며 다시 그가 땅 위에 몸을 숙이며 엎어졌다. 채찍이 스치고 지나간 자리에는 빨갛게 줄이 그어져 흉하게 보였다. 그 모습을 보며 아낙네들은 에그머니 하며 눈을 가리고 뒤로 물러났다. 아영은 조금 눈살을 찌푸렸다. 에이레이가 입술을 깨물며 고개를 저었다. 그녀가 살던 카르틴 제국에서는 노예를 금지하고 있지만 변방에서는 알게 모르게 유통되는 것이 노예였다. 폐단이었지만… 어쩔 수가 없는 것들 중 하나임에는 분명했다.

에이레이의 손을 붙잡고 있는 키엘의 눈빛이 살짝 흔들렸다. 예전의 자신이 생각나서였을까. 조금 이를 드러낸 키엘이 에이레이의 손을 놓았다.

촤―악!

"어!?"

동물을 치듯이 채찍을 놀리던 사내가 흠칫하며 한 발자국 뒤로 물러섰다. 그것은 이잔도 마찬가지였다. 검은 말가죽 채찍은 어느새 키엘의 손에 잡혀 있었다. 뭐 하는 짓이야, 저 녀석! 하고 짧게 비명을 토한 아영이 눈을 동그랗게 떴다. 키엘은 묘족이다. 인간보다 힘이 강한 것은 당연한 것. 가볍게 채찍을 손에 휘감으며 키엘은 그것을 휙 하니 잡아당겼다. 어어, 하며 작은 탄성을 지르며 채찍을 쥔 사내는 그것을 놓을 수밖에 없었다.

키엘은 땅바닥에 채찍을 내치고 사나운 눈길로 사내들을 매섭게 노려보았다. 머리 위에 달린 두 개의 귀가 파르르 떨리며 경고하는 듯 움직였다. 작지만 물리면 꽤 아플 것 같은 송곳니에 사내들은 움찔하며 검의 손잡이를 부여잡았지만 이잔은 흐음 하고 느끼한 시선으로 키엘을 위아래로 훑어보았다. 으르렁거리는 키엘을 보며 이잔은 흥미롭다는 시선을 한 채 말했다.

"묘족인가? 호오, 오랜만에 보는군. 역시나 예쁘게 생겼어."

억! 큰일이다. 아영은 그렇게 생각했다. 예쁜 것이라면 뭐든 사고 판다고? 그렇다면 키엘 역시 예외가 되지 않잖아! 에이레이가 어쩔까 하고 두리번거리는 동안 아영은 후닥닥 키엘 쪽으로 달려나갔다. 그리고 에이레이도 황급하게 그녀의 뒤를 따라나섰다. 순식간에 여자 두 명이 다시 나오자 사내들은 고개를 갸우뚱거렸다. 그러나 이잔은 음흉한 시선으로 아영과 에이레이를 보았다. 새까맣고 커다란 바퀴벌레가 날개를 파닥거리며 나는 것보다 더 징그러워! 아영은 그렇게 외쳐 주고 싶었다.

"너희들이 이 묘족의 주인인가 보군. 그래, 얼마에 주고 샀지?"

"무, 무슨 소리야!"

못생긴 인간에게 높임말을 써줄 가치 따위는 없다는 것이 아영의 주의. 인상을 쓰면서 아영이 외치자 이잔이라는 사내는 자신의 품에 있는 금화 몇 개를 보여주면서 다시 말했다.

"잘 알면서 무슨. 저 묘족을 나한테 파는 게 어때? 후하게 쳐주지. 50골드? 100골드?"

에이레이는 발끈하며 허리춤에 차인 단검에 손을 가져갔다. 노예를 사고 파는 것도 역겨워 죽겠는데 뭐가 어째? 키엘은 당장에라도 뛰어들어 모가지를 물어뜯어 버리고 싶은 기색이었다. 하지만 이잔의 뒤에 서 있는 사내들이 험악한 분위기를 내며 앞으로 걸어왔고 아영은 이를 바득바득 갈면서 소리쳤다.

"누가 주인이라는 거야! 이 아이는 우리 친구야! 동료라고!"

하지만 그녀의 말에 이잔은 소리를 높여 웃으며 부채질을 할 뿐이었다.

"곱게 돈 주고 산다고 할 때 파는 게 좋을 거야. 묘족 따위가 동료라니… 천한 것들끼리 어울리는 건가? 호오, 그러고 보니 너희 둘도 꽤나 매력적인데, 어때냐? 나한테 하룻밤만 안기면 이 금화들을 줄 수 있는데."

듣자 듣자 하니까! 에이레이가 사납게 단검 하나를 뽑아 들자 사내들 역시 검을 쥐고 자세를 잡았다. 주위를 둘러싸고 있는 사람들이 와아 하며 순식간에 어느 정도 거리를 넓혔다. 하지만 이잔은 그런 에이레이를 위아래로 훑어보며 더욱 흥미롭다는 투로 말했다.

"어쩐지 몸이 좀 탄탄해 보인다 했더니 검을 좀 다루나? 큭큭, 더 마음에 드는구만. 너무 순종적인 여자는 매력이 없지. 오늘밤은 즐겁겠는걸."

이건 노예 상인 중에서 최악이다. 에이레이는 그리 생각하며 고개를 저었다. 지금 이곳에 있는 저놈들 정도는 우습게 해치울 수 있지만… 나중이 조금 걱정되었다. 일이 귀찮아지는 것은 막아야겠는걸이라고 중얼거린 그녀는 오랜만에 암살자 특유의 싸늘한 미소를 머금었다. 그러나 그녀가 검을 휘두를 일은 생기지 않았다. 에이레이의 옆에 서서 부들부들 몸을 떨고 있는 아영의 주위로 촤아악 하는 소리와 함께 돌풍이 불었다.

어라? 하고 황급히 키엘과 땅에 쓰러져 있는 엘프 청년을 부축하여 뒤로 물러난 에이레이는 역시 상황 파악이 잘 되는 여성이었다. 아영은 잔뜩 화가 난 얼굴이 되어 있었다. 정말로 머리 뚜껑이 열린 것처럼 눈을 부릅뜨고 주먹을 굳게 쥐고 있는 그녀의 얼굴은 검을 든 사내들도 움찔하게 만들 정도였다. 화악 하고 피어 오르는 먼지구름이 있었지만 아영에게는 티끌 하나 묻지 않았다. 그녀의 주위에 작은 돌풍들이 불기 시작하자 이잔은 조금 당황하는 눈치였다.

이를 부드득 간 아영이 낮게 외쳤다.

"쓰레기 같아! 그 따위 말을 감히… 내 앞에 담아!?"

콰우웅!

거대한 태풍이 불 때처럼 아영의 주위에 불던 바람은 순식간에 거대해졌다. 사내들은 검을 하나둘씩 떨구고 주춤주춤 뒤로 도망갈 준비를 마치고 있었다. 그러나 인간이 바람보다 빠를 수는 없는 것. 잠시 후 주위에서 구경을 하던 사람들은 골목의 한 켠에 마련된 커다란 쓰레기통에 몸을 처박은 사내들을 구경하게 되었다.

손을 탁탁 털면서 흥 하고 콧방귀를 뀐 아영이 자신들에게로 다가왔을 때 에이레이가 황당한 어투로 말했다.

"…너무 심한 것 아닐까?"

"흥! 쓰레기는 쓰레기통에! 당연한 거 아냐?"

"…그렇긴 하지만."

피식 하고 웃어넘긴 에이레이는 단검을 혁대에 꽂았다. 키엘에게 몸을 부축당하고 있던 엘프 청년이 그런 아영을 이상하다는 듯이 쳐다보았다. 정령들이 너무나도 친근하게 느껴졌기에 그는 아영이 순간 엘프가 아닐까 생각될 정도였다. 물론 외모나 성격으로 봐서는… 전혀 아닐 것 같았지만. 엘프 청년이 자신을 바라보자 아영이 피식 웃으며 손사래를 쳤다.

"댁 때문에 도와준 것 아니니까 너무 그런 눈으로 보지 마요. 우리 키엘을 모욕해서 그런 것이니까."

그녀는 그리 말하며 키엘의 뺨을 살짝 잡아당겼다. 키엘은 그녀의 허리를 껴안으며 부비적거렸다. 가까이서 보니 확실히 더 미남이었다. 엘프 족 특유의 긴 귀가 갸름하고 하얀 얼굴 옆에 자리 잡아 있었다. 만화나 소설책에 나오는 그대로의 모습이었다. 헤에 하고 눈이 즐거워져서 절로 기분이 좋아진 아영이 그에게 손을 흔들었다.

"어쨌거나 이렇게 된 것이니 잘 가요."

"응?"

"가라고요. 살던 곳으로 안 돌아갈 거예요?"

쉬이, 쉬이 하고 마치 개나 닭을 내쫓듯이 손을 휘젓는 아영을 보며 그는 약간 미간을 좁혔다.

"혼, 혼자서는 못 가."

이건 또 무슨 소리인가. 혹시 구해주기까지 했는데 보따리 내놓으라는 식? 아영과 에이레이가 인상을 쓰자 청년은 살짝 얼굴을 붉혔다. 오오, 하얀 얼굴이라서 표시가 잘 나네. 신기해서 갸웃거리며 아영이 자신의 얼굴을 살펴보자 엘프는 더 더욱 얼굴을 붉혔다. 그리고 아까 채찍에 맞은 팔을 문지르며 작은 목소리로 말했다.

"내… 여동생이 잡혀 있어."

무슨 놈의 엘프가 인간한테도 지냐? 아영은 그리 묻고 싶었다. 그리고 솔직하게 그대로 말하는 성격을 가진 그녀는 단도직입적으로 물었다.

"뭐예요? 엘프라면 당연히 마법도 잘 쓰고 빠르고 인간보다 강해야 하는 것 아니에요?!"

"…그놈들에게 잡혔을 당시 나와 내 동생은 어린 엘프였어. 엘프는 더디게 배워. 시간이라는 것에 구속을 받지 않으니까. 숲에서, 잠시 숲에서 나와 인간 세상을 구경했을 때 잡혔지. 저런… 저런 인간이 있을 줄은 몰랐어."

그는 침울한 듯이 고개를 숙였다. 귀찮게 되었는걸 하고 중얼거린 것은 에이레이였다. 키엘은 끄응 하며 작은 신음 소리를 내뱉고는 아영의 허리를 휘감은 팔을 풀었다. 어떻게 할까? 일이 귀찮게 꼬였다가는 진현과 우혁에게 무슨 잔소리를 들을지 모를 일이었다. 으음 하고 작게 목소리를 흘리며 아영은 손가락으로 입술을 잡아당겼다.

"귀찮게 됐다. 우선 이름이 뭐예요?"

엘프 청년은 고개를 갸웃거리다가 내키지 않는다는 얼굴로 입술을 움직였다.
"…바이스, 바이스라고 해."
"으음, 그래요? 알았어요. 그런데 용케 다른 사람에게 안 팔려갔네요."
바이스라고 자신을 밝힌 청년은 입술을 깨물며 주먹을 쥐었다가 폈다 반복했다. 그리고는 우울한 얼굴이 되어버렸다.
"다른 엘프들에게 인간들에 대해 들었었지. 특히 인간 사내들에 대해서… 성욕이 왕성하고 아무 여자와 행위를 할 수 있는 그들에 대해. 나는… 나는 남자지만 이잔의 마음에 들어서 하루하루 사는 게 아닌 것처럼 살고 있어 팔려가진 않았지. 하지만 저 인간은… 똑같아! 인간 남자들은!"
화악, 에이레이의 얼굴이 붉어졌다. 그러나 아영은 눈을 말똥말똥하게 뜨고는 바이스를 응시했다. 바이스는 주먹을 부르르 떨면서 외쳤다.
"내 여동생은 이미 어떤 귀족 인간에게 팔렸어! 하루하루 어떻게 지내고 있는지… 보고 있지 않아도 상상이 가! 그 가녀린 아이가, 그래! 아이가… 무슨 잘못이 있다고."
얼굴이 붉어져 당근처럼 되어버린 에이레이와는 반대로 아영은 별로 개의치 않는 눈치였다. 성교육은 확실하게 받았으니까 말이다. 항상 학교에서 비디오를 틀어줄 때 얼마나 초롱초롱하게 눈을 뜨고 보았던가. 고개를 까닥이며 아영은 팔짱을 꼈다.
"으음, 확실히 사내들이라는 것은 본성이 늑대지. 이성보다는 본능이 앞선다고 할까……. 뭐, 어쩔 수 없네. 이왕 발을 들이민 것 끝까지 도와줘 볼까?"
바이스의 얼굴이 순간 환하게 변했다. 그러나 에이레이는 조금 걱정스러운 얼굴이 되어 아영의 팔을 붙잡았다.

"괜찮겠어? 그러다가… 혹시나 잘못되면."

그녀의 말에 바이스는 잠깐 움찔했다가 시무룩한 표정을 지으며 아영을 보았다. 괜찮으니까 안 도와줘도 된다는 말을 안 하는 것을 보니 엘프는 생각보다 뻔뻔한 구석이 있는가 보다. 키엘 역시 걱정스러운 표정이 되어 바이스와 아영을 번갈아 바라보았다. 하지만 아영은 호호훗 하고 목소리를 높여 웃으면서 외쳤다.

"걱정 마, 걱정 마. 진현이 들었어도 도와줬을 거야. 여성이라는 단어만 들어가면 물불을 안 가리니까. 내가 대신 도와주는 것이라고 하면 되지 뭐. 그런데 에이레이랑 키엘은 어쩔래?"

에이레이는 잠시 고민하는 표정이 되다가 별수없다는 듯이 체념한 어투로 말했다.

"어쩔 수 없지. 방금 그 노예 상인… 그런 타입은 확실하게 해두지 않으면 계속 달라붙을 타입이니까."

키엘은 씨익 웃으며 고개를 끄덕이곤 엄지손가락을 번쩍 세웠다. 아영은 손등으로 입술을 훔치며 중얼거렸다.

"스읍, 오랜만에 몸 좀 풀겠는걸. 우후후훗. 감히 못생긴 주제에 세상의 보배인 미인을 괴롭히다니, 그럼 쓰나. 미인은 국가의 재산이자 신의 축복이라고."

어딘가 핀트가 어긋난 듯했지만 아영은 오랜만에 그녀 특유의 사악한―어딘지 모르게 상당히 잘 어울렸다―미소를 지으며 눈을 반짝였다. 잘못해서 우혁이나 진현에게 걸리면 잔소리가 바가지일 것이라는 생각은 나중으로 미루어두자.

　　　　　＊　　　＊　　　＊

　진현은 슬쩍 고개를 돌려 창밖을 돌아보았다. 어찌 된 일인지 목욕탕에 간다는 두 여성은 돌아올 생각을 하지 않는다. 혹시나 물에 빠져서 익사 직전까지 가거나 한 것은 아니겠지 하고 조금은 그답지 않은 생각을 하며 진현은 홍차를 호록 마셨다. 정오가 다 되어서 에오로와 셀로브가 땀에 쩔어 여관의 홀로 들어섰다. 비틀거리는 두 사람을 보며 진현은 안쓰럽다는 듯 말했다.

　"밖 많이 덥지?"

　셀로브는 한가롭게 차나 마시고 앉아 있는 진현을 내려다보며 눈매를 꿈틀거렸다.

　"그래. 많이! 덥다! 왜!?"

　꽤나 심통이 났는지 주먹을 부르르 떨며 외치는 그를 슬쩍 올려다본 진현은 다시 45도 각도로 고개를 돌렸다. 눈빛을 보니 잘못 말했다가는 어찌 맞아도 얻어맞을 것 같다. 다시 한 번 호록 하고 차를—그것도 이 여름에 뜨거운 홍차라니—마신 후에 고개를 저으며 유려한 태도로 한숨까지 내쉬었다.

　"아니, 쉬라고……."

　"으드득!"

　뭔가 갈리는 소리가 셀로브의 입에서 청아하게 울려 퍼졌다. 이 무더운 여름에 막노동이라고 할 수 있는 복구 작업에 투입이 되었으니 힘들지 않으면 그게 더 이상한 일. 비록 셀로브가 마족이라 힘은 좋다고 할 수 있지만 반대로 여름날의 햇빛에 인간보다 더욱 힘이 들 수밖에 없으니… 여러 가지 상황을 봐서 보통 인간과 다를 바가 없다는 결론이 나온다. 거의 녹다운이 되어버려서 테이블 위에 엎드린 에오로의 옆으로 그가 안쓰러웠던지 부채를 들고 와 부쳐 주는 하인들이 있었다.

하녀들은 얼른 시원하게 갈아서 만든 오렌지 주스에다가 마법사들만이 만들 수 있으므로 비싼 얼음까지 몇 개 동동 띄워서 가지고 나왔다. 셀로브는 하녀 한 명이 주춤주춤 건네는 그것을 단숨에 마셔 버린 후에 탕, 소리나게 테이블에 내려놓았다. 진현과 함께 체스를 두던 폴린은 식은땀을 흘리며 셀로브의 안색을 살펴야 했다. 잘못하면 고래—바다에 산다는 몬스터Monster—싸움에 새우 등이 터진다고 하지 않았던가.

셀로브는 원래의 안색이 다른 사람보다 창백하므로 여름 햇살에 탈 염려가 없었지만 에오로는 그렇지 못했다. 그는 더워서 팔을 걷고 일하다가 햇빛에 그을려 버린 팔을 진현에게 보이며 울먹였다.

"엉엉, 이것 좀 봐요. 다 탔다고요. 그리고 따끔거려요."

진현은 찻잔을 내려놓으며 에오로의 팔을 살펴보았다.

"이런, 약한 화상이로군요. 찬 얼음이나 물로 찜질을 하면 가라앉을 겁니다. 폴린 씨, 얼음을 조금 준비해 주시겠습니까?"

"아, 예. 예!"

폴린은 고개를 끄덕이며 하인 몇 명과 함께 부엌으로 향했다. 진현은 에오로의 팔 소매를 걷어 올리며 사근사근하게 말을 이었다.

"아무리 덥더라 하더라도 긴 팔을 입고 일을 하십시오. 모자는 꼭 쓰시고 목덜미 같은 곳은 수건으로 감싸시는 게 좋습니다. 화상이 심해지면 물집이 일어나고 붓고 아플 수가 있으니 주의하시고 꼬박꼬박 수분을 보충하셔야 탈수 현상이 일어나지 않습니다. 그리고 오늘은 목욕을 하실 때 티 트리Tea Tree라는 허브를 목욕물에 띄우고 하십시오."

"허브요?"

"예. 티 트리는 일광에 의한 화상에 좋습니다."

고개를 끄덕인 에오로는 피식 웃으며 진현을 바라보았다. 왜 그러십니까 하고 묻는 그에게 에오로는 머리를 긁적이며 대답했다.

"진현을 보고 있으면 스승님이 생각나서요."

"흐음."

진현은 별다른 말 없이 고개를 끄덕였고 셀로브와 주위 사람들 역시 입을 다물었다. 분위기가 조금 무거워진 것을 느끼며 에오로는 가만히 고개를 숙였다. 더 말을 했다가는 무슨 일이 벌어질지도 모른다. 벌써부터 여관의 하녀들은 눈물이 그렁그렁해진 얼굴로 자신을 내려다보고 있으니까. 잠시 후 폴린이 하인들과 얼음을 한 무더기로 가지고 오자 진현은 하녀 한 명에게 큰 수건을 부탁했다. 그녀가 가지고 온 수건에 얼음들을 담아서 수건을 묶은 진현은 에오로의 팔에 그것을 갖다 댔다.

차가워라고 작게 중얼거린 에오로의 팔에 얼음이 담긴 수건을 놓아준 후에 진현은 자리에서 일어났다.

"어디 나가려고?"

조금 전부터 오렌지 주스를 세 잔째 축내고 있던 셀로브가 그렇게 물어왔다. 진현은 생긋 웃으며 답했다.

"잠시만 나갔다가 올게. 그리고 에이레이 양과 아영, 키엘은 목욕탕에 갔으니까 너무 걱정 말고 기다려."

"목욕탕? 여기에도 있잖아."

"글쎄. 나도 잘은 모르겠지만 중심가 근처의 공중 목욕탕에 갔어."

셀로브는 건성으로 알았다고 대답한 후에 고개를 갸웃거렸다. 목욕탕은 이 여관 지하에도 제법 시설 좋은 곳이 있는데 왜 갔을까 하는 생각을 했다. 남자는 여성의 생각을 평생 가도 모른다는 말이 헛되이 있는 것이 아니다. 그런 그를 내버려 두고 진현은 여관을 나섰다. 진현은 이미 이 도시에서 꽤나 유명인이었다. 우선은 다카 다이너스티의 제자 에오로의 동료라는 점에서 나이 많은 어른들께 유명했고, 엄청나게 좋은 말을 타고 다님으로써 사내들에게 유명했으며 흑발의 미남이라는 것 때문에 수도의 귀부인들과 여성들에게 유명했다.

그리고 이미 꽤나 많은 여성들을 알아두었는지 진현은 거리를 걸으면서 연신 고개를 숙여 인사를 해댔다.

"아, 미즈Ms 카탈리나. 오랜만입니다. 그간 잘 지내셨는지요? 따님이신 카트린 양께서도 잘 지내셨고요? 미즈 메리, 오늘은 평소보다 더 화사하게 보이시는군요. 하하, 저번에 가져다 주신 마멀레이드 쿠키는 잘 먹었습니다. 멋진 음식 솜씨셨어요. 아, 예. 날씨가 좋지요, 미즈 노라. 다음에 초대해 주신다면 기꺼이… 예? 하하, 파티요? 기회가 되면 찾아뵙겠습니다."

…기타 등등, 기타 등등. 멍하게 넋을 놓은 채 자신을 바라보며 침을 흘리는 여성들을 뒤로하며 진현은 다시 한 번 화사하게 미소를 지어주는 것을 잊지 않았다. 그것으로 종결. 여성들은 이미 진현의 미소에 빠져들어 허우적거리고 있었고 진현은 속으로 이번 달 가계가 편안해지겠는걸이라고 생각했다. 자고로 여성을 자기 편으로 만들어두면 무슨 일이든 다 잘 풀리기 마련. 저녁을 사 먹을 이유도, 필요도 없다. 저녁 시간만 되면 째깍째깍 쿠키며 스튜며 케이크며 만들어 오니까.

참으로 괘씸한 생각이 아닐래야 아닐 수 없지만… 원래 세상이란 이런 것. 예쁘고 잘생긴 사람은 무슨 짓을 하든 용서가 되는 것이다! 사람을 홀릴 만한 미모를 내려주신 부모님께 속으로 감사하며 진현은 가볍게 발걸음을 옮겼다. 그가 걷고 있는 방향은 언제나 여관을 떠나면 들르는 그곳. 수도의 도둑 길드의 본거지가 있는 펍이었다. 목욕탕에 가서 본전을 뽑고 오시는 아가씨들이 오면 저녁으로 무엇을 해 먹일까 걱정을 하며 그는 펍의 문을 열고 들어갔다.

그리고 익숙한 얼굴이 그의 눈에 비쳤다.

"우혁아?"

까만 머리카락에 차분하게 가라앉은 검은 눈동자, 그리고 무표정한 얼굴. 우혁은 말없이 테이블 하나를 차지하고 앉아서는 여러 사내들과 얘기를 나누고 있었다. 뭐, 이곳에 있는 사람들은 다 밤이슬을 맞으며 담벼락을 친구─혹은 원수─삼아 날아다니는 분들이지만, 진현은 이 어울리지 않는 장면에 조금 거리감을 느낄 수밖에 없었다. 우혁의 아버지는 경찰청에서도 유능한 엘리트 경찰이었다. 그런데 그런 사람의 아들이 도둑들과 한가롭게 얘기를 하다니.

놀랄 '노' 자가 아닐 수 없지 않은가. 진현을 본 몇몇 사내들의 얼굴이 조금 흐려졌다. 필시 예전 처음에 진현에게 두들겨 맞은 이들이리라. 하지만 대부분의 사람들은 예의 바르고 성격 좋은(?) 그를 환영했다.

"아이고, 선생님이시로구만. 저번에 준 약 정말로 잘 듣던데. 부러진 뼈가 금세 아물더군."

"그렇다고 해서 너무 심하게 움직이시면 안 좋습니다."

고개를 끄덕이며 인사한 그는 우혁을 빤히 쳐다보았다. 그러나 우혁은 되려 고개를 삐딱하게 돌려 '왜 그래' 하는 표정이 되었다. 한숨을 작게 내쉰 후에 아무것도 아니라는 듯 고개를 저은 진현의 곁으로 마스터가 걸어왔다.

"아이고, 오랜만이네. 그동안 꽤 바빴나? 아니면 여자들 홀리고 다닌 것 아냐?"

파이프를 입에 문 채 씨익 웃으며 말한 그에게 진현은 곱게 눈을 흘겨주었다.

"이상한 소리 하지 마. 내가 언제……."

"언제 그랬냐고? 닭 잡아먹고 오리 발 내미는 건가? 우리 길드 내에 있는 여자들은 다 자네만 바라보고 산다고. 허헛, 저번에 마린의 손등에 키스를 해줬다지? 처음 만난 여자한테는 항상 그 버릇 하고는. 하여간에 여자한테 친절한 성격은……."

"그만, 그만."

손을 휘저으며 진현이 고개를 돌리자 테이블 주위에 모여 있던 사내들 모두가 호탕하게 웃었다. 우혁은 말없이 피식 웃고는 자리에서 일어났다. 그와 얘기 중이던 사내들 중 하나가 미간을 좁히며 말했다.

"가는가? 그러고 보니 벌써 정오가 지났구만. 허허, 시간 가는 줄 몰랐어."

"다음에 또 와주게나."

우혁은 고개를 살짝 숙여 인사를 대신했다. 언제 이렇게 친해졌담? 우혁이 가게를 나서자 진현 역시 그를 따라 문을 나서며 물었다.

"언제 나 몰래 친해진 거냐?"

자신의 애도 파시는 언제나 그의 손을 떠나지 않았다. 어디서 구했는지 모르겠지만 그는 항상 차이니즈 룩처럼 생긴 스탠드 칼라의 옷을 입었다. 흰색의 상의에 검은 바지가 그의 정갈한 이미지와 꽤 잘 어울렸다. 하지만 왜 이 무더운 여름에 긴 소매의 옷을 입을까? 더위를 별로 타지 않는 진현마저도 반소매 아니면 소매를 걷고 다니는데 말이다. 뭔가 수도를 하는 스님마냥 먹을 것도 소식에다가 여자라고는 쳐다보지도 않고 항상 자기를 다스리고 절제하는 사촌 동생이 진현에게는 못

내 이상하게 보였다(자신도 만만치 않다는 사실은 절대로 모른다).

가만히 진현을 바라보던 우혁은 한차례 숨을 내쉰 후에 살짝 고개를 저었다.

"형이야말로 너무 여자들과 친하게 지내지 마. 아무 짝에 쓸모없으니까."

'그게 무슨 말이냐, 자고로 여성분들과 친해지면 공짜 밥과 더불어 여러 가지 이득으로 인해 가계가 얼마나 편해지는 줄 아니?' 등등의 말을 진현이 했다는 것은 당연한 사실. 우혁은 더 이상 말을 나눌 가치가 없다는 것을 깨닫고는 총총히 그 자리를 떠났다. 진현은 그런 그의 뒷모습을 바라보며 한숨을 쉬었다. 사촌이지만 아영보다 더 오래 알고 지내왔고 친동생 이상으로 여기는 우혁이었다. 그런데 언제부터였을까? 여자를 싫어하게 된 것이. 아영과 비슷한 성격의 누님들 때문이라는 것은 조금의 핑계일 뿐. 물론 그 사람들을 생각하면 진현 역시 오싹한 것은 사실이지만.

언제부터였을까?

그래, 그 일이 있은 직후였다. 하나밖에 없던 동생이… 남동생인 연우가 죽을 때였던가? 당시 고등학생이었던 우혁과 중학생이었던 연우. 그 아이가 납치당한 후에 싸늘한 시신으로 돌아왔을 그… 진현의 얼굴은 조용히 어두워져 갔다. 범인이 여성이라는 것이 밝혀졌을 때부터 우혁은 여자라면 치를 떨었다. 한참을 골목을 걸어가던 우혁의 뒷모습이 희미하게 사라질 즈음에서야 진현은 입술을 깨물며 고개를 돌렸다.

Part 18
옛 기억에 휘둘리지 말자

옛 기억에 휘둘리지 말자

우혁은 뜨겁게 내리쬐는 햇빛에도 아랑곳없이 거리를 걸었다. 여름은 싫다, 짜증이 났다. 하지만 슬그머니 치밀어 오르는 짜증의 이유는 햇빛 때문만이 아니었다. 거리를 지나다니는 수많은 여자들. 삼삼오오 모여 연신 수다를 떨며 양산으로 빛을 가린다. 우혁은 머리가 빙빙 도는 것과 함께 조금은 구토감도 느꼈다. 여자들이 뿌리는 역한 향수 냄새를 맡을 때에는 그런 기분이 더하는 것 같았다. 정말로 싫다. 그는 작게 그리 중얼거리며 힘없는 발을 옮겨야 했다.

툭.

누군가가 작게 그의 어깨에 부딪쳤다. 양가집 규수는 아니지만 제법 예쁘장한 여성이 그와 부딪치고는 흠칫하며 얼른 고개를 숙였다.

"아, 죄송합니다. 저, 죄송……."

그러나 여성은 우혁의 차갑게 굳은 얼굴을 보며 몸을 떨었다. 그녀의 말에 대해 한마디의 대꾸도 하지 않은 채로 우혁은 다시 걸어갔다. 그의 생각 속에는 단 한 가지의 생각밖에 떠오르는 게 없었다.

더러워. 더러워, 더러워, 더러워! 흠칫 몸을 떤 우혁은 황급히 좁은 골목길로 몸을 숨겼다. 그리고 얼른 아까 부딪쳤던 어깨를 재빨리 손으로 털어버렸다. 그러나 그는 그것을 털고 있는 자신의 손마저 더럽다는 생각이 들었다. 윽 하고 작은 신음 소리를 내뱉으며 우혁은 손바닥 전체를 건물의 벽에 마구 비벼댔다. 곽, 곽 하고 손바닥이 갈리는 소리와 함께 끈적한 피가 건물의 울퉁불퉁한 면에 묻어났을 때에서야 멈출 수가 있었다.

피부가 벗겨져 있었다. 피가 스며 나와서 점점 손바닥을 물들였을 때, 우혁은 우울한 눈으로 손바닥을 내려다보며 중얼거렸다.

"연우야······."

얼마나 아팠을까, 얼마나 괴로웠을까. 아무도 모르는 그 아이를 끌고 가서 죽이기까지 한 자가 여자라는 사실을 알았을 때 얼마나 분노했던가. 그리고··· 단지 검사를 하여 정신병자라는 사실 하나만으로 법의 집행도 받지 않았을 때는··· 죽이고 싶었다. 죽이고 싶고, 또 죽이고 싶었다. 그냥, 눈에 띄어서 하필이면··· 그때 연우가 눈에 띄어서 죽임을 당했을 때.

하하 하고 우혁은 작게 웃었다. 그리고 손바닥으로 자신의 얼굴을 가리며 벽에 기대어섰다. 여름은 싫다, 정말로. 연우가 죽은··· 여름이 정말로 싫다.

*　　　*　　　*

"…우혁, 오빠?"

아영은 고개를 돌려 먼 하늘을 바라보았다. 갑자기 바람을 타고 우혁의 목소리가 들린 것 같았기 때문이었다. 멍하니 하늘을 바라보는 그녀의 어깨를 에이레이가 툭툭 건드렸다.

"무슨 일이야?"

"응? 아무것도 아냐."

그래도 아영은 이상하게 불안한 마음을 떨어뜨리지 못했다. 여름은 싫다. 그녀는 그런 생각을 했다. 확실히 여름은 싫어 하고 작게 중얼거리며 아영이 걸어가자 에이레이가 고개를 갸웃거렸다. 진현에게 받은 돈은 넉넉했다. 넝마인 상태로 다닐 수 없었기에 바이스에게 새 옷을 입히고 그들은 노예 상인 이잔의 집으로 향하는 중이었다. 그런데 여기서 문제가 발생. 이잔의 저택은 수도에서 조금 떨어진 곳에 있다는 것이었다. 바이스는 이잔에게 맞은 뺨을 살짝 문지르며 말했다.

"말도 없어?"

이런 뻔뻔한 엘프를 봤나! 처음 보는 거지만 그것은 넘어가기로 하자. 아영은 주먹을 부르르 쥐면서 때린다는 자세를 취했고 바이스는 살짝 고개를 돌렸다. 아까의 그 짓—바람으로 날리고 걷어차고 쓰레기통에 집어넣은—을 생각해서 잠자코 있는 것이 신상에 좋을 것이라고 사료되었나 보다. 잠시간 아영과 함께 있음으로 그녀의 성격을 다 파악한 것으로 보아 엘프는 확실히 머리가 좋은 종족이었다. 아영은 머리를 감싸 쥐며 끙끙거렸다. 여관으로 갔다가는 다른 사람들한테 들킬 확률이 높았다. 아무리 좋은 것이 좋은 일이라지만… 진현은 몰라도 우혁은 설득하기가 힘들 것이 분명한 사실.

왜 하필이면 잔소리꾼 두 명이 같이 와서 이 고생이란 말인가. 그녀는 그런 생각을 하며 별수없다는 듯이 걸어서 가기로 했다. 수도의 정문이 보였고 어김없이 수도의 경비대장 넬슨이 보였다. 하얀 백마가 있었고 도열해 있는 경비대원들을 보며 바이스는 몸을 움찔거렸다. 넬슨은 진현이 보이지 않았지만 그의 동료인 아영과 에이레이, 그리고 묘족 꼬마가 보이자 빙긋 웃으며 인사를 건넸다.

"어디 가시는 겁니까?"

아영은 배시시 웃으며 그녀 특유의 전매특허 아양과 간교를 떨었다.

"예. 잠시 산책이라도 하기 위해서 말이죠. 오늘 날씨가 너무 좋지요? 어마, 그런데 넬슨 대장님은 하루하루 멋져지신다~ 다음에는 도시락이라도 싸서 올게요. 오호홋."

그녀의 뒤에 서 있는 한 인간과 한 엘프와 한 묘족의 얼굴이 어찌 변했는지는 상상에 맡긴다. 그러나 그들이 무슨 표정을 짓던 간에 아영의 외모는 괜찮은 편에 속했고 그녀의 말에 넬슨은 나이를 잊고 벌겋게 얼굴이 변했다. 흠흠거리며 헛기침을 내뱉은 넬슨은 친절하게 그녀를 배웅해 주기까지 했다. 물론 그녀가 문을 나서면서 다른 경비대원들에게 별소리 다 했다는 것은 자명한 사실.

"어머나, 오빠. 갑옷 잘 어울린다. 애인 있어요? 없으면 한 번 도전해 보는 건데. 호호홋."

그녀가 원래의 세계에서도 어떻게 생활을 했는지 안 봐도 보인다는 듯이 에이레이는 한숨을 쉬었다. 아영의 사촌 오빠인 진현이 여성들에게 친절하다고 치면 아영은 그 반대로 남자에게 친절했던 것이다. 물론, 아영 역시 진현과 마찬가지로 가계의 평안과 대학 생활의 평탄함을 위해 그러는 것이지 깊은 뜻은 절대로 없는 것. 남자란 동물이라는 것은 자고로 여자가 하기 나름인 법! 아영은 연신 손을 흔들면서 경비대원들과 넬슨에게 인사를 했고 꽤 멀어진 곳까지 와서야 피식 웃으며 머리를 쓸어 넘겼다.

"하아, 여기나 저기나 남자란 다 똑같은 법."

"…천벌받는다, 아영아."

키엘은 살짝 고개를 끄덕일 정도였다. 아영은 에이레이를 돌아보며 주먹을 불끈 쥐고는 단호한 목소리로 말했다.

"무슨 말씀을! 하느님도 다 봐주실 거야. 이것이 다 서바이벌 세계에서 얼마나 잘 살아남느냐를 규명하는 것! 여자라는 동물이 태어난 이유 자체가 남자를 유혹하고 편안한 생활을 살아가기 위한 것 아니겠어? 남자들은 단순해서 조금만 잘해주면 자기 좋아하는 줄 알고 물 떠오고 레포트 대신 해주고 밥 사 주고 술 사 주고! 이것만으로도 얼마만큼의 용돈이 굳는지 알아?"

"……."

엘프지만 성별은 남자인 바이스는 어디서 바람이 부는지 고개를 돌릴 정도였다. 왜 한기가 느껴질까? 수도의 남자들이여, 조심할지어다. 남자의 주머니를 노리며 그대를 쳐다보고 있는 양의 탈을 쓴 꼬리 아홉 달린 육식동물이 있을지니. 그 이름하야… 여자이니, 구미호와 사촌간이 여우라는 것. 에이레이는 그리 말해 주고 싶었다. 어찌 되었든 간에 저 멀리로 이잔의 저택이 보였다. 분명 으리으리할 것이라고 예상은 했지만 이 정도일 줄이야. 이 정도의 거리가 있는데도 저렇게 보여?

에이레이는 생각 외로 일이 꼬일 것 같은 느낌이 들었다. 여자라는… 동물의 직감이랄까.

그리고 몇 시간 후, 에이레이는 자신의 생각이 들어맞았음을 알고는 고개를 푹 숙였다. 이게 저택인가, 성인가? 아무리 돈이 썩어 남아돌아도 그렇지… 이렇게 높게 담장을 만들어놓으면 뛰어넘는 사람은 어쩌라는 말이야! 뭐, 집을 짓는 주인이라면 도저히 고려하지 않을 말을 내뱉으며 에이레이는 애꿎은 담벼락을 걷어찼다. 십여 미터는 될 것 같은 담을 망연히 올려다보고 있는 아영 역시 에이레이와 같은 심정이었다.

담벼락 바로 옆에 나무들이 솟아나 있었지만 꼭대기가 겨우 담과 비슷할 정도이니 올라가는 것은 무리이다. 엘프인 바이스와 묘족인 키엘이라면 몰라도 나무를 타고 올라 담으로 가는 것은 무리라는 말씀. 난 평범한 인간이라고라는 아영의 절절한 외침이 사방에 울려 퍼졌다가 곧 사라졌다. 나무와 담 사이의 거리도 몇 미터 정도였으니까. 머리를 감싸 쥐며 무릎을 굽혀 주저앉은 아영은 끙끙거리며 생각을 정리했다. 어쩔까? 어쩔까?

정문으로 곧장 들어가는 것은 아무리 생각해도 무모한 짓이다. 사태가 걷잡을 수 없이 커질 수도 있다. 그리고 멀리서 언뜻 보아도 경비병이 서너 명은 되는 것 같았다. 대지의 정령을 이용하여 땅을 솟구치게 만들까 하던 그녀는 곧 그렇게 되면 엄청난 소리가 난다는 것을 알고는 절망했다. 웅얼거리는 그녀에게 에이레이가 허리에 손을 얹은 채로 말했다.

"어쩔 거야? 담을 넘는 것은 무리야. 아무리 내가 교육받았어도……. 포기할래?"

그녀의 말에 바이스의 안색이 달라졌다. 그로서는 무슨 일이 있어도 동생이 팔려간 귀족의 집을 알아내야 하고 또 그 아이를 구해야 하니까. 우물쭈물거리는 그를 키엘이 옆에서 토닥여 주었다. 잠시 아스트랄 세계에서 유영을 마친 아영이 벌떡 일어섰다.

"그래! 정령들을 이용하는 수밖에 없어!"

"어떻게?"

"뭐, 그냥 날려 버릴까?"

담담하게 말하는 그녀에게 바이스와 에이레이가 동시에 고개를 저었다. 바이스는 비록 인간을 싫어하기는 하지만 모든 인간이 동일하지는 않다고 생각했고 에이레이는 너무 일이 커질 것 같아서였다. 하지만 아영은 머리를 긁적였다.

"그렇지 않으면… 으음, 바람의 정령을 이용해서 날아가 볼까?"

"너무 눈에 띄지 않겠어?"

아영은 고개를 끄덕이다가 곧 손가락을 꼽으며 말을 이었다.

"대지의 정령을 이용해서 땅을 솟아오르게 하는 것도 소리가 커. 바람의 정령도 안 돼. 물의 정령은 쓸 일이 없고, 불의 정령을 이용해서 날리는 것도 안 되고… 수가 없잖아?"

"…잠의 정령을 이용하는 것은?"

바이스의 말이었다. 아영은 빤히 그를 바라보다가 생긋 웃으며 대답했다.

"잠의 정령도 있어?"

무식하게라고 작게 중얼거린 바이스는 어찌 되었을까? 그는 끙끙거리며 아영의 매서운 킥에 걷어차인 정강이를 부여잡으며 작게 외쳤다.

"정령을 다루는 인간이 잠의 정령도 모르냐! 샌드맨, 샌드맨 Sandman 말야!"

"…엘프치고 말버릇이 안 좋구만. 죽고 싶냐?"

"누가 말버릇이 안 좋다는 거야, 대체!"

그러나 아영은 옆에 있던 커다란 나뭇가지를 집어 올리며 싸늘하게 웃었다.

"…구해줬더니 별것 가지고 다 시비야. 죽고 싶으면 다시 한 번 말해 봐, 짜샤!"

잠시 후 바이스는 두 손을 싹싹 빌어 용서를 구해야만 했다. 짜샤래라고 작게 중얼거리는 에이레이를 뒤로한 채로 아영은 슬그머니 대문 근처로 다가갔다. 아영에게 잔뜩 얻어터져서 어디가 이잔에게 맞은 곳인지 알 수 없게 되어버린 바이스는 속으로 울면서 자신의 숲을 그리워해야 했다. 그리고 머리 속으로 인간은 다 폭력적이고 야만스러운 동물이라고 새겨 넣었다. 자신의 등을 토닥여 주는 키엘 말고는 위로로 삼을 만한 것이 아무것도 없었다.

그러나 그의 말은 아영 역시 알아들었기에 대문의 경비병들은 곧 샌드맨의 모래를 뒤집어 쓴 채로 잠이 들어야 했다. 대문에 기대어 쿨쿨거리는 사내들을 보며 아영은 손으로 입을 가린 채 소리 높여 웃었다.

"오호호홋, 역시 내 능력 없이는 되는 일이 없다니까!"

"……."

저 정도면 병도 심각한 병이다. 에이레이는 필히 여관으로 돌아가면 진현에게 아영의 일에 대해 상담을 해야겠다고 생각했다. 호된 놈 옆에 있다가 말리는 자신도 얻어맞을 수가 있다. 어찌어찌해서 그들은 저택의 정원을 가로질러 저택의 벽에 달라붙을 수가 있게 되었다. 다행히도 정원을 순찰하거나 하는 경비병들은 없었다. 저 정도의 담벼락이 있으니 어느 정도 안심하는 것도 무리가 아니었다. 그래도 경비가 조금 허술한 면이 있었다.

살금살금 고양이처럼 발걸음을 옮기며 에이레이가 작은 목소리로 말했다.

"어째 너무 조용하지 않아?"

아영은 조심스럽게 건물의 벽을 짚어가다가 걸음을 멈추며 고개를 끄덕였다.

"나도 그렇게 생각하긴 해. 스읍, 너무 조용해서 불안하단 말야. 그런데 어디가 어딘지 알아야 갈 것 아냐. 이잔이라는 자의 방은 어디 있을까?"

"아, 그건 내가 알아."

바이스가 조심조심 말하자 아영이 눈을 부릅뜨며 낮게 윽박질렀다.

"왜 그걸 이제서 말하는 거야! 콱, 그냥!"

바이스는 아영에게 한차례 맞고 나자 그녀가 꽤 무서워졌는지 움찔하며 몸을 떨었다.

에이레이가 너무 겁먹지 말라는 뜻으로 쓰게 웃으며 그의 등을 두드려 주었다. 말보다 주먹이 먼저니 저 버릇을 어쩔까. 하지만 아영의 천성이 밝고 호탕하므로 고치는 것은 무리가 아닐까 걱정이 되었다. 버릇도 고치기 힘든데, 하물며 태어날 때부터 지닌 성격인 것을 어떻게 고치겠는가.

언제 물어 봤어, 봤냐고. 바이스는 눈가에 고인 눈물을 손등으로 훔치며 중얼거렸다. 이러다가 여동생을 구하기도 전에 아영에게 맞아 죽을지도 모른다는 불안감에도 떨어야 했다.

에이레이는 당장에라도 발이 나갈 것 같은 아영을 달래어 바이스에게 물었다.

"그래, 그곳이 어디지?"

우물거리며 아영의 눈치를 본―그 모습이 맹수 앞에서 떠는 사슴 같다고 생각한 것은 에이레이 본인만의 착각이었을까?―바이스가 손가락으로 한곳으로 가리키며 말했다.
"저기, 2층의 중앙이 이잔의 방이야. 커다란 발코니도 있잖아."
"흐음, 좋아. 그럼 저곳으로 가볼까."
그들은 다시 발걸음을 옮겼다. 이잔에게 찾아가서 앞으로는 두 번 다시 그런 짓을 하지 말라고 윽박을 질러야지 하고 아영은 생각했다. 그런 성격의 사람은 본디 자기보다 강한 사람에게는 한없이 약해지기 마련이다. 뭐, 목숨이 아깝지 않다면 물, 불 가리지 않고 덤비겠지만. 여차하면 저택째로 날려 버릴 테다라고 주먹을 불끈 쥔 아영이었다. 분명 그녀에게 힘을 준 정령 왕은 그런 곳에 쓰라고 힘을 준 것이 아닐 게 분명하지만 말이다.
네 명의 침입자는 저택의 정문을 어쩔까 하다가 그 앞에 서 있는 몇 명의 경비병들 때문에 불가능하다고 판단. 다시 걸음을 멈추어야 했다. 시간대가 너무 어중간했다. 지금은 정오를 조금 넘긴 시간이었고 그래서 사람들이 분주히 움직일 시간이기도 했다. 밤에 왔다면 조금 쉬웠을 텐데 하고 아영이 중얼거리자 에이레이가 별수없다는 듯 그녀의 어깨를 두드렸다.
"확실히 지금은 무리겠어. 어디에 몸을 숨긴 다음에 한밤을 노리자. 아니면 여관으로 돌아갔다가 나오던가."
"으윽, 여관으로 돌아가는 것은 무리야. 우혁 오빠나 진현에게 들키면 죽도 밥도 안 되니까. 어쩔 수 없지. 여기, 조금 몸을 숨길 데가 없을까?"
주위를 둘러보니 잘 정돈된 풀숲들이 있었지만 거기에 숨어서 몇 시간을 견뎌내는 것은 힘들어 보였다. 나무들도 하나같이 낮은 것들뿐. 바이스가 조용히 말했다.

"…저택의 뒤편에 노예들을 가두는 곳이 있어. 그곳은 어떨까?"

지금 이것저것 따질 때가 아니었기 때문에 아영은 고개를 끄덕일 수밖에 없었다. 정말이지 오늘은 귀찮은 일만 잔뜩 있는 날 같았다.

우혁은 터벅거리며 발걸음을 옮겼다. 점점 해가 지고 있었기 때문에 거리의 여성들은 많이 줄어들어 있었다. 그것만으로도 그에게는 충분히 도움이 되었다. 그는 스탠드 칼라로 된 상의는 어딘가에 버려 버렸다. 그리고 그 안에 입고 있는 흰색의 반소매 티셔츠를 입고 있었다. 아무리, 아무리 생각을 다 잡아도 변할 수가 없었다. 경찰서에서 동생을 죽인 범인으로 잡혀 온 여자가 웃고 있는 모습이 머리 속에서 떠나지 않았으니까.

법이라는 것이, 정신의 이상이라는 것 하나만으로 사람을 죽인 사람을 내버려 두다니. 머리가 울려서 순간 우혁은 몸을 휘청거렸다. 우습지 않은가. 병원에서 이 사람은 정신병자다라는 고작 그 말 한마디로 모든 것이 물거품이 되어버렸다.

"사인은 교사絞死입니다. 비록 피살자가 익사체로 바다에서 끌어올려졌다고는 하나 가장 큰 원인은 목이 졸려 기도의 폐쇄에 곁들여 경동맥동(頸動脈洞)의 압박에 의한 순환 기능 장애입니다. 그러니 범인은 피살자를 목 졸라 살해한 후에 바다에 버린 것으로 생각됩니다."

"피살자의 피부 조직과 범인의 손톱 밑에서 나온 피부의 DNA가 일치합니다. 범행이 있었던 당시의 알리바이 역시 모호하며 사체가 발견된 곳 근처에서 범인을 목격했다는 목격자 역시……."
"보호자 분께서는 사체를 확인해 주십시오."
"오늘 오전 12시, 이른 아침 학교를 가기 위해 집을 나섰던 부산 N 중학의 민 군(15)이 인근 바다에서 익사체로 발견되었습니다. 처음 민 군을 발견한 것은 부근 대학에 다니고 있는 K 씨로 학교로 가던 중 방파제에서 민 군을 발견했다고 합니다. 경찰은 이어 주변 인물의 소행으로 보고 민 군의 학우들과 친지들을 상대로 탐문 수색을 펼치고 있습니다."

"윽……!"
그 당시의 상황이 마치 비디오를 돌린 것처럼 생생하게 머리 속을 스쳐 지나갔다. 손으로 얼굴을 확 감싼 우혁은 한 건물의 벽에 등을 기대고 주르륵 주저앉았다. 근처를 지나가는 사람들은 때 이른 주정뱅이라고 생각했는지 별다른 눈길을 주지 않았다.
그때… 경찰로부터 전화를 받고 소란스럽게 집을 나서 병원으로 향했다. 그리고 하얀 시트 아래에 싸늘하게 식어 있는 동생의 시신을 보았을 때, 그 기분이란……. 울며 시트를 잡아당기는 어머니와 하얗게 질려서 병원으로 달려온 외숙부, 그리고 아영.
울다가 탈진을 해 쓰러져 버린 어머니를 부축한 외숙부는 침통한 얼굴이 되었다. 아영 역시 벗겨진 시트 사이로 나온 연우의 얼굴을 보더니 흠칫 떨었다. 그리고 병원 복도로 가서 펑펑 울기 시작했다. 우혁은 말없이 동생의 시신 옆에 서 있었다. 지나가는 간호사가 지나가는 말로 하는 위로도 들리지 않았다. 그저 멍한 시선으로 싸늘하게 식어버린 연우의 손을 붙잡았다. 차갑다.
싸늘하다 못해서 얼음장처럼 차갑게 굳어져 버린 연우의 손은 움직일 생각도 하지 않았다. 그렇게 환하게 웃던 입술은 굳게 다물어져 있었고 가느다란 목에는 몇 개의 상처와 함께 가느다란 자국들이 나 있었다. 며칠 후 범인이 잡혔다. 정말로, 우습게도 범인은 20대의 여성이었다. 그냥 평범한 여성. 최소한 겉으로 보기에는 그랬다.

경찰에서 말했다. 연우는 운이 없었다고……. 그렇게, 간단하게 말했다. 정신분열증에 걸린 여성, 경찰서에 끌려와 깔깔 웃는 그녀를 보며 우혁은 자신의 손에 파사가 없음을 한탄해했다. 만약 그랬다면, 손에 그것이 있었다면 그는 당장에라도 목을 날려 버렸을 것이다. 그리고 그것은 죄가 되겠지. 병원 검사 결과 나온 정신병이라는 이유 하나만으로 사람을 죽였던 것도 모두 사라지고 그저 병원에 감금이 되는 것 하나만으로 끝났다.

끝. 마치 처음부터 아무도 죽지 않은 것처럼, 그런 것으로 끝맺음되어 버린 것이다. 안치소에서 다시 화장터로 옮길 때 어머니는 아이를 두 번 죽인다고 울었다. 얼마나 뜨겁겠냐고, 얼마나 아프겠냐고. 우혁은 말없이 연우의 영정을 들고 서 있을 뿐이었다. 눈물 한 방울 흘리지 않았다. 아니, 너무 황당하고 믿어지지 않아서 눈물이 나오지 않았던 것이다. 그날이 있은 후에도… 하물며 지금도 연우가 학교에서 돌아와 '형'이라고 부를 것 같은데.

스윽.

우혁은 문득 누군가가 자신의 앞에 서 있다는 것을 느꼈다. 길게 자신에게로 드리워지는 그림자를 우혁은 눈살을 찌푸리며 올려다보았다.

"어디 아파요? 저기, 괜찮아요?"

소년의 목소리였다. 약간 변성기에 들어갔는지 조금은 어색했지만 그래도 미성이 될 확률이 높은 고운 목소리. 우혁은 미간을 찌푸리며 그제야 자신의 처지를 깨달았다. 무슨 생각을 한 건가 하고 자신을 책망하는 말을 한 후에 우혁은 자리에서 일어났다. 종종 이렇게 그때의 생각으로 엉망이 되어버리는 자신을 볼 수가 있었다. 한동안은 학교에 가지 않고 집, 아니면 도장이었다. 검을 잡고 휘두름으로써 잊기 위해.

그리고 몇 년 후, 연우의 생일날에는… 술병이 방 안을 잔뜩 굴러다니도록 술을 마셨다. 그전까지는 왜 괴로울 때 술을 마시는지 몰랐는데, 알 게 되었다. 평소의 그라면 볼 수 없을 자조하는 미소를 지은 우혁은 바지에 묻은 먼지를 툭툭 털었다. 오늘은 날씨가 너무 좋아서였다. 그때의 하늘처럼 너무 맑고 깨끗해서, 그래서 생각이 나버렸던 모양이다.

우혁은 조용히 발걸음을 옮기려고 했다. 그러나 순간 그는 자신의 손을 부여잡는 작은 손을 내려다보아야 했다. 미간을 확 찌푸린 그가 뭐라고 하기 전에 그 손의 임자가 먼저 말했다.

"안색이 안 좋으신데 저희 집에 가셔서 조금 쉬시다 가실래요? 저 차도 잘 끓이거든요."

참 겁도 없다. 이 험한 세상에 아무나 자기 집에 불러들인단 말인가. 우혁은 그리 생각하며 고개를 저었다. 그는 조용히 고개를 숙여 자신의 손을 꼭 잡고 있는 소년을 내려다보았다. 그리고… 순간 숨이 멎어버리는 것을 느꼈다. 까맣고 동그란 눈, 평범하게 생겼지만 생글거리는 미소가 참으로 귀엽다는 생각을 하게끔 하는 얼굴. 까만색에 가까운 진한 갈색의 머리카락이 살짝 흔들렸다. 열네다섯 정도로 보이지만… 키는 나이보다 조금은 작은 느낌.

두근.

"형, 여기 사람은 아닌 것 같은데… 저, 아니면 집까지 데려다 드릴게요."

두근.

"헤헤, 사실은 나도 이곳에 온 지 얼마 안 됐지만 그래도 수도 지리는 잘 알거든요."

왜 여기 있는 거냐고 묻고 싶었다. 순간적으로 그날, 웃으며 집을 나섰던 연우가 생각이 날 정도로, 정말로 쌍둥이가 아니냐는 생각이 들 정도로 닮아 있어서……. 사내아이답지 않게 부드럽고 유약했다. 그래서 어릴 때는 잔병치레도 많았던 연우. 자신보다 머리 하나 이상은 큰 우혁을 올려다보며 소년은 다시 빙긋 웃었다.

"술 마신 것은 아니죠? 전 술 마시는 사람은 안 좋아해요."

형, 술 마시지 마! 알았지? 그렇게 말하던 연우의 모습과 이 아이의 모습이 맞물려서 우혁은 그만 다시 옛 생각이 나버렸다. 이마를 한 손으로 짚으며 다시 몸을 휘청이는 우혁을 소년은 걱정스러운 얼굴로 부축해 주었다. 결국 우혁은 그렇게 소년의 부축을 받으며 걸어야 했다. 뭐라고 말을 할 생각도 하지 못했다. 완전히 머리 속이 백지가 되어버려서. 잠시 후 소년과 함께 우혁이 도착한 곳은 그리 크지 않은 아담한 건물이었다. 중심가로부터는 제법 멀리 떨어져 있는 이 건물은 3, 4층은 되어 보일 법한 주위의 건물들에 둘러싸여 원래 크기보다 더 작게 보였지만 허름하거나 하지는 않았다.

소년은 한 손으로는 우혁을 부축한 채 다른 손으로 나무 문을 열고 들어갔다. 안은 생각보다 썰렁한 느낌이었다. 그래도 제법 정리도 잘 되어 있었고 청소도 꼬박꼬박 했는지 깨끗해 보였다. 그러나 아무도 없었다. 우혁을 손재주 좋게 만든 나무 식탁에 데리고 가 의자에 앉힌 후 소년은 분주하게 움직였다.

주전자를 들고 와 조금 떨어져 있는 벽난로를 헤집어 불을 피운 후 익숙한 손놀림으로 쇠막대에 주전자를 걸었다. 어린 나이인데도 익숙한 듯했다. 우혁은 식탁에 팔을 걸치고 이마를 짚었다. 그때의 생각만 해도 머리가 지끈거리는 것은 진현과 비슷한 편두통. 하아 하고 한숨을 내쉰 우혁은 고개를 절레절레 흔들었다. 이 무슨 한심한 짓인가. 그때의 기억을 떠올린 것만으로도 부족해서 거리에서 주저앉은 데다가 모르는 사람으로부터 도움까지 받다니.

자신은 아직 수련이 부족하다고 중얼거리는 그에게 컵 하나가 슥 내밀어진다. 그리고 코를 자극하는 향기. 향수처럼 역겹거나 한 것이 아니라… 기분 좋은 허브 향이었다. 소년은 씨익 웃으며 말했다.

"허브 차예요. 음, 라벤더거든요. 마시면 몸에 좋은 거예요. 그리고 꿀도 조금 넣었으니까 맛도 괜찮을 거고요."

멍하니 소년을 바라보다가 우혁은 컵을 받아 들었다. 차가운 물에서도 쉽게 우러나는 것이 허브였지만 그래도 소년은 적당히 따뜻한 것으로 차를 내주었다. 그리고 두통일 때는 정말로 차가운 것보다는 따뜻한 것이 좋으니까. 우혁은 홀짝 라벤더 티를 마셨다. 꿀이 들어 허브 특유의 신맛 같은 것은 느낄 수 없었다(허브 차에 설탕이나 꿀 같은 것을 첨가하지 않으면… 상상에 맡긴다).

우혁의 앞쪽에 의자를 끌어다가 앉은 소년은 두 손을 포개어 그 위에 턱을 얹고는 흐음 하고 우혁을 바라보았다.

"내 이름은 루라고 해요. 형은 이름이 뭐예요?"

"…우혁."

"우혁, 우혁이라? 특이한 이름이네요. 어디 살아요?"

우혁은 대답하지 않았다. 할 수 없었다는 쪽에 가깝지만. 루는 고개를 잠시 갸웃거리다가 자리에서 일어나 선반 쪽으로 걸어갔다. 이리저리 작은 통들을 살피던 루는 한 통을 가지고 식탁으로 돌아왔다. 통 안에는 맛깔나게 구워진 쿠키들이 가득 담겨 있었다. 그는 그것을 하나 집어 먹으며 말했다.

"어쨌거나 이 나라 사람은 아닌 것 같은데. 그건 그렇고 아픈 것은 괜찮아요?"

우혁은 입을 다물고 그저 차만을 마셨다. 처음 아는 사람과 대화를 잘 하지 않는 그의 성격 탓도 있었고… 무엇보다 저렇게 스스럼없이 남을 대하는 태도조차도 연우를 닮아 있었기 때문이었다.

"아직도 어디 아파요? 감기예요? 요즘 여름 감기가 유행이라는데……."

"형, 감기야? 바람 부는데 뛰어다니니까 그렇지. 에이, 바보."

"아침은 먹었어요? 점심은요? 아, 이런… 처음 보는 사람한테 너무 잔소리만 했나 봐. 버릇이라서."

"내가 없으면 어쩌려고 아파? 아프다고 말하지도 않으면서. 감기 약 꼭 먹어. 에헤헤, 잔소리라고? 맞아. 나 원래 잔소리 잘해."

지끈.

우혁은 고개를 떨구고 다시 미간을 좁혔다. 순간 왈칵 눈물이 흐르는 것 같아서 우혁은 고개를 들지 못했다. 어어 하고 놀라서는 우혁의 곁에 다가온 루는 허리를 숙여 이리저리 우혁을 살폈다. 눈을 동그랗

옛 기억에 휘둘리지 말자

게 뜨고 걱정스럽게 바라보는 저 얼굴도… 너무 똑같았다. 우혁은 자신도 모르게 머리가 아파서 이대로, 이대로 기절했으면 했다. 창문 틈으로 흘러 들어오는 햇살은 이제 상당히 줄어들어 있었다. 조금 후면… 해가 질 것이라 생각하며 우혁은 억지로 몸을 일으켰다. 그리고 천천히 무릎이 휘청 꺾이는 것을 느꼈다.

우혁은 속으로 한심하다고 생각해야 했지만 그래도, 편안하다는 생각도 들었다. 흐릿하게 변하는 루의 얼굴에 다시 한 번 연우의 웃는 얼굴이 겹쳐서 보였다. 환각이겠지. 그런 생각을 하며 우혁은 눈을 감았다.

"형! 또 마구잡이로 운동한 거지! 엄마가 얼마나 놀라는 줄 알아?"
또 잔소리로군이라고 중얼거리는 우혁의 귀를 연우는 힘껏 잡아당겼다.
"아파."
정말로 아픈 것인지 듣는 사람도 모르게 낮은 목소리로 담담하게 말하는 우혁을 향해 연우는 입술을 샐쭉거렸다. 그리고 우혁의 귀를 놓는 대신에 두 손으로 허리로 가져가 마치 남편 바가지 긁는 주부와 같은 포즈를 취했다.
"걱정 좀 그만 시켜! 형, 나이가 몇이야! 왜 몸 상하게 운동을 하는 거야! 그리고 날이 좀 추우면 바람 맞으면서 조깅하는 것 좀 그만둘 수 없어? 저번에 비 오는데도 조깅했지!"
우혁은 건성으로 대답한 죄로 다시 한 번 연우에게 귀가 잡혔다. 우혁은 자신의 팔에 압박붕대를 천천히 감았다. 진검으로 대련을 하다가 조금 스친 것 가지고 참 난리였다. 파상풍이니 어쩌니 하며 떠드는 연우를 내버려 둔 채 우혁은 말없이 발목에도 붕대를 감았다. 다친 것은 아니고 그저 비상용으로 감아놓는 것뿐. 격한 운동 후에 너무 풀어질 근육을 조심하기 위해서였다.

남자가 보면 조금 부러워할 만한 단단한 팔의 근육을 만지며 별 이상 없다는 것을 확인한 우혁은 손짓으로 연우에게 나가라는 듯 휘저었다. 우혁의 책상 의자에 걸터앉아 있던 연우는 욱하며 예쁘장한 얼굴을 구겼다. 얼굴은 저렇게 생겨도 얼마 전부터는 우혁을 따라 검도를 시작해서 지금까지 검도를 그만두지 않고 버틸 정도로 기본 체력은 있었다.

하지만 아직도 기초 훈련만 하는 터라 별다를 것은 없는 연우였다. 천성이 유약하고 세심한 면이 있었다. 남자답지 않게 요리도 잘해서 학교에서 따돌림이나 받지 않을까 걱정했지만 성격이 밝고 잘 챙겨주는 녀석이라 친구들과도 사이좋게 잘 어울렸다. 그래서 다행이랄까, 연우는 뭐라고 옆에서 떠들다가 제 풀에 지쳤는지 어깨를 축 늘어뜨린 채로 우혁의 방을 나섰다. 그 모습을 보면서 우혁은 자신도 모르게 피식 웃고 말았다.

만약 밖에서 이런 웃음을 보였다면 '우혁이가 웃었다!', '카메라, 카메라 준비해!' 등의 말을 들었겠지. 피가 이어진 단 한 명이라는 것이 얼마나 큰 의미가 있는지 정말로 그 입장이 되어보지 않은 사람은 모른다. 단 한 명… 그 사람이 사라지면 더 이상 자신과 인연이 있는 사람이 모두 사라진 것 같기에. 우혁은 천천히 책상 앞에 자리를 잡고 앉았다. 그리고 컴퓨터를 부팅시키며 작게 숨을 몰아쉬었다.

"언제까지… 어루고 달랠 수만은 없겠지."

확 하고 밝아진 모니터를 바라보며 우혁은 중얼거렸다.

딸칵, 딸칵.

학교에서 내준 숙제를 하기 위해 한글 97을 열었을 때일까. 작은 노크 소리가 들렸다.

"우혁아, 들어가도 되니?"

가녀린 여성의 목소리. 우혁은 켜려던 파일을 어쩔까 하다가 놔두기로 하고 말했다.

"들어오세요, 어머니."

삐걱.

작게 나무 긁히는 소리와 함께 조심스럽게 문을 열고 들어온 것은 우혁과 연우의 어머니 미연이었다. 친어머니는 아니었지만 어렸을 적부터 키워왔기 때문에 친어머니보다 더 친어머니 같은 사람이었다. 그녀의 천성이 가녀리고 여성스러워서 연우가 그녀의 성격을 닮아가는 것이 아닐까 생각이 들 정도로 연우 역시 그녀를 따랐다.

미연의 손에 들려 있는 쟁반 위에는 손수 만든 토스트와 우유가 있었다. 그녀는 그것을 우혁의 책상 위에 놓아두며 책상 바로 옆에 있는 침대에 살짝 걸터앉았다. 고운 사람이었다. 이제 40대가 되었는데도 피부도 그렇고 모든 것이 20대 후반에서 30대로 볼 정도로. 그녀는 살짝 두 손을 모아 무릎 위에 올리며 작은 목소리로 말했다.

"요즘 많이 바쁜 것 같던데 너무 무리하는 것 아니니? 아르바이트라도……."

우유를 한 모금 마신 우혁이 단호한 어조로 말했다.

"최소한 제 학비는 제가 벌어 쓰고 싶습니다. 외숙부께도 죄송하고요."

"…연우도 걱정하잖니."

"그 녀석도 조금 더 크면 알겠죠. 자신의 입장이 뭔지."

조금 쌀쌀맞다 싶을 정도로 단호히 말해서 미연은 입을 다물고 말았다. 그녀는 조금 고개를 숙인 채로 다시 조심스럽게 입을 열었다.

"내가 낳은 자식은 아니지만 너도… 연우도 다 내 친자식이나 마찬가지란다."

우혁은 살짝 의자를 돌려 삐딱한 자세로 미연을 보았고 미연 역시 조금 서글픈 얼굴로 우혁을 마주보았다. 잠시 후 우혁은 한숨을 쉬면서 피식 웃었다.

"알고 있어요, 어머니. 그리고… 연우에 대한 것은 고맙게 생각합니다."

미연은 그의 말이 무엇인지 알고 있었기에 희미한 미소를 지으며 고개를 저었다.

아버지가 실수로 만들어 버린 아이, 그것이 연우였으니까. 그래서… 정작 피는 반밖에 이어지지 않은 연우. 우혁과는 배다른 형제인 셈이다. 아버지가 죽은 후에 아이를 혼자 부양할 능력이 되지 않는 여자가 우혁의 집에 데리고 왔었다. 실수이지만 그래도 뒤로는 도와주었을 것이다. 우혁은 무심한 눈길로 다시 모니터를 바라보았다. 아버지라는 자의 성격은 그 모양이었으니까. 우유부단한 주제에… 참으로 책임감은 강했다. 멍청하다고 말할 정도로.

처음에 연우를 보며 우혁은 가져다 버리라고 말할 정도였다. 그 정도로 아버지라는 자에 대한 분노는 대단했다. 실수라고는 하지만 어떻게 어머니를 놔두고 아이를 만들 수가 있는가. 그 어린 나이에 우혁은 연우를 가리키며 저따위 것 필요없으니까 내버리라고 말했다. 하지만 그런 그를 말리고 오히려 연우를 보듬어준 것이 미연이었다. 정말로,

대단하게도, 화가 나지 않을까? 눈물이 흐르지 않을까? 우혁은 몇 년이 지난 후에야 그때 미연이 무슨 생각을 했는지 들을 수가 있었다.

그래도… 아버지의 일부란다. 사랑하는 사람의 자식이란다. 그래서, 좋단다.

우혁은 마우스를 잡은 손에 조금 힘을 주었다. 까득, 하는 작은 소리가 나며 마우스가 부서질 것 같자 그는 아차 하며 손을 놓았다. 미연은 우혁의 어깨를 몇 번 토닥여 준 후에 방을 나섰다. 미연이 살짝 문을 닫고 나가자 우혁은 잠시 동안 말없이 그녀가 나간 자리를 응시할 수밖에 없었다.

"…아파."

우혁은 머리가 띵한 것을 느끼며 천천히 몸을 일으켰다. 이상한 꿈을 꿔버렸다. 그것도 연우가 죽기 바로 전날 밤의 일을……. 휘둘리는 머리 때문에 절로 인상이 써졌다. 자신의 누워 있는 곳이 어딘지 살펴보기 위해 좌우를 둘러보는 그의 손에 무언가가 만져졌다. 뭘까 하고 고개를 내린 우혁은 잠시 동안 입을 다물 수밖에 없었다. 그의 침대 머리맡에는 간호를 해준 것인지 루라는 이름의 소년이 팔을 괴고 잠이 들어 있었다.

"연우야……."

우혁은 자신도 모르게 루의 머리카락을 쓸어줄 수밖에 없었다. 왜 죽은 동생과 닮아서 날 이렇게 힘들게 하니. 아니면… 너는 정말로 연우의 환생이라도 되는 거니? 우혁은 조용히 루가 깨지 않도록 주의하면서 그를 안아 올렸다. 으음 하고 작은 신음 소리를 뱉기는 했지만 깊게 잠이 들었는지 깨지는 않았다. 조용히, 그리고 마치 보물이라도 다루듯이 소중하게 안아 올린 우혁은 루를 자신이 누워 있는 침대에 눕혔다. 밖은 이미 어둑어둑해져 있었다. 여관에 돌아가면 꽤나 잔소리를 들을 것이다.

하지만 이상하게 가고 싶지 않다는 생각이 드는 것은 왜일까. 연우가 집을 나선 그때처럼… 못내 가슴 한편이 쓰려와서 우혁은 쉽게 발을 떼지 못했다. 하지만 다른 사람들이 걱정할 것을 생각하며 우혁은 식탁 위에 놓인 애도를 잡고 살며시 걸음을 옮겼다. 낮에 다쳤던 손바닥까지 이미 치료를 했었는지 붕대가 감겨 있었다. 피식 웃으며 그는 소리나지 않게 주의하며 문을 열고 그 집을 나섰다.

여름 특유의 습기가 축축하게 묻어나는 바람이 그의 뺨을 식혀주었다. 고개를 들어 올리자 새까만 밤하늘에 총총히 떠 있는 별들이 그의 눈을 즐겁게 했다. 우혁은 다시 한 번 집을 바라본 후에 걸어가기 시작했다. 대로의 포석들을 밟으며 그가 얼마간 걸었을까. 웅성거리는 소리가 들려 우혁은 땅을 보던 고개를 들어올렸다.

몇 명의 사내들이 서로 이야기를 주고받으며 자신 쪽으로 걸어오고 있었다. 모두 한 덩치를 하는 것이 딱 보기에 예사롭지 않아 뵈는 자들이었다. 근육질의 몸에다가 허리에는 작은 단검들도 차고 있었고 무엇보다 험악하게 생겨서 도무지 좋게 봐줄래야 봐줄 수 없을 것 같다고 할까. 그들은 우혁은 아랑곳하지 않은 채로 서둘러 어딘가로 향하는 중이었다.

"글쎄, 그 녀석 부모가 얼마 전에 병으로 죽었는데 남겨놓은 돈이 제법 된다니까."

"큭큭, 오늘은 일진이 좋겠는걸."

우혁은 힐끔 뒤를 돌아보았다. 그러나 사내들은 뭐가 그리 바쁜지

거의 뛰는 걸음으로 걷고 있었다. 신경 쓸 것 없겠지. 그는 그리 생각하며 다시 걸음을 옮겼다. 차가운 바람과 조용한 밤의 평화로움이 마음에 들었다. 뚜벅거리는 것은 자신의 발자국 소리. 그것 말고는 아무것도 귀에 들리지 않았다.

—형!

흠칫.

순식간에 걸음을 멈추고 주위를 둘러볼 수밖에 없었다. 그의 날카로운 눈매가 조용히 일그러졌고 우혁은 입술을 깨물었다. 방금 전 연우의 목소리가 귓가에 들렸다. 검을 잡은 손바닥에 땀이 맺히는 것을 느끼며 우혁은 이를 악물고 고개를 저었다. 아니, 잘못 들은 것이 분명하다. 연우는… 연우는 이미 죽었으니까.

—형! 살려줘, 형!

"아니야!"

쾅!

우혁은 한 건물의 벽을 주먹으로 힘껏 후려치며 비틀거렸다. 아니야, 아니야……. 그런 꿈을 꿔서 그냥 환청이 들리는 것뿐. 그 이상도 그 이하도 아닌 것이 분명하다. 우혁의 주먹이 닿은 벽은 조금 금이 가면서 파편이 날렸지만 그것은 곧 바람에 의해 먼 곳으로 날려가고 말았다. 머리가 지끈거린다. 눈알이 빠질 것처럼 아파왔다. 눈을 감자 연우의 얼굴이 스쳐 지나갔다. 그와 함께 물속에서 고통스러운 듯 버둥거리는 연우의 모습, 목에 감겨진 것은 여성의 손.

—아파, 아파아……. 형, 도와줘. 혀엉…….

가늘어지는 연우의 목소리, 그리고… 그것으로 끝. 마치 비디오의 테잎이 다 되어버린 것처럼 까만 암흑만이 보일 뿐. 우혁은 눈을 떴다.

가느다랗게 그의 뺨으로 흘러내리는 것은 분명.

"…눈물?"

울어본 적이 있었던가? 아버지가 죽을 때에도 연우가 죽을 때에도… 한 번도 눈물 따위는 흘려본 적이 없었는데. 대로 곳곳에 켜져 있는 가로등 불빛이 눈을 아프게 만들어서일까? 아니, 그것은 분명 아니다. 마지막의 마지막까지 자신을 부르던 연우의 목소리가 너무 가슴 아프게 들려서. 자신을 애타게 부르며 고통스러워했을 연우의 모습이 눈앞에 보이는 것 같아서… 그래서. 우혁은 욱하는 숨을 몰아쉬며 건물의 벽에 기대어섰다. 악몽을 꿔서 들리는 환청일 것이다.

그날 밤에 그 애의 말을 조금 더 깊이 들을걸, 아침에는 같이 학교에 갔으면 좋을걸 하는 회한이 눈물이 되어 그의 턱으로 고였다. 그리고 한순간 멍울이 커지면서 툭 하고 떨어져 내렸다. 발치에 떨어지는 작은 물방울을 바라보며 우혁은 눈을 감았다. 여름이다, 연우가 죽은. 여자들을 많이 만나서이다, 연우를 죽인. 그래서… 연우와 똑같은 아이를 만나고 그 애로부터…….

순간적으로 그는 움직임을 멈추었다.

쉬이이잉—

그의 곁으로 마치 울음소리와 같은 바람이 스쳐 지나갔다. 연우를 닮은, 아니… 똑같은 소년. 지금 그 아이는? 우혁은 눈을 크게 뜨며 뒤를 돌아보았다. 자신이 놔두고 온 것이다. 예전처럼 자신이 버려두었다. 만약에 또다시 그 아이가……. 검을 쥔 손에 절로 힘이 들어갔다. 이상하게 마음이 쓰이는 점이 한 가지 있었다. 방금 전, 자신을 스쳐 지나간 한 무리의 사내들. 설마, 설마.

숨이 턱까지 차오르는 것을 느끼며 우혁은 이마에 맺힌 땀을 닦을 겨를도 없었다. 단 한 번도 이렇게 황급하게 뛰어보지 않았다. 조금 떨어진 곳에 소년의 집이 보이며 우혁은 조금씩 불안감이 가중되는 것을 느꼈다.
"와장창!"
우혁은 흠칫하며 뛰는 것을 멈추었다. 무슨 소리가? 무언가 깨어지고 부서지는 소리가 들렸고 이어서 자지러지는 비명 소리가 함께 들려왔다.
"이거 봐! 놓으란 말야!"
"빌어먹을, 입 안 닥쳐?!"
"아야, 저거 죽여 버려!"
우혁은 조용히 애도愛刀 파사의 검집을 뽑아 들었다. 그리고 그 특유의 무뚝뚝하면서도 차가운 표정으로 돌아보며 중얼거렸다.
"…손대면 죽는다."
탕!
쇠로 된 검집이 대로의 돌바닥에 부딪치며 경쾌한 소리를 냈다. 뽑아 든 검집을 땅에 집어 던지며 우혁은 성큼성큼 걸어갔다. 두 번 잃을 수는 없어. 그 아이를, 내 동생을. 열려진 나무 문이 바람에 의해 흉흉하게 흔들리고 있었다. 사내들의 시끄러운 목소리, 그리고 연신 들리는 비명 소리. 우혁은 후우 하고 숨을 몰아쉬었다. 그의 손에 들린 파사의 검광이 싸늘한 그의 마음을 대변이라도 하는 것처럼 달빛이 의해 서늘하고 빛났다.

"고, 고마워요."
우혁은 여기저기 널려진 식기들을 치우며 슬쩍 고개를 돌렸다. 찢겨진 침대보를 손에 꼭 쥔 채로 자신을 바라보고 있는 루를 보았다. 검은 눈동자에는 눈물이 가득 고여 있었지만 그리 크게 다친 곳은 없어 보였다. 다시 부지런히 손을 놀리는 우혁을 보면서 루는 눈가에 고인 눈물을 슥슥 닦아냈다. 그리고 천천히 우혁에게로 다가왔다. 많이 놀랐는지 손은 부들부들 떨리고 있었지만. 흑 하는 소리가 나서 우혁이 다시 고개를 돌리자 땅바닥에 무릎을 굽혀 주저앉은 채로 루는 어깨를 떨고 있었다.

확실히, 혼자 사는 밤중에 그런 괴한들이 들이닥친다면 놀랄 수밖에 없을 것이다. 훌쩍훌쩍 우는 꼴이 영락없는 꼬마의 모습이었다. 하지만 숨을 삼키는 소리도 들리는 것으로 보아 울음을 참으려고 나름대로 애쓰는 것 같다. 우혁은 무뚝뚝한 얼굴 그대로였지만 눈빛은 천천히 흐려졌다. 그 아이도 이렇게 울었을까? 연우도……. 후우 하고 작게 한숨을 쉬며 우혁이 손을 내밀자 루가 눈을 껌뻑거리며 우혁을 올려다보았다.

"흑, 흐윽… 미안해, 미안해요."

주룩주룩. 수도꼭지를 틀어놓았는지 검은 눈동자에서는 눈물이 연신 흘러내렸다. 목을 날리려다가 참은—정말로 최대한의 인내심을 발휘해—우혁의 손에 두들겨 맞은 사내들은 집 밖에서 끙끙거리고 있었다. 팔다리를 몽땅 부러뜨려 놨으니 한동안은 고생을 좀 할 것이다.

"괜찮니?"

"으, 으응!"

우혁은 조용히 루의 어깨를 토닥여 주다가 곧 그를 자신의 품에 안으며 말했다.

"…무사해서 다행이다."

옛 기억에 휘둘리지 말자

그래, 정말로. 연우가 다행히도 살아 돌아왔다면 그렇게 말해 주고 싶었다. 하고 싶었지만 하지 못했던 말을 다른 사람, 그러나 묘하게도 그 아이와 같은 느낌인 소년에게 말할 수가 있었다. 루는 훌쩍거리며 우혁의 옷깃을 잡으며 고개를 끄덕였다.

우혁은 이상하게도 웃고 있는 연우의 얼굴이 보이는 것 같은 착각을 했다. 환하게 웃는 연우가 '다행이야, 형' 이라고 말하는 것 같았다. 그리고 가슴 한편에 쌓여 있던 알 수 없는 감정들이 얼음이 녹듯이 조용히 사그라짐을 느꼈다.

Part 19
바람을 따라가자

바람을 따라가자 I

지금 진현의 심정을 말하라고 한다면? 엎친 데 덮친 격, 아닌 밤중에 홍두깨, 인간만사새옹지마(人間萬事塞翁之馬) 등으로 표현할 수 있을 듯하다. 한밤중까지 돌아오지 않는 두 여성과 한 묘족을 기다리며 뜬 눈으로 밤을 새고 있는데―더불어 셀로브와 에오로까지―늦은 밤에 우혁이 돌아와서 한마디 한 것이었다.

"내 동생이야, 이제부터."

"……."

옆에서 에오로가 잠에 겨워 하품을 하든 말든 진현은 갑자기 신경성 위염이 도지는 것을 느끼며 복부를 손으로 짚었다. 끄웅 하고 진현이 작게 신음을 토하자 셀로브는 불쌍하다는 시선으로 바라보았다. 우혁의 옆에 찰싹 달라붙어 있는 소년을 보며 셀로브는 고개를 갸웃거렸다. 커다랗고 까만 눈동자를 반짝이면서 우혁의 팔을 붙잡고 그에게 붙어 있는 소년은 그러고 보니 우혁과 조금 닮은 것 같기도 하다. 하지만 갑자기 웬? 한동안 테이블에 머리를 박고 끙끙거린 진현이 천천히 고개를 들었다.

그의 눈빛에는 '너마저 이럴 거냐'라는 뜻이 아주 깊이 박혀 있었지만 우혁은 고개를 45도 각도로 꺾어 그것을 못 본 척했다.

현홍의 일에다가 다카의 일, 더불어 현재 목욕탕 간다던 여성들이 목욕탕을 지어서 물 퍼다 나른 후에 다시 데우고 있는 것이 아닌가 의심이 되도록 안 들어오는데! 아침에 나간 우혁이 밤에 동생을 하나 만들어 왔다.

생각하니 더 열이 받아서 위가 콕콕 쑤셨기에 진현은 길게 신음을 내뱉으며 고개를 숙였다. 하지만……. 진현은 힐끔 우혁의 옆에 서 있는 소년을 보았다. 우혁이 그 아이를 데리고 들어왔을 때 자신도 모르게 연우라고 작은 목소리로 중얼거릴 정도로 닮아 있었다. 그렇게 죽은 동생과 닮은 아이라… 우혁이 저러는 것도 이해가 간다. 하지만! 그래도 이것은 안 된다. 될 일이 있고 안 될 일이 세상에는 있는 법! 진현은 굳게 주먹을 쥐며 숙였던 허리를 펴 고개를 들었다.

그리고 우혁에게 한마디 하려고 했다. 했는데…….

"…형의 형이에요? 그럼, 나한테도 형이야?"

"……."

눈을 반짝이며 생글생글 웃는 얼굴을 보고 진현은 크흑 하는 신음을 다시 내뱉으며 테이블에 머리를 박았다. 연우와 똑같이 생긴 아이가 웃으면서 형이야? 라고 묻는데, 어떻게 아니야! 라고 소리를 지르겠는가? 우혁이 살짝 고개를 돌리며 회심의 미소를 짓고 있는 것은 아무도 보지 못했지만 하늘이 알고 땅이 아는 사실. 그 나이 때의 평균 키보다 조금 더 작은 키에 부드러워 보이는 미소, 그리고 완전히 연우와 붕어빵인 얼굴. 우혁은 진현이 생전에도 연우에게 못 당했다는 것을 생각하며 속으로 웃을 수밖에 없었다.

곧 이어 우혁이 루를 데리고 2층의 방으로 사라지자마자 진현이 테이블을 뒤집어엎으며…….

"에잇, 빌어먹을! 세상에 되는 일이 없어! 야, 이 빌어먹을 신 같으니라고! 내가 가만두나 봐라아! 샤테이엘, 이 나쁜 자식아! 뭐가 보물이고 금은보화냐! 윤아영, 너도 들어오면 가만 안 놔둔다!"

…라고 외쳤다는 것은 아는 사람은 알고 모르는 사람은 모를 일.

　　　　　*　　　*　　　*

"에취!"

아영은 갑자기 코가 간지러워 오면서 왼쪽 귀도 같이 간지럽자 고개를 갸웃거렸다. 누가 내 욕을 하나? 라고 중얼거린 그녀의 어깨를 에이레이가 툭툭 치면서 소근거렸다.

"…여관에 들어가면 진현한테 얼마나 잔소리를 들을까?"

"뭐, 세상일이란 게 마음대로 되는 게 아니잖아. 진현도 그러려니 할 거야."

사악하게 웃으며 손을 저은 아영은 조용히 고개를 들어 올렸다. 노예들이 머무는 건물에서 경비병들을 재워가며 지금까지 버틴 보람이 조금 있는 듯했다. 저택은 쥐가 죽은 듯 고요했다. 뭐, 실제로 쥐가 죽지는 않았겠지만. 피곤했는지 연신 하품을 하며 눈을 비비는 키엘을 어루고 달래어 잠을 깨운 에이레이가 좌우를 둘러보았다. 샌드맨을 불러서 저택의 사람들은 모두 다 재운 상태였지만 종종 가다가 잠이 들지 않은 사람도 있었다. 그때마다 암살자로서의 에이레이가 활약을 했다. 그렇다고 죽이는 것은 아니었고 명치를 쳐서 기절을 시킬 뿐이었다.

아무래도 영역이 넓으니까 샌드맨의 모래도 제대로 효력을 발휘하지 못하는 듯했다. 귀찮다는 듯 혀를 찬 아영이 복도를 살금거리며 걸어갔다. 저택은 으리으리하고 컸지만 생각보다 사람들은 많지 않았다. 밤이 깊자 하인들과 하녀들은 대부분 자신들의 방에 잠을 자러 갔고 몇 명의 경비병들만이 간간이 보초를 설 뿐. 말 그대로, 생각 외로… 사람이 없었다.

뭔가 이상하다라고 생각을 했지만 큰 대수가 있겠냐고 여긴 아영과 일행들은 잠시 후 노예 상인 이잔의 방에 도착할 수가 있었다. 그리고 아영은 혀를 찼다.

"으이그, 돈이 썩어 남아돌지. 아니면 남는 게 돈밖에 없거나. …그게 그건가? 하여간에, 문에도 돈을 처바르는구만. 그럴 돈 있으면 나나 좀 주든가."

그녀의 말대로 이잔의 방문은 으리으리했다. 화려하게 조각된 장식들도 그렇고 손잡이 역시 금으로 되어 있었다. 그런데 여기서부터 다시 문제 한 가지. 문을 어떻게 열고 안으로 들어가서 안에서 낮의 일—아영에 의해 쓰레기통에 처박힌—때문에 곤하게 자고 계실 이잔을 붙잡는다? 아영이 머리를 굴리고 있을 때 바이스가 말했다.

"샌드맨에 의해 잠이 든 인간들은 깨어나지 않을 거야. 그리고 깨어난 인간들이 오더라고 해도 네 정령이면 간단하잖아. 그냥, 부숴 버려."

"흐음……."

아영은 바이스를 보며 조금은 미심쩍은 표정을 짓다가 고개를 끄덕였다. 뚜둑, 소리를 내며 주먹을 푼 아영이 다른 사람을 멀찍이 뒤로 물러나게 만들었다. 아영은 조용히 심호흡을 한 후에 눈을 감았다.

후우웅.

그녀의 주위로 바람이 불면서 긴 갈색 머리카락이 사방에 휘날렸다. 그러나 바람의 정령들은 아영의 머리카락을 마치 손갈퀴로 쓸어 내리는 것처럼 부드럽게 매만지고 있을 뿐이었다. 입술을 깨물며 아영이 소리쳤다.

"저 문, 날려 버려!"

콰앙!

그 커다란 문도 바람의 정령이 휘두르는 폭력에는 견디지 못했다. 문짝 두 개는 순식간에 날아가 버렸고 아영과 에이레이는 후닥닥 방으로 뛰어 들어갔다.

"어라?"

방에는 아무도 없었다. 웬만한 여관의 홀보다 큰 방에는 스페셜 급으로 큰 침대와 가구들만이 있을 뿐, 자고 있어야 할 이잔은 어디에도 보이지 않았다. 단검을 뽑아 들고 있던 에이레이는 자못 당황한 눈치였다.

"후하하핫, 역시나 어리석은 천민들."

"……!"

아영과 에이레이는 동시에 고개를 돌렸다. 그리고 인상을 쓰며 이를 악물었다. 날아간 문의 저편으로 이잔이 모습을 드러낸 것이었다. 방 밖에 느긋한 표정으로 서서 이잔은 음흉한 미소를 흘렸다. 그의 등 뒤로 수십 명의 병사들이 모습을 드러냈다. 에이레이는 도무지 믿지 못하겠다는 표정을 지었고 아영은 입술을 깨물며 주먹을 쥐었다. 그의 등 뒤로 바이스가 고개를 약간 숙인 채로 서 있었다. 아영은 미간을 좁히며 중얼거리듯 말했다.

"소, 속인 거야?"

이잔은 들고 있던 깃털 부채를 날렵하게 부치며 피식 웃었다. 언제 당했는지 모르게 키엘은 이미 축 늘어진 채 병사들의 손에 붙잡혀 있었다. 바이스는 조용히 고개를 들어 아영의 얼굴을 바라보았고 곧 침울한 얼굴로 고개를 저었다.

"어, 어쩔 수 없었어."

분한 표정으로 아영이 뛰어나가려고 할 때 에이레이가 그녀의 어깨를 붙잡았다. 왜 그러냐는 듯이 아영이 인상을 쓰자 에이레이가 손가락을 들어 문쪽을 가리켰다. 고개를 갸웃거리며 아영이 미간을 찌푸렸고 에이레이가 자신을 붙잡은 이유를 알 수가 있었다. 문 쪽에는 마치 수도를 둘러싸고 있는 결계처럼 반투명한 막이 쳐져 있었던 것이다. 지금의 상황, 모두 계획된 거란 말야? 아영이 설명을 요구하는 듯한 얼굴로 바이스를 노려보자 그는 움찔하며 이잔의 뒤로 숨고 말았다.

뭐 이따위야! 아영은 그렇게 소리치고 싶었다. 이잔은 곤란해하는 그녀들의 얼굴이 보기 좋다는 듯 소리 높여 웃으며 그 출렁이는 뱃살을 툭툭 두드렸다.

"하하핫! 유쾌하군, 유쾌해. 오랜만의 여흥이야. 천한 너희들이 묘족같이 값비싼 상품을 가지고 있다는 것은 벌써 알고 있었다. 흐음, 나한테 그런 정보를 얻는 것쯤이야 식은 죽 먹기 아니겠느냐. 크큭, 너희들을 어떻게 요리를 해줄까?"

아영은 도저히 못 참겠다고 생각해 버렸다. 머리끝까지 화가 나서 도저히 이성이라는 두 글자가 보이지 않았다. 원래가 다혈질적인 그녀였지만 지금은 저런 놈한테 속았다는 것이 화를 돋우고 있는 것이다. 부들부들 떨고 잇는 그녀를 에이레이는 안타까운 듯 쳐다보았다. 조금 거뭇한 살결을 가지고 있는 이잔은 깃털 부채로 입을 가리고는 나머지 한 손으로 콧수염을 쓰다듬으며 말했다.

"한 이삼 일 굶으면 사근사근해지겠지. 쿡쿡, 난 인내심이 아주 길다. 그 정도쯤이야 기다릴 수 있지. 그럼, 쉬면서 머리나 식히거라."

그리고 껄껄 웃으며 그는 1층으로 내려가 버렸다. 몇 명의 병사들만 놔두고 다 가버리는 것을 보니 이 방어막인지, 결계인지 제법 성능이 좋은 모양이다. 에이레이는 분한 듯 주먹을 쥐며 애꿎은 침대를 걷어찼다. 그리고 아영은…….

"으아아! 저 빌어먹을 엘프 자식이! 감히 날 속여?! 여, 열받아! 아악, 나 미쳐! 짜샤, 너 이리 못 와! 죽여 버릴 테다! 엘프 회로 만들어 버릴 거야! 반드시 산 채로 껍질을 벗겨서 염장을 질러 버리고 말 거다! 야, 너! 돼지, 너도 이리 와앗!"

테이블을 걷어차고 침대 시트를 벗겨 갈기갈기 찢는 아영이었다. 여기서 우리는 한 가지를 알 수 있다. 역시 피는 물보다 진하다는 것을. 그리고 그녀의 발광에 따라서 온갖 정령들이 나와 방을 가득 메웠다. 병사들은 부들부들 떨면서 조금이라도 더 멀어지려고 애썼다. 다행히도—아영과 에이레이에게는 불행히도—문에 쳐진 결계의 힘은 생각 외로 강력했다. 펑펑 터지는 불의 정령 샐러맨더Salamander의 입김과 그것을 더 증폭시키는 실프Shylph의 바람, 또 한쪽에서는 불을 끄는 언딘Unndine의 물길이 있었다. 결계는 부들부들 떨렸지만 용케 그 힘을 모두 막아냈다.
 드드드!
 아영의 분노에 따라 저택 자체를 지탱하는 땅에서 소규모의 지진이 일어날 정도였다. 결국 아영이 스스로의 화를 주체 못하고 그대로 침대에 드러눕고 말자 그제야 정령들도 진정을 하기 시작했다. 그동안 아영과 멀찌감치 떨어져 방구석에 오도카니 서 있던 에이레이는 푹 젖어버린 옷자락을 쥐어짜며 한숨을 내쉬었다. 아영은 침대에 엎드려 헉헉거리는 숨을 몰아쉬고 있는 중이었다. 만약 조금만 더 화를 냈으면 저택 자체가 날아갔을지도 모른다.
 그랬다가는 다치는 사람도 있을 것 같아서 아영은 그만두기로 했다. 어쩔 수 없지 않은가. 자칫하면 키엘도 다칠 수가 있으니까. 한꺼번에 너무 힘을 많이 써서인지 아영은 이마에 맺힌 땀을 닦으며 조금 쉬어야 했다.
 "으윽, 열받아. 열받아아……!"
 "……."
 성격 한번 나이스 하다. 에이레이는 그리 생각하며 고개를 절레절레 흔들었다. 이럴 때일수록 조금 차분하게 마음이 가라앉을 필요가 있다. 에이레이는 조심스럽게 아영의 옆에 걸터앉고는 두 손을 모아 무릎 위에 올렸다. 슬쩍 문밖을 쳐다보니 병사들이 거의 주저앉을 상으로 자신들을 바라보고 있었다. 당장에 도망가지 않은 것만으로도 칭찬을 해줘야 할 것이 분명했다. 정말로 억울했던 것인지 눈가에 눈물까지 글썽이며 아영이 벌떡 몸을 일으켰다.
 "정말로 열받아 죽겠네!"
 그녀가 그리 소리 지름으로써 아까와 같이 어딘가에서 확 하고 불꽃이 피어 올랐다. 에이레이가 말리지 않았다면 이곳은 불바다가 되었을지도 모르는 일이었다. 에이레이는 흥분해서 헉헉거리는 아영의 어깨를 붙잡은 채로 소곤소곤 말했다.

"그렇게 열받지 말아. 조금 침착하게 생각해 보자고."

"어떻게 흥분을 안 해! 빌어먹을, 제기랄! 아악, 뭐 저런 놈들이 다 있어?!"

"…네가 살던 원래 세계에는 저런 작자들이 많이 없었나 보구나?"

아영은 갑자기 에이레이가 자신이 살던 세계에 대해 물어오자 눈을 깜빡이며 그녀를 바라보았다. 잠시 후에 그녀는 뺨을 긁적이며 대답했다.

"뭐, 없는 것은 아냐. 아니, 아주 많아. 그래도… 저렇게 노골적은 아니었던 것 같아. 최소한 어떤 사람이 가지고 있는 것을 뺏기 위해 이런 짓은 잘 안 했지. 음, 나는 안 당해봤어."

에이레이는 무릎을 모아서 팔로 끌어안으며 피식 웃었다.

"여기에는 저런 자들이 널리고 널렸어. 거리를 걷다가도 운이 나쁘면 어느 칼에 맞아 죽을지 모르는 게 세상이야. 그러니까, 너무 흥분하지 마."

입술을 샐쭉거린 아영이었지만 그녀의 말이 틀린 것도 아니었기에 고개를 끄덕이며 숨을 골랐다. 병사들은 그녀들이 조용히 있자 조금 안심한 태도로 보초를 서기 시작했다. 에이레이는 방을 죽 둘러보기 시작했다. 그러나 출구라고는 보초들이 서 있고 결계가 쳐진 문과 발코니뿐. 발코니는 열리는지 확인을 하기 위해 에이레이는 조심스럽게 창가 쪽으로 다가갔다. 단검을 들어 이리저리 무언가를 찔러보는 그녀의 뒤에 아영은 흥미로운 눈으로 서 있었다.

잠시 후, 에이레이는 창문을 열어 젖혔고 곧 결계 같은 것은 없다는 것을 확인했다. 2층에서 정원으로 통하는 곳이었다. 시원한 바람이 방 안으로 불어 들어왔다. 이렇게 허술해라고 중얼거린 에이레이는 곧 아래를 내려다보고는 고개를 설레설레 저었다. 이십 명은 될 법한 병사들이 아래에 도열해 있었고 덩치 크고 잘 훈련받은 것처럼 보이는 개들도 몇 마리 있었으니까. 그리고 발코니도 그리 넓지 않았다.

기껏해야 여관의 발코니에서 조금 넓은 정도. 병사 몇 명이 위를 쳐다보았다.

컹컹! 왈왈!

덧붙여 개소리까지. 그에 아랑곳하지 않고 에이레이는 발코니를 살폈다. 병사들이 피식 웃는 것으로 보아 도망갈 수 있으면 도망가 봐라인 듯했다. 확실히… 아래로 뛰어내리는 것 말고는 달리 방법이 없어 보였다. 지붕까지의 거리도 너무 멀고 기어오를 만한 틈새도 없었다. 2층이니까 아래로 뛰어내려 봤자 다치지도 않는다. 그러나 저 많은 병사들과 개들은?

에이레이는 한숨을 쉬며 고개를 저었다. 날아서 가지 않는 한 이 방에서 나가는 것이란 무리에 가까워 보였다. 그리고 어찌어찌해서 자신들은 몸을 빼낼 수 있다고 치더라도… 키엘은 어쩌란 말인가? 에이레이는 자신의 단검을 만지작거리며 고개를 들어 밤하늘을 바라보았다. 그냥 여관으로 돌아가는 건데 괜한 짓을 했다 생각하며.

그런데 그녀는 문득 아영이 침대에 앉아서 중얼거리는 것을 들을 수가 있었다.

"하아, 어떻게 하지? 너희들의 힘으로도 충분하지만 지금 난 이곳을 빠져나가야 해."

어디선가 소곤거리는 소리가 에이레이의 귀에 들렸다. 그러나 아주 작은, 마치 글씨를 사각사각 적는 소리 정도에 불과한 것이었기에 무슨 내용인지는 알 수가 없었다.

"그래. 으음, 어쩔 수 없지. 불의 정령 왕 좀 불러주라. 그 녀석 힘이라면 저 정도 결계를 부수는 데 충분할 거야."

소곤소곤.

"뭐? 귀찮아서 안 온다고? …주인 명령을 우습게 알다니! 시겔한테 이르기 전에 빨랑 나와, 짜샤!"

저 말버릇은 정말로 어찌 안 될까. 정령 왕에게 저런 말을 쓸 수 있는 것도 저 아이뿐일 것이다라고 생각하며 에이레이는 고개를 저었다. 그리고 순간 후끈 달아오르는 감각을 느끼며 화들짝 놀라야 했다.

화르륵!

거대한 불꽃이 사람 정도 크기로 타올랐고 에이레이는 엄청난 불꽃의 크기에 놀랐지만 이상하게도 그에 비해서 뜨겁지는 않자 그에 더 놀랐다. 아영은 팔짱을 낀 채로 불덩어리를 불만스러운 얼굴로 쳐다보았다. 불꽃은 조용히 타오르다가 곧 사라져 갔다. 그리고 그 안에서 사람의 모양 비슷한 형상이 나타났다. 다만 불투명한 모습이라서 벽과 그 외의 것들이 투명하게 비치는 것이 사람과는 다르다고 할까. 불꽃은 완전히 사라지지 않고 그의 몸 주변을 감싸듯이 타올랐다.

미간을 잔뜩 좁히고 뾰루퉁한 표정으로 나타난 그가 불의 정령 왕? 에이레이는 놀라움을 금치 못했다. 아무리 정령을 다룬다고는 하지만 한 속성의 정령 왕을 불러내는 이가 어디 있었는가? 비록 모든 정령들의 왕에게 힘을 받았다고는 하지만……. 불길처럼 화려한 붉은색 머리카락 사이사이로 황금색의 머리카락들도 보였다. 길게 허벅지만큼 머

바람을 따라가자 255

리를 길러놓은 것도 그렇고 저 반반함을 넘어서 꽤나 미남인 얼굴도 그렇고, 옷도… 상당히 화려하다. 조금은 달라붙는 바지에다가 액세서리하며. 에이레이는 왠지 저 정령 왕의 모습이 아영의 취향이 아닐까 하는 생각이 들었다.

예전에 누군가에게 정령 왕은 실체가 없으며 소환자의 취향이나 상상대로 나타난다고 들었기 때문이다. 그의 말대로 불의 정령 왕이 뚱한 목소리로 말했다.

「네 부탁대로 이런 모습으로 나왔다. 됐냐?」

아영은 생긋 웃으며 엄지손가락을 들어 올렸다.

"역시나, 내 안목은 드높다니까. 나이스야, 샐리온!"

그녀의 취향인가 보다. 에이레이는 손으로 이마를 짚으며 고개를 푹 숙였다. 저 철부지 공주님을 어떻게 하면 좋을까.

불의 정령 왕 샐리온은 흥 하고 콧방귀를 뀌고는 고개를 들어 삐딱하게 아영을 내려다보았다. 4속성의 정령 왕 중에서 가장 호전적이고 폭력적이며 자존심 강하기로 유명한 샐리온이었기에 이런 조그만 인간 여자에게 명령을 받는다는 것이 못내 거슬리는 것이었다.

뚱한 표정의 샐리온을 보며 아영은 팔짱을 끼며 마치 왕족이나 된 것처럼 턱을 약간 치켜 올렸다.

"왜? 나온 게 불만이냐?!"

「…흥, 말을 말지.」

잠시 후 에이레이는 아주 진귀한 장면을 눈으로 보게 되었다. 불의 정령들을 다스리는 자존심 높고 강하고 폭력적이라는 불의 정령 왕께서 자신의 반에, 반에 반… 하여간에 인간 여자의 발 밑에서 '아악, 그만두지 못해! 이 난폭하기 그지없는 인간 꼬마 녀석아!', '흥, 웃기네!

너 따위한테 난폭하다는 말은 듣고 싶지 않아! 어디 다시 한 번 말해 봐! 예의범절부터 다시 가르쳐 줄까?' 등의 대화를 나누는 모습을 말이다. 에이레이가 아영의 허리를 붙잡으며 말리지 않았다면 불의 정령 왕은 그 유명을 달리하시고 정령 왕 후보에게 바톤을 넘겨야 했을 것이다.

바닥에 주저앉은 채 허리를 짚으며 끙끙거리는 불의 정령 왕 샐리온을 안타깝게 쳐다본 에이레이가 아영을 말리면서 말했다.

"그만 진정해. 불의 정령 왕님이시라고, 님!"

"님 같은 소리 하지 마! 주인을 못 알아보는 녀석은 맞아야 해! 맞아야 주인 위대한 것을 알지!"

한동안 시끌벅적하게 떠들다가 아영은 씩씩거리며 샐리온을 노려보았다. 샐리온은 '아무리 능력있는 인간이 없다고 하지만 저따위 인간에게 힘을 주시다니… 시겔님'이라고 중얼거렸고 또 아영의 발차기에 걷어차여야 했다. 활활 타오르는 불꽃이 마치 비단처럼 몸을 감고 있는 불의 정령 왕의 체면은 이미 온데간데없었다. 아영은 홍 하고 고개를 돌리더니 곧 이어 손가락을 딱 소리나게 퉁기며 말했다.

"너 따위 녀석은 필요없어. 다른 정령 왕을 부를 거야. 쳇, 저런 녀석이 무슨 정령 왕이야, 정령 왕이."

아마도 오늘 불의 정령 왕 샐리온은 정령계로 돌아가자마자 자기 집을 날려먹지 않을까 생각된다. 에이레이는 측은해 죽겠다는 얼굴로 샐리온을 보았고 샐리온은 지금이라도 당장 아영을 잡아먹지 못하는 게 한이라는 얼굴이 되었다. 이를 빠득빠득 간 샐리온이 자신을 노려보는 것을 아는지 모르는지 아영은 조용히 눈을 감으며 정신을 집중했다. 사실 그녀는 모든 정령들의 왕 시겔 오베론에게 힘을 받았음으로 보통의 정령사들이 필요로 하는 정신 집중이나 소환의 부름 말은 필요가 없는 것이 사실이었다. 모든 것이 폼생폼사라고 할까.

아영은 살며시 눈을 뜨며 손을 휘저었다.

"노아스, 나와줘."

그녀치고는 꽤나 정중한 말이라서 에이레이는 고개를 갸웃거렸다. 샐리온이 울컥하며 뭐라고 소리를 지르기도 전에 아영이 서 있는 앞쪽의 땅이 조금씩 흔들리기 시작했다. 땅의 정령 왕 노아스, 비록 이곳이 대지가 아닌 저택—그것도 2층—이라고 해도 땅과 바위 모두를 지배하는 정령 왕이기에 불러내는 것은 무리가 아니라는 투였다. 그리고 무엇보다 지금은 불의 정령 왕도 있었으니까. 불의 기운은 땅의 기운을 더욱 강하게 만드는 역할을 했다. 바람이 불을 더 퍼뜨리는 것과 같은 이치. 에이레이는 흔들리는 진동 때문에 침대의 기둥을 잡고 서야만 했다.

오늘따라 정말로 그녀는 진귀한 광경을 많이 본다고 생각했다. 정령 왕과 계약을 했다는 기록이 비록 나와 있다고는 하나 이 정도로 자유자재로 부리는 사람은 없었다는 것을 그녀는 알고 있었다. 실제로 정령 왕을 둘이나 보게 되다니! 에이레이는 그런 감탄을 터뜨리며 오늘 돌아가면 필히 일기를 쓰기로 했다. 뭐, 샐리온이 그 사실을 안다면 노발대발할지도 모르지만.

아영의 앞에 점점 크게 솟아오르는 바위 기둥은 샐리온이 나왔을 때처럼 사람의 모습을 취하기 시작했다. 조금은 갈색의 피부를 가진 건장한 사내의 모습이 드러나자 에이레이는 살짝 고개를 저을 정도였다. 왜 나오는 정령 왕마다 아영의 취향이 반영된 것인지. 예쁜 사람을 좋아하는 아영이었지만 이번의 정령 왕은 예쁘다기보다는 잘생긴 쪽이었다. 남자답게 근육도 적당히 붙어 있었고 키도 훤칠하게 커서 어느 여자나 혹할 정도. 에이레이가 이런저런 생각을 하는지도 모르고 아영은 폴짝 뛰어 노아스의 단단한 팔을 껴안으며 외쳤다.

"와아, 노아스다! 오랜만이지? 그치?"

정령 왕들 중에서 가장 자상하고 자애롭기까지 한데다 성실하기로 유명한 노아스는 빙긋 웃으며 아영의 어깨를 살짝 끌어안아 주었다.

「예, 아영님. 오랜만에 뵙습니다.」

거기다가 예의범절까지 갖추고 있으니 아영이 좋아하는 것도 당연한 것. 노아스는 문득 자신과 아영을 노려보고 있는 자가 불의 정령 왕 샐리온이라는 것을 알고는 피식 웃으며 말을 건넸다.

「어쩐지 오늘따라 땅의 기운이 더 강해진다고 했더니, 자네도 나와 있었군. 그런데 꼴이 그게 뭔가?」

「입 닥쳐, 노아스.」

차갑게 대답하는 그를 보며 아영은 다시 눈을 부릅뜨고 그를 노려보았다. 흠칫 어깨를 떠는 것을 보니 아무래도 아까 걷어차인 것이 꽤 아프기는 했던 듯싶다. 아영은 샐리온을 향해 손을 휘저으며 무뚝뚝하게 말했다.

"넌 가. 이제 필요없어."

「…….」

대체 왜 부른 거냐고! 샐리온은 그렇게 외쳐 주고 싶었지만 눈앞으로 스쳐 지나가는 아영의 주먹과 자신들의 왕 시겔의 얼굴을 상기하고는 주먹만 부르르 떨었다. 어깨를 축 늘어뜨리고 비틀비틀 사라지는 샐리온의 등을 노아스는 불쌍하다는 듯이 측은한 눈매로 쳐다봐 주었다. 그리고 더불어 정령계로 돌아가면 그의 부하들이 어찌 저 성격을 감당해 낼지…… 하는 생각에 절로 고개가 저어지는 그였다. 처음 시겔의 소개로 아영을 만났을 때 '저따위 인간…' 어쩌고 했다가 비 오는 날에 먼지가 휘날리도록 맞은 샐리온은 곧장 자신의 성으로 돌아가 있는 성질 없는 성질 다 부렸다.

그 성질이라는 것도 대단해서… 그의 성 3분의 1이 날아가고 그를 말리던 대다수의 부하들이 얼마 동안 움직이지도 못할 정도로 부상을 입은 것은 정령계에서 아는 사람, 아니, 정령은 다 아는 것. 노아스는 조용히 아영의 손등에 입을 맞추며 물었다.

「그런데 무슨 일로 저희 정령 왕까지 부르신 것인지?」

아영은 한숨을 푹 내쉬며 자신의 긴 갈색 머리카락을 쓸어 넘겼다.

"아아, 귀찮은 인간 때문에 말야. 그건 그렇고 저기 좀 안 보이게 해 주라."

불이 몸 주위에 타오르는 남자 다음에는 바위에서 나타난 남자라니. 결계 밖, 그러니까 문밖에서는 병사들이 수군거리면서 방을 쳐다보고 있는 중이었다. 노아스는 생긋 웃으며 조용히 손을 들었다.

콰드드득.

그리고 그와 동시에 그가 모습을 드러냈을 때처럼 커다란 바위 기둥이 몇 개 솟아올랐고 병사들은 비명을 지르며 도망갈 기색을 했다. 하지만 결계의 힘, 생각 외로 정말로 대단한 모양이다. 노아스의 바위 기둥은 결계 안쪽에서만 솟아날 뿐 밖으로는 영향을 주지 못했다. 몇 개의 기둥들이 솟아오르자 곧 문은 가려져 버렸다. 어라 하고 노아스가 고개를 갸웃거리자 아영이 설명을 해주었다.

"저 결계, 정말로 대단한 건가 봐. 사실 말야, 오늘……."

곧 아영은 오늘 있었던 일을 모두 노아스에게 해주었다. 에이레이는 침대에 걸터앉은 채로 노아스의 모습을 유심히 지켜보았다. 언제 다시 볼지 모르는 정령, 그것도 정령 왕의 모습이 아닌가. 잠시 후 아영이 모든 설명을 마쳤을 때 노아스는 곤란하다는 미소를 얼굴에 피웠다. 설명을 듣자 하니… 그 인간이 간교하다기보다는 아무나 홀랑 믿는 아영 일행이 더 잘못이었다고 말을 해야 하지만… 하지만 눈앞에서 샐리온이 죽도록 맞는 모습을 본 노아스의 입에서 그런 말이 튀어나올 리 없다.

어디까지나 그는 4속성의 정령 왕 중에서 가장 성실하고… 가장 사려 깊은 타입이니까. 목숨이 왔다 갔다 할 말을 할 리가 없지 않은가. 노아스는 빙긋 웃으며 고개를 끄덕였다.

「그 인간을 혼내주고 싶으신 모양이군요, 아영님.」

"흥! 혼내주고 말고의 문제가 아냐! 반드시 잡아서 돼지 바비큐를 만들어줄 거야! 아니, 손가락을 마디마디마다 잘라서 소금에 절여줄 테다! 아냐… 그건 너무 약과지. 상처를 헤집은 다음에 촛농을 떨어뜨리고 거기다가 못을 꽂은 후에… 중얼중얼."

「……..」

어디가 약과란 말인지. 검은 오라를 피워 올리며 혼자서 헤실헤실 웃고 있는 아영의 모습을 보고 있노라니 노아스는 정말로 시겔이 잘못 선택한 것이 아닌가 하는 생각을 하기에 이르렀다. 잘못 걸렸다가는 뼈도 추릴 수 없을 뿐더러 곱게 죽여주면 다행일 듯싶은 성격에 미남을 밝히는 데다가 생각 외로 돈도 탐한다. 정말로 정령과는 거리가 멀지 않은가? 아영의 말이 점점 장황해짐에 따라 에이레이는 왠지 이 잔을 동정하고 싶은 마음까지 들었다. 하필이면 건드린 것이 아영의 성격일 게 또 뭐람. 하긴, 진현을 건드렸어도 별반 틀릴 것은 없을 듯

싶다.

아영을 겨우 진정시킨 에이레이가 조용히 말했다.

"…어쨌거나 괴롭히는 것은 둘째 치고라도 키엘을 먼저 구해야 돼. 저택을 몽땅 뒤집어엎을 셈이야?"

"응!"

"……."

고개를 획 돌리고 매섭게 소리치는 아영을 보며 에이레이와 노아스는 동시에 한숨을 폭 내쉬었다. 농담이 아닌 것 같다. 아영은 주먹을 모아 쥐며 손가락을 풀었다.

뚝, 뚜둑.

여자 손에서 나는 소리가 맞는지 의심스러울 정도로 선명한 소리가 들리며 아영은 개운하다는 듯이 웃었다. 호홋 하고 웃은 그녀는 곧 어깨를 풀면서 슬쩍 문가를 노려보며 중얼거리듯 말했다.

"감히 이 몸을 열받게 만들다니. 두고두고 후회하게 만들어주지. 뭐, 오늘이 인생 최후의 날이 되겠지만… 오호호홋!"

에이레이와 노아스는 이때에도 동시에 오싹한 한기를 느끼며 몸을 떨어야 했다.

콰앙! 드드드드!

"괴, 괴물이다! 병사들을 불러! 우아악!"

노아스가 불러낸 중급과 상급의 땅의 정령들은 저택을 벌집 쑤시듯이 들쑤셨다. 2층의 창문으로 뛰어내려 미리 불러두었던 땅의 정령들을 이용하여 병상들을 녹다운 시켜 버린 것. 사실, 에이레이가 말리지 않았다면 아영은 지진을 일으켜 몽땅 저택과 함께 보내 버렸을 것이다.

그 정도로 그녀는 열받아 있었으니까. 상처를 입든 말든 상관은 없지만 죽이지는 말라는 명령을 달랑 하나 남기고 아영은 미친 듯이 도망다니는 병사들과 하인들을 보며 깔깔 웃어댔다. 그녀 역시 여성이었기에 하녀들은 건드리지 말라고 못 박아둔 터. 뭐, 누가 하인이고 하녀인지 알 길이 없는 정령들에게는 여자는 건드리지 마라는 명령 하나면 충분했다.

너무너무 유쾌하다는 듯 아영은 고개를 젖혀 그녀 특유의 소프라노 음성으로 웃어댔다.

"호호홋, 날 괴롭힌 벌이라고! 다 죽어버려, 자식들아!"

…어딘지 모르게 핀트가 많이 어긋난 느낌이었지만 에이레이는 별달리 하고 싶은 말이 없었다. 그도 그럴 것이 그녀는 키엘을 찾기 위해 온 집 안을 쥐 잡듯이 뛰어다니고 있었으니까. 저택의 커다란 홀에는 쾅, 콰앙 하는 찢어지는 굉음과 함께 마치 하늘이라도 뚫을 것처럼 바위들이 솟아올랐고 기둥들 속에서는 상급의 정령들이 모습을 드러냈다. 커다란 늑대의 모습을 한 상급 땅의 정령들은 자신들의 왕의 명령을 받들어 충실히 일했다(병사들의 무기를 집어 던지고 목덜미를 물어 이리저리 흔든다던가 걷어찬다던가).

물리적인 힘이 4속성 중 가장 강한 땅의 정령들을 인간이 당해낼 리가 없었다. 하녀들은 비명을 지르며 도망다니다가 정령들이 자신들은 공격하지 않는 것을 보고 의아하게 생각했다. 아무리 그래도 병사들이 나가떨어지고 뼈가 부러지는 모습을 보며 그녀들은 한쪽 구석에 모여 주저앉으며 비명을 토해냈다.

"까아악!"

"으아악, 사람 살렷!"

이잔은 어디를 갔는지 보이지를 않았다. 그는 생각 외로 많은 병사들을 가지고 있었다. 본관 정문을 걷어차고 들어온 병사들은 홀의 정령들을 보면서 비명을 지르며 무기를 휘둘렀다. 물론, 아무런 소용도 없었지만. 거대한 거인의 모습을 한 땅의 정령이 느릿하게 팔을 휘두르자 병사들은 무기가 부러지면서 벽으로 날아가 처박혔다. 자신들의 왕이 이곳에 모습을 드러낸 지금, 땅의 정령들은 그 어느 때보다 기운차게 움직였다.

아영은 2층 난간에 서서 한쪽 다리를 난간에 올린 자세로 마치 여왕이라도 된 것처럼 손으로 입을 가리고 웃었다.

"감히 이 몸을 속인 너희 주인을 원망해라! 오호홋! 여왕님이라고 불러… 가 아니고 나한테 충성한다면 살려주마! 깔깔!"

「…….」

역시나 못 말리는 공주님이라고 중얼거리는 노아스의 말을 듣지 못했는지 아영은 팔을 휘두르며 정령들에게 소리치며 웃었다. 병사들은 그런 그녀를 보며 마녀라는 것이 과연 어떤 것인지 알 수가 있었다. 그러나 현 시점에서 마녀다라고 소리를 지른다면 어찌 되겠는가?

"마, 마녀다! 악마얏!"

"……."

한 병사가 아영에게 손가락질을 하며 마녀라고 외쳤다. 나머지 병사들이 자신을 불쌍한 놈 쳐다보듯이 하자 그는 의아한 얼굴을 지어 보였다. 사실이지 않은가? 그러나 그는 곧 자신의 입을 저주하며 비명을 질러야 했다. 아영이 묵묵하게 손가락을 튕기자 다른 병사들을 괴롭히던 정령들까지 몽땅 달려와 자신을 짓밟고 집어 던졌으니까 말이다. 낭랑하게 울려 퍼지는 병사의 비명 소리에도 아영은 아무런 죄책감도 느끼지 못하는 사람처럼 훗 하고 웃으며 머리를 쓸어 넘겼다.
"누구보고 마녀라는 거야? 나처럼 연약하고 가녀린 여성에게. 말버릇 하고는."
 쯧 하고 혀까지 차는 아영을 보며 노아스는 정말로 정령계의 미래에 대한 불확실한 타산을 내려야 했다. 아아, 진정으로 이 여성을 말릴 수 있는 힘을 가진 사람은 없단 말인가. 물론 있기는 했지만 그는 지금 새로이 생긴 동생과 함께 같은 침대에서 곤한 단잠에 빠진 후였다.

 결국 병사들은 돈도 명예도 중요하지만 세상에는 그보다 더 중요한 '목숨'이라는 것이 있다는 사실을 뼈저리게—뼈 부러지게—체념해야만 했다. 아영의 발 아래에 무릎 꿇은 병사들은 한 번만 살려주시면 세상 끝까지 따라가겠습니다 등의 말을 하면서 손이 발이 되도록 빌고 또 빌었다. 불쌍하게도라는 말을 노아스가 중얼거릴 때 에이레이가 땀에 젖은 채로 복도 한 편에서 달려왔다.
"키엘이 없어!"
"뭐?"
 아영이 놀란 눈으로 에이레이를 바라보자 에이레이는 손을 휘저어 가며 소리쳤다.
"키엘이 없어! 이잔이라는 그 노예 상인과 바이스, 그 엘프도!"
 아영이 눈을 부릅뜨며 인상을 쓰자 한 병사가 소리쳤다. 몇 대 얻어맞고 나니까 상황 판단이 잘 되는 모양이다.
"이, 이잔님… 아니, 그자는 벌써 중요한 서류와 돈을 들고 도망갔습니다. 엘프도 도망갔고요! 노예들은 그대로 두었지만 그자는 도시 이곳저곳에 거처가 많아서 찾기 어려울 겁니다!"

이를 뿌득 간 아영이 주먹을 쥐며 부들부들 떨었다. 내, 이 인간을 정말… 이라는 말을 들으며 노아스는 속으로 그 노예 상인이 최대한 멀리 도망쳐야 한다고 생각했다. 저 얼굴을 보니 정말로 아까의 말처럼 할 것 같았으니까. 아무리 자신이 정령이라고는 하지만 한 인간이 피를 튀기면서 손가락이 잘리거나 소금에 절여지는 꼴은 별로 보고 싶지 않은 장면이 분명했다. 슬쩍 고개를 돌려 아영의 얼굴을 보자 화가 나도 이만저만 난 것이 아니었다. 그리고 노아스는 생각을 달리했다. 차라리 이 자리에 있었다면 그런 꼴은 면했을 텐데 하는 중얼거림과 함께.

탕!

아영이 난간의 다리 하나를 걷어차며 병사들에게 외쳤다(이미 주인이 다 된 그녀였다).

"지금 당장 말을 꺼내와! 그자가 어디로 갔는지 알아내는 사람한테는 이 저택을 주겠다!"

…이 저택이 누구 건데? 에이레이와 노아스가 동시에 그런 생각을 했지만 병사들한테는 이미 아영이 주인인 동시에 여왕님으로 보이는 터. 그녀의 말을 듣자마자 조금 멀쩡한 병사들이 서둘러 자리에서 일어났다. 수십 명의 병사들이 있었지만 그중 몸을 움직일 수 있는 정도는 단 열 명 정도뿐이었다. 잇소리를 내며 아영은 조금만 덜 때릴 걸이라고 생각했지만 이미 후회해도 늦은 현실. 부들부들 떨고 있는 하인들과 하녀들에게 부상을 당한 병사들을 보살피라는 말을 남기고 아영은 노아스와 에이레이와 함께 병사들의 뒤를 따랐다. 그리고 정문을 나서기 전에 한마디 해주는 것도 잊지 않았다.

"…세상에 정령이 없는 땅은 없지. 도망가거나, 이상한 짓거리를 할

시에는 목숨은 보장 못한다."

"……."

정말로 도망가려고 마음을 먹은 사람이 있었는지는 모르지만 병사들은 눈가에 고인 눈물을 닦으며 고개를 힘차게 끄덕였다. 하지만 이미 한 번 속은 아영은 그냥 가지 않고 상급 물의 정령을 불렀다. 커다란 개─덩치가 황소만했지만─처럼 생긴 상급 물의 정령 엔다이론의 머리를 쓰다듬으며 아영이 생긋 웃었다.

"도망치는 놈은 죽여 버려."

그와 함께 그녀는 목을 사선으로 긋는 시늉을 했고 엔다이론은 알아들었다는 듯 고개를 끄덕였다. 투명한 물로 형성이 된 그것이 홀에 모여 있는 병사들과 하인, 하녀들을 매서운 눈으로 쏘아보자 사람들은 공포감에 전율했다. 오호호홋 하고 긴 웃음을 남기고 사라지는 아영의 모습은 가히 마녀라는 평에 어울리는 모습이었다. 그러나 누구도 그런 말을 꺼내는 사람은 없었다.

저택의 정문을 나서 정원으로 나오니 이미 병사들이 말들을 끌고 오는 중이었다. 아영은 노아스에게 대지를 통해 따라오라고 말했다. 노아스는 곧 고개를 조아리며 천천히 대지 속으로 스며 들어갔다.

아영은 뭐라고 중얼거리더니 곧 실프를 소환했다. 훌쩍 말에 올라탄 아영이 말고삐를 틀어쥐면서 미간을 찌푸렸다.

"빌어먹을 놈, 도망가면 도망가는 대로 더 때려주고 말 테다!"

에이레이는 쓰게 웃으며 고개를 저었고 말에 올라탔다. 병사들도 모두 말에 올라타고 나자 아영이 외쳤다.

"날 따라와! 멀리 도망가지는 못한 것 같아! 이랴!"

한가로운 바람이 부는 것을 느끼며 병사들은 허겁지겁 아영의 뒤를 따랐다. 정말이지, 말 하나는 잘 드는 사람들이었다. 가벼운 무장만을 해서 그런지 그들은 말을 제법 잘 몰았다. 저택의 거대한 문을 돌파하고 수도가 보이는 평원으로 그들은 나왔다.

이미 밤은 꽤 깊어 있었다. 자정은 지난 것 같았으니까. 아영은 실프와 뭐라고 대화를 나누면서 능숙하게 고삐를 놀려 말을 몰았다. 병사들이 말 모는 것 정도야 기본이었고 그것은 에이레이 역시 마찬가지였다.

아영의 옆으로 말을 몰아 온 한 병사가 말했다.

"저, 이 방향으로 간 것이라면 아마도 릴타나 마을로 갔을 겁니다."

아영은 힐끔 그 병사를 쳐다보며 물었다.

"릴타나? 거기가 어딘데?"

자신보다 한참 나이가 많은 사람에게도 저렇게 스스럼없이 말을 낮출 수 있는 것으로 보아 그녀는 천성이 〈주인님〉이었던 듯하다. 병사는 조금 머뭇거리다가 곧 대답했다.

"수도의 위성 도시 비슷한 마을입니다. 도시만큼 크지는 않지만 이 잔의… 그자의 세력으로 인해서 꽤 번성한 마을이죠. 그곳에 이잔의 본거지가 있습니다!"

"본거지? 지가 무슨 산적인 줄 아나! 에잇, 마을 채로 날려주마!"

"…무고한 마을 사람들도 있습니다만."

"그 녀석과 관계되었다는 것 자체로 무고가 아냐! 마른하늘에 날벼락이라고 치겠지!"

정말이지 못 말리는 성격이었다. 그녀는 자신이 필요로 하는 일이라면 주위에 마을이 있든 말든, 도시가 있든 말든 개의치 않는 성격이었고 그것은 그녀와 피가 이어진 진현의 성격도 또한 마찬가지였다.

한참을 말을 달리자 병사의 말대로 마을 하나가 멀리서 희미하게 모습을 드러냈다. 정말로 제법 큰 마을이어서 아영은 천천히 말의 속도를 줄였다. 잠시 후 마을과는 어느 정도 거리가 떨어진 언덕의 둔턱에 몸을 숨긴 아영이 병사들을 돌아보며 말했다.

"어떻게 들어가지?"

병사들은 주저주저했고 아영은 인상을 썼다. 그때 아영 주위의 대지가 조금씩 요동을 치자 말들은 발을 구르며 머리를 흔들었다. 처음 모습을 드러냈던 때처럼 땅의 정령 왕 노아스가 조심스럽게 모습을 드러냈고 병사들의 안색이 파리하게 질려갔다. 그는 조용히 먼 곳에 있는 마을을 보더니 말 위에 앉아 있는 아영을 올려다보았다.

「땅의 정령들에게 물어보니 저 뒤편으로 숲이 있다고 하더군요. 조금 시간은 걸리겠지만 돌아간 다음에 숲을 통해 마을로 들어가는 것이 좋을 것 같습니다.」

"음, 역시 노아스야. 좋아, 우선은 숲으로 들어간 다음에 동태를 살피도록 하자. 마음 같아서는 정말로 통째로 날리고 싶지만."

그리고 그들은 다시 말을 달려야 했다. 물론 마을 주변 가까이까지 가지는 않고 빙 돌아서 마을과 붙어 있는 숲까지 갔기 때문에 시간은 지체되었지만 다행히도 마을 사람들에는 들키지 않았다.

숲은 그리 큰 것이 아니었다. 마을 사람들이 땔감 등을 얻기 위한 숲 정도일까. 천천히 말에서 내린 아영이 주위를 둘러보았다. 숲은 고요했다. 자정을 지나 이제 새벽으로 향해 가는 이 시점에서 시끄러울 턱이 없지.

숲에서 마을로 들어가는 길은 의외로 간단했다. 사람의 키만한 높이의 목책들이 마을 주변에 빙 둘러져 있었고 숲으로 오는 길이 마련되어 있었으니까. 아영은 살금살금 그 목책으로 다가가 발돋음을 했다. 힐끔 곁눈질로 마을 안을 보니 어디선가 많이 본 인물들이 보였다. 정확히 말하자면 저택에서 언뜻 보았던 병사들이었다. 그들은 저택에서 이곳까지 오기 위해 꽤 많은 거리를 뛰거나 걸었던지 조금 지친 기색이었다.

커다란 모닥불을 가운데로 두고 많은 수의 사내들이 이리저리 오가거나 모포를 뒤집어쓰고 잠을 자고 있었다. 하지만 숲과의 거리가 제법 떨어져 있었기 때문에 이쪽을 경계하지는 않았다. 그들의 옆쪽으로 아주 커다란 텐트 비슷한 것이 쳐져 있고 병사들 몇이 그곳을 감시하는 모습을 보아 아무래도 저곳에 이잔이 있는 듯했다. 아영은 머리를 굴리다가 다시 자신들의 일행이 있는 곳으로 돌아오며 말했다.

"확실히 있어. 나는 우선은 키엘부터 구하고 싶은데……. 잘못해서 인질이 되면 곤란하니까. 키엘이 다치면 난 진현한테 맞아 죽을 거야."

에이레이가 자신의 단검을 뽑아 들며 슬쩍 칼날을 만지작거렸다.

"실프에게 부탁해서 우선 키엘이 붙잡혀 있는 곳부터 알아내자. 그리고 데리고 오는 것은… 내가 할게."

"혼자서? 가능하겠어?"

걱정스러운 얼굴이 되어 자신을 바라보는 아영에게 에이레이는 피식 웃으며 고개를 끄덕여 보였다.

"내 전직이 뭔지 알잖아. 솜씨가 녹슬거나 한 것은 아니니까 걱정마."

자신감이 넘치는 그녀의 말에 아영은 알았다는 듯 웃어주었다. 바람이 살랑거리며 에이레이의 암녹색 머리카락을 쓸어 내렸다. 마치 힘내라는 표현인 것처럼. 그녀들을 따라온 병사들은 자신들이 할 일이 없어 보였기에 조금 머뭇거렸고 아영은 고개를 끄덕이며 병사들을 돌아보았다.

"여기에서 조용히 있어. 그리고 혹시나 무슨 일이 있으면 말 두 마리만 남기고 도망가, 저택으로. 끼어들면 너희들까지 휘말리게 되니까. 알았지?"

병사들은 고개를 끄덕였고 아영은 팔을 조금 휘두르며 마을 쪽으로 시선을 돌렸다. 조금씩 들리는 사람들의 웅성거림을 들으며 아영은 조금 어깨를 긴장시켰다. 그렇지 않아도 이곳에 와서 제대로 된 일이 없어서 심심했던 터였다. 화가 나기는 하지만 어쨌거나 일이다, 일. 약간의 긴장감과 또 약간의 두근거림을 맛보며 아영은 조용히 미소 지었다.

바람을 따라가자 2

　에이레이는 아영이 일러준 길을 걷고 있었다. 본래 입고 있던 옷은 온데간데없이 보통의 처녀들이 입을 법한 적당한 길이의 치마와 셔츠를 입고 말이다. 나무를 타고 넘어 마을로 잠입해 들어간 에이레이는 민가들 사이에 걸려진 옷가지를 슬쩍해서 평범한 마을 처녀처럼 행동하고 있는 것이었다. 암녹색 머리카락이 흔하지 않은 것도 아니었기에 그렇게 변장하는 것은 식은 죽 먹기였다. 리본으로 머리를 대충 묶고 적당한 음식들이 담긴 바구니를 들고 살금살금 걸었다.
　그러나 누가 알 수 있을까. 그런 그녀의 치맛자락 속에는 매섭게 빛나는 단검들이 끈에 묶여 있다는 것을. 마치 이 마을에서 태어나고 자란 사람처럼 그녀는 익숙하게 걸었다. 주위를 두리번거리거나 하지도 않았다. 실프가 키엘이 있다고 가르쳐 준 곳은 이잔이 있는—그렇다고 생각되는—막사에서 얼마 정도 떨어진 민가라고 했다. 아마도 빈집에 가두어두었겠지. 에이레이는 그렇게 생각하며 걸음을 빠르게 옮겼다.

이런 밤중에 처녀가 밤이슬을 밟으며 걷는 것은 되지도 않는 것이었지만, 병사들에게 음식을 가져다 주는 아낙네들—바구니도 그중 한 명을 기절시키고 빼앗은 것—이 몇몇씩 보였기 때문에 그리 의심스럽게 보이지는 않을 것 같았다. 그리고 만약 여차해서 걸린다고 하더라도 땅의 정령 왕 노아스가 이 마을 전체에 머무는 땅의 정령들에게 자신을 보호하라고 일러준 터. 무엇이 무섭겠는가. 그녀는 입가에 미소를 지우지 않은 채로 걸음을 옮겼고 곧 이어 회심의 미소를 지었다.

두 명의 보초들이 문 앞에 서 있는 작은 통나무집이 보였다. 보초들 앞에는 모닥불이 피워 올려져 있었고 그들은 주위를 두리번거리다가 잡담을 하기도 했다. 에이레이는 살짝 머리에 묶인 리본을 풀어 손목에 감은 다음 머리카락을 귀 뒤로 쓸어 넘겼다. 그리고 바구니가 들리지 않은 손으로 셔츠의 단추를 몇 개 푸는 것도 잊지 않았다.

보초를 서고 있던 병사들 중 하나가 하품을 길게 하더니 자신들 쪽으로 걸어오는 처녀 한 명을 보고 눈을 동그랗게 떴다.

그들은 인상을 쓰며 들고 있던 창을 조금 힘을 주어 부여잡으며 작게 외쳤다.

"누구냐!"

에이레이는 걸음을 멈추어 잠시 그들과 거리를 잰 다음 손으로 입가를 가리며 사근사근한 어투로 말했다.

"어머, 놀라게 해드렸다면 죄송해요. 이 밤중에 수고가 많으시네요."

병사들은 고개를 갸웃거리다가 에이레이가 자신들 쪽으로 다가오자 창대를 들이밀었다. 흠칫 몸을 떤 에이레이가 겁에 질린 얼굴이 되었다.

"아, 저는 이잔님의 명을 받아서 왔어요. 고생이 많으신 두 분께 요 깃거리라도 전해드리라고……."

"이잔님이?"

병사 하나가 미심쩍은 얼굴이 되어 조심스럽게 에이레이의 곁으로 다가왔다. 에이레이는 살짝 눈가에 눈물이 고이게 만들고는 몸을 떨었다. 정말로 겁에 질린 순진한 마을 처녀처럼. 병사는 달빛에 비친 그녀의 모습에 조금 입맛을 다시고 그녀가 들고 있는 바구니를 가리켰다.

"그것인가?"

"예, 천한 노예들 때문에 너무 수고가 많으실 거라고 하셨어요."

병사는 입술을 샐쭉거리다가 수염이 삐죽이 난 턱을 긁적거리고는 바구니를 받아 들었다. 바구니 안에는 잘 익은 고기들과 과일, 술이 담긴 병이 들어가 있었다. 병사는 기분 좋은 표정을 한 후에 문 앞에 서 있는 병사 한 명을 손짓으로 불렀다. 확실히 한밤에 보초를 서는 것은 기분이 좋지 않을 일이었다. 그런데 아리따운 처녀가 음식을 가져다주니 누가 기분이 좋지 않겠는가. 병사들은 씨익 웃으며 에이레이를 쳐다보았다. 에이레이는 미소로 그들에게 답하며 조용히 한 병사에게 살며시 몸을 기대었다.

어어 하고 병사가 놀라는 것에도 아랑곳하지 않은 채 에이레이가 조용히 고개를 들어 올렸다. 달빛에 비친 그녀의 조금 갈색기 도는 피부가 요염할 정도로 반짝였다. 그녀는 그 병사의 팔을 살짝 껴안으며 소곤소곤 말했다.

"…어차피 이 밤중에 누가 올 것도 아니고, 이잔님께서는 여러분들의 피로도… 풀어드리라고 했답니다. 천천히 즐겨도 상관없지 않을까요?"

"크, 흐흠!"

만약 이 장면을 셀로브가 보았다면 어떤 일이 일어났을까? 아마도 당장 본체로 돌아가서 온 마을을 뒤집어엎을지도 모르는 일이었다. 하지만 여성에게는… 때론 이런 것도 무기가 되는 법! 병사들은 평소에도 자주 이런 것을 경험했는지 별로 의심하는 투가 아니었다. 생글생글 웃은 에이레이는 살며시 셔츠의 옷깃을 끌어내렸고 두 병사는 숨을 몰아쉬더니 주위를 두리번거렸다. 에이레이가 껴안고 있는 병사에게 다른 병사가 헛기침을 내뱉으며 조용히 말했다.

"빨리 끝내라고. 알았냐?"

그의 말이 끝나자마자 병사는 서둘러 에이레이와 함께 집의 뒤편으로 걸어갔다. 그곳은 목책이 바로 뒤에 있었고 어두운 숲이 충분히 빛도 가려주고 아무도 볼 수 없는 으슥한 뒷골목과 같은 곳이었기 때문에 그런 짓을 해도 충분할 것처럼 보였다. 꽤 급하기는 했는지 병사는 뒤로 돌아서자마자 에이레이를 건물에 몰아붙이며 치마 속으로 손을 들이밀었다. 끈적하게 달라붙는 사내의 입김에 에이레이는 절로 한숨이 나왔지만 조금은 잠자코 있기로 했다. 시간은 필요한 것이니까.

치마 속의 손은 에이레이의 허벅지를 타고 올라왔고 또 다른 손은 그녀의 셔츠 단추를 잡아뜯듯이 풀어헤치고 있었다. 정확히 다섯 번째 단추가 풀리고 그녀의 앙팡진 가슴이 모습이 드러내려 할 때 사내는 입맛을 다시며 얼굴을 가슴으로 옮겼다.

픽!

스르륵, 쿵.

에이레이는 조용히 쓰러진 사내를 내려다보다가 고개를 저었다. 도무지 사내들이란이라는 말을 중얼거리며 그녀는 살며시 치마를 매만졌다.
"…여기서부터는 필요 수당이 필요하거든."
짧게 중얼거린 에이레이는 피식 웃으며 다시 발걸음을 옮겼다. 살짝 헝클어진 머리카락과 거의 드러나 보이는 가슴이 포인트, 그리고 얼굴에 홍조를 떠올리는 것도 잊지 않은 채 그녀는 건물의 벽을 잡으며 고개를 내밀었다. 초조하게 자기 차례를 기다리던 병사는 엇 하는 신음을 내뱉으며 눈을 동그랗게 떴다. 그는 에이레이의 모습을 찬찬히 바라보다가 씨익 웃었다. 입술을 혀를 핥고 있는 그를 향해 에이레이가 조용히 검지손가락을 까닥였다.
"둘이서는 심심해서. 낄래요?"
달빛에 비치는 그녀의 뽀얀 가슴을 보면서 병사는 그녀에게로 다가갔다. 에이레이는 조용히 건물 뒤로 몸을 숨겼고 병사는 그런 그녀의 모습에 더욱 욕정이 도진 듯 걸음을 급히 했다.
퍼억!
에이레이의 손이 전광석화처럼 움직이며 대거의 칼자루로 사내의 명치를 찍었다. 그리고 둔한 소리와 함께 그는 비명 소리조차 지르지 못한 채로 쓰러져 버렸다.
"쉽군."
간단하게 말하며 에이레이는 두 병사를 끌어다가 곱게 포개어두며 총총히 그곳을 빠져나왔다. 살짝 문고리를 비틀어보니 문은 확실히 잠겨 있었다. 으음 하고 작은 신음 소리를 흘리며 에이레이는 고개를 갸웃거렸다. 이걸 어쩌면 좋을까? 그녀는 문득 필요할 때는 땅의 정령을 부르라는 아영의 말을 상기하고는 조용히 주위를 두리번거렸다. 다행히 주위에는 아무도 없었다. 병사들의 교대 시간까지는 꽤 멀었던 듯하다. 하지만 이건, 좀 쑥쓰러운데.

그녀는 조용한 목소리로 머뭇거리며 입을 열었다.

"저, 땅의 정령… 님, 저기……."

사람 부르듯이 부르는 그녀의 말에 땅의 정령이 응답해 줄지 정말로 의문이었다. 그러나 다행히도 명령 잘 듣는 땅의 정령은 곧 슬그머니 모습을 드러냈다. 모습을 드러낸 것은 땅의 중급 정령 노임이었다. 흙이 뭉쳐지면서 나타난 자신의 두 배 정도 크기의 거인을 보며 에이레이는 감탄성을 내질렀다. 조용히 어깨를 숙이며 명령을 기다리는 듯한 그 진흙의 거인을 보며 에이레이는 조심스럽게 말했다.

"아, 불러서 미안… 요. 이 문 좀 부숴줄래… 요?"

어째 반말을 쓰기가 뭐한 감이 들어서 에이레이는 착하게도 '요'를 꼬박꼬박 붙였고 거인은 천천히 고개를 끄덕이는 듯했다. 에이레이가 조금 뒤로 물러서자 노임은 나무 기둥처럼 보이는 거대한 두 팔을 들어 문을 붙잡고 그대로 잡아뜯어 버렸다.

드득, 쾅!

에이레이는 방금 전의 소리가 조금 요란했기 때문에 서둘러 집 안으로 뛰어 들어갔다. 어두운 집에는 희미하게 촛불 하나만이 외롭게 바람에 흔들리고 있었다.

"키엘!"

그녀의 외침에—아니, 그보다 문이 부서졌을 때— 방구석에 쪼그리고 앉아 있던 뭔가가 벌떡 일어섰다. 그림자 위로 불쑥 솟아난 두 개의 귀를 보며 에이레이는 반가운 듯 다시 외쳤다.

"키엘, 무사했구나!"

다다다, 와락!

끙끙거리는 신음 소리를 내뱉으며 키엘은 에이레이의 품으로 뛰어들었다. 많이 무서웠는지 부들부들 떨고 있는 키엘의 어깨를 에이레이는 자상하게 보듬어주었다.

"그래, 그래. 미안해."

황금색 눈동자에 그렁그렁 맺힌 눈물이 에이레이의 가슴을 조금 아프게 할 정도였다. 그래도 상품 취급이라 험하게 다루지는 않았는지 다친 곳은 없어 보였다. 에이레이는 집 안을 둘러보았다. 방금 전에 문이 부서져 나간 것 때문에 잔뜩 겁을 먹고 구석으로 피해 있던 사람들이 천천히 고개를 들었다. 열 살도 채 되지 않아 보이는 소녀에서부터 소년과 여성들. 하나같이 미모에서라면 누구에게도 지지 않을 정도로 예쁜 이들이었다. 정말이지, 마음에 안 들어. 까득 하고 이를 갈며 에이레이가 말했다.

"지금이 기회예요. 마을 외곽의 숲으로 가면 병사들이 있을 겁니다. 그들에게 가요! 빨리 일어나서 도망가라고!"

악이 잔뜩 받친 듯이 외치는 그녀의 말에 사람들은 고개를 갸웃거렸지만 곧 부스스 일어나 서로를 챙기기 시작했다. 적색 빛이 도는 금발의 요염해 뵈는 여성이 에이레이에게 눈짓으로 고맙다는 인사를 하고는 서둘러 밖으로 뛰쳐나갔다. 그리고 그녀의 뒤를 따라 소녀와 소년들도 환하게 웃으며 밖으로 나갔다. 아마 이곳에 계속 있었다면… 귀족들의 노리갯감밖에 못 되었을 것이다. 그리고 나이가 들어 흉해지면 버려지는 것이다. 인간을 마치 무생물 취급하는 그자를 도저히 가만둘 수가 없을 것 같았다.

이를 빠득빠득 간 후에 그녀는 혹시나 또 놓칠까 키엘의 손을 꼭 잡고 아영과 만나기로 한 장소로 뛰었다.

　우르릉.

　땅이 울리는 커다란 소리와 함께 아영이 본격적으로 활동을 개시했는지 여기저기서 비명 소리가 들려왔다. 한순간, 어딘가에서 불기둥이 솟아올랐고 에이레이는 화들짝 놀라 그것을 올려다보았다. 그 말이… 진심이었어? 정말로 마을을 통째로 날려 버릴 생각을 한 것인지 솟아오른 불기둥은 하늘 높은 줄 모르고 쏘아져 올라갔다.

　키엘은 입을 쩍하니 벌린 채 그것을 보았다.

　아이고, 머리야. 에이레이는 그렇게 중얼거리며 이마를 짚으며 고개를 저었다. 대체가 이 성질 나쁜 공주님을 어찌 해야 할지. 빨리 가서 말리지 않는다면 마을 사람들은 오도 가도 못하고 마을과 함께 이슬로 사라져 버리겠다.

　"깔깔깔, 감히 도망가?! 죽어버려, 돼지야!"

　그녀에게 있어서 추하다는 것은 성격 나쁜 것보다 더 용서가 안 되는 사실이었다. 여자나 남자나 예쁘고 잘생긴 사람 좋아하는 것은 피에 내재된 본능이랄까. 그녀의 소환에 불려나온 샐러맨더들이 입에서 불을 뿜어냈다. 아까의 불기둥은 샐러맨더의 불길에 의해 초토화가 되어버린 한 막사 때문이리라. 에이레이가 키엘을 구출할 시간을 벌기 위해 아영은 홀홀 단신의 몸으로 적진에 뛰어들었다. 물론, 그녀의 정령들은 사람으로 치지 않으니까. 노아스는 기분 좋은 듯이 웃고 있는 아영을 보며 고개를 저었다.

　샐러맨더들의 불길이 숲까지 미치지 못하게 공중에서는 연신 언딘이 물을 뿌려댔고 실프들의 웃음소리가 허공에 울려 퍼졌다. 병사들은 창과 칼을 휘둘렀지만 그런 것들이 정령에게 통할 리가 없다. 마법이라면 모를까.

병사들의 비명과 잠에서 깬 마을 사람들의 비명이 한데 어우러져 알 수 없는 하모니를 만들어내고 있을 때 커다란 막사에서 이잔이 튀어나왔다. 그는 도저히 믿을 수 없다는 듯이 눈을 휘둥그레 뜨고는 병사들에게 소리쳤다.

"저, 저 계집을 당장 잡아! 뭐 하느냐! 병사들!"

아영은 자신을 걸터앉아 있던 목책에서 훌쩍 뛰어내리며 이잔을 노려보았다.

"당신, 날 너무 열받게 했어. 후회하게 해주지."

뚜둑.

그녀가 주먹을 쥐며 요리조리 움직이자 다시금 뼈마디가 얽히는 소리가 났고 이잔은 새파랗게 질려 버렸다. 그로서는 아영에게 이 정도의 힘이 있을 줄은 몰랐던 것 같다. 하기는, 이런 사람이 있다는 것 자체가 흔하지 않으니까 무리는 아니다.

바닥의 흙으로 이루어진 보통 사람 두세 배 크기의 땅의 정령이 두 팔을 들어 올리며 괴성을 질렀다. 병사들은 으으 하고 신음을 토하며 뒤로 물러났지만 도무지 걸음이 옮겨지지 않는 표정이었다. 4속성의 정령들이 모조리 나와 있는 것을 보며 노아스가 슬그머니 아영에게 말했다.

「그럼, 저는 이만 물러가겠습니다, 아영님.」

"어라, 벌써 가는 거야? 아직 일은 안 끝났는데."

노아스는 빙긋 웃으며 고개를 숙였다.

「한 속성을 지배하는 정령 왕인 제가 너무 오래 인계人界에 나와 있으면 좋지 않은 소문이 돌 수 있습니다. 부디 허락해 주시길.」

 정중하게 말을 하니 안 된다고 말하기는 조금 뭣하다. 아영은 머리를 긁적거리더니 정면을 보았다. 요란하게 소리를 지르는 인간들을 보면서 아영은 고개를 끄덕였다.

 "오늘 수고 많았어. 아, 그리고 질문이 있는데……."

 서서히 희미해져 가면서 정령계로 돌아갈 차비를 마친 노아스가 고개를 내려 아영을 보았다. 마치 모래성이 물에 쓸려 사라지는 것처럼 다리부터 점점 사라져 가는 노아스에게 아영이 말했다.

 "…정신계의 정령 왕 히에로스는 어떻게 하면 되는 거야?"

 노아스는 대답없이 조금 놀란 눈으로 아영을 보았다. 그리고 곧 생긋 웃으며 눈을 감았다. 조용히 사라져 가던 노아스는 살며시 아영의 머리를 쓸어내려 주면서 대답했다.

 「히에로스는… 다른 정령 왕들과 같지만 또한 다른 존재입니다. 당신이 그를 소환해 내기 위해서는 무엇보다 강한 정신이 필요합니다. 다른 정령들을 소환해 내는 것보다 더한 정신의 강함. 그리고… 자기에 대한 믿음. 그것이 그를 불러낼 수 있는 요건이 되겠지만… 아직 당신에게는 먼 이야기 같군요.」

 아영은 욱 하는 작은 신음 소리를 내며 입술을 샐쭉 내밀었다. 원래 독설적인 불의 정령 왕 샐리온에게 이런 말을 들었다면 그러려니 했겠지만 평소에 다정한 노아스에게 자존심에 상처를 내는 말을 들으니 더 기분이 안 좋았다.

 입술을 내민 채로 뚱한 표정이 된 아영의 뺨에 노아스는 살짝 입을 맞추어주었다. 자기 멋대로이지만 강하고 무엇보다 자신이 바라는 것이 무엇인지 잘 아는 솔직한 주인님……. 그는 처음부터 시겔이 어째

서 아영을 정령족의 대표로 뽑았는지 알 수 있을 것 같았다.

　언젠가 히에로스까지 소환을 할 수 있게 된다면… 당신은 진정으로 우리들의 희망이 될 수 있겠지요. 이런 말을 입 안으로 삼킨 노아스는 그 특유의 부드러운 미소를 머금은 채로 서서히 사라졌다.

　「또 뵙기를… 나의 여왕님.」

　아영은 말없이 땅을 바라보았다. 노아스의 말처럼 아직, 아직은 자신이 멀었다는 것을 알고 있었다. 그러나 언제가는 반드시 진정으로 강한 힘을 갖기 위하여… 노력해야 한다. 아영은 피식 웃으며 다시 고개를 돌렸다. 휘몰아치는 바람에 그녀의 갈색 머리카락이 사방에 흩날렸다. 부드러운 바람, 하지만 그것은 그녀에게만 부드러울 뿐이었다. 반투명한 독수리의 모습을 한 바람의 중급 정령 실라페가 그녀의 곁으로 날아왔다. 날개를 퍼득일 때마다 날카로운 바람이 불었지만 그것은 아영의 뺨을 식히게 해줄 뿐, 어떤 피해도 주지 않았다.

　하지만 인간들은 달랐다. 실라페의 날갯짓 한 번에 건장한 병사가 휘청거리며 날아갈 정도였으니까. 부리를 딱딱거리며 아영의 어깨 위에 앉은 실라페가 조용히 부리를 움직였다.

　「전부 날려 버릴까요, 아영님?」

　정령들 중에서 인간의 소환에 가장 잘 응하는 바람의 정령. 그중에서도 중급의 정령인 실라페의 말을 들으며 아영은 고개를 살짝 저으며 답했다.

　"아니, 너무 심하게는 하지 말아. 죽는 것은 안 돼, 일이 귀찮아지니까. 그리고 숲에는 불길이 안 가도록 하고. 그렇지 않아도 네이핀들의 소리가 요란해서 귀가 아파."

　그녀는 빙긋 웃으며 한쪽 귀를 손으로 막았다. 실라페는 마치 인간처럼 할 수 없다는 듯 고개를 저었다.

「그들은 소란스러운 것을 싫어하지요. 알겠습니다, 아영님.」

실라페는 퍼득 날갯짓을 하며 둥실 떠올랐다. 그리고 아영은 다시 사악한 미소를 입가에 띠었다. 병사들에게 둘러싸인 이잔은 덜덜 떨면서도 이를 갈았다. 그는 돼지 멱따는 것처럼 목소리를 높이며 이리저리 팔을 휘둘러 명령만을 계속했다.

"에, 에잇! 무능력한 것들! 계집 하나 처리하지 못한단 말이냐!"

쓰러진 병사들이 3분의 1을 넘는데 잘도 저런 말을 하네. 아영은 오히려 그가 신기하다는 듯 쳐다보았다. 이 정도쯤 되면 살려주십사 하고 손이 발이 되도록 빌어야 하는 게 정상이 아닌가. 확실히 간이 배 밖으로 나오다 못해 헐값 주고 팔아넘긴 인간인가 보다. 아영이 살짝 한 발자국 앞으로 걸어나오자 병사들은 창대를 들이밀었다. 그러나 그것은 감히 주인님에게 창을 들이밀어! 라는 정령들의 단합된 생각에 힘입어 재도 남기지 않고 사라져 버렸다.

"으아악!"

병사들은 화들짝 놀라며 도망갈 것처럼 등을 돌렸지만 뒤에 서 있는 이잔이 눈을 부릅뜨자 못해먹겠다는 것처럼 덜덜 떨며 다시 검을 뽑았다.

"저런 주인 모시는 것도 괴롭지 않아? 내가 제의하지."

대략 사십에서 오십 명 정도 되는 병사들이 일제히 서로의 얼굴을 쳐다보았다. 아영은 조용히 특유의 애교 섞인 미소를 띠며 손을 펴 보였다. 그녀는 손가락을 하나씩 접어가며 말하기 시작했다.

"우선 첫 번째, 지금이라도 항복하면 목숨만은 살려준다. 두 번째, 항복하지 않은 인간들은 국물도 없을 뿐더러 떠오르는 태양을 두 번 다시 볼 수 없을 것이다. 세 번째, 내 밑으로 들어오면 적당한 월급과 함께 쾌적한 일터를 제공한다. 어때?"

병사들은 황당하다는 듯한 얼굴을 했지만 그들에게 선택권은 없었다. 그러나 이잔은 꽥꽥 소리를 질러가며 병사들에게 욕설을 퍼부었다.

"이놈들! 누구 말을 듣고 있는 거야! 어서 저년을 잡아라, 잡지 못하겠느냐!"

펄펄 뛰면서 외치는 이잔을 슬그머니 돌아본 병사들이었지만 어째 내키지가 않는 표정이었다. 그들이 정녕 바보가 아니라면 상황 판단은 당연히 할 수 있을 것이다. 자신의 동료들이 창과 칼을 휘두르다가 죽기 일보 직전이 되어서 엎어지는 모습을 보면서 누가 감히 나설 생각을 할 수 있겠는가. 병사들이 슬슬 투항할 생각을 하고 있을 때 한 사내가 앞으로 걸어나왔다. 꽤나 젊어 보이는 병사였는데 어째 다른 사람들과 입고 있는 옷이 달랐다.

조금 고급스러운 옷을 입고 꽤 좋아 보이는 검을 찬 사내, 20대 중반 아니면 후반 정도로 보이는 그는 조용히 검을 뽑아 들며 말했다.

"아무리 돈 받으며 일하는 사설 병사라고 하지만 충성심도 없다고 생각하면 곤란하다. 나는 이 용병대의 대장 솔루드, 항복 따위는 할 수 없다."

이잔은 그 커다란 덩치에, 그 역겨운 얼굴을 하고 감격한 얼굴을 만들어 보였고 그로 인해 아영의 비위를 상하게 하는 결정적인 공훈을 했다. 세피아 색 머리카락을 단정하게 자르고 간단한 흉갑과 망토까지 걸치고 있는 품이 제법 높은 사람 티가 났다. 아영은 흐음 하며 턱을 잡고 그를 자세히 관찰했다. 잘생긴 것은 아닌데 분위기가 좋다. 옆에 에이레이가 있었다면 미남 좋아하는 버릇 또 나온다라고 말했을 테지만. 그래도 좋은 게 좋은 것!

단단하게 칼자루를 두 손으로 감아쥔 솔루드라는 사내는 매서운 눈으로 아영을 노려보았다. 그리고 그와 함께 병사들 역시 대장을 따라 죽을 각오를 하고 검을 붙잡았다. 꽤 귀찮게 되었는걸이라고 중얼거린 아영이 자신의 머리카락을 쓸어 넘겼다.

후웅.

작은 바람 소리가 들리며 그녀의 옷깃이 펄럭거렸다. 실라페가 날개를 펄럭이며 그녀의 주위를 맴돌다가 순간 솔루드에게로 쏜살같이 날아갔다. 원래 집단이라는 것은 우두머리가 쓰러지면 우선은 흩어지기 마련. 솔루드는 정말로 바람의 정령답게 날렵하게 병사들 사이를 헤치고 자신에게로 날아오는 실라페를 보고 눈을 치켜떴다.

쉬이익.

「깨애애액―」

"아니?!"

아영은 손으로 입을 가리며 놀라움을 표했다. 실라페가 반으로 갈라졌다. 정확히 말하자면 솔루드의 검이 실라페의 몸을 갈라 버린 것이다. 하지만 어떻게! 정령은 인간들의 무기로는 베어낼 수가 없는 것이다. 그런데…… 어떻게 된 것이란 말이지? 아영은 천천히 사라져 가는 실라페를 보며 미간을 찌푸렸다. 소멸된 것이 아니다. 그러니 걱정할 것은 없다. 정령계에서 소환된 정령들은 그저 물에 투영된 그림자와 같은 것. 그러니 이곳에서 타격을 입고 그저 사라질 뿐인 것. 하지만 저렇게 사라지는 모습을 보니 마음이 편하지 않은 것이 사실이었다.

입술을 살짝 깨물며 분한 표정을 하는 아영을 솔루드는 말없이 쳐다보았다. 그리고 천천히 자신의 검을 내려다보며 중얼거리듯 말했다.

"일반 무기로는 정령을 상대할 수 없지만… 신력이나 마법력이 깃든 무기로는 충분한 타격을 입힐 수 있지. 내 검은 성스러운 축복을 받은 은으로 만들어져 있다."

설명 안 해줘도 돼! 아영은 속으로 그렇게 외치며 손을 휘저었다. 중급 바람의 정령이 정령계로 돌아갈 타격을 입다니. 그것도 단 한 번에! 이를 뿌득 간 아영은 조용히 정령들을 돌려보냈다.

병사들과 이잔은 주위를 휘저으며 난동을 부리던 정령들이 소리도 없이 사라져 가자 의아함에 고개를 갸웃거렸다. 그러나 그것은 착각.

중급까지가 무리란 말이지? 그럼 아주 상급으로 불러내 주마! 정령 왕으로 말야!

"…달빛에 비친 수면의 잔잔함과도 같은 아름다움을 가진 자여, 지금 내 앞에 그 위를 드러내고 그대의 힘을 필요로 하는 내게 한줄기 차디찬 검날을!"

사실, 이런 말을 주절거리는 것 자체가 아영의 성격에 맞지 않는 일이었다. 그러나 지금 불려올 정령 왕은 이런 말 안 해주면 도통 나오지를 않으니, 원. 그녀는 그렇게 생각하며 한 발 자국 뒤로 훌쩍 뛰었다.

촤아악—

분수대의 물줄기처럼 시원스럽게 물이 대지로부터 뿜어져 나왔다. 아영은 회심의 미소를 지으며 솔루드를 슬쩍 보았고 그의 표정이 밝지 않은 것을 보고 씨익 웃었다. 곧 이어 물줄기 속에서 모습을 드러낸 것은 남자의 정신을 홀리게 하고도 남을 정도로 요염한 미녀였다. 속이 다 비칠 것과 같은 실크 옷을 몸에 휘감고 있는 잘빠진 미녀는 아영을 보더니 살짝 소매로 입가를 가리며 웃었다.

「나날이 날 부르는 말귀가 더욱 고와지시오, 아영.」

"아하하, 뭐……."

이 성격은 적응 안 된다니까. 물의 정령 왕이자 4속성 왕 중에서 홍일점인 엘라임은 호호 하고 곱게 웃었다. 가장 기품있고 까탈스러운 성격의 소유자이지만 한 번 빡 돌면 그녀 역시 한성격 한다는 것을 아영은 잘 알고 있었다. 청아한 아이스 블루의 긴 생머리가 바닥을 끌릴 정도로 길었다. 다른 액세서리 같은 것은 없었다. 하지만 그녀 자체만으로도 어떤 보석보다 아름다울 정도였으니까 병사들 몇이 몰래 침을 흘린 것 정도는 어쩔 수 없는 것이 아닐까.

솔루드는 굳은 얼굴을 하고 있었고 아영은 그 모습을 보며 유쾌한 듯이 웃었다.

"오호홋, 감히 물의 정령 왕 앞에서도 함부로 나댈 수 있는지 보자고!"

자신감 넘치는 그녀의 말에 병사들은 다시금 안색이 새파랗게 질리고 말았다. 보통 정령도 아니고 한 속성을 지배하는 정령 왕이라지 않은가. 그들은 불안한 듯이 웅성거렸지만 솔루드라는 자는 도무지 물러설 생각을 하지 않았다. 그는 조용히 몇 발자국 걸어나온 뒤에 검을 잡았다. 머리카락 색과 같은 눈동자를 한 엘라임은 신기한 것을 본 사람처럼 호오 하는 감탄성을 내뱉었다. 그것은 아영 역시 마찬가지였다. 어찌 저리도 고지식한지. 마치 우혁을 보는 것 같은 느낌에 아영은 진저리를 쳤다.

그런데 여기서 뜻하지 않은 일이 한 가지 발생해 버렸다. 솔루드를 자세히 훑어보던 엘라임이 소매 자락으로 입가를 가리며 소리 높여 웃는 것이 아닌가. 아영이 왜 그러냐는 듯 쳐다보자 약간 발을 띄워 공중에 머문 상태로 있던 엘라임이 기분 좋은 듯 뺨에 홍조를 피웠다.
「호홋, 무릇 사내란 호기로운 면이 있어야지. 그래, 그래… 아주 마음에 드는구만.」
"에?!"
「감히 내 앞에서 저렇게 검을 들고 있는 인간을 찾아보기 어려웠는데… 남자다운 면이 끌리는구려. 그래, 이름이 무엇인고?」

옆에서 아영이 입을 뻐끔뻐끔거리고 있는 것을 아는지 모르는지 물의 정령 왕 엘라임은 살며시 솔루드에게로 다가가고 있었다. 자신의 앞에서 둥둥 뜬 채로 요염한 미소를 짓고 있는 엘라임을 보며 솔루드는 미간을 찌푸렸다. 몸의 곡선이 그대로 드러나는 속옷 같은 옷만 입고 있는 그녀였기에 솔루드의 뒤쪽에 선 병사들은 이제는 입을 헤벌리고 그녀를 보고 있는 중이었다. 그러나 솔루드는 그런 그녀에게 별 매력을 느끼지 못하는지 입을 다물고 굳은 표정을 지었다.

「깔깔, 무심한 표정도 매력적이로고. 오랜만에 마음을 끄는 사내를 만났구만 그래.」
"뭐 하는 짓이야! 엘라임!"
보다 못한 아영이 소리를 빽 지르자 엘라임은 고개를 갸웃거리며 아영을 돌아보았다. 그녀는 눈을 동그랗게 뜨며 말했다.
「어머, 아영, 연애는 개인의 자유지 않은가.」
"…그건 인간들 사이에서 하는 말이고! 넌, 정령이야! 정령 왕!"
엘라임은 도무지 화를 내는 아영을 이해하지 못하겠다는 표정을 지었다(그와 비슷한 표정을 솔루드도 짓고 있었다. 공격은 안 하고 지금 무슨 짓거리인가라고 말하고 싶은 얼굴이랄까). 소매 자락으로 입을 가리며 엘라임은 계속 말했다.

「아영, 정령들 중에서도 인간과 결혼한 전례가 많은 것을. 사랑에는 국경도 없다는 인간 말이 있는 걸로 아는데?」

솔루드는 천천히 고개를 돌려 외면했고 아영은 자신의 머리카락을 쥐어뜯으며 제자리에서 방방 뛰었다.

"이, 이! 배신자! 네가 그럴 수가 있어! 싸우라고 불러냈더니 적이랑 눈이 맞아?! 에에잇!"

혼자서만 좋다고 그러는 것이지만, 뭐. 솔루드는 깊은 한숨을 내쉬며 검을 들어 올렸다. 어머 하고 살짝 뒤로 물러난 엘라임의 눈이 곱게 가늘어졌다.

「기세가 좋구만. 역시나 마음에 들어. 하지만 자네의 얼굴에 상처라도 나면 난 슬플 거라네. 자네와 싸울 수 없으니 난 이만 돌아가도록 하지. 그리고 웬만하며 아영의 심기를 거스르지 말게나. 오호호홋, 또 보세나.」

간드러지는 웃음만을 남긴 채로 엘라임은 천천히 물방울로 화해 사라졌다. 펄펄 뛰던 아영은 그 모습을 보며 다시금 이를 갈았고 허공을 향해 소리쳤다.

"네가 그러고도 물의 정령 왕이냐! 에라이, 이 바람둥이 같으니! 두 번 다시 안 부를 거다아!"

그때 황급히 에이레이와 키엘이 그녀의 곁으로 뛰어오다가 허공을 향해 고함을 지르고 있는 아영을 보게 되었다. 에이레이는 숨을 몰아쉬며 이마에 맺힌 땀방울을 닦았다.

"뭐야? 무슨 일인데?"

"아무것도 아냐!"

괜히 엄한 사람한테 화풀이를 하듯 소리를 버럭 지른 아영이었다.

그런 그녀도 에이레이의 옆에 서 있는 키엘을 보더니 환하게 웃으며 키엘을 껴안았다.

"키엘! 무사했구나, 다행이다!"

하지만 멍하게 물의 정령 왕이 사라진 허공을 바라보던 이잔은 키엘을 보고는 노한 얼굴로 버럭 소리를 질렀다.

"저, 저! 내 상품을 어디 빼돌리는 거냐!"

멈칫.

아영의 움직임이 마치 선이 뚝 잘린 것처럼 멈추어졌다. 그리고 허공에는 한줄기 바람만이 흘러갔다. 이잔은 주춤거리며 한 발자국 뒤로 물러났고 그것은 다른 병사들도 마찬가지였다.

그렇지 않아도 엘라임이 제멋대로 행동해서 화가 나 죽겠는데… 뭐? 상품?! 천천히 몸을 일으킨 아영이 싸늘한 눈매로 병사들과 솔루드, 그리고 이잔을 노려보며 중얼거렸다.

"…해."

너무 작게 말해서 잘 들리지도 않았다. 아영은 조용히 손을 들어 뚜둑 소리를 냈다. 이잔의 안색이 창백해지고 병사들은 조용히 창과 검을 들어 올릴 때 아영의 손에는 바람이 작게 요동을 쳤다. 잠자는 사자의 코털을 건드리다니, 스트레스 쌓였는데 너희들 잘 걸렸다. 아영은 다시금 눈을 치켜뜨며 소리쳤다.

"너희들 모두 죽었다고 복창햇!"

에이레이는 어린아이가 보기에는 조금 무리가 있다고 판단, 조용히 두 손으로 키엘의 눈을 가려주었다. 슬그머니 새벽으로 달려가는 청아한 밤의 하늘에는 뜻 모를 비명 소리가 낭랑하게 울려 퍼졌다.

아영은 욱씬거리는 허리를 한 손으로 두드리며 저택으로 걸어 들어갔다. 충실하게 명령을 수행 중이던 물의 정령 엔다이론은 마치 집 지키는 강아지처럼 주인이 나타나자 꼬리를 흔들며 아영에게로 뛰어갔다. 그 때문에 정말로 한 발자국도 저택의 홀에서 나가지 못한 하인과 하녀, 부상당한 병사들은 아영이 나타나자 헉 하는 신음을 뱉어냈다. 하지만 아영의 귀에는 지금 그런 것은 들리지 않았다. 나무 덩굴에 꽁꽁 묶인 이잔은 험한 몰골이 되어 있었다.

이곳저곳 옷은 뜯겨 있었고 말에 타지도 못하고 끌려왔기 때문에 땀을 비 오듯이 쏟아내고 있었다. 헝클어진 머리카락과 헉헉거리는 숨을 내뱉는 꼴이 잘 어울렸다. 으윽 하며 바닥에 주저앉는 이잔을 에이레이는 힐끔 쳐다보았다. 동정심 따위는 일어나지 않았다. 그런 감정을 허비하기에는 너무 쓰레기 같은 자였으니까. 수면 부족인지 아영은 하품을 하면서 하인 한 명에게 의자를 가져오라고 시켰다. 정말로 완전히 주인이다, 주인.

말 잘 듣는 하인이 식당에서 의자를 가지고 오자 아영은 거기에 걸터앉았다. 그녀는 이잔이 아닌 다른 자를 쳐다보고 있었다. 솔루드라고 했던가? 용병 주제에 강직한 성격을 가진 그는 부하 병사에게 부축을 받으며 걸어 들어왔다. 정확히 솔루드가 아영의 발 아래에 무릎을 꿇자마자 다른 병사들 역시 이잔을 버리고 항복을 했기 때문에 끌려온 병사들 중에서는 다친 사람은 별로 없었다. 제멋대로 찌그러진 갑옷을 다른 병사가 벗겨내 주었다.

조금만 자기를 위할 줄 알았다면 저런 상처는 입지 않았을 텐데. 솔루드는 컥 하는 신음을 내뱉으며 붉은 핏덩이를 토해냈다. 아마도 땅의 정령이 휘두른 팔을 맞고 내장을 다친 것 같았다. 내장을 다쳤다면 갈비뼈도 몇 개 나갔겠고… 그래도 정신을 잃을 때까지 항복을 하지 않았지. 그런 생각을 하고 있는 아영에게 이잔이 소리쳤다.

"이, 이 더러운 것들이! 감히 내가 누군지 알고 이따위 짓거리를 하느냐! 건방진 것들, 내 너희를 반드시 갈아 먹고 말 테다! 천한 계집년!"

"……."

아영은 조용히 새끼손가락으로 귀를 파며 고개를 틀었다. 아직도 떠들 힘은 남아 있는 것 같다. 에이레이가 날카로운 눈으로 단검을 뽑아 들자 그녀의 뒤에 서서 오들오들 떠는 하녀들은 더욱 안색이 파리해졌다. 다리를 꼬고 앉은—마치 여왕님처럼—아영은 자신의 발 밑에서 꽥꽥 돼지 멱따는 소리로 고함을 질러대는 이잔을 내려다보며 입을 열었다.

"당신, 지금까지 얼마나 인간들을 팔아먹었어?"

"뭣이라고?!"

"인간 같지 않아서 그냥 곱게 땅에 파묻으려고 했는데 한 가지만 묻지. 지금까지 얼마나 인간들 팔아먹고 배 불렸어?"

화난 기색도 없이 담담하게 아영이 묻자 이잔은 무슨 소리를 하느냐는 얼굴이 되었다. 시커먼 먼지가 잔뜩 땀과 섞여 얼굴에 덕지덕지 붙어 있는 이잔의 얼굴은 탐미가인 아영이 오래 지켜보고 있을 것이 못 되었다. 그래서 그녀는 후우 하고 한숨을 내쉰 후에 자리에서 천천히 일어나며 말했다.

"그렇게 해서 돈 벌고 싶었어? 내가 잘 아는 사람도 돈을 그렇게 좋아하지만 최소한 같은 인간은 안 팔아먹어."

그 사람이 누군지 잘 알 것 같다는 얼굴이 된 에이레이를 싹 무시하며 아영이 말을 이었다.

"당신, 가족 없지? 하긴… 이런 성격에 무슨 가족이 있겠어. 없으니 그 아픔이나 슬픔을 모르겠지. 당신 때문에 가족이 파탄난 사람들, 자식을 잃은 사람들. 얼마나 아프고 슬픈지… 모르겠지. 내가 가장 싫어하는 범죄 중에 하나가 인신매매야! 알아?!"

가면 갈수록 격해지는 그녀의 음성에 홀에 있는 모든 사람들이 입을 다물고 말았다. 이잔은 씩씩거리며 아영을 노려보았고 아영은 이를 갈면서 한 병사를 불렀다. 그 병사의 손에는 종이와 잉크, 펜이 들려 있었다. 그것을 보던 이잔의 얼굴이 파리하게 질려 버렸다.

"너, 너!"

아영은 회심의 미소를 지으며 병사에게 건네받은 종이들을 하나씩 넘겨보았다.

"…인간 팔아서 돈깨나 많이 모았네. 얼씨구, 땅도 제법 많고. 그동안 배불리 먹고 살 좀 찌웠으니까, 이제는 다이어트를 조금 해보는 게 어때?"

종이를 들고 있는 병사는 씨익 웃었고 다른 병사들도 말없이 쓴 미소를 지었다. 아무래도 자신의 밑에 있는 병사들에게까지 신임을 얻지 못한 것으로 보아, 친구도 하나 없을 것 같았다. 친구라고 해 봤자 인간들 팔아넘긴 고객들뿐이겠지. 아영은 천천히 무릎을 굽혀 앉았다. 그러자 이잔과 아영은 눈 높이가 동등해졌고 아영은 종이 서류들을 들고 펄럭거리며 말했다.

"자, 이 서류들에 사인 좀 해주셔야겠어. 모든 명의를 나, 윤아영에게 넘긴다는 사인."

"…말도 안 되는 소리 마라! 차라리 날 죽여랏! 죽어도 그렇게는 못한다, 이년아!"

"그럼 죽어."

상큼한 미소와 함께 어퍼컷. 뻐억 하고 아영의 주먹에 턱을 얻어맞은 이잔이 바닥에 엎어져서 이리저리 구르기 시작했다. 검도로 웬만한 사내들 못지 않은—어쩌면 그 이상일—팔 힘을 가진 아영에게 맞았으니 오죽 아플까. 땀과 침이 범벅이 되어 바닥을 뒹구는 이잔의 몸에 다리 하나를 떡하니 올린 아영이 조용히 입을 열었다.

"네가 사인 안 해도 널 죽이고 나서 네 글씨를 위조해 사인할 수도 있어, 멍청아. 죽은 사람은 말이 없으니까 다른 사람들이 알 게 뭐야? 살 수 있는 기회를 준다는데도 걷어차다니, 머리는 폼으로 달고 다니냐?"

이잔은 끙끙거리며 아영을 노려보았으나 지금 현재 이곳에서 그의 편을 들어줄 이는 아무도 없었다. 결국 이잔이 서류들에 사인을 모두 마친 후에 망연자실해 있을 즈음 아영은 회심의 미소를 지었다. 이곳에 와서 아무런 기반도 권력도 없는 그녀에게 이런 날 횡재수가 생기다니! 킥킥 웃으면서 어깨를 떠는 그녀의 모습에 에이레이가 고개를 가로저었다. 그리고 조용히 바닥에 주저앉아 모든 것을 포기한 사람처럼 멍하게 허공을 바라보는 이잔을 가리키며 말했다.

"저건 어쩔 건데?"

아영은 서류들을 누가 훔쳐 갈까 얼른 자신의 품속에—상의에 어딘가에—쑤셔놓고는 고개를 저었다.

"글쎄, 어쩔까? 죽이기에는 정말로 찜찜하고… 음, 하인으로나 쓸까?"

"괜찮은 생각인데. 자기가 지은 죄를 보상할 기회도 되겠고 말야."

"그렇지?"

아영은 생긋 웃었고 에이레이도 함께 웃었다. 하루 동안에 너무 많은 일들이 있었다. 하지만 수확이 없는 하루도 아니었고 돈도 이만큼이나 굴러들어 온 것을, 뭘! 깔깔 웃던 아영이 문득 뭔가 잊어먹은 것이 있는 사람처럼 고개를 갸웃거렸다.

"그러고 보니… 그 바이스라는 이름의 엘프는?"

에이레이는 고개를 저었고 완전히 넋이 나간 이잔을 대신해 한 중년의 병사가 말했다.

"…그 엘프는 이잔님께서 자유를 준다는 조건이 있었습니다. 그래서 그 계획에 동참을 한 것이지요. 지금쯤 멀리 도망쳤을 겁니다."

흐음 하고 아영은 고개를 끄덕였다. 사실 그 녀석도 복날 개 잡듯이 때리고 싶었는데 아쉽게 되었다. 하지만 언젠가 인연이 닿아 만나게 되면 오지게 패주리라. 저 멀리서 동이 터 오는지 푸르게 창가가 밝아오고 있었다. 하루를 꼴딱 새고 만 것이다. 이미 키엘은 한구석에서 잠이 들어 있었다. 쌕쌕거리는 숨을 쉬면서 잠이 든 키엘의 머리카락을 에이레이는 조심스럽게 쓸어 내려주었다. 피곤한 얼굴로 아영은 조용히 동이 터 오는 먼 하늘을 바라보았다. 여관으로 돌아가면 진현에게 죽도록 잔소리를 들을 테지만… 뭔가 뜻 깊은(?) 일을 했다는 생각에 절로 뿌듯한 미소가 떠오르는 그녀였다.

외전外傳
조용한 휴일

조용한 휴일

　진현은 현재 기분이 몹시 좋지 않은 상태였다. 아니, 사실은 그와 반대였지만 그의 표정만을 본 사람들은 진현이 기분이 나쁠 것이라고 예상했다. 폴린이 자칭 수도 스란 비 케스트에서 가장 좋다고 외치는 여관 〈천사의 날개〉 홀에는 진현만이 홀로 앉아 있었다. 테이블 하나를 자신이 전세 낸 듯―실제로 그가 앉는 자리는 늘 창가의 한 자리였다―앉아 있는 그에게 누구도 뭐라고 할 수는 없었다.
　굳은 얼굴로 무언가 종이에 끄적이는 그를 보며 하녀들이 수근거렸다.
　"어머, 무슨 근심이라도 있으실까? 걱정돼, 난."
　"그러게 말야. 사흘 전에 동료 여성 두 분과 묘족 아이가 하루 동안 안 들어오신 후에 쭉 저런 표정이셔."
　"그때 난리도 아니었지? 두 번 다시 외출 금지라면서 외치시는 진현

외전外傳　299

님, 너무 무서우셨어. 테이블 세 개 박살났잖니. 그리고 그 갈색 머리카락의 여성 분도… 무슨 성격이 그러신지, 그분이 부순 의자도 장난 아닐걸?"

하녀들은 고개를 끄덕이며 그날 아침을 상상하다가 도리질을 쳤다. 정말로 무서웠었지.

아침에 눈치를 보며 슬그머니 여관으로 온 아영 일행은 그때까지 잠도 자지 않고 자신들을 기다리는 진현을 보고 기겁을 했었다. 에오로와 셀로브도 덩달아 의자에 앉아 꾸벅꾸벅 졸고 있었고… 하여간에 '목욕탕을 지어서 목욕하고 오냐! 일주일 간 외출 금지야! 간식도 없어, 용돈은 바라지도 마!' 라고 외치는 진현에게 아영은 '일주일은 너무하잖아! 그리고 용돈은 갚으면 되잖아, 갚으면! 치사 냉혈한아!' 라고 외쳤다가 날아오는 테이블에 깔릴 뻔했다.

결국 아영과 진현의 실랑이는 두 사람 모두 수면 부족으로 녹다운 되어서 종결되었고 셀로브는 에이레이가 무사히 돌아오자 다행이라고 말했다. 푹 자고 일어난 아영이 어마어마한 재산을 소유했다는 것을 안 진현이 '잘했다, 역시 우리 집안 피가 흐르는구나' 라며 어깨를 두드려 주었다는 것은 후문에 지나지 않는다. 더불어 이잔의 저택을 소유하게 된 아영과 나머지 일행이 모두 저택으로 옮겨 버렸고 폴린과 하인, 하녀들은 속으로 눈물을 흘렸다. 진현처럼 짠돌이가 여관에 장기 투숙한 것 자체가 정말로 경이로운 일임이 분명하다.

그러나 진현은 새벽마다 꼬박꼬박 〈천사의 날개〉를 찾아와 아침을 먹었기에 폴린을 감동케 만들었다. 진현은 물론 이곳의 식사가 마음에 들어서라고 말하지만 말이다. 지금 역시 해가 뜬 지 얼마 지나지도 않은 이른 아침이었고 막 식사를 마친 진현은 커피로 입가심을 하고 있었다. 매일 홍차만 마시던 그가 커피를 마시는 이유는 홍차 잎이 떨어졌기 때문이라나 뭐라나(아니면 입에도 안 댄다). 홀짝 커피를 한 모금 마신 진현이 테이블 위에 있는 안경을 들어 올렸다.

안경이라는 것 자체가 귀족 층에서나 끼고 다니는 고급품이어서 지금까지 안경이 있다는 것을 몰랐는데 정말로 잘되었다고 그는 생각했다. 사실 그는 별로 눈이 좋지 못했다. 항상 서류다, 책이다 쌓아놓고 일하는 그가 무슨 시력이 좋겠는가.

"커피, 한 잔 더 드시겠어요?"

용기를 내어 발갛게 변한 볼을 한 하녀가 다가와서 그리 묻자 진현은 자동적으로 그 특유의 부드러운 미소를 지으며 고개를 끄덕였다.

"네, 한 잔 더 부탁드리겠습니다."

안경을 낀 그는 보통의 인상보다 더 지적으로 보였기 때문에 하녀들의 가슴을 설레게 만들기에 충분했다. 그렇지 않아도 수도 내에서 진현의 팬클럽이 생겼다는 후문도 있는데 말이다. 커피를 따르고 온 하녀가 '어머, 어머. 웃어주셨어'라고 작은 목소리로 말하는 것을 한 귀로 흘리며 진현은 고개를 내렸다. 테이블 위에 놓인 종이들에는 어머 어마한 숫자들이 죽 적혀져 있었고 그는 다시금 한숨을 푹 내쉬었다.

'아영이 돈을 얻고 땅을 얻은 것은 좋은데… 음, 정말로 좋은데—그는 애써 입가에 떠오르는 웃음을 참아야 했다—많은 세금들이 붙는단 말야. 으음, 이것을 다 어찌한다?'

그렇다. 그가 지금 누구보다 더 인상을 쓰고 있는 이유는 바로 세금! 한 달에 한 번 정기적으로 나라에 헌납해야 하는 세금이 생각 외로 많았다. 본디 세금은 일 년에 한 번이지만 이 나라는 그것을 한 달에 한 번으로 규정하고 있었다. 사실 국가로 보거나 서민들의 입장이라면 좋다. 돈 많은 상인들이나 귀족들 좀 등쳐 먹는다고 뭐 변하는 것이 있겠느냐는 말이다. 하지만! 하지만… 여기서의 결정적인 문제가 하나 생긴다.

바로 진현 자신이 그 당사자가 된다면 결코 유쾌하지 않을 것이라는 것. 아니, 무슨 수와 어떤 수를 동시에 써서라도 탈세할 인간이다. 한 달 버는 돈에 5분의 1이 세금이란다. 그러니까 100골드가 한 달 수입이라면 20골드가 세금으로 나가는 것이다(진현은 여기서 도둑놈들이라고 중얼거렸다). 하지만 한 달에 20골드 이하로 버는 서민들에게는 세금이 10분의 1로 줄어든다. 끄응 하고 작은 신음 소리를 내며 진현은 머리를 긁적였다.

끄적끄적.

다시 숫자들을 쭉 적어 내려가던 진현이 입맛을 다셨다.

이대로라면 이번 달에 아영이 내야 할 세금은 총 재산의 5분의 1이라는 소리. 한꺼번에 들어온 돈들이니 수입이라고 할 수 있다. 그런데… 이 돈이 장난이 아니란 말야. 그는 그리 중얼거리며 다시 숫자들을 적어 내려갔다. 토지세가 10평당 1골드, 군역세가 5실버, 그 외에 자질구레한 것들을 다 합치면……. 정말로 남는 게 없다. 1억 원 복권에 당첨되었다고 몇백만 원 떼어가는 국가가 머리 속을 스쳐 지나갔다.

있는 것이라고는 주판밖에 없는 이 시대였지만 진현은 별 무리 없이 별 단위를 오가는 돈 놀음들을 행할 수가 있었다. 티각티각거리는 주판알 퉁기는 소리가 경쾌하면서도 무거웠다. 콧등에 걸린 안경을 살짝 치켜 올린 진현이 작게 휘파람을 불었다.

이잔이 가진 저택의 부지만 해도 몇백 평에다가 땅 투기로 벌어들인 노는 땅들이 다시 수천 평. 세금을 계산해 보니 정말로 별들의 전쟁이다.

"이거, 정말로 잘 벌어들였군. 이거저거 다 빼고 재산세만 해도 몇십만 골드겠다."

진현은 한숨을 푹 내쉬었다. 그리고 오늘까지 산출해 놓겠다는 재산 내역을 보기 위해 자리에서 일어났다. 두툼한 종이들을 옆에 끼고 진현은 하녀들과 폴린에게 인사를 건넨 후에 여관을 나섰다. 이른 아침이라 그를 잘 아는 부인들과 아가씨들은 보이지 않았다. 하지만 그의 발은 여성들 쪽에만 넓은 것이 아니었다.

"어이고, 선생님. 오늘도 출근이슈?"

"저번에 세금 계산 고마웠소. 내가 까막눈이라서… 다음에 술이나 한잔하자고."

진현은 자신에게 인사를 건네는 사내들에게 꾸벅꾸벅 고개까지 숙여가며 답 인사를 했다. 진현은 조용히 지금은 아영의 저택이 된 저택으로 발걸음을 옮겼다.

그가 지금까지 이 세계에 와서 쓴 것이라고는 돈밖에 없으니 이런 거금을 벌어들인 아영이 자랑스럽기까지 했다. 사실, 아영은 용돈을 받아 쓰는 학생의 입장이었기 때문에 진현이 아니었다면 세금 달라는 대로 몽땅 내주고도 남을 인간이었다. 이리저리 공생공사한다고 할까. 안경을 낀 그의 모습에 몇몇 아낙들이 또 넋을 놓아버렸다. 여자의 요염함과는 다른 남자 특유의 섹시한 느낌에 홀려 버릴 정도였다. 남자에게 이런 말을 써도 되는 것인지는 모르지만. 평상시의 그라면 잘 입지 않는 흰 셔츠와 짙은 갈색의 바지를 입고 안경을 낀 채로 걸어가는 그의 모습은 공부를 하는 학자를 연상케 했다.

성문에 도달한 진현에게 여느 때와 다름없이 넬슨이 정중히 인사했다.

"안녕하십니까. 오늘은 일찍 가시는군요."

"저택으로 짐을 옮긴 지 겨우 이틀 지났습니다. 넬슨 씨께서도 오늘은 출근이 이르시군요."

정중한 진현의 답변에 넬슨은 자신의 수염을 쓰다듬으며 고개를 끄덕였다.

"예, 월말 세금 정산 때문에 정신없는 틈을 타서 탈세를 하려는 사람들이 있어서 조금 바쁩니다."

속으로는 뜨끔했을 테지만 진현은 결코 그런 감정을 겉으로 드러내 보이는 어리석은 인간이 아니었다. 부드럽게 웃으며 진현은 자신의 안경의 위치를 바로잡았다.

"그것 참, 탈세가 웬 말입니까. 국가의 노고를 모르는 자들이라니까요."

상큼하고도 깔끔하게 한마디. 거기다가 살짝 고개를 저으며 혀를 차는 것으로 마무리.

…어쩜 저렇게 뻔뻔하게 말할 수가 있을까. 바로 이 자리에 셀로브나 아영이 있었다면 당장에 손가락질을 했을 것이다. '그래, 이 모르는 자야! 초합금 울트라 철판을 깐 인간아!' 라고 외치거나 아니면 '세상이란 그리 만만한 게 아냐! 언젠가는 천벌받을 거다, 인간 같지 않은 녀석아!' 라고 외치지 않을까? 진현은 생긋 웃으며 수고하라는 말을 남기고는 종종걸음을 한 채 저택으로 향했다. 절대로, 누구도 탈세 따위는 인간이 해서는 안 될 일이라고 말한 그를… 의심하지 않다는 것이

서글픈 현실.

　수도에서 저택까지는 대략 20여 분이 넘게 걸리는 거리였지만 진현은 산책하듯이 걸어갔다. 저택의 높다란 담장은 지금 공사 중이었다. 아영의 명령이랄까. 좋은 경치를 담장이 가리는 것도 같아서 진현 역시 수락한 일이었다.

"어서 오십시오."

　저택의 정문에서 경비를 서는 병사들이 진현에게 고개를 숙여 보였다. 그들도 처음 진현을 보았을 때 놀랄 만한 미남이라는 것 때문에 엄청 놀랐었다. 그러나 생긴 것 같지 않게 성격은 좋은—그들은 아직까지 진현의 본모습을 보지 못했다—사람이라고 생각한 것 같았다. 진현은 빙긋 웃으며 고개를 숙여 인사했고 그들을 당황케 했다. 어떤 주인이 아랫사람에게 고개를 숙이겠는가. 절대적인 예가 바로 아영이지 않은가.

　담장에 붙어서 커다란 망치로 벽을 허물던 병사들은 진현을 힐끔 보더니 고개를 숙였다. 진현은 또다시 일일이 인사를 한 후에 총총히 정원을 가로질렀다. 정원에는 하녀들이 나무들과 꽃들을 가꾸고 있었다. 진현은 그 모습을 보며 생긋 웃었고 하녀들의 넋을 빼놓는 결정적인 조건을 만들었다.

　정문에서부터 다시 중앙 본관의 문까지 걸어가는 시간은 10여 분 남짓이 걸릴 정도였다. 정말로 질리도록 넓다고 할까.

　정문은 아침 환기를 위해서 열어놓았고 진현은 무리없이 그곳으로 발을 들이밀었다.

"아악, 야채 수프 싫다고 했잖아! 난 야채가 싫엇!"

"그러니까 아영님이 다혈질적이신 겁니다. 어서 드십시오."

"싫엇! 안 먹어!"

진현은 갑자기 고함 소리가 들리는 곳으로 걸어갔다. 그곳은 다름 아닌 식당. 길다란 식탁을 두고 한 남자와 한 여자가 실랑이를 벌이고 있었다. 그 모습을 보며 진현은 저도 모르게 한숨이 나오는 것을 느꼈다. 하루아침에 정말로 저택의 지주가 된 아영과 원래는 이잔의 병사들의 대장이었지만 지금은 어쩔 수 없이 아영의 보좌 아닌 보좌가 된 솔루드라는 사내. 그로서도 사실 어쩔 수가 없는 노릇이었다. 한 집단을 이끄는 우두머리로서 자신의 이득이나 자존심만을 위하여 행동할 수는 없으니까.

20대 중반 정도로 보이는 그였지만 본래 나이는 서른이란다. 물론 절대 동안인 현홍이 있으니 별로 놀랄 일도 아니었다. 아영에게 수프를 거의 억지로 떠먹이기 직전까지 가던 솔루드가 문득 인기척을 느끼고는 고개를 돌렸다.

"아, 이제 오십니까."

정중하게 고개를 숙이며 인사를 하는 솔루드의 틈을 포착, 아영은 후닥닥 자리에서 일어나 식탁을 등지고 도망가 버렸다. 움찔 하며 아영을 잡으러 갈까 고개를 돌리는 솔루드에게 진현이 피식 웃으며 말했다.

"수고가 많으십니다."

"말씀 놓으십시오. 당신은 제 의뢰주의 동료, 즉 동급인 분이십니다."

강직하기까지 하고, 청렴하고……. 정말이지 자신과는 반대라는 생각을 하며 진현은 살짝 웃었다. 그 미소의 의미가 무엇인지 모르는 솔루드는 고개를 갸웃거리다가 곧 품을 뒤적거려 종이 한 장을 진현에게 내밀었다.

"아영님의 재산 내력입니다. 하필이면 월말에 걸려서 고생이군요."
진현은 고개를 끄덕이며 그것을 받아 들었다.
"예, 고생이로군요. 어디 보자……."
찬찬히 서류를 살펴보는 진현의 눈이 이채를 띠었다. 그는 그것을 툭 한 번 손가락으로 치면서 솔루드에게 물었다.
"이게 전부입니까?"
"예, 이잔의 상단은 해산시켜 버렸고 고정된 자산은 그게 전부입니다. 토지 역시 그것에 표기된 그대로… 아마도 세금을 조사하러 오는 공무원들은 그 서류를 기점으로 정산할 겁니다."
"이 서류가 국가에도 올라가 있습니까?"
"예? 아, 예. 의무이지요. 직장을 가진 이들 모두가 직장에서 그런 서류들을 준비해서 나라에 올리지요."
예에 하고 대답을 한 진현은 입술을 깨물었다. 사병들이 내는 군역세는 왜 주인이 내야 하는 거야! 라고 외치고 싶은 심정이랄까. 조금 곤란하게 되었다. 이잔이 데리고 있는 사병들 모두를 아영이 자신의 밑으로 끌어들였기 때문에 숫자가 장난이 아니었으니까. 솔루드의 말대로라면 이 집의 하인들과 병사들을 모두 합치면 백 명은 될 것이라고 했다. 눈앞이 캄캄해진다고 할까.
멍청하게 서류를 보며 서 있는 진현을 향해 살짝 고개를 숙인 솔루드가 발길을 돌렸다. 진현은 핫! 하고 정신을 차린 뒤에 솔루드의 등을 보며 작은 소리로 말했다.
"…왜 아영의 밑에서 일을 하시는 겁니까? 당신 정도의 인물이라면 부르는 곳도 많을 텐데."
갑자기 그가 질문을 하자 솔루드는 고개를 갸웃거렸다. 조금 그의 말을 생각해 본 후에 솔루드는 희미하게 웃으면서 대답했다.
"글쎄요. 일에 대해 사심이 개입되면 안 되겠지만… 어쩔 수 없었다고 할까요."

멍청한 표정이 되어버린 진현을 내버려 둔 채로 솔루드는 아영에게 야채 수프를 먹이기 위해 손수 그것을 들고 가는 수고까지 했다. 점점 멀어져 가는 솔루드의 발자국 소리에 진현은 쓰게 웃으며 이마를 짚을 수밖에 없었다.

사심이라… 그렇단 말이지? 알 수 없는 중얼거림을 남기며 진현은 2층으로 걸음을 옮겼다. 2층으로 올라가는 계단에서 그는 에오로를 만날 수가 있었다. 이런 저택에 머물다 보니 마주치기가 여간 어려운 것이 아니었다. 에오로는 진현을 보더니만 팔을 휘저었다. 그의 옆에는 키엘이 있었다. 키엘은 날렵하게 진현에게로 날듯이 달려와 품에 안겼다.

"이런, 넘어진다. 조심해야지."

애 아빠 같은 그의 말에 키엘은 귀를 까닥이며 환하게 웃었다. 에오로가 하하 웃더니 그의 곁으로 다가왔다.

"오늘은 일찍 오시네요? 아, 그러고 보니 세금 정산 일이 얼마 안 남았죠? 바쁘시겠다."

씨익 웃으며 호쾌하게 말하는 그를 보며 진현이 고개를 저었다.

"저는 별로 상관이 없습니다. 복구 작업은 잘되어가십니까?"

"뭐, 그럭저럭이죠. 반은 끝난 것 같아요. 생각보다 오래 걸리네요. 여름이라서 노동력이 많이 없어요."

"그렇겠군요. 지금 나가십니까?"

"예, 오늘도 열심히 국가를 위해 제 한 몸 바쳐야죠! 오늘은 키엘도 데리고 가려는데, 괜찮겠죠?"

진현은 웃으며 고개를 끄덕여 주었다. 키엘의 손을 잡고 마치 피크닉이라도 가는 것처럼 내려가는 에오로를 돌아보며 진현은 참 강한 사람이다라고 생각했다. 아버지 같던 스승이 죽은 지 이제 겨우 일주일이 넘었다. 정확히 하자면 일주일하고도 나흘이라고 할까. 보통 사람이라도 얼마간은 슬픔이나 시름에 잠겨 있을 수도 있는데, 정말이지……. 그리고 그와 반대로 일주일이 지났는데도 시름의 나락에서 헤어져 나오지 못하는 사람도 있다.

그의 생각에 진현은 절로 미감에 주름이 생겨 버렸다. 계단을 올라 2층으로 가니 그의 예상대로 두 명의 하녀들이 한 방문 앞에서 안절부절못하고 있었다. 한 명의 손에는 작은 쟁반이 들려 있었고 아침 식사로 보이는 음식들이 놓여 있었다. 그녀들은 이러지도 저러지도 못하는 사람처럼 쩔쩔매다가 진현을 보고는 조금 얼굴을 푸는 듯했다.

"오늘도, 여전히입니까?"

아아, 정말이지 멋진 사람이다라고 하녀 두 명은 동시에 그런 생각을 할 수밖에 없었다. 당해보지 않은 사람은 모른다. 자신보다 높은 위치의 사람이 자신에게 높임말을 써줄 때의 그 기쁨을. 진현은 안경을 살짝 벗어서 셔츠 주머니 속에 넣고는 한숨을 쉬었다. 얼굴을 덮는 검은 머리카락에 하녀들은 홀린 표정을 지어 보였다. 하녀들에게 쟁반을 받아 든 다음 진현은 방문을 열고 안으로 들어갔다. 평소라면 노크를 했겠지만… 지금 그에게는 무엇도 들리지 않을 것 같았다.

방 안은 어두웠다. 비록 아침이라서 창문으로 햇빛이 들어오고 있었지만 그것은 커튼으로 꽁꽁 싸놓은 후. 진현은 살며시 문을 닫고 천천히 걸음을 옮겼다. 어둑하기는 했지만 모든 것이 잘 보였다. 커다란 침대와 옷장과 테이블, 그리고 방 한구석에 그가 있었다. 진현은 짧게 숨을 내쉰 후에 쟁반을 테이블 위에 올려두고는 천천히 그에게로 다가갔다. 깊은 심해의 바닷물과 같은 색의 머리카락이 길게 늘어져 있었다.

어두운 방의 구석에서 그는 몸을 웅크린 채로 떨고 있었다. 아아, 왜 이리도 인간은 나약할까. 진현은 자신까지 그렇다는 것을 상기하고는 고개를 내저을 수밖에 없었다. 한동안 햇빛을 보지 않아서 니드의 얼굴은 창백한 빛이 돌 정도였고 식사를 거의 하지 않아서 안쓰러울 정도로 말라 있었다. 현홍이… 아스타로테가 되었을 때는 이 정도가 아니었는데. 물론, 그는 되찾을 수 있어서였겠지. 그러나 니드의 죽마고우인 다카는 영원히 돌아오지 못할 길을 걷고 말았다.

"니드……."

진현이 조용한 목소리로 이름을 불렀지만 그는 미동도 하지 않았다. 완전히 넋을 잃은 모습이었기에 진현은 굳게 입을 다물어야 했다. 자신도 이랬다. 소중한 사람을 잃고… 너무나도 큰 충격에 삶이라는 것을 잃어야 했지. 하지만, 하지만… 이렇게 있을 수만은 없지 않은가. 죽은 자가 바라지 않는다. 무릎을 굽혀 앉으며 진현은 니드를 살펴보았다. 이대로 두었다가는 정말로 위험한 지경까지 될지 모른다.

"…다카는 이런 것을 바라지 않습니다."

"다… 카?"

그의 이름에만 반응을 하는군. 천천히 자신 쪽으로 돌려지는 니드의 얼굴에 진현은 입술을 깨물었다. 하루에 한 끼를 먹으면 많이 먹는 것, 그것도 요 사흘 간은 정말이지 아무것도 입에 대지 않았다. 진현은 살며시 손을 뻗어 니드의 어깨를 붙잡았다.

"당신이 진정으로 그를 친구로 생각했다는 것, 압니다. 알지만… 당신이 이러고 있다는 것을 그가 안다면 무슨 말을 할까요?"

니드는 아무런 말 없이 처량한 눈으로 진현을 응시했다. 그리고 곧 욱 하는 신음성과 함께 고개를 숙였다. 그는 손을 들어 자신의 어깨를 잡고 있는 진현의 팔을 잡았다. 하지만 이게 잡고 있는 것인가? 아무것도 먹지 않았으니 힘이 있을 리가 없지. 니드는 고개를 숙이며 눈물을 떨구었다. 천성이 유약한 자였기에 더 아픔이 크리라.

"다카는 남은 자들이 행복하길 바랄 겁니다. 그러니 이제는 기운을 차리십시오. 만약 당신에게 무슨 일이라도 생긴다면 다카가 좋아하시겠습니까? 비웃으실지도 모르죠. 아시겠습니까?"

위로 같은 것은 필요없다. 차라리 따끔한 충고가 나을 것이다. 진현은 작은 소리를 내며 눈물을 흘리는 니드를 내버려 둔 채로 방을 나왔다. 하녀들은 그때까지도 방 앞에 서 있었고 진현은 들어가서 니드를 보살펴 주십시오라고 말하고 다시 발걸음을 옮겼다. 죽은 사람은 남은 자의 행복을 바란다. 살아서… 행복하길 바라는 것이다. 문득 진현은 생각하기 싫은 기억이 자신의 뇌리를 비집고 들어오는 것을 느꼈다.

"…제기랄."

걸음을 멈추고 진현은 멀거니 그 자리에 설 수밖에 없었다. 생각하기 싫은 과거, 그것도… 전생이 아닌 단 몇 년 전에 있었던, 꽤나 가까웠던 과거에 있었던 지울 수 없는 일. 자신이 기억하기 싫은 두 가지 일 중에 하나였다. 긴 복도의 끝에 어둠이 보였다. 살랑거리며 복도를 가득 메우는 바람 따위는 더 이상 그의 감성을 자극하지 못했다. 만약 지금 누군가가 진현의 표정을 본다면 흠칫 놀랄 정도로 그의 얼굴에는 깊은 슬픔이 떠올라 있었다.

그녀가 생각나 버렸다. 나는… 당신이, 사랑하는 사람이 살길 바래. 그렇게 말하고 가버린 그녀가. 조용히 고개를 저은 진현은 다시 걸어갔다. 자신이 지켜주지 못했던 두 번째 사람. 그녀가 생각나서 진현은 쓴 미소를 지어야만 했다.

"뭐라고? 토지를 다른 사람 명의로 옮기라고? 왜?"
진현은 서류를 펼럭이며 세금 정산을 하고 있었고 그의 얘기를 들은 아영이 고개를 갸웃거렸다. 뉴스 좀 보고 살아라라고 말하는 표정을 지으며 진현은 안경의 위치를 바로잡았다.
"이번에 세금 정산에서 네가 내야 할 세금이 얼만 줄이나 알고 있는 거냐? 자그마치 천만 골드다, 천만! 그 돈이 어디 땅 파면 굴러 들어오는 줄 알아? 그중 가장 큰 세금을 차지하는 부분이 바로 토지세! 이놈의 토지가 문제야. 쓸데없이 땅 사서 땅값 올리는 놈들은 어디에나 있다니까. 하여간에, 네가 다른 사람의 명의로… 예를 들어 나에게 토지 천 평을 넘긴다고 치자. 클레인 왕국의 국법상에서 직업을 가지지 않은 이는 세금을 내지 않아. 방랑자가 세금 내는 것 봤냐? 하인들과 하녀들도 그에 해당해. 주인이 세금을 내주는 곳에서 일하는 사람들은 토지세를 물지 않거든. 서민들도 100평 이하의 땅은 토지세를 물지 않는다는 법이 있어."
무슨 소리인지. 멀뚱멀뚱 자신을 바라보는 아영에게 진현은 계속해서 설명을 해 나갔다.
"결론을 얘기하자면 하인들과 하녀들에게 땅을 나눠줌으로써 너는 땅의 임자가 아닌 것이 되지. 여기서 양도세만 조금 내면 끝. 그런데 말했지? 하인과 하녀들은 세금을 안 낸다고."

"…주인이 낸다며?"

"그건 월급에 관한 것뿐이야. 말했잖아, 서민이 가진 땅 중 100평만 안 넘으면 세금은 안 붙인다고. 정말로 좋은 국법이군. 이잔이 가지고 있는 땅은 수천 평에 이르지만 이 집의 하인과 하녀들의 숫자도 장난이 아니지. 한 사람당 100평이면 충분해."

허공을 쳐다보며 멍한 표정을 짓는 아영을 내버려 둔 채로 진현은 계산을 마무리하기에 이르렀다. 그는 아무리 해도 세금이 너무 많다는 듯이 투덜거렸다.

"정말 이놈의 세금은 여기서나 저기서나 머리 아프게 만든다니까. 어쨌거나 이번 달은 급하니까 이 정도로 하고 다음 달에는 하인과 하녀들 명의로 된 땅을 팔아서 조금 여러 사람 이름으로 돌린 다음에 보석이나 금을 좀 사놓아야겠어. 땅을 사는 것도 좋지만 그건 너무 오래 기다려야 하니까. 후후훗, 달라는 대로 다 줬다가는 남는 게 없을걸."

"…진현, 원래 세계에서도 그렇게 탈세했어?"

서류를 펄럭이는 손길은 변함이 없다. 그런데 왜일까? 아영의 눈에는 진현의 어깨가 살짝 떨린 것처럼 보였다. 아마 그대로 얘기하면 '내가 언제?' 내지는 '잘못 봤겠지, 아영아. 피곤하니?' 등의 말을 할 것 같은데.

탁탁.

서류를 모아서 한데 뭉치면서 진현은 부드럽게 고개를 돌려 아영을 보았다. 그의 입가에는 언제나처럼 잔잔한 미소가 곁들어져 있었다.

"…설마. 내가 어떻게 그런 범법적인 일을 하겠니. 나는 하늘을 우러러 한 점 부끄러움 없이 살아왔단다."

절대로 믿을 수 없어! 차라리 당신이 탈세한다는 것이 더 믿겨져! 아영은 그리 외치고 싶었다. 필히 원래의 세계로 돌아간다면 진현의 뒷조사를 하고 말리라. 그녀는 그리 다짐하고 다짐했다. 그러나 그녀는 알 수 없을 것이다. 자신과 같이 마음먹었다가 저 하늘의 이슬이 된 사람이 많고도 많다는 것을. 어쨌거나 진현은 간단한(?) 세율 계산을 마치고 자리에서 일어났다. 손님을 맞을 수 있게 만들어진 커다란 홀에서 아영은 길다란 소파 위에 몸을 뒹굴거리고 있었다. 정말로 여왕님같이.

앞에 마련된 세심하게 조각이 되어져 값비싸 보이는 테이블 위에는 각종 과일이 담겨 있었고 그것만 봐도 이 집의 위세를 알 수 있는 척도였다. 과일이라는 것을 보존하기 위해서는 우선 얼음이 필요하다. 그런데 그것을 만들어낼 수 있는 존재는 마법사뿐. 그들을 고용해서 쓰고 있으려면 얼마나 많은 돈이 드는지 진현은 고개를 내저어야 했다. 엎드려서 포도알을 쪽쪽 빨아 먹으며 책을 보는 아영에게 진현이 질문했다.

"무슨 책 읽고 있는데?"

아영은 슬쩍 진현을 쳐다보더니 다시 책으로 고개를 돌리며 답했다.

"음,「여왕님에 대한 심오한 고찰과 여왕으로 나아가는 길」이라는 제목의 책이야. 재미있는데."

"……."

그래, 여왕님. 진현은 그렇게 중얼거리면서 살며시 서류 뭉치를 들고 방을 나서려 했다. 그러던 중 문득 궁금한 것이 하나 더 생각나 걸음을 멈추고 등을 돌려 아영을 보았다. 긴 갈색 머리카락을 포니 테일로 묶어서 아무렇게나 어깨 아래로 흘러내리게 두고 뭔가 중요한 생각을 하는 듯한 얼굴이 제법 귀엽게 보였다. 예쁘면 뭘 해, 성격이 저 모양인 것을(그는 그것이 자신에게도 해당이 된다는 것을 애써 외면했다). 혀를 잠깐 찬 진현이 입을 열었다.

"…넌 솔루드에 대해서 어떻게 생각하지?"

갑자기 웬 솔루드? 아영은 눈을 동그랗게 뜨고 입에 들었던 포도 껍질을 손가락으로 받았다. 흠음 하고 고개를 갸웃거린 아영은 조용히 책을 덮고 자리에 앉으면서 진현을 올려다보았다.

"글쎄, 왜 그런 질문을 하는지 의도는 모르겠지만, 좋은 사람이야."

"그것뿐이냐?"

저 성격에 솔루드가 무슨 마음인지 안다면 그게 더 하늘이 놀라고 땅이 경악할 일이겠지만. 아영은 다리를 꼬고 앉아 소파에 몸을 기대면서 말했다.

"강직하고… 성실하지. 우혁 오빠랑 좀 닮은 것 같지만. 우혁 오빠가 자신이 관심있는 분야에만 성실하다는 건 진현도 잘 알지? 하지만 솔루드는… 모든 분야에 다 성실해. 청렴결백이 잘 어울리는 사람이야. 후훗, 세상 살기 힘든 타입이지. …마음에 들긴 해."

아영은 빙긋 웃으며 그렇게 말했고 진현 역시 피식 웃었다. 손가락을 깍지 껴 자신의 머리를 받치며 고개를 들어 올린 아영이 띄엄띄엄 말을 이었다.

"하지만 이 세상에서… 인연을 만들면 힘들잖아. 돌아가기에… 난, 소중한 사람과 헤어질 정도로 강하지 못해."

"……"

"만약 이곳이 더 좋아져 버린다면… 그리고 이곳에 내 소중한 사람이 생겨 버린다면… 난 원래의 세계로 돌아가지 못할지도 몰라."

진현은 조용히 고개를 끄덕였다. 그렇다, 그것이 어쩌면 본심일지도 모른다. 생각해 보면 간단한 일일지도. 본디 살고 있던 세계는 모두 꿈이라 생각하고… 이곳에 남아버린다면 오히려 간단할지도 모른다. 하지만 그럴 수가 없다는 것을 아영도 진현도 잘 알고 있었다.

차박.

작은 발걸음 소리와 함께 문이 열리며 솔루드가 모습을 드러냈다. 그는 진현을 보고 고개 숙여 인사한 후에 아영에게 말했다.

"아영님, 수도의 상인들 몇이 뵙기를 청합니다만."

"뭣?! 또야? 정말로 귀찮게 구네. 이잔이 파산하고 나한테 모든 명의를 옮겼다는 말을 하자마자 왜 그리 몰려들어? 아앙, 귀찮아."

우는 소리를 하며 다시 소파에 벌렁 드러눕는 아영에게 솔루드는 조용히 다가가며 그녀의 어깨를 붙잡아 일으켰다.

"사교를 위해서라면 어쩔 수가 없습니다. 어서 일어나십시오."

"나 좀 가만 내버려 두라고 해! 난 상거래라면 머리가 아파온다고."

"자, 일어나십시오. 아니면 들쳐 메고 내려갈 겁니다."

진현은 빙긋 웃으며 두 사람만이 오붓하게 있을 수 있도록 배려했다. 아영이 그의 생각을 안다면 노발대발할지도 모르지만. 꽤 잘 어울리지 않은가? 아영과 같은 막무가내의 성격을 책임지려면 저 정도는 되어야지. 마치 여동생 시집(?)보내는 오빠처럼 진현은 흐뭇하게 웃으며 고개를 끄덕였다. 홀로 내려와 진현은 저택의 정원으로 나갔다. 그리고 그곳에서 그는 다시 아는 얼굴을 만날 수가 있었다.

"이런, 너무 심하게 하면 다친다."

"아, 진현이 형이다!"

우혁과 함께 목검으로 대련을 하고 있던 루가 단숨에 진현에게 달려왔다. 이 더운 여름에도 저렇게 움직일 수 있는 것으로 보아 보기와는 다르게 꽤 체력이 있는 녀석인 듯했다. 땀에 푹 젖어 있는 루를 보며 진현은 근처를 지나가는 하녀에게 부탁해 시원한 것과 젖은 수건을 가지고 오게 했다. 이미 그들을 위해 파라솔까지 세워져 있었고 의자도 있었다. 루의 얼굴을 젖은 수건으로 시원하게 닦아주며 진현은 그의 머리도 빗겨주었다. 에헤헤 하고 기분 좋은 듯이 웃는 루를 보니 정말로 연우가 생각이 났다.

루는 시원하게 간 오렌지 주스―그것도 얼음이 동동 띄워져 있는―를 마시면서 주위를 둘러보면서 말했다.

"그런데 아영 누나는 굉장한 부자인가 봐. 이런 저택도 다 있고."

그의 옆 의자에 앉으며 우혁은 표정을 굳혔다. 정확히 말하자면 날강도라고 할까. 칼만 안 들었지 도둑이나 다름없는 행각이었다. 아영은 그것을 황금 같은 시간과 노력의 대가라고는 하지만……. 찝찝하기는 하지만 별수없지. 그는 그리 생각하며 루의 머리를 쓰다듬었다. 루는 마치 애완 강아지처럼 우혁의 팔에 뺨을 비볐다. 진현은 그런 두 사람을 보며 흐뭇하게 웃었다. 정말로 우혁이도… 이제는 조금 더 밝아질 때가 되었으니까. 천성 문제도 있어서 저 정도가 한계이겠지만.

저 멀리서 셀로브와 에이레이가 걸어오는 것을 보며 루가 팔을 휘저었다(덕분에 진현이 맞을 뻔했지만 그는 쓰게 웃고 말 뿐이었다). 그런데 웬일로 두 사람이 저렇게 다정하게 다닐까? 에이레이는 차분하지만 역시나 활동적인 바지를 입고 있었다. 그리고 셀로브 역시 평범한 인간 청년처럼 하고 다녔다. 모습을 보아하니… 쇼핑이라도 다녀온 것 같은데.

셀로브가 진현을 보며 피식 웃었다.

"세금이라는 것 계산한다고 하던데? 잘 되어가냐?"

"음, 끝났어. 그것보다 쇼핑이라도 다녀온 거냐?"

셀로브는 고개를 끄덕였고 진현은 속으로 휘파람을 불었다. 언제 두 사람이 쇼핑을 갈 정도로 가까워졌단 말인가. 셀로브 녀석, 생각 외로 능력이 좋은 모양이군이라고 중얼거리는 것은 비밀로 해두자. 에이레이는 루의 머리를 쓰다듬은 후에 자신이 들고 있던 봉투를 뒤적거려 셔츠 하나를 꺼내었다.

"루에게 잘 어울릴 것 같아서 사 왔는데. 맞을까 몰라."

"와아, 에이레이 누나! 고마워!"

기쁜 듯 셔츠를 잡아 이리저리 자신에게 맞추어보는 루를 보며 우혁이 조용히 에이레이를 바라보았다. 여자를 싫어한다고 진현에게 누누이 들었기 때문에 에이레이는 조금 움찔하며 우혁을 보았다. 가만히 그녀를 응시한 우혁이 고개를 살며시 숙여 보였다. 아마도 고맙다는 표현인 듯했다. 그러나 그것으로 끝. 그는… 아직까지 여자를 싫어하니까, 쉽게 잊을 수 없는 기억이니까. 눈을 동그랗게 뜬 에이레이였지만 곧 부드럽게 웃으며 진현 쪽으로 고개를 돌렸다. 진현 역시 고개를 끄덕이며 웃어주었다.

많은 것이 한꺼번에 바뀔 수는 없다. 하나하나 차근하게 바꾸어 나가는 것이 좋다는 것을 다들 잘 알고 있으니까.

진현은 조용히 고개를 들어 올려 하늘을 보았다. 유유히 흘러가는 구름과 그 구름의 화폭이 되기를 자처하는 시리도록 푸른 하늘. 몇 마리의 새들이 바삐 날아가는 그것을 보며 진현은 살짝 눈을 감았다.

살랑거리는 바람이 조금은 무더운 여름임을 나타내기라도 하듯 습기를 축축하게 머금은 채 불었다. 흑단과 같은 검은 머리카락을 쓸어 넘기며 진현은 피식 웃었다.

너도 지금 저 하늘을 보고 있니? 현홍아……. 그는 속으로 작게 중얼거렸다. 걱정 마라, 절대로 널 잊은 것은 아니야. 잠시 동안의 수면이라고 생각하렴. 반드시 널 되찾고 말 테니까. 그리고… 그리고 함께 하늘을 보는 거다. 네가 좋아했던 시리도록 맑은 하늘을.

그는 조용히 눈을 뜨고는 하늘을 향해 중얼거렸다.

"참으로… 조용한 휴일이구나."

다음날 월말 세금을 정산하러 온 공무원은 진현이 제출한 서류를 보며 당황해 버렸다. 분명히 얼마 전까지만 해도 있었던 땅들이 온데간데없이 사라진 것은 물론이고 재산 역시 상당수가 줄어들어 있었던 것이다. 분명 이 정도의 재산이 아니었다. 저번 달만 해도 천만 골드 상당의 세금을 징수하던 양의 재산이 아니었는가! 그런데 하루 아침만에 재산의 반 이상이 줄어들었고 수입도 팍 줄었다. 이게 대체 무슨 노릇인가? 그는 의심스러운 듯 아영을 보았지만 아무것도 모르는 듯이―실제로 아무것도 몰랐다―그녀는 씨익 웃을 뿐.

나중에 세금 징수원은 하인들과 하녀의 몫으로 대지가 대부분 넘어갔다는 것을 알았고 땅을 치며 이를 갈았다. 제대로 된 경로였고 국법에 서민이 가진 100평 이하의 땅에서는 세금을 징수하지 않는다고 나와 있었기 때문에 따질 수도 없었던 것. 정확히 하인들와 하녀들은 자신들의 명의로 땅을 받는다는 조건 하에 월급이 조금 오른 것뿐이었다(이때 그들은 아영이 불러낸 정령을 눈앞에 두고 있었다). 비틀거리며 사라지는 세금 징수원이 등을 보며 그 모든 일의 원흉인은 조용히 홍차를 홀짝거렸다.

세금을 징수해야 나라가 제대로 굴러갈 터. 클레인 왕국의 재무장관은 급격하게 줄어든 세금을 보며 눈을 동그랗게 뜰 게 분명하다. 수도에서 가장 세금을 많이 내는 인물 중 한 명인 이잔의 재산이 팍 줄어들었고 세금 역시 그만큼 줄었기 때문에.
"뭐, 누이 좋고 매부 좋은 것 아니겠어."
…과연 누구만 좋은 일인지는 두고 볼 일.

〈제5권 끝〉